A LIBRARY OF DOCTORAL DISSERTATIONS IN SOCIAL SCIENCES IN CHINA

中国
社会科学
博士论文
文库

小说·田野：
舞鹤创作与台湾现代性的曲折

Wuhe's Literature and Modern Taiwan

李 娜 著

导师 陈思和

中国社会科学出版社

图书在版编目(CIP)数据

小说·田野：舞鹤创作与台湾现代性的曲折 / 李娜著 . —北京：中国社会科学出版社，2016.9

（中国社会科学博士论文文库）

ISBN 978 - 7 - 5161 - 8996 - 2

Ⅰ.①小⋯　Ⅱ.①李⋯　Ⅲ.①台湾文学—当代文学—文学研究　Ⅳ.I209.958

中国版本图书馆 CIP 数据核字（2016）第 232685 号

出 版 人	赵剑英
责任编辑	徐　申　陈肖静
责任校对	牛　玺
责任印制	王　超

出　　版	中国社会科学出版社
社　　址	北京鼓楼西大街甲 158 号
邮　　编	100720
网　　址	http：//www.csspw.cn
发 行 部	010 - 84083685
门 市 部	010 - 84029450
经　　销	新华书店及其他书店
印　　刷	北京君升印刷有限公司
装　　订	廊坊市广阳区广增装订厂
版　　次	2016 年 9 月第 1 版
印　　次	2016 年 9 月第 1 次印刷
开　　本	710×1000　1/16
印　　张	18.5
字　　数	303 千字
定　　价	69.00 元

凡购买中国社会科学出版社图书，如有质量问题请与本社营销中心联系调换
电话：010 - 84083683
版权所有　侵权必究

《中国社会科学博士论文文库》
编辑委员会

主　　任：李铁映
副 主 任：汝　信　　江蓝生　　陈佳贵
委　　员：（按姓氏笔画为序）
　　　　　王洛林　　王家福　　王缉思
　　　　　冯广裕　　任继愈　　江蓝生
　　　　　汝　信　　刘庆柱　　刘树成
　　　　　李茂生　　李铁映　　杨　义
　　　　　何秉孟　　邹东涛　　余永定
　　　　　沈家煊　　张树相　　陈佳贵
　　　　　陈祖武　　武　寅　　郝时远
　　　　　信春鹰　　黄宝生　　黄浩涛
总 编 辑：赵剑英
学术秘书：冯广裕

总　序

在胡绳同志倡导和主持下，中国社会科学院组成编委会，从全国每年毕业并通过答辩的社会科学博士论文中遴选优秀者纳入《中国社会科学博士论文文库》，由中国社会科学出版社正式出版，这项工作已持续了12年。这12年所出版的论文，代表了这一时期中国社会科学各学科博士学位论文水平，较好地实现了本文库编辑出版的初衷。

编辑出版博士文库，既是培养社会科学各学科学术带头人的有效举措，又是一种重要的文化积累，很有意义。在到中国社会科学院之前，我就曾饶有兴趣地看过文库中的部分论文，到社科院以后，也一直关注和支持文库的出版。新旧世纪之交，原编委会主任胡绳同志仙逝，社科院希望我主持文库编委会的工作，我同意了。社会科学博士都是青年社会科学研究人员，青年是国家的未来，青年社科学者是我们社会科学的未来，我们有责任支持他们更快地成长。

每一个时代总有属于它们自己的问题，"问题就是时代的声音"（马克思语）。坚持理论联系实际，注意研究带全局性的战略问题，是我们党的优良传统。我希望包括博士在内的青年社会科学工作者继承和发扬这一优良传统，密切关注、深入研究21世纪初中国面临的重大时代问题。离开了时代性，脱离了社会潮流，社会科学研究的价值就要受到影响。我是鼓励青年人成名成家的，这是党的需要，国家的需要，人民的需要。但问题在于，什么是名呢？名，就是他的价值得到了社会的承认。如果没有得到社会、人民的承认，他的价值又表现在哪里呢？所以说，价值就在于对社会重大问题的回答和解决。一旦回答了时代性的重大问题，就必然会对社会产生巨大而深刻的影响，你也因此而实现了你的价值。在这方面年轻的博士有很大的优势：精力旺盛，思想敏捷，勤于学习，勇于创新。但青年学者要多向老一辈学者学习，博士尤其要很好地向导师学习，在导师的指导下，发挥自己的优势，研究重大问题，就有可能出好的成果，实现自己的价值。过去12年入选文库的论文，也说明了这一点。

什么是当前时代的重大问题呢？纵观当今世界，无外乎两种社会制度，一种是资本主义制度，一种是社会主义制度。所有的世界观问题、政治问题、理论问题都离不开对这两大制度的基本看法。对于社会主义，马克思主义者和资本主义世界的学者都有很多的研究和论述；对于资本主义，马克思主义者和资本主义世界的学者也有过很多研究和论述。面对这些众说纷纭的思潮和学说，我们应该如何认识？从基本倾向看，资本主义国家的学者、政治家论证的是资本主义的合理性和长期存在的"必然性"；中国的马克思主义者，中国的社会科学工作者，当然要向世界、向社会讲清楚，中国坚持走自己的路一定能实现现代化，中华民族一定能通过社会主义来实现全面的振兴。中国的问题只能由中国人用自己的理论来解决，让外国人来解决中国的问题，是行不通的。也许有的同志会说，马克思主义也是外来的。但是，要知道，马克思主义只是在中国化了以后才解决中国的问题的。如果没有马克思主义的普遍原理与中国革命和建设的实际相结合而形成的毛泽东思想、邓小平理论，马克思主义同样不能解决中国的问题。教条主义是不行的，东教条不行，西教条也不行，什么教条都不行。把学问、理论当教条，本身就是反科学的。

在21世纪，人类所面对的最重大的问题仍然是两大制度问题：这两大制度的前途、命运如何？资本主义会如何变化？社会主义怎么发展？中国特色的社会主义怎么发展？中国学者无论是研究资本主义，还是研究社会主义，最终总是要落脚到解决中国的现实与未来问题。我看中国的未来就是如何保持长期的稳定和发展。只要能长期稳定，就能长期发展；只要能长期发展，中国的社会主义现代化就能实现。

什么是21世纪的重大理论问题？我看还是马克思主义的发展问

题。我们的理论是为中国的发展服务的，决不是相反。解决中国问题的关键，取决于我们能否更好地坚持和发展马克思主义，特别是发展马克思主义。不能发展马克思主义也就不能坚持马克思主义。一切不发展的、僵化的东西都是坚持不住的，也不可能坚持住。坚持马克思主义，就是要随着实践，随着社会、经济各方面的发展，不断地发展马克思主义。马克思主义没有穷尽真理，也没有包揽一切答案。它所提供给我们的，更多的是认识世界、改造世界的世界观、方法论、价值观，是立场，是方法。我们必须学会运用科学的世界观来认识社会的发展，在实践中不断地丰富和发展马克思主义，只有发展马克思主义才能真正坚持马克思主义。我们年轻的社会科学博士们要以坚持和发展马克思主义为己任，在这方面多出精品力作。我们将优先出版这种成果。

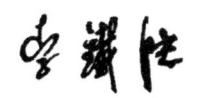

2001 年 8 月 8 日于北戴河

序

黎湘萍

二〇〇四年初春，我到上海开会，趁便为文学研究所新成立的台港澳文学与文化研究室物色合适的青年学者。当时复旦大学张新颖教授向我介绍了李娜，说李娜也是做台湾文学的，曾两次东渡台湾，有过亲履海岛的经验，且文章写得出色。我早就知道复旦大学中文系陈思和教授门下人才辈出，尤其特别的是，陈老师讲授的中国现当代文学课程中，专设了台湾文学一门，多年来，已有不少学生出入其间，颇有佳闻。"名师出高徒"，何况有张新颖教授推荐，于是拜托他通知李娜，约了时间面谈。那天我没有随同行的同事外出游览，在住处一边读王文兴《背海的人》，一边等李娜。李娜打了两次电话，说有事要办，没有按时到。时间流逝，快到下午五点时，我心里犯起了嘀咕，就在我想离开时，李娜姗姗来迟。我对这位不守时的年轻人，已有了一点偏见，但还是抱着试一试的心情，跟她随意聊天。问起她到台湾短期访学的情况，她似乎也有了谈兴。当时正是台湾岛内政治冲突不断，族群撕裂最严重的时候，尤其是在南部，紧绷的意识形态纷争，无法抑制的怨愤，随时都会引爆亲朋好友之间的冲突。对于到台湾去访学的大陆学生而言，如何面对这样"充满了敌意"的状况？我听说曾有大陆学生被一些"独派"师生的"攻击"言论所激怒，奋起争辩，双方各不相让，以致从此翻脸，不相往来。但从李娜这里，我却听到了另外一种声音。她说她也遇到这样情绪昂扬的场景，但她不是急于去抗辩，而是感到好奇，想进一步了解对方何以有这样那样不同于自己的想法？想好好倾听对方的意见，探究所有的激愤、怨恨背后的历史的、社会的诸种原因。李娜的这一态度，立刻改变了我对她"不守时"的看法。对，我需要的就是像她那样的人：能够虚心聆听别人的异见，能够谦卑反省自我的局限，既可择善固执，又有内省能力，这才是最适合从事文学研究、特别是台湾文学研究的人。我很高兴在最后一分钟，找到了我想要的人选。当时，李娜留下了她刚写好的博士论文，就是这部《舞鹤创作与现代台湾》的初稿。

于是李娜到了北京，成为我们台港澳文学与文化研究室创立之后的首位青年学者。然而这部初稿却并没有随着李娜的进京而出版问世。相反，李娜把它束之高阁，不闻不问，她表示有些章节没有想通，需要进一步修改。李娜在搁置书稿的那段时间里，却开始拎起了一个放不下的问号：她不断去思考和质疑一般人都会搁置不问的难题：我们为何研究文学？我们为何研究台湾文学？

那个时候的文学研究所也很宽松平和，它为李娜思考这些问题提供了自由的平台，而从未有人逼她改论著，出成果。在这期间，李娜尝试着做了许多工作，她想突破已意识到的理论和方法上的瓶颈；她参加了文学所专家组织的新疆探险之行，这些看似不太相干的西北沙漠的田野调查，在"实践"的维度上给了她许多仅从文字上得不到的经验。有一度她甚至似乎迷上了这种"非学术"的社会实践和田野调查生活，甚至似乎一度想放弃"学术"，到大西北去参加治理荒漠的绿色行动。这些实践性的活动，在我看来，也许都是她试图去解决"我们为何研究文学？我们为何研究台湾文学"等形而上"困惑"的尝试。此后，她写出了关于郭松棻、陈映真的文章；此后，她参与了推展白先勇先生策划的青春版《牡丹亭》的活动——有趣的是，无论是对于左翼的社会改造思想的深入了解，还是对于"新文艺复兴"在当代社会的可能性的思考和参与，恰好是借助了台湾作家的作品和艺术实践来展开的，许多不太相关的社会实践和文化实践，似乎已为李娜准备了回答她的困惑的各种答案。在貌似"无关"的种种探险、调研和实践之后，李娜有了一个机会重新回到台湾现场：参加少数民族部落工作队的田野调查工作。

也许是冥冥之中自有安排，李娜有意无意从诸多机缘中得到了许多人的帮助和启示。她与工作队一起到了最基层的台湾少数民族部落生活。她接触到了少数民族地区灾后重建的工作。她与少数民族的部落艺术家一起制作了来自他们旷野原声的音乐光盘。与此同时，她在台北的街巷里，遭遇了曾参加过理想主义革命运动的老者，聆听并记录了他无悔的一生。

在默默做着这些工作时，时间也慢慢流逝着。而李娜也不再是那个从学校到学院、从学院到科学院的单纯的女博士，她已是一位日益成熟起来的学者，一位有着切实社会经验的小区建设者，她既是社会变迁的见证人，也是现代史的记录者。李娜用自己充实的社会实践，以其微薄的力量，汇入了滔滔奔流的社会之河。水到渠成似的，曾经被她一直搁置着的那部《舞鹤创作与现代台湾》也终于迎来了作者最后的修改。她以"个案"透视整体，用"文本"（Text）拓展"语境"（context），文学理解与历史分析结合，作家研究与现实关怀并重，视野宽广而不流离失所，立意高迈而不凌空蹈虚，学风严谨，观察细致，能进复能出，不拘泥死板，亦不信马由缰。与原稿相比，修订稿已不再只是舞鹤小说文本的细读——这种细读曾经是展现李娜特有的艺术感受力和分析能力的专长——李娜厘清了舞鹤美学所蕴含的社会意识及其独特的文化观与历史观。洞识舞鹤的特有的"颓废"的、"努力做一个无用者"的美学，只是窥见舞鹤小说之秘密的一部分，而将舞鹤的小说美学与台湾当代社会文化的内在连接的秘密揭示出来，并给予合理的诠释，乃是李娜"以小说证史"的书写实践的一大特色，经过多年的社会实践和对于人的、社会的、台湾的深入认识，李娜才真正完成了属于自己的博士论文。

"十年磨一剑"，李娜的博士论文的确是用了十年时间"磨"出来的。巧合的是，舞鹤在一九七八年发表了《微细的一线香》之后，竟躲过了"众声喧哗"的八〇年代，一隐十年（一九八一——一九九一），待他再复出时，竟以"精神出线"的"社会边缘人"的角度，推出了一系列作品，一鸣惊人。究竟舞鹤如何书写他生于斯、长于斯的台湾？舞鹤作品为什么被认为是"烂中文、好文章"？李娜不仅用了她训练有素的细读功夫和灵心善感来做字面上的分析，而且用了近十年的田野调查功夫，对舞鹤小说文本和舞鹤所处的现代台湾，做了全面而深入的考察。李娜从舞鹤的文本中所看到的台湾，与别人所看到和理解的台湾有所不同，她从舞鹤早期的小说《微细的一线香》，看到了七〇年代文学青年对台湾家族历史的独特记忆和理解；从《逃兵二哥》，看到"'戒严'体制与自由意识的生成"；从《调查：叙述》挖掘了台湾的伤痕、悲情和走出这些历史悲剧的方法；她讨论了舞鹤对"二二八"问题的呈现方式，并从中看到了"文化政治"运作的奥秘；从《拾骨》看到了重返乡土的书写背后的追求；从《悲伤》讨论了人们对当代体制化的社会进行"抵抗"的可能性和方式。

舞鹤退隐十年而写出其独具魅力的佳作；李娜为了修改她不满意的章节，也用了十年的时间，她亲自去台湾踏查调研，深入台湾社会，特别是台湾少数民族的部落，她从舞鹤的文本走到台湾的民间。她的修改，不是文字、修辞、结构上的，而是内容上、精神上和实践上的——李娜从借助舞鹤小说来看台湾转向经由踏查台湾来看舞鹤，完成了非常重要的"华丽转身"：既从舞鹤的另类小说读出了台湾社会文化的内在矛盾，亦从台湾实相入手突破舞鹤"文本"的局限性。

　　十年前的李娜，是"透过舞鹤看台湾"；十年后的李娜，是用了自己的眼睛、手脚、身体和灵魂去观看、触摸、踏查和了解台湾之后，再来论述舞鹤。十年前的李娜以学生的眼光去批阅字面上的舞鹤和台湾；十年后的李娜终于把字面上的、小说里的台湾转化为一个真实生动复杂而丰厚的世界。十年前的李娜刚进入这个所谓的"学术界"时，曾怀着犹豫、疑惑的心情质问"我们为何研究文学？我们为何从事学术研究？"十年后，她用自己的实践修改了舞鹤论，也来解答了困扰自己的问题。

　　因此，在我看来，《舞鹤创作与现代台湾》的问世，意味着一种态度：那是面对研究对象所具有的谦卑的实事求是的态度。李娜这部著作，也展现了一种方法：那是用田野调查或社会实践的方法来校订、修正既成理论的方法，这也是由"文本"细读出发，又经由田调得来的经验来诠释"文本"并突破"文本"疆域的方法。李娜的这部著作，更昭告了一个新的研究世代的诞生。当年李娜似乎曾为如何突破现有研究的瓶颈而苦恼而探索新的方法，在追问如何才使得自身的研究工作有价值、有意义的时候，李娜以其认真热诚的实践和理论思考，逐步成长为一个不折不扣的、脚踏实地的台湾文学研究者，这是否预示着未来世代研究的新方向？那也许是更有人间气的、实践性的、为庶民服务的文学研究，是摆脱意识形态的困扰使文本的细读转化为社会文化的理解、从而焕发出真正的生命力的台湾文学研究。

　　我是本书最早的读者之一，写下这些因缘，或可为李娜所作的十年探索，留下一点见证，也表达我对新书出版的喜悦和欣慰。

二○一四年十二月十日

中文摘要

本书第一部分为《舞鹤创作与现代台湾》。舞鹤（1951—），一个公认重要而又难以解读的台湾当代小说家。出生于台南，毕业于成功大学中文系。这个1990年代让文坛惊艳的"新"面孔，其实早在"乡土文学论战"——1970年代末以文学之名掀起的重要思想、政治论争——的同时，就曾以"陈镜花"之名，发表过一个透露了写作潜力和野心的短篇《微细的一线香》（1978），同时入选艺术与思想标准不同的两本年度小说选。但在接下来被认为是台湾社会"民主转型"、文学解禁、众声喧哗的1980年代，舞鹤不是弄潮儿，反倒从文坛消失，在台北边缘的淡水小镇，一隐十年。十年孤独历练，舞鹤一飞惊人：不只是他书写方式与"众"不同，乡土、新乡土、本土、现代、后现代……文坛的新旧潮流符号，似乎都难以概括；更重要的，他从个人生命经验出发的书写，奇崛而丰饶，贯穿了1970年代以来台湾社会的重大转折与现代性问题。本书往返文献的案头与社会生活的田野，探讨舞鹤创作的文学、历史内涵及其折射的台湾现代性问题的曲折：包括殖民史的反思、戒严体制下自由意识的生成、本土政治与本土文化叙述的兴起、乡土/都市的现代化景观与批判、对少数民族文化的乌托邦想象等。

透过舞鹤，眺望台湾。在台湾当代文学的脉络中，舞鹤上承七等生、王文兴等现代主义与乡土情境融合的一脉，下又被新生代作家骆以军等奉为"恶汉"、"私小说"写作的前辈。舞鹤早期习作，多充满现代主义的前卫色彩——寄寓了文艺青年虚无缥缈的反叛意识，但到《微细的一线香》，他已经以"家族史"追寻台湾的殖民历史与乡土现实，显示了1970年代"乡土文学"兴起后，"关怀现实/认识历史"作为一种道统，与现代主义产生的交错、绵延的关系；1990年代发表的《逃兵二哥》，以逃兵故事敷衍成一则反体制的现代神话，道出30年戒严体制下知识分子"自由"意识的生成与扭曲；《调查：叙述》以解严后有关"二二八"事件的调查为题，从中可见台湾悲情叙事的由来与限度，本书并将其置于"二二八事件"的文学书写脉络，解析本土政治与本土文化叙述的运作。《拾骨》、《悲伤》以恣肆的黑色幽默描摹现代化进程中的乡土/都市变貌，同时指向知识分子现代化批判话语的苍白。此后，舞鹤走入高山海边的少数民族部落，长篇小说《思索阿邦.卡露斯》和《余生》对少数民族的当下生存和历史记忆的探访，既体现，也试图超越逐渐流行的多元文化论和"弱势关怀"。在《舞鹤淡水》这一带有自传意味的"肉欲书"中，他自大学时代的现代主义习作中即见端倪、其后其实一路贯穿，以肉体情欲之解放为个人"自由"的最后堡垒的执念，得到极致展现。此后长篇《乱迷》有意以书写规则的颠覆，来进一步实现他文学形式与自由信仰的统一："流畅中文"的规范被彻底抛弃，呓语胡言，包裹的是他自早年写"家族史"以来，身而为人、为台湾人、为世纪末台湾人的不断自我寻求与自我割弃，以求抖落意识形态加诸个人的"执迷"。在此意义上，书写就是求自由之路。舞鹤的创作，由此成为二战后台湾现代化经验激发为个人意识的一个完整、酣畅而饱满的个案，看似特殊、极端，但实则具有"管中窥豹，可见一斑"的特别认知价值。

概言之，光复后的儒家教化、反共教育，以及深入日常生活与文学艺术的"美援"文化，催生了一种保守的现代化意识形态，这是舞鹤成长的环境，也是他不断叛逆、逃离的对象。移民传统、乡土社会中未被收编的率性、真气乃至"邪魔"之力，处于主流美学、政治、思潮之外的另类立场，则被他作为在现代台湾的困局中左冲右突的依靠。但他追寻的"绝对自由"和"乱迷"美学，并不能打破这一"现代台湾"对人的深刻限定，更难以开展切实的社会进步的想象。《余生》中，浪荡部落的主角与泰雅姑娘溯溪而上，对人与人、人与自然的美善的呼唤，停留于（最本土的）祖灵乌托邦。或可以说，以个人反抗为旨归的"舞鹤台湾"，虽然在文学美学上独树一帜；但在社会历史的思考上，只是提供了一个激进版的虚无文本，而这也透露了个人主义的"人道"与"自由"的局限。也就是，"最具诺贝尔奖之姿"的舞鹤，体现了战后台湾"婴儿潮"世代作家融汇"本土经验"与"现代主义"所达致的美学高度与思想困境。

本书的第二部分《细读六家》，收入论及旅台马华小说，陈映真、郭松菜，白先勇的昆曲改编，以及日据末期张文环、吕赫若对殖民地知识分子的反省等六篇论文，一方面为延伸讨论台湾现代性问题的更多层面，特别是，日据时代以来具有现代启蒙意义的左翼思想在文学中的沉潜与再生；另一方面，也期待读者通过这些作家笔下的台湾，与舞鹤台湾相对照，以打开更多认识、理解、思考台湾的空间。

关键词： 舞鹤创作　现代台湾　殖民地现代性

Abstract

The first part is on "Wuhe's works and modern Taiwan". The contemporary Taiwan writer Wuhe (1951 -) is widely acknowledged for his influence, as well as the obscurity of his works. He is born in Tainan. He graduated from the department of Chinese literature in Taiwan Cheng Kung University, and amazed the literary circle of 1990s. This "new" writer, however, had published a short story A Tenuous Joss-Stick with the penname of Chen Jinghua (陈镜花) in 1978, during the period of which an renowned important intellectual and political polemic— Taiwan's Nativist Literary Debate—had been arising. For its literary potential and ambition A Tenuous Joss-Stick has been included into two Selected Annual Novels Series with quite different artistic and intellectual criterions. But in the following heteroglossia of the 1980s, along with the democratic transition in Taiwan society, the Thaw in the literary field, Wuhe retreated from Taibei and lived in seclusion in Tamsui. He comes back ten years later, with an idiosyncratic writing style, which cannot be easily labeled as native, new native, local, modern, or post-modern, etc.. More importantly, his writings, saturated with his peculiar and profound individual life experiences, covered most of the important transitions of Taiwan society since 1970s and the question of modernity. This book endeavors to present the literary and historical connotation of Wuhe's works on the basis of close reading and field works. In addition, it probes into the problem of Taiwan modernity as reflected in Wuhe's literary creation, ranging from the recounting of colonial history, the consciousness of "freedom" in the martial law system, local politics and local cultural narrative, the modern bifurcated vision of country/city and its critique, utopia projection on ethnic minority culture, etc..

In context of contemporary Taiwan literature, Wuhe has followed the convention of fusing modernism with local situation opened by Qidengsheng and Wang wenxing, and he is also regarded as the pioneer of "hooligan" and "I-novel" by new generation writer Luo Yijun. Wuhe's early modernist works features with a kind of nihilistic and rebellious consciousness among literary youth. Till A Tenuous Joss-Stick, Wuhe turns to "family history" to record Taiwan's colonial history and rural world, which also demonstrates the great impact of "nativist literature" since 1970s. Literature concerning "reality" and "history" has emerged as a new mainstream along with modernism. Army Deserter Second Elder Brother (taobing erge) was written in the 1990s. It is a modern tale about of fighting against with institution by depicting an army deserter. What is revealed is the distortion of intellectual's mentality of "freedom" under the thirty-year martial law system. Investigation: Narration works on the investigation of "Feb. 28th Event" after 1988, which can be found the origin of Taiwan Pathetic Literature as well as its limitation. My reading is to put it in the context of literary representation on "Feb. 28th Event" and analyze the mechanism of local politics and cultural narrative. Collecting Bones (Shigu) and Sadness (beishang) depicts in the variations of country and city in the process of modernization in the tone of black humor. It is also a sharp critique of the so-called critical discourse toward modernization by intellectuals. After these two works, Wuhe went deep into the ethnic minority tribes dwelling in the mountain or the seaside. Two novels of Reflecting on Abang Kalus (sisuo abang kalus) and Rest of Life (yusheng) are about those ethnic minority tribes, in which Wuhe tries to get close to their current life and historical memory, and transcend the prevalent model of "cultural pluralism" and "concern for the disadvantaged group". Wuhe Tamsui takes the biographical style and centering on the emancipation of body and desire, which can be traced back to his early modernist works as a college student. The idea of taking body and sexual liberation as the ultimate actualization of individual "freedom" has gotten fully developed in this Wuhe Tamsui. In his novel Bewilderment (Luanmi), Wuhe subverts the writing conventions and experiment new forms to approximate his reflection on freedom. He intentionally adopts "nonsense" instead of writing regular "fluent Chinese", in which resides the relentless seeking and self-reflection about what is to be human, what is to be Taiwanese, and Taiwanese in Fin de Siecle, in the hope of the individual "obsession" conditioned by ideology. In this sense, writing becomes the road of fighting for freedom. Wuhe's writing serves as a full-fledged experiment, a unique case of universal significance, for examining the emergence of individual consciousness from Taiwan's modernization after 1945 historically.

In sum, expansion of Confucian cultivation and Anti-Communist propaganda and the American Aid culture permeated in literary and artistic creation and daily life, have fostered the formation of a conservative ideology of modernization after 1945. This is the place Wuhe grew up and the place he kept rebelling and leaving. The spontaneity, the yet-to be institutionalized natural energy and even the "evil" power from migration tradition and local society nurture an alternative view unfettered from the mainstream of aesthetics and politics, which has greatly backed his critical thinking of the dilemma of modern Taiwan. Nevertheless, his pursuit of absolute freedom and the aesthetics of "bewilderment" cannot break through the constraints set by "modern Taiwan", needless to say that a practical vision social reconstruction and progress emerges from it. In The Rest of Life (yusheng), the male protagonist had been wandering in the tribe and walking along the stream companied with a Atayal girl and seeks for the ancestral soul of the Utopia, which has been considered as the loci of benevolence and beauty among human kinds and nature. To put it another way, the contribution of "Wuhe Taiwan" oriented by individual resistance is nothing but a radicalized version of nihilism in terms of socio- historical reflection, though it presents an impressive literary and aesthetic style. Wuhe's writing, praised as highly as the potential Nobel Laureate of Taiwan, touches upon the limits of individualized notion of "humanity" and "freedom", which also registers the intellectual predicament of the postwar generation (also the baby boom generation) writers, as well as their aesthetic exploration by intermingling "local experience" with "modernism".

The second part includes six article of closing read, on works written respectively by Indonesian writers in Taiwan, Chen Yingzhen, Guo Songfen, Bai

Xianyong's adaption of Kunqu, and Zhang Wenhuan ＄ Lv Heruo's reflection on colonial intellectuals in the late Occupation period. It is aimed to reveal more dimensions of Taiwan modernity, especially the rejuvenation of left-wing thought which played an important role of modern enlightening since the Occupation period; on the other hand, it is to contextualize Wuhe's vision of Taiwan in reference with these writings in the hope of creating more space to understand Taiwan.

Keyword: Wuhe's Literature , Modern Taiwan, Colonial Modernity

目 录

舞鹤创作与现代台湾

引子:透过舞鹤眺望 …………………………………………… (3)

第一章 微细的一线香
——文学青年舞鹤与台湾一九七〇年代 …………………… (6)
一 微细的一线香:未完成的家族史 ………………………… (7)
（一）啥人知我志气:殖民地台湾的父祖 ………………… (8)
（二）发现"斯土斯地":"我"的一九七〇年代 ………… (13)
二 身世辨析与精神探源 …………………………………… (17)
（一）混搭的"时代意识":乡土关怀·民族情感·殖民
主义批判 ……………………………………………… (17)
（二）内化的精神资源:现代主义·古典语文·台湾
记忆 …………………………………………………… (21)

第二章 《逃兵二哥》:"戒严"体制与自由意识的生成 …… (29)
一 逃兵故事 ………………………………………………… (31)
（一）秀才是一颗螺丝钉养猪兵 ………………………… (31)
（二）逃兵二哥:像鹰隼一样狠飞 ……………………… (35)
（三）反叛的现实与梦想 ………………………………… (36)
二 舞鹤式"自由"及其血统 ……………………………… (38)
（一）薛西弗斯与夸父 …………………………………… (38)
（二）自由而不主义 ……………………………………… (41)

第三章 《调查:叙述》:伤痕、悲情及其解构 ……………… (44)
  一 "二二八"与"解严"后的伤痕书写 ……………………… (45)
  二 《调查:叙述》:伤痕、悲情及其解构 …………………… (47)
      (一)"调查"与"叙述" ………………………………… (47)
      (二)父亲、母亲与安平长工 …………………………… (49)
      (三)个人的纪念碑:拆解悲情,铭刻伤痛 …………… (53)

第四章 "二二八"文学的文化政治 ……………………………… (56)
  一 事件前后:动荡时代的先声与见证 ……………………… (56)
      (一)寒潮涌动的冬夜 …………………………………… (56)
      (二)惊悸的春天:从台湾到大陆 ……………………… (59)
  二 一九五〇——一九七〇年代:寂静中的"回想"与"回响" …… (60)
  三 "解严"前后:伤痕意识的兴起与各方的言说 …………… (62)
      (一)悲情:族群记忆的形塑 …………………………… (63)
      (二)悲情无省籍:对族群记忆的反拨 ………………… (64)
      (三)战火中的岛与大陆——海外边缘人的战争反思 …… (65)
      (四)从"二二八"到白色恐怖 ………………………… (66)
  四 一九九〇年代以来:记忆的异质纷呈与叙述的
      多向反省 ……………………………………………………… (67)
      (一)差异的丰富与强化:谁的记忆、为谁记忆 ……… (67)
      (二)叙事伦理的多向开拓 ……………………………… (69)
  余论:"二二八"文学与文化政治 …………………………… (72)

第五章 《拾骨》:重返乡土 …………………………………… (74)
  一 拾骨:狂欢与伤痛的现代化旅程 ………………………… (75)
      (一)寺庙与神汉 ……………………………………… (75)
      (二)谁来拾骨 ………………………………………… (77)
      (三)庶民与知识者 …………………………………… (81)
  二 拾骨者,异乡人 …………………………………………… (85)
  三 庶民信仰与乡土文学精神的流转 ………………………… (89)
  四 从"线香"到"拾骨"——舞鹤乡土意识与叙事
      的转折点 …………………………………………………… (91)

（一）从家族祭到拾骨葬：仪式转换的文化意涵 ………………（92）
　　（二）在文本交织地带中的祖父、娘和"我"：身世与思想
　　　　之变迁 …………………………………………………………（93）
　　（三）从线香到枯骨：乡愁与叙述的隐喻 ………………………（95）

第六章　《悲伤》：谁在守望　谁能抵抗 ……………………………（99）
　一　在淡水："我心深处剖开马路" ……………………………………（100）
　二　从天而降、自海中生："你"带来蛮荒之性 ………………………（106）
　三　相遇疗养院：禁闭与治疗 …………………………………………（108）
　四　复合之梦：返乡与漂流 ……………………………………………（110）
　五　余生："努力做个无用的人" ………………………………………（113）

第七章　《舞鹤淡水》：浪荡者手记 …………………………………（115）
　一　恋恋淡水 ……………………………………………………………（115）
　二　淡水"历劫"史 ………………………………………………………（118）
　三　浪荡与修行 …………………………………………………………（123）
　　（一）性与街边的慰藉 ……………………………………………（123）
　　（二）情欲的修行 …………………………………………………（127）

第八章　《余生》：回归祖灵乌托邦 …………………………………（129）
　一　尊严的两面 …………………………………………………………（133）
　二　"出草"的两面 ………………………………………………………（135）
　三　关于"出草"的诠释的政治 ………………………………………（138）
　四　"达雅革命"与族群伤痕 ……………………………………………（140）
　五　原乡的崩坏与重建 …………………………………………………（142）
　六　姑娘溯溪，回归祖灵 ………………………………………………（144）
　七　余生悠悠 ……………………………………………………………（147）

余论　舞鹤创作与现代台湾 …………………………………………（151）
　一　孤独并生爱神与邪魔 ………………………………………………（151）
　二　异质的"本土"与另类的"另类" …………………………………（156）

细读六家：族群、左翼、文化更新与殖民现代性的意涵

异乡说书：旅台马华小说 ……………………………………（165）
  一　马来西亚华人生存与书写的双重寓言：《开往中国的
    慢船》……………………………………………………（166）
  二　早期马共史话：《黑鸦与太阳》………………………（171）

在台湾的后街与陈映真相遇 …………………………………（177）
  一　禁书之光，照进台湾历史的后街 ……………………（178）
  二　作为镜子的美国，映照台湾"从属的心灵"……………（183）
  三　狱中记忆，连接"后街"的过去、现在和未来 ………（186）

世界远处的信息：论郭松棻的《论写作》……………………（192）
  一　理想旺盛的岁月：世界的远处埋藏着意想不到
    的信息 ……………………………………………………（193）
  二　丰饶的寻找：谁怀有别样的心思，谁就心甘情愿
    走进疯人院 ………………………………………………（195）
  三　爱的实现：妈，我的脑子病坏了……现在我
    幸福了 ……………………………………………………（197）

青春版《牡丹亭》的剧本改编 ………………………………（203）
  一　三条线索 ………………………………………………（204）
  二　删削了什么 ……………………………………………（205）
  三　生与旦 …………………………………………………（206）
  四　月落重生的哲学 ………………………………………（209）

还俗记——白先勇案头与舞台的另类大众化 ………………（212）
  一　尹雪艳与"文学性" ……………………………………（212）
  二　金大班的烟火气：从小说到电影 ……………………（214）
  三　在地与还俗 ……………………………………………（216）
  四　戏园子里的小孩：俗的信仰 …………………………（217）

"克服黑暗"——论日据末期张文环与吕赫若对殖民地
知识者道路的反省 …………………………………………………… (219)
  一 张文环:总决算与乌托邦 ………………………………………… (220)
    (一)云中的觉悟 ……………………………………………………… (220)
    (二)决战下的文坛与文学运动 ……………………………………… (223)
    (三)《土地的香味》:现代青年总决算 …………………………… (225)
  二 吕赫若:以文学克服黑暗 …………………………………………… (230)
    (一)《风头水尾》:是战场,不是田园 …………………………… (230)
    (二)从东京到台湾,寂寞与战斗 …………………………………… (231)
    (三)《清秋》:本岛知识阶层的方向与批判 …………………… (238)
  三 决战到光复:克服黑暗的文学之路的断裂 ……………………… (242)

附录1 舞鹤创作年表 …………………………………………………… (245)

附录2 莫那的疑问与感言 / Mona Pawan(张进昌) …………………… (248)

主要参考书目 …………………………………………………………… (254)

后记 ……………………………………………………………………… (260)

Content

Part Ⅰ Wuhe's Literature and Modern Taiwan

Chapter One   A Tenuous Joss-Stick ·· (6)
Chapter Two   Army Deserter Second Elder Brother (taobing erge):
             Martial Law System and the formation of Consciousness of
             "freedom" ·· (29)
Chapter Three Investigation: Narration (diaocha: xushu): Scar,
             Pathos and Its Destruction ··· (44)
Chapter Four   "Feb. 28th" literature and Its Culture Politics ·········· (56)
Chapter Five   Collecting Bones (Shigu): Returning to the Native
             Soil ·· (74)
Chapter Six   Sadness (beishang): Who is Watching and Who is
             Fighting? ·· (99)
Chapter Seven Wuhe's Tamsui (wuhe danshui): A Flaneour's
             Notes ·· (115)
Chapter Eight The Rest of Life (yusheng): Returning to the Ancestral
             Soul as Utopia ··· (129)

Part Ⅱ Six Articles of Close Reading: Ethnic Groups, Left-Wing, Culture Reconstruction and the Meaning of Colonial Modernity

One   Storytelling in the Foreign Land: Malaysia-Chinese Literature in
     Taiwan ··· (165)
Two   Confronting with Chen Yingzhen in the Backstreet of Taiwan ··· (177)

Three   Message from the World Faraway: On Guo Songfen's On Writing (lun xiezuo) ································ (192)

Four   The Adaption of The Peony Pavilion (youth edition) ············ (203)

Five   "Back to the Popular": Bai Xianyong's Written Works and the Alternative Popularization in Stage Performance ················ (212)

Six   "Overcoming Darkness" -On Zhang Wenhuan and Lv Heruo's Reflection on the Way of Colonial Intellectuals in the Late Occupation period ································ (219)

Appendix Ⅰ   Chronicle of Wuhe's Literary Works ················ (245)
Appendix Ⅱ   Mona Pawan's Confusion and Reflection ················ (248)
Reference ································ (254)
Postscript ································ (260)

舞鹤创作与现代台湾

引 子

透过舞鹤眺望

舞鹤，一个公认难以理解而又重要的台湾当代作家。这个一九九〇年代让文坛惊叹的"新"面孔，其实早在"乡土文学论战"以文学之名掀起一场思想、政治论争的一九七〇年代末，就曾以"陈镜花"之名，发表过一个透露了写作潜力和野心的短篇《微细的一线香》（一九七八），同时入选（艺术与思想）标准不同的两本年度小说选。但在接下来被认为是台湾社会民主转型、文学解禁、"众声喧哗"的一九八〇年代，舞鹤不是弄潮儿，反倒从文坛消失，在台北边缘的淡水小镇，一隐十年（一九八一——一九九一）。十年孤独历练，"舞鹤"一飞惊人，他从个人生命经验的"纪念碑"式书写出发，穿越了"二战"后台湾的庶民生活变迁，又以一个"不事生产"、"精神出线"社会边缘人/知识者的自觉，让现实与历史、个人与社会之间种种荒唐悖谬与精神伤痛，悠悠浮出华丽岛的世纪末。他的书写方式与"众"不同——乡土，本土，现代，后现代——似乎都难以覆盖，"复出"之初，论者多以"原创"一词模糊地表达赞美。"书写当下"的他，是一个"浪荡者"，一个"狂人"，世纪末的读者对其幽幽会心又难以评述，世纪末的文坛却不吝授予其殊荣——舞鹤先后获得赖和文学奖、中国时报文学推荐奖、台北文学奖、国艺会创作奖助、东元科技文学奖等文学界重要奖项，成为台湾当代评论乃至文学史意义上的重要对象，以至于论者有言"论二十世纪台湾文学，必须以舞鹤始"。[①]

舞鹤？是的，舞鹤！

舞鹤生于一九五一年，本名陈国城，曾用笔名陈渝、陈瘦渝、陈镜花、黑猫，一九九一年以后以"舞鹤"之名发表作品。台湾台南人，毕

---

① 参见王德威《序：原乡人里的异乡人》，舞鹤《悲伤》，台北：麦田出版社2001年版。

业于成功大学中文系，后曾就读台湾师范大学国文所、东华大学创作所。至今未正式从事过任何"职业"——在"作家"并非可谋生的职业的台湾，这不多见。

透过舞鹤，眺望台湾。一以他的每一部作品，都与呼应时代的某种文学现象或思潮相关，并体现了"二战"后台湾"婴儿潮"作家融汇"本土经验"和"现代主义"所达致的文学成就的一个高度。二以他的经历与思考、书写方式，都与"二战"后台湾的现代化经验，有着刻入彼此内里的关联。

舞鹤特立独行的人间姿态、晦涩又富有想象力的文字，被视为当代台湾文坛的"异数"。读解这个异数，就从"舞鹤"这个名字说起。

地理上，"舞鹤"原是台湾东部花东纵谷的一处河阶台地，阿美族人的世居之地，一九八一年以来被辟为观光茶园，如今是以"天鹤茶"和旖旎风光闻名的旅游区。舞鹤曾自道：所以用"舞鹤"作为一九九一年以来重出江湖的笔名，一是表白对本土之爱，一是为"舞鹤"本身的美丽意象所感动。其时刚刚走出淡水的舞鹤正向中央山脉行走，发愿去寻找、书写"台湾的山水人文之美"。[1] 然而追溯起来，"舞鹤"作为地名并非台湾"土产"，却是来自日据时期。在此之前，阿美族人称此地为"扫叭顶"；日本人改名"舞鹤"，人们推测，可能是因为那时每年还有从寒冷的西伯利亚飞来过冬的鹤，思及日本岛上以夕阳红闻名的"舞鹤湾"，这命名自是带着殖民者的乡愁。

而成为作家的"舞鹤"，是绰约的"风中之鹤"，也是"狂舞孤鹤"。前者透露文学青年的记忆——三岛由纪夫的《金阁寺》中，那个每当心情郁闷就去舞鹤湾看夕阳的少年，曾触动了文学青年舞鹤的心灵；[2] 后者正是舞鹤的书写姿态。

"舞鹤"这一地理符号血缘复杂，而舞鹤这个作家也远远超过了一九九〇年代以来对其"本土"或"本土现代主义"的划界——作为"二战"后第二代台湾作家，他用三十年的文字书写自我，也书写了现代化过程中的台湾。

---

[1] 参见曾美鑫、蔡佩汝《访舞鹤》，《台湾新文学》1995 年第 10 期。

[2] 参见谢肇祯《乱迷舞鹤——舞鹤采访记录》，《群欲乱舞——舞鹤小说中的性政治》，台北：麦田出版社 2003 年版。

以时间为轴阅读舞鹤，先可看到三十余年来台湾当代文学的表层脉络：写于学生时代末期的《牡丹秋》、《微细的一线香》，散发着一九七〇年代现代主义余绪和乡土文学作为一种新时代精神的气息；写于淡水隐居时期的《逃兵二哥》、《调查：叙述》，在"解严"前后大热的反体制与"伤痕"书写中，不以悲情控诉，也非炫耀"解构"的虚无，却以逃兵的"神话"和革命的"神化"，追究"自由"之于个体的困境，叙述文学委身功利的宿命；走出淡水之后，先后发表的《拾骨》（一九九三）、《悲伤》（一九九四），有关台湾现代化进程中乡土与城市、个人与环境的荒诞悲喜剧，投射着基于本土生存危机的焦虑与突围想象；之后，舞鹤走入台湾的地理与文化皱褶——高山海边的少数民族部落，《思索阿邦·卡露斯》（一九九五）和《余生》（二〇〇〇）对少数民族的当下生存和历史记忆的探访，既体现，也试图超越逐渐流行于台湾文化论述的多元价值和弱势关怀，以"回归祖灵之地"构筑一个逃离现代台湾的乌托邦。随之，在被视为后现代主义的文学表现的"同志"、"酷儿"、"情色书写"中，舞鹤又以《鬼儿与阿妖》（二〇〇〇）、《舞鹤淡水》（二〇〇二），所谓"肉欲书"，嘲讽"异端"之为时尚。他自大学时代的现代主义习作中即见端倪的，一路贯穿的，以肉体情欲之解放为个人"自由"的最后堡垒的信仰，在这两部作品中得到极端展现。此后长篇《乱迷》（二〇〇七）有意以书写规则的极致颠覆，来进一步实现他文学形式与自由信仰的统一互见："流畅中文"的规范被彻底抛弃，呓语胡言，包裹的是他自早年写"家族史"的"野心"以来，身而为人、为台湾人、为世纪末台湾人的不断自我寻求与自我割弃，最终抖落时代与意识形态加诸个人的"执迷"。在此意义上，书写是自由的获得，也是求自由之路。舞鹤的创作，由此成为"二战"后台湾现代化激发的个人意识的一个完整、酣畅的镜像。

第一章

微细的一线香

——文学青年舞鹤与台湾一九七〇年代

《微细的一线香》：文学青年舞鹤的一九七〇年代
傍晚后，一个个无尽头的长夜，一支支亮着微红的线香。

——《微细的一线香》

《微细的一线香》始见真正有意写小说，一种"文学的使命感"在背后驱策，写得坎坎坷坷，凿痕处处，我年轻时一个庞大的文学梦想，写作《家族史》之前的一篇试笔。我不喜这般所从来的小说，不过犹记得当时落笔俨然，是苍白而严肃的文学青年立志写的"大而正统"的作品。

——《悲伤》后记

舞鹤一再告白对"崭露头角"之作《微细的一线香》（一九七八）的"不喜"，悔其少作，为其"俨然"；我们却乐意并不得不回到"少作"，便是从其"造作"，也可窥得他写作的血脉来源与时代风标。

舞鹤开始写作的一九七〇年代，是文学与社会高度关联、密切互动的时代，也是"二战"后形成的世界冷战格局松动，新生世代关怀现实、深恶专制的心思与行动，正以各种文化形式曲折冲撞着"戒严"体制的时代。以文学之名掀起的一波又一波的思想论争，特别是"乡土文学论战"，参与也推动着社会走向。这是文学蕴含极大冲劲和能量的时代，以陈映真为代表的秘密的左翼文学青年已经有了清楚思想与行动动力，集结在《夏潮》杂志周围，文学是其追寻思想反抗的途径也是武器；而对舞鹤所代表的"苍白而严肃"的前卫文艺青年而言，文学就是"叛逆"本身。写了几篇典型的现代主义习作之后，舞鹤以《微细的一线香》将触角探入"二战"后一度尘封的"日据时代殖民历史"，以此开始他"庞大的梦想"：写作家族史。在当年，这种写作并非平常。这是一九五一年出生的舞鹤，作为"二战"后第一代本省青年，对他所处的激荡时代的参与方式，其写作得失，值得特别探究。

本章以舞鹤"始见真正有意写小说"的《微细的一线香》为主，兼及早期的其他作品，包括《蚀》（一九七四）、《牡丹秋》（一九七四）和《十年纪事》（一九七九）。[①] 追寻舞鹤创作的源头，兼及与他同时开始写作的"'二战'后新生代作家"，如何走向不同路途。

一　微细的一线香：未完成的家族史

《微细的一线香》以光复后出生的"我"的视角，写府城旧家族子孙三代人的命运遭际。舞鹤"庞大的梦想"，即以三百余年繁华岁月的府城的衰落为背景，写出日据时代到一九七〇年代台湾人的精神沉浮。

家族故事上演的空间是府城，即台南——是舞鹤长大的地方，他的多篇小说都以府城生活为背景。作为开发最早的繁荣之地，府城集中了台湾近三分之一的古迹。明天启四年（一六二四）荷兰人入侵台湾，在今台南安平镇设置台湾政厅，作为殖民中心，鼓励垦荒农耕，开展海上贸易。台南成为当时中国东南海外的一大都市，汉人渔商接踵而至。明永历十五年（一六六一），郑成功攻克荷兰人所建"热兰遮城"（又名红毛城，即今日安平古堡前身），将其改设为"承天府"，确定了台南作为台湾府治的地位。清康熙二十二年（一六八三），郑成功之孙郑克塽降清，清政府在台南设"台湾府"，台南仍是台湾政治、经济、文化的中心。当时有所谓一府，二鹿，三艋舺之称，即第一台湾府，第二鹿港，第三艋舺（今台北万华），可知台南是最繁华的地方，而安平港是全台湾的货物吞吐口，外商云集，有五大洋行和英国领事馆。一八八五年，清政府在台湾建省，巡抚刘铭传驻于台北，并着手将台北建设成近代化的商业都市，台湾的政治、经济中心遂开始由台南/府城向台北转移。甲午战争后，日本置

[①] 《十年纪事》于二〇〇二年重新整理改名《往事》，收入《十七岁之海》，台北：麦田出版社2002年版。

台湾总督府于台北，试图通过都市计划／现代化的手段，复制学习西方的成功经验。与此同时，台南因安平港渐渐淤浅，对外贸易日趋冷落，彻底失去中心地位。

几千年来，台湾是多族群多语言的少数民族以氏族部落形态栖居之地；明郑以来，又是汉移民与遗民之地。时居时代，以经济掠夺为目的的"殖民现代化"，打破了前现代的台湾社会关系。台湾岛上的汉人与少数民族被迫进入"现代性问题"：从民族／部落的自我认知到现代"国家"意识的强制演进——认同叙述是台湾一九九〇年代以来的"显学"，但在舞鹤写作《微细的一线香》的一九七〇年代末，实为少见。

（一）啥人知我志气：殖民地台湾的父祖

小说伊始，生活于一九七〇年代台南市的叙述者"我"，守着曾经是"五落辉煌大厝"、而今被经营工厂的二叔诅咒为"破旧、阴湿、满是鬼怪。伊娘的，拢是鬼"的"三进破败古厝"，回忆在这里生活过的家族三代人。历史时空，正追溯到日本殖民台湾、府城失去首府地位的祖父时期。

首先是"废人父亲"。在太平洋战争时期，被征召到南洋战场"光荣奋战"的父亲，"二战"后归来成了一个终日醺醉沉迷于养猫、莳花的"废人"。推断一下，父亲属于出生于一九二〇——一九三〇年间的一代，成长期适逢日本为战争大力推行"皇民化"运动[①]，在殖民已逾四十载的台湾，父亲接受军国主义与爱国主义相结合的"皇民化"教育。一九四二年实施"台湾特别志愿兵制度"[②]，父亲或许抱着借为天皇奋战而成为与"内地人"[③]平等的"皇民"的心态奔赴战场。日据时代末期，以"皇民文学"成名的作家周金波的《志愿兵》、陈火泉的《道》中所写的志愿参战以"步向皇民之道"的高进六、陈青楠等台湾青年形象，并非全然皇民文学的宣传泡制——"二战"后国民政府为清除"奴化遗毒"

[①] 一九三七年日本发动全面侵华战争后，根据"国民精神总动员计划"制定台湾"皇民化"方针，包括完全废除公学校的汉语教学、取缔中文私塾、改日本姓氏，甚至取缔中国传统年节，要将台湾人"炼成"日本皇民。文学上则大力推行"皇民文学"。

[②] 从一九四一年太平洋战争爆发到一九四五年战败之前，日本先后征召台湾少数民族秘密编成"高砂义勇队"，征召台湾青年编成志愿兵赴南洋乃至大陆战场。

[③] 其时台湾殖民政府将日本称为"内地"，自称"本岛"；相对应日本人为"内地人"，台湾人为"本岛人"。

而强力抹去这一记忆，在一九七〇年代的文学青年舞鹤这里被找回来——《微细的一线香》中，母亲对参战时父亲的记忆是"身着戎装、炯亮眼睛"，她曾那样盼着父亲"沙场立功"胜利归来，翻新屋厝，"告慰祖先"。终其一生，母亲都怀念这个时期，"始终，伊坚持说是'奋战'。"台湾光复，父亲成了一个"沦丧者"，归来时他"像脱了水的干薯样在庭中立着"，"丧神般愣瞪着一双双迎迓底湿热的眼瞳"，对人怀着莫名的"近乎仇恨般的敌意"。他将白菊种满庭院，"那样不让人触摸的白，缀满了父亲瘫痪样的余生"，最终在寒流早来的冬天，父亲为了护理白菊，三十九岁便撒手而去。

相较于父亲作为一个殖民地战争的牺牲品，早逝反倒成全其单一认同；而祖父漫长的一生，承受精神的几度翻覆和自我反刍之外，还要承受子孙辈的诘问疑虑，毋宁更是千疮百孔。祖父曾是府城孔庙以成乐社的司笙者，一代儒家士绅。明清两朝，作为台湾的政治文化中心，府城一直是文教发达之地。被尊为"开台祖师爷"的郑成功，收复台湾本是为了要拿它作为"反清复明"大业的基地，一入台便致力于规划一个以儒家思想为指导的社会架构；继之而来的清朝亦以儒家教化以图安定，巡台的钦差大臣沈葆桢特别奏请在府城建立延平郡王祠，表彰其"忠义"。祠中挂沈葆桢对联：

> 开万古得未曾有之奇，洪荒留此山川，作遗民世界；极一生无可如何之遇，缺憾还诸天地，是创格完人。

明清两代，台湾除设有国学、府学、县学等官办学校之外，为数众多的书院散落民间。士人与庶民拥有同一价值体系与文化传统，与大陆乡间一样，移民来台的汉人一旦经历几代安定富足，便培养子弟进学入仕。小说中的祖父以儒家传人自居，他的山川沦为日本殖民地时，无意中便接续起郑成功的"遗民"之痛。

然而此遗民已非彼遗民。在台湾这个"孤悬海外"的小岛上，日本刻意经营迈向帝国之路的第一块殖民地。既是被挤进"现代化强国"的日本打败，如祖父这样的地方士绅作为遗民，面临的不单是伦理气节，也必然承受了中国近代史念兹在兹的"落后的耻辱"。儒家教化如何与殖民地的"现代文明"角力？叙述者并未做全知的历史叙事，却通过孩童的目光和家人的回忆，以祖父的三个生活场景，拉开三道厚重的历史帷幕。

首先是家族祭祀。

光复后某年，退出孔庙以成乐社的祖父，却把祭祀孔子的全套程序一丝不苟地搬到古厝的庭院。同时，沉溺于"修筑更壮丽的王国"，"加厉地收购着簠簋尊爵等诸种祭器"，坚持"至少须购一个簋"，"没有簋，如何接续那年代久远的声音？"祖父"修筑"一个汉文化的"王国"，并且坚持子孙都是这个"王国"的子民。在灯火灼灼的堂厝，旧瓷碗满溢的鸡血拉开祭礼序幕，祖父的蓝袍紫带、奕奕眼神、粗嘎嗓音，乃至映在观礼的母亲眼瞳里的那一丝"烛火美丽的柔芒"，营造出让人屏息的气氛。"乐奏昭平之章"、"乐奏秩平之章"是空喊，却仿佛使人在偌大阒静里听到鼓乐齐鸣；"肃肃雍雍，誉髦斯彦，礼陶乐淑，相观而善"，"宛如孔庙九月末梢的释奠仪节，祖父俨然大通兼主祭，而我忝为事事赞助的小官"。

礼乐教化悖谬时空，如何"接续着古老文明"？母亲小心翼翼道："不会太僭么？"二叔却讽刺"只会玩家家酒"、"逃避"。古厝庭院里的祭祀，于俨然中流露癫狂，埋藏着怎样的遗民故事？

到了下一个场景，我们似乎窥得了答案。

这就是祖父的书房。

那是家中的禁区："如是不可思议，将二十年了，家厝仍有我未能亲炙的陌生的国土。"一次祖父昏睡，"我"怀着冒险的窃喜踏上"紫灰色六角地砖"的书房：画布轴、紫石砚、剥落了铜漆的油盏灯、绘着古衣冠人物的书橱——所有的物质符号都指向"古典"、"中国"，暗影重重的线装书《潜夫论》、《明代名臣言行录》更进一步诉说着主人的志趣。"我"摩挲书页上的"红圈"，揣测着先祖"凭着油盏圈点古书"的心境时，却于无意中拉开了书橱最下层的斗柜，另一套异民族文化的物质符号出现了：一件"一轮夕阳红在金黄质地上迸跳出来"的和服，一双雕着圆脸娃娃的木屐，然后，是一个柚黑木匾——

台湾公益会旨趣书（一九二三年十一月）[①]

[①] 参见周婉窈《日据时代的台湾议会设置请愿运动》，台北：自立报系文化出版部1989年版。

> 诚惶诚恐我东宫殿下鹤驾南巡之际……岛内官民奉诵之余，莫不感泣泪零……兹纠合同志除宏扬台湾公益会外，更拟切磋研钻，以图上下意志之疏通，披沥忠诚……以助长内（日）台人差别之撤废……日本帝国统治幸甚，台湾统治幸甚！

原来"二战"后的癫狂祭祀，竟是为了"逃避"曾经的沦丧吗？"书房"是一个充满了隐喻的地方，尽管给我们看到的不过是两种东西：器物和文字。大和文明的木屐、和服进入了铜油盏、线装书的书房，代表着从武力征服到文化（入侵？融合？）的大变动；文字则道出读书人的心灵挣扎。一方面，文言正用它特有的声韵腔调，表白着与殖民者燕好的心意，连呼"幸甚"，何等卑微。另一方面，华丽的"旨趣书"又隐然透露遗民的自我辩解："统治之极致在于文化向上，民生安定而已。"殖民初期，汉书房和如祖父这般的旧文人，曾是与殖民者进行语言角力、"维系汉文化于一脉"的重要营盘。但同时，"汉文汉诗"也是殖民者以"同文"示好，拉拢旧文人、排斥"新文学"的手段。台湾新文学直接受到大陆新文化运动影响，在殖民地处境下，尤有强烈的抵抗意识。"汉文化"与"旧文人"，在多重的历史夹缝中，焉能不进退失据。祖父典藏的"台湾公益会旨趣书"，代表的或是一类"屈节者"：文化不灭，则与日本人"融合协立"，未必不利于"除去民间疾苦"——考诸文人屈节保身的历史，这番说辞并不罕见。[①] 所谓"助长内（日）台人差别之撤废"，是顺应时势的天真愿望，还是屈从殖民地的悲观宿命？殖民地人的最高目标，是成为与殖民母国同等的人？由此再回顾父亲的经历，太平洋战争给他成为"皇民"的希望，希望的毁灭伴随着认同伦理的反扑，让父亲一代成为精神瘫痪。而为父亲取名"承祖"的祖父，要他如何承祖？一些日本学者的研究，如此理解祖父这一代台湾人所遭遇的历史两难：

> 本岛人要保持对岸的语言和习惯，在今日对他们没有什么利益，恐怕更使他们子孙的地位增加困难——使用本岛话及随着因使用本岛话而怀着思想祖国及怀念祖国的感情，那么他们在政治上就不能不受

[①] 又如周作人在新中国成立后给毛泽东的信里有极类似的辩解。

到不利的处置。①

叙述者"我"说,"家族遗传的血液啃蚀了父亲的一生",祖父遗传给父亲的不是别的,却是一个大汉子民的人格畸变——政治上的妥协屈节与文化上的空虚耽溺的困顿交加。从《明代名臣言行录》的书名与一卷卷纸轴《大和颂》、《送尾崎一郎东归诗》、《和上田总督诗》的对照中,想见这其间的矛盾。

"我"的偷窥揭开了祖父的伤口,病中的他,拼尽全力掷来手杖,打碎了木匾。而年少的"我"懵懂不觉,多年后殷殷询之于母亲。母亲却讲起了祖父办工厂的事情,由此我们进入祖父的第三个时空:光复后的工厂。

光复后,祖父卖掉五进大厝的后边两进,在郊外开了一家产品销往"唐山大陆"的罐头厂。一九四七年"二二八"事件爆发,祖父的工厂亦受到持着棍棒、啸叫着"打猪仔"的本省人的冲击,祖父嘶吼:"我是台湾人!"众人愣住,祖父却又龇着牙恶狠狠地说:"中国人!"众人惶惶,一个干瘪的声音冷冷道:"昨天是日本人,今天台湾人,究竟是什么人?"祖父被问得哑了声。日本人面前是"日本人",光复了刚刚回归"中国人",又在冲突中回到"台湾人"——干瘪的声音"冷而坚直"地替祖父作答:"什么人?现实的人!"这个"干瘪的声音",像终于来临的末日的审判,宣告着祖父作为"沦丧者"的道德破产。祖父抱着振兴家业的雄心开办工厂,具有商业投机色彩,光复之初,两岸往来畅通,对由于日本人的经营而初步拥有现代工业观念的台湾士绅来说,看到了商机,府城本是一个以商业贸易为基础发展起来的城市,重利的商业性格也是一种积淀。舞鹤对此颇有自觉,并在不同的作品中一再加以表现和嘲讽。《调查:叙述》和《乱迷》中,都有面对入侵者"田庄憨祖"拼死抵抗而城里的生意人已开门跪迎的情节。"暂时不做生意不会死"是《乱迷》中田庄憨百姓飞函告诉府城亲家要"报血仇"时的叮咛,然而生意人永远生意第一。以此来看,小说中那个"干瘪的声音"说"什么人?现实的人"似乎来自青年舞鹤对历史中的祖辈的审判。却也无意中呼应了当下对殖民

---

① 参见西野英礼著,郑炷摘译《殖民地的伤痕——帝国主义时代日本人的台湾观》,王晓波编《台湾的殖民地伤痕》,台北:帕米尔书店 1985 年版。

地"文化认同"困境的热议,那么青年舞鹤早就提供了一个"解构":读书人的错乱背后,非关"文化",而是"现实"。祖父的工厂终于被砸,渐渐瘫痪下来,随同瘫痪了的是祖父的意志。五进辉煌大厝渐渐变成三进破败古厝。"我"推测祖父正是在此后退出孔庙以成乐社,开始了被目为疯癫的"家族二人祭"。"啥人知我志气",祖父喃喃。工厂的瘫痪使祖父再次,也是在更颓废的意义上退回到没落的遗民的世界,在这样一个世界中,无可如何之遇依旧,缺憾却无法还诸天地,也再没有创格完人。

(二)发现"斯土斯地":"我"的一九七〇年代

小说中,"我"困惑于书房里的发现,在入伍服役的间隙努力阅读史书文献时,如此表白:

> 对于自身生长的斯土斯地,历史课程只浮面地让学生认识了被殖民的事实;至于殖民的实质过程,却是懵懂无知。

此时,父祖的追思变成青年作家与缄默的时代的对话。的确,父亲、祖父的故事勾连着幽微曲折的殖民地记忆,是当时的台湾作家少有能力触及的。"二战"后出生的人,对殖民历史的隔膜是普遍的。舞鹤曾提及:日据时代的许多政治、文化资料,他是在读到研究所时期才看到的。小说中"我"带着常年累积的好奇偷偷进入书房这一举动,是为象征:"我"在暗影重重的旧书房,无意中揭开了一段黯淡的岁月,如同现实中的作者打开了尘封的书页。

舞鹤如何阅读到"尘封"的史料?殖民史何以被尘封?

殖民历史五十年,台湾人的抵抗其实从未停止过,无论汉人"番人",从激烈到隐蔽,从武力到"合法"斗争,从士绅到农民,大大小小,明明暗暗。反抗的酷烈与妥协的悲辛,乃至殖民地意识形态的日渐落实,日据时代的台湾文学都为其留下曲折入微的记录。"二战"结束后,"光复"了的台湾本可期待文学脱下镣铐,对殖民历史进行更深入的反思与建设的书写,以探讨新时代与文化的出路,一九四五——一九四九年之间,有两岸知识分子流动、参与的文化界,确也曾出现这样的荣景。但一九四九年国民党政府退守台湾后,随着朝鲜战争爆发,"冷战"时代开启,台湾"'戒严'体制"确立,文化上亦以军事管控,报刊全面禁用日语——日据时代还能顽强发声的作家，却在回归"祖国"后喑哑了。国民党政府偏安海中孤岛，为求生存，一方面在世界冷战构造中依赖、寻求美国的保护，一方面在岛内确立其专制威权。日据时代台湾文学与左翼思想渊源既深，又形成其抵抗言说的传统，于是同大陆三〇年代文学一样，成了被封杀和禁忌的文学，在"二战"后出生的台湾人的成长教育中，几成空白。又，被日本殖民的五十年历史，于国民党政府有着尴尬：一方面以"抗日与反共"的革命史叙述塑造认同，一方面现实需求与日本形成新的同盟关系。日本殖民历史与其间台湾的文化变异与精神创伤，在此矛盾下，实"不宜提起"。于是"反共爱国"的意识形态随着政府文艺政策扶持下的"反共文学"和怀乡叙述，软性言情，伴随依赖美援的经济"起飞"，一度确立了"二战"后台湾"党国一体"的"唯一信仰"的神话时代。

　　生于一九五一年的舞鹤，就成长于这样的"二战"后环境。一九七〇年代日据时代文学的重新出土，既是时势松动，更是年轻一代从历史中寻求思想资源的内在冲动的结果。一九七〇年代东海大学学生"发现杨逵"是一个案；一九七六年《夏潮》杂志开始持续挖掘和刊登日据时代文学和运动的作品、人物数据，更把这一"抵抗"的日据时代文学精神，有意带入一九七〇年代的社会现实中。无论是林载爵、林瑞明透过杨逵阐扬"日据时代台湾文学的两种精神"，还是《夏潮》杂志对"本省前辈作家"有关民俗、乡土的现实关怀致敬，背后都有着"二战"后在白色恐怖清洗中"消失的左眼"——左翼思想之复归、接续的背景。关怀乡土现实、批判（新形式的）殖民经济——"苍白而严肃"的文艺青年，不必然认知或认同其中的左翼背景，却异常鲜明地在他的《微细的一线香》中，表达了如上主题。

　　小说的后三分之一，写的都是"我"对这样"昧于历史"的现实生活的奋起叛逆，"我"勤读古书、拒绝参加大学考试，当捡字工人、自叔与日本人合作的工厂逃离、反对经济起飞时代的"新殖民"，摆摊卖旧书（线装书）——一切都与一九七〇年代经济起飞的大好形势逆向行驶。但这三分之一写得确实过于"理念化"了。"忽然发现斯土斯民"的青年陈镜花有太多想说的话，但大量的对话、愤激的口号反而使故事飘忽无力。

　　一是对二叔所代表的"新殖民经济"买办的批判。二叔是祖父心中的逆子,他无情拆穿祖父的"装假"、"无用",痛恨老厝的"破旧、阴湿、满是鬼怪",通过经营工厂,成为"经济起飞"年代的新兴资本家。"我"被二叔拉到他与日本人合作的绿藻厂作管理员,在此引发了"我"对无声无力的工人的同情、对"经济新殖民"的日本人的痛恨、对二叔所代表的经济发展的质疑:这种掠夺式的中饱私囊,只不过是"殖民性格"的再现。所以,在饭桌上"我"和二叔当着日本技师的面争执,愤然说:都是殖民治下的游魂!

二是对现代经济蚕食传统文化的忧虑。祖父去世前一年,政府要建观光大道,"我"为列入拆除范围的古厝向市政府写陈情书。后来,"我"从二叔那"丰足"的世界中退出,在旅游车川流不息的赤嵌楼旁卖旧书,有日本人要整批购下;当"我"转战到乡下,却有农妇嚷:"我家以前也有这种书,孩子伊爸当废纸卖啦!""我"似乎是抑制不住"古典"将在人们的遗忘和无知中消亡的恐惧,急急赶回家:"迟一步,古厝会在都市中消失——"。

对现实经济文化的批判,导向一种仿若"新遗民"情怀的拥抱旧世界。这姿态不可谓不怪异,无论现代主义文学还是乡土文学,似乎都没有这样一脉。但对这篇小说来说,却算一以贯之:小说用的是府城没落家族子孙的视角,"我"对祖父始终抱着一种类于哀婉的"同情"。在那荒谬的古厝庭院的祭祀中,吊诡地的"我"不仅承传了祖父对文化中国的痴情,也承传了祖父那"癫狂"的"遗传的血液"。小说开头,儿子在作文《我的父亲》中如此写道:"傍晚后,客厅黑暗暗,只烧神明的香,老是抽烟的爸爸坐在椅内,眼睛瞪大大,都不说话——""我"自认儿子的作文道出了部分的真实:"苍白缄默"的"我",莫非是现代生活中苟延残喘的新"遗民"?

"我"出生于台湾光复之际,让人想起电影《悲情城市》里那个诞生在日本天皇宣布无条件投降那一历史时刻的孩子,他被取名"光明"——或许"我"也有个光明的名字,没有像父亲那样被命名"承祖",却偏偏是"我"沿着祖父的脚印走了下去,成了祖父曾倾力构筑、意图"辉煌"却只是衰朽的"王国"里的"微细的一线香"。"我"对传统汉文化的认同是由叹着"世衰道日日微啥人知我志气"的疯癫祖父开启的。在行之多年的家族祭祀中,"我"对仪式背后那古老神秘的传统文化从敬畏与好奇到热爱与耽溺,终于化为存在的唯一指标。最终,似乎是应了二叔对家族男人"拢是废人"的诅咒,在各种叛逆现代生活的行为之后,"我"决定守着古厝,"和着父祖遗留一笔小钱,闭户自守",不无自嘲却又坚决地认定:"我是且必须是为这古老屋厝固执焚燃的寂寞的一线香。"在新的都市里,在新的时代中,"我"成了一个新遗民。

于是就有了小说结尾那个"光明的尾巴"。"我"反对妻外出赚钱,不无矫饰地说,"金钱的补偿或重建能取代丧失的事物吗?"妻委婉说明要让儿子受最好的教育。"我"忽然期待起儿子的未来"作为睿智的改革者的一生",于是振作找工作,却在书摊上无意中看到了中国的地图,同时电视机里传来的歌,让"我"刹那激动得不能自已,似乎看到了希望和力量。在小说的结尾,刚刚上小学的"我"的儿子也唱起了那首歌:"我们隔着迢遥的山河,俱盼望……"

这在当日想必被解读为爱国与民族情感的情节,在今天的语境下读来,不无犹疑歧义。这首歌似乎脱自一九七〇年代"民歌运动"中蒋勋作词,李双泽改写、谱曲的《少年中国》①。如同以"唱自己的歌"对抗西方文化殖民为发端的民歌运动中有着"中国现代民歌运动"和"淡江—夏潮"体系的民歌运动的不同脉络,在"关怀现实"和"上山下乡"思潮影响下的年轻一代,也逐渐走向不同的立场和方向。同样反抗新殖民,持守民族主义的以文化中国为堡垒,有左翼思想的在"统一"意识下,潜藏了对中国大陆社会主义的期待;还有因痛感身为"台湾人"被压抑的历史,而走向"台湾独立"的(有意思的是,同为李双泽改写、唱出的《美丽岛》,后来成为台湾独立人士表达认同的歌)一九八〇年代社会运动可直接诉诸政治抗争,一九七〇年代台湾思想与政治意识的演变,更曲折地包藏在文艺形式中。如此,《微细的一线香》中透露的青年舞鹤的选择,似是基于民族情感的古老文化认同。但对照舞鹤的其他作品,这"大中华意识"竟然是仅见于此。多年后回顾这旧作,舞鹤一再

---

① 蒋勋作词,李双泽改写、谱曲的《少年中国》,是一九七〇年代民歌运动中的重要篇章。歌词如下:我们隔着迢遥的山河,去看望祖国的土地。你用你的足迹,我用我的哀歌。你对我说:古老的中国不要乡愁,乡愁是给没有家的人。少年的中国也不要乡愁,乡愁是给不回家的人。我们隔着迢遥的山河,去看望祖国的土地。你用你的足迹,我用我游子的哀歌。你对我说:古老的中国不要哀歌,哀歌是给没有家的人。少年的中国也不要哀歌,哀歌是给不回家的人。我们隔着迢遥的山河,去看望祖国的土地。你用你的足迹,我用我游子的哀歌。你对我说:少年的中国没有学校,她的学校是大地的山川。少年的中国没有老师,她的老师是大地的人民。

自嘲"大而正统":"对文化和土地的乡愁,来自教育和时代的氛围"。[①]吊诡的是,"教育"是"戒严"体制下党国的教育,青年人的"时代氛围"却是对着"戒严"文化的反动。这个自我评论的矛盾,也呼应着小说中"我"的思想与抉择的矛盾,是否能从舞鹤身受的时代气息与心仪的缪思之神中,寻求理解呢?

二 身世辨析与精神探源

(一)混搭的"时代意识":乡土关怀·民族情感·殖民主义批判

舞鹤对台湾殖民历史的兴趣,直接源自一九七〇年代青年人对乡土、现实的关怀。这样一种时代意识的兴起,自有其政治社会背景。一九七〇年代伊始,台湾即经历了一系列"外交溃败"。一九七〇年十一月,美国单方面宣称将钓鱼岛"归还"日本,美日的帝国行径和国民党的软弱引发了台湾从海外留学生到岛内学生的轰轰烈烈的"保钓运动"。一九七一年,中华人民共和国政府取得联合国合法席位,台湾当局被迫退出联合国,失去了在国际上"代表中国"的资格和外交权。一九七二年,中日建交,日蒋关系破裂。国际情势急转直下的同时,台湾岛内的经济问题日益突出。一九六〇年代工业经济起飞的背后,隐伏着农业连年衰退、农业人口大量流失所造成的诸多社会问题。一九七三年发生世界石油危机,台湾经济遭受重创,使知识分子开始意识到台湾殖民经济过度依赖美、日的弊病。政治经济的内外变局,"动摇了前二十年国民党威权体制所建立的稳定局势,暴露了台湾社会所潜藏的种种问题,因而改变了知识分子整体的思想倾向"。[②] 这种改变主要体现在:"保钓运动"激发的民族情感和社会责任感,打破了台湾社会和学界在"戒严"体制下的长期沉寂;许多高校纷纷组织"社会服务队""上山下海"、"为大众服务",掀起回归民族、回归乡土的浪潮,关注底层民众的生存状态;反省台湾西化之风,对崇洋媚外心态进行批判。社会变动与新兴的思想,几乎同步投射或者说具体化在台湾的文艺领域中,譬如一九七二—一九七三年的现代诗论战、一

[①] 根据本人舞鹤访谈录。
[②] 参见吕正惠《七、八十年代台湾乡土文学的源流与变迁》,《文学经典与文化认同》,台北:九歌出版社1995年版。

九七六年前后开始的"民歌运动"、一九七七——一九七八年的乡土文学论战,以及整个七〇年代大量出现的乡土文学作品与民歌创作。某种意义上,由关杰明、唐文标、高准等人批判现代诗"晦涩"、"做作"、"艺术至上"、"逃避现实"而引发的现代诗论战,是乡土文学论战的先导。而乡土文学论战堪称是"二战"后台湾文学界规模、影响最大的一次文学论争,并引发出复杂的意识对抗。[①] 有关乡土文学论战的资料、研究文章乃至学位论文、学术专著之多,都证明这一场有着诸多"未完成的话题"的论战对台湾社会、文化的影响。[②]

然而根据舞鹤自己的说法,虽然当时还在读研究所的他"知道有'乡土文学论战'",并且在论战的高潮及其后接连发表了两部颇体现了乡土文学旨趣的小说——《微细的一线香》和《往事》——但他自白对"乡土文学论战""完全漠视、反感、不关心","不是我赞成反乡土文学的那一方,而是我从大学以来,所阅读到的乡土文学作品艺术性差,使我很难接受"。[③]

也就是说,虽然深受时代氛围影响,"苍白而严肃"的舞鹤,是个实打实的文艺青年,内心信奉一个有超越性的缪斯。他所不满于《微细的一线香》的,也正是这一点,所谓"凿痕处处"。然而这篇小说作为一个"浓缩的国族寓言",在他的写作时代,内容涉及台湾史的层面、深度和复杂性,实为鲜见。换言之,他处理的是(如今谁都要讲的)"国族认同创伤",在那个"戒严"时代,需要超出一般写作者的历史认识和能力。

《微细的一线香》之前,舞鹤发表过《蚀》和《牡丹秋》,一个写大学生到小镇看现代主义美术展的所思;一个讲述一段男女恋情,都是大学生活经验的直接体现。而《微细的一线香》将目光投注到殖民岁月,揣

---

① 关于当年论战的原始资料,可参见尉天聪编《乡土文学讨论集》,台北:远景出版社1980年版。

② 一九九七年十月,台湾行政部门文化建设委员会还主办了《青春时代的台湾:乡土文学论战二十周年回顾研讨会》。九〇年代,乡土文学论战更被本土论者赋予"里程碑"的光环,不在于其对台湾文学发展的作用,却在于开启"台湾意识"的意义。可参见游胜冠《台湾文学本土论的兴起与发展》,台北:前卫出版社1996年版;陈芳明《历史的歧见与回归的歧路——乡土文学的意见与反思》,《后殖民台湾——文学史论及其周边》,台北:麦田出版社2002年版。相关的不同意见的研究文章还有:王德威《国族论述与乡土修辞》,《如何现代,怎样文学?——十九、二十世纪中文小说新论》,台北:麦田出版1998年版。

③ 参见谢肇祯《乱迷舞鹤:舞鹤采访记录》,《群欲乱舞——舞鹤小说中的性政治》,台北:麦田出版2003年版。

想先祖的身心裂变，显然是一次有意识的开拓。小说中"我"对台湾的新殖民境遇发出的不平之声，对工人的同情，对二叔"媚外"之姿的厌恶，自然对应着时代思潮，也是舞鹤在日后评价旧作时所赧颜的"文学的使命感"——之所以赧颜，或许不是"使命感"本身，而是"使命感"诉诸文学后的"俨然"。这"俨然"，表现在小说后半部分口号似的理念与对白中，表现在行文造句的过于用力上，也表现在前后思想表达的自我矛盾中。思想上的矛盾尤其微妙而耐人寻味。比如，小说中"我"在读了大量台湾史书资料后，曾如此表白："由着文献，我得以迫近乡土的真实 熟悉先人的来源与沧桑，而后以抚爱的眼神正视乡土的现实。"然而何为"正视乡土的现实"呢？如果说拒绝体制教育（不参加联考）、拒绝为殖民经济工作（逃离二叔与日本人合作的绿藻工厂）称得上一种抵抗的话，退守古厝，却是一个很难理解为"正视"乡土现实的动作——传统文化"微细的一线香"，表现为一个苍白的自闭者，如果说揭开并尝试理解祖父沦丧的人生，也是一种"正视"，那么作为传统文化的承继者，如何在更高理想和行动上超越祖父的宿命，或许才是更痛切扎实的"正视"。但青年陈镜花尚不能对此作答。又一代的"废人"的形象，或透露了舞鹤与"乡土"真实的隔膜。

小说"光明的尾巴"，则无意呼应了乡土文学内部的歧异。叶石涛对台湾乡土文学的肯定，埋藏了日后"从乡土到本土"的独自成章；陈映真则针对叶石涛的论点，将台湾乡土文学"统一在中国近代文学之中"，"也是以中国为民族归属之取向的政治、文化、社会运动的一环"。这一分歧日后发展出"统独意识之争"，是后话了。舞鹤写的是叶石涛在论战中所强调的殖民历史、"被压迫的经验"，虽反复表达着认同之扭曲与艰难，却用一幅地图一首歌还有孩子纯真的声腔，表达了"中国"的民族归属感——虽则舞鹤的"中国"也非陈映真的"中国"。乡土文学被戴上其时如同"血滴子"的"红帽子"（乡土文学＝工农兵文学），一时风声鹤唳，最后由官方出面要双方为了国家大业而协力奋战、"团结乡土"，又以胡秋原一篇《中国人立场之复归》画上句点。这个才是青年舞鹤受教育而得的"中国"，也是他自我批评的"大而正统"。

或许，其时舞鹤对"民族情感、乡土关怀"中的社会意涵，仍是食之未化，小说才写得声竭力嘶并且裂隙重重。不过，这种裂隙，或也反映了他对"政治认同"的终将疏离：日后他的创作对台湾的意识形态建构乃至消费与时尚文化论述，一路走来，顺手拆解，尖锐嘲弄，原是早年就种下的品性。

这一点，可以将舞鹤与年龄接近、同样在一九七〇年代开始创作、日后成为重要作家的宋泽莱和朱天文、朱天心姊妹做一对照。大学期间写过三本心理小说的宋泽莱，却是以一九七八年陆续发表的具有浓厚乡土色彩的《打牛湳村》系列而成名的。将同样发表于一九七八年的《微细的一线香》与《打牛湳村》放在一起，虽同样曰"关爱乡土"，表现和气质却是大为不同。不同于舞鹤那割舍不掉的现代主义青年的"菁英"趣味，宋泽莱以为底层农民呐喊为书写动力，曾如此表白："我的企图是描写一九七九年前，台湾的下层社会（农村、小镇、港市）的真相，我拼命地想留下我的社会见证，他们的畸惨超乎了中层以上社会知识阶级所能想象之外。我以申冤的心情在营建这些故事。"[①] 这种"申冤的心情"和"呐喊的自觉"日后发展为有政治倾向的"本土意识"，宋泽莱本人甚至成为本土文学"教主"般的角色。

在乡土文学论战中受到冲击，或可说是直接以小说"参战"的朱家姊妹，比舞鹤、宋泽莱小若干岁，却是在一九七〇年代中期就各自出版了在大中专学生读者中颇有市场的小说和散文集。其时两姊妹的精神导师是胡兰成，并成立了以胡的思想、美学为宗的"三三集刊"。身为"军中作家"的父亲朱西宁尊胡兰成为长者，朱家姊妹便以"爷爷"呼唤之，由父亲和"爷爷"那里她们继承了对古典中国与大陆山河"化不开的浓情"，与三三其他成员一起，在乡土文学论战中，被划归"纯国民党一派"。比较起来，舞鹤《微细的一线香》中"文化中国"的乡愁表达显得更为飘忽，他也许深受中国古典文化与美学的熏陶，却并没有任何炽热的国族信仰。日后朱家姊妹无奈经验了神话失落、"爷爷"退隐的震撼，以及本土话语兴起时被划归为"既得利益"的外省人的尴尬处境，使得她们进入中年后的作品，不时回到成长的记忆和认同的焦虑；而也曾"隔着迢遥的山河俱盼望着（中国）"的舞鹤，却从来不需面对这样的难题。

在"乡土的台湾"和"文化的中国"之间，年轻的宋泽莱和朱家姊妹各取一端，同样年轻的舞鹤却有一副暧昧又落单的表情，这暧昧和落单

[①] 参见宋泽莱《从〈打牛湳村〉到〈蓬莱志异〉——追忆那段美丽、凄清的岁月》，《打牛湳村系列》，台北：前卫出版社1994年版。

使他日后全无意识形态的负担。所以，虽然紧接着《微细的一线香》的《往事》是一个更直接大胆的社会议题的作品——写一九六五至一九六九年间一个大家族事业的发展以及家族的叛逆之子参与工人运动的故事，小说里充满了冗长的对话和显然并不为作者所熟悉的工人生活场面——它的生硬也使作者意识到如此创作难以为继，《往事》之后，舞鹤进入了长达十三年的创作（发表）沉寂期。多年后舞鹤曾就《往事》自我检讨："政治社会意识直接呈显在对话中，显然其余的铺陈只为这'时代批判意识'而服务。""每个当代都有其'意识强势'，作者无能逃离当时代的氛围。"① 这检讨同样适用于《微细的一线香》，可以看作舞鹤对青年时期创作的一个反省。

事实上，时代意识加诸写作的"负面"因素（比如生硬、矫饰、自我矛盾等），并非"时代意识"之错，而端看写作者，何况"负面"本身已蕴含了自我改变的动力。在思想力的层面，舞鹤是受益于此一时代的。对社会现实的关怀意识，给他打开了视野，文学真正触及外在世界与内在心灵的碰撞。《微细的一线香》之前舞鹤写《蚀》、写《牡丹秋》，都有一副不食人间烟火的神气，沉湎于自我阐释，对外界的现实言辞，有一种近乎洁癖的排斥。后来的舞鹤有个认识：所有写作的人都是知识分子。这句话的逻辑自然不对，只能说它反映了舞鹤的自我期许：知识分子的写作，意味着对人和自然的关怀以及现实批判立场。一九七九年后，因缘服兵役，舞鹤更直接、更痛切地体验了"国家机器的压迫性"，走向对"生而自由"的追求，成了一个"无政府"论者，此亦是后话。前面讲过，一九七〇年代发生的一系列内外变局，对社会最大的影响就是打破了沉寂，唤醒知识分子的社会关怀和责任。一九九〇年代舞鹤的复出，此一现实意识其实一以贯之，不过苍白严肃的青年已磨成一枚爱游荡爱讥诮的老灵魂。

（二）内化的精神资源：现代主义·古典语文·台湾记忆

舞鹤对时代意识的接受，有些是暂时形塑了一定阶段作品的（尤其是思想的）外壳，很快剥落；而有些与时代相悖甚至为作者有意所排斥的东西，却可能是他暗中会心的，历经时日，终成为固着于书写语言的

---

① 参见舞鹤《十七岁之海》后记。

气味。

即便披着"乡土"外衣,《微细的一线香》的"现代主义"是明显的。当年乡土文学提倡的方法论是"现实主义",① 并以此批判"脱离现实"的"现代主义"文学。《微细的一线香》也曾被称作"写实的笔法",但它的混杂气质可能才是引人注目的原因,杨照如此写道:

> 在那样的气氛里,很多人习惯性地把《微细的一线香》视为"乡土小说",把舞鹤归类为"乡土新锐",因而忽略了舞鹤真实文学性格里,与当时"乡土文学"大异其趣的地方。舞鹤一方面缺乏乡土文学那种革命行动主义热情,另一方面更饱含了乡土文学所强烈反对的现代主义式的孤绝、内省。他的题材也许是乡土的,可是他的文字、他的小说叙述模式,却充满了现代主义美学的前卫与菁英色彩。②

杨照所观察到的,从小说发表后被收入两种依照不同美学标准编选的年度小说选也可以得证。③ 时过境迁,较容易看出小说所透露的"现代主义"美学,才是舞鹤更内里的文学意态。首先予人深刻印象的是小说所营造的衰败气氛。三代"废人"在封闭、阴暗的古厝里,如同是错乱时空中的"游魂"各自"荡来荡去"。总是与自身的时代、历史格格不入。在这里,历史对生命无情的嘲弄,个人与世界永恒的对峙、被斫伤的身体、垮掉的精神、沦丧的理想等现代主义文学常见的母题一一出现。叙述手法上,象征与隐喻的大量运用将作者对汉文化断续存亡的焦虑感烘托得幽渺而孤绝,譬如用"懒猫"和"菊花"来象征父亲垮掉了的精神的两个面向(无用的、唯美的);用"微细的一线香"来象征传统的衰败和家族的执念。"我"的自闭中亦隐然透露现代主义的菁英指向。"我"恐惧于农夫农妇的无知(把线装书当废纸卖掉),厌恶二叔之类商人的唯利是

---

① 王拓甚至建议以"现实主义文学"来取代"乡土文学"的说法。参见王拓《是现实主义文学,不是乡土文学》,见尉天聪编《乡土文学讨论集》。
② 参见杨照《衰败与颓废——舞鹤的文学世界》,《中国时报·人间周刊》1996 年 4 月 28 日。
③ 一种是其时以写社会性意识和心理成名的李昂编选的《六十七年度小说选》;一种是乡土文学论者叶石涛、彭瑞金编选的《一九七八年台湾小说选》。

图，努力维护、保存祖先留下的古厝，是建立在庸人不晓的"知识"和"美学"上的。而"我"对现实的反感，除了指向新殖民经济，还包含了一个批判"现代化"的主题。现代经济的发展打扰了府城的古朴宁静，"我"怀恋、保护的是古典的优美自然，鄙视、指责的是"现代"的粗糙造作——以上这些"现代主义"美学倾向和"现代化批判"话语，前者是当时乡土文学所勤力批判的"以菁英趣味脱离社会现实"，后者则在日后流行的文化论述中发展成俗套的"怀旧"。如何理解青年陈镜花的此一有局限的"现代主义"旨趣呢？

追溯起来，现代主义对舞鹤的影响自然较乡土文学为早为重。一九五〇年代末开始，以杂志、文学社团提倡的现代主义文学，与当时官方扶持的"反共小说"、"战斗文艺"具有某种抗衡性。大量西方现代主义理论与作品的"进口"，也影响了一九六〇年台大外文系学生以白先勇为首创办《现代文学》杂志，崛起了一批年轻的现代主义作家。舞鹤这一代的创作者，在读书阶段受现代主义文学艺术的熏陶不可谓不深。淡江大学教授施淑曾如此描述一九六〇年代文学青年接受现代主义的情景：

> 这白色恐怖的窥视文化，"戒严"令延长的战争状态，窥视者紧张、痉挛、破裂的心理，提供六〇年代台湾现代主义发生发展的内在条件，当时的文学青年，会在还来不及认识现代及现代性的基础上，没有异议地接受作为它的反命题的存在主义、心理分析，会义无反顾地以困境、疏离（异化）、荒谬，没有原因地反叛等套语和模式思考、行动、创作，都是这歇斯底里的处境的条件反应。[①]

舞鹤自述，自高中时代开始接触存在主义，大学时代就沉迷于现代主义艺术的潮流，生活上则"喝咖啡、听披头四、模仿嬉皮"。文学启蒙始于高中时期读到的巴斯特纳克的《齐瓦戈医生》与台湾作家七等生的《僵局》，那是使他认识到文学之美的两部作品。由此也可以理解舞鹤"不关心乡土文学论战因为乡土文学艺术性差"的表白。舞鹤坦言，对"土地与人民"这个主题的关注，来自巴斯特纳克和陀斯妥耶夫斯基的阅

---

① 参见施淑《现代的乡土——六、七〇年代的台湾文学》，《两岸文学论集》，台北：新地出版社1997年版。

读经验，而非受到"二战"后台湾本土作家如写《台湾人三部曲》的钟肇政、写《寒夜三部曲》的李乔的影响。[①] 他所心仪的现代主义作家包括陀斯妥耶夫斯基、托马斯·曼、索尔仁尼琴等。

舞鹤最早的两篇小说——《蚀》与《牡丹秋》，是相当典型的现代主义青年习作。《蚀》写"我"远到偏僻小镇看一个现代派美展，期间所见所想所忆，可以看作者唱给现代主义的一曲情歌；而《牡丹秋》写"我"与女子"红发"之间的一段飘忽情缘，"男女相爱则结合，爱消失则分离"的现代青年前卫意识，出之以心高气傲的长篇自白——宣言，俨然赋予性爱自由以抵抗无所不在的文化禁锢和威权压迫的意义。

如果说与舞鹤相差仅一岁但小小年纪就成名的李昂是"台湾现代主义末期的新秀"，[②] 舞鹤搭的未尝不是现代主义的末班车，并且因为一九七〇年代时代意识的影响和刺激，开始走出施淑所论"歇斯底里的处境的条件反应"。

再来看《微细的一线香》的文字。在"现实主义"的故事、现代主义的氛围之外，小说的文字却在现代白话中，融入闽南语与文言文结合而成的"古典"味道。这与《微细的一线香》所描写的场景、气氛相关；同时把《蚀》、《牡丹秋》以及《往事》综合起来看，可以看到青年舞鹤对文字的精准、优美——相对于他后期的"破中文"，这是"好的中文"的追求。作为"二战"后出生的本土作家，舞鹤和日据时代的新文学作家学习"现代白话"的途径、环境，以及文字性质，大为不同。日据时代台湾新文学的诞生既与五四新文化运动息息相关，又成长于殖民环境下，在旧文学的逐渐妥协和日语的统治之下，现代白话的抵抗性与生俱来。"二战"后台湾国语的推行，则伴随国家民族意识的重构，儒家教化也在课本中文言文的比例中体现。舞鹤曾说到朱天文《荒人手记》里大量宛如"四字偈言"的写法，称自己没有那么极端，但自己这一代人从幼年起接受古典文学教育，在书写语言的自觉上，影响确实很深。舞鹤还自觉带进来闽南话这一台湾自明清以来存在的、古早文化形态的语言。因此，《微细的一线香》的语言的混杂性宛如一种历史展演，三代"废人"

[①] 舞鹤在参加二〇〇二年四月十八日由成大台文所和东元科技文教基金会合办的座谈会《台湾文学的梦与现实》的谈话，参见成功大学台文所曾月卿硕士学位论文《舞鹤的小说美学》。

[②] 参见王德威《序论：性，丑闻，美学政治》，李昂《北港香炉人人插》，台北：麦田出版1997年版。

们带着对往昔的记忆,自我谴责也自我恋栈,自我嘲讽却又茕茕固守,颓废的气息间萦绕着乡愁缕缕。

> 仅只这屋厝,一切仿似浸渍着时间的痕迹。我在厅堂甬道庭院间徘徊:一定有一个充满感情的、生动的记忆,巨细不遗地保存了下来,在这黝暗底默冥。

由此看舞鹤的"文化乡愁",与其说是一个身在海外孤岛上的"中国人"对大陆文化母体的乡愁,不如说是对历史沧桑古典之美的执念。或许是对人与历史、人与文化之幽微关系的体味,萌发了舞鹤最初的颓废美学。这颓废不单纯来自现代主义的批判与孤绝精神,不是英雄式的,却带着东方式的苍凉寂静。这样一种望之消极而内涵生趣的颓废姿态,在舞鹤一九九〇年代的小说中一再出现,成了叙述主体不忍心逃脱的"负担"。同时,在舞鹤的大多数小说中,无论是否直接涉及历史,在个体生命暗流的涌动中,总可以感受到"过往"作为背景、作为"遗传的血液"的压力和"啃蚀",这也是舞鹤"余生"叙事产生的最初情境。

就现代主义与古典美学的结合这一点,舞鹤与白先勇、朱天心这些外省作家有形似而神不同,看起来,都有中国现代文学的一脉韵致。《微细的一线香》中,那个古厝线香、祖孙相守的场景,与张爱玲《金锁记》中困守孤楼的七巧、长安母女有一比。不过长安是被母亲以阴险的暴力从外面那光明的、她一度接近的世界拉了回来,而"我"却是自愿守着古厝,守着已然衰朽的文化血缘。共同的是他们都以扭曲而顽固的记忆,走向新时代里的旧生活。在张爱玲眼里那是一个"没有光的角落",散发着令人窒息的、古老的霉味,然而仍然充满了华美奢靡的细节;舞鹤笔下那是一个阴暗、破败之地,却也是寄托乡愁与理想之地,一个个无尽暗夜里仍有一丝丝微红的线香。从这里,舞鹤与白先勇、朱天文对古典的耽美其实已经不同:舞鹤有个更接地气的底子。此古典,是来自台湾传统汉人社会的古典。

舞鹤是南台湾长大的本省青年,与外省青年自觉不自觉因父辈而对遥远神州的拥有家园怀想不同,当"自我"意识开始成长,作为一个敏感的文学青年,自然为这岛屿上存在的"被压抑的历史"产生强烈的探求欲。因为他自身,也是这压抑历史的产物。

舞鹤的童年玩耍之地（比如赤崁楼的石龟，红毛城的古墙）处处是历史古迹，日常食物与府城小吃（比如他很多作品中都会写到的"虱目鱼"和"猪脚面线"）都是"古早味"。无论是否是在这样的风华之地度过完整的童年，舞鹤拥有对府城人情习俗的自然熟稔，成年后，更通过大量查找、阅读史书文献深入府城和自我的身世血缘。

因缘成长环境和写作者的敏感，舞鹤自然承继了岛屿历史经验沉淀下来的集体潜意识。往往，可以在一些不经意的细节中看到许多"本省前辈"都曾描摹过的情绪或母题。比如《微细的一线香》里男人女人形象的对照。小说开头，由身边温柔的妻，使"我"想起母亲——呵护了父祖三代人、"实际担当现实逼迫"、在去世前还为"我"选好同她一样"沉着、爽落"的妻的母亲。比照女性的"无畏风浪"，"我"汗颜："为何我的父祖一辈，在这屋厝生息的男人俱是被阉割得无声无息？"台湾作家写殖民时期乃至后殖民时期台湾人（尤其男性）遭受精神挫败和压迫，常以"阉割"作为譬喻。这种"被阉割"的焦虑并非殖民地台湾所独有，郁达夫一本《沉沦》，莫不充满了被欺凌的民族情感与被压抑的个体性欲的密密纠缠。但在台湾，或许缘由五十年强迫改变国族认同、文化信仰的历史经验，"被阉割"成了一种格外被强化、被体认的生命状态和族群认知。从日据时期龙瑛宗写台湾人在日本统治的社会中谋求人生上升之路的《植有木瓜树的小镇》、吴浊流以孤儿喻台湾人的《亚细亚的孤儿》，到一九六〇年代黄春明写台湾人如何招待日本商人买春团的《莎哟娜啦·再见》，再到一九九〇年代初李昂将殖民地知识分子的精神创伤与女性议题交织的《迷园》，都反复申说着殖民地男性被压抑、被轻蔑、被"阴性化"的无奈与愤懑。这种譬喻往往对应着女性的沉着和"无畏风浪"，这些母亲——妻子被赋予一种宽容、悲悯的地母情怀，在人类（man）受难时挺身而出，确乎是男人与土地的"守护神"。女性主义自然可以从中解读出男性自我中心的一厢情愿，但恐怕也是殖民地处境的某种心像真实。①"因去势——去世而无声的父亲——温柔而坚韧无畏的母亲"，成了台湾殖民地小说的一个常见模式，是殖

---

① 向来以女性议题引发争议的李昂，同样在《迷园》里塑造了一个呵护受难父亲近乎溺爱的母亲。

民岁月沉淀下来的集体记忆。① 舞鹤"二战"后出生，写这篇小说时尚未从研究所毕业，他读了大量史书和资料，决心写一部以府城为背景的"家族史"。甫一动笔，便召唤来这样一种情绪（被阉割的焦虑、无奈）和男女对照的模式，一方面是历史经验缺失的状态下经由文字、集体记忆而获得的血脉承传，另一方面，恐怕也折射着"二战"后本省台湾人依然不得伸张的意志。

从《微细的一线香》和其他早期作品中可看到，台湾这个岛屿如何以它压抑重重的历史、焦虑不安的现实，给予作家精神的滋养与刺激。一九六〇年代的现代主义风潮成就了七等生、白先勇、丛甦、王文兴、陈若曦、聂华苓、於梨华等小说家（无论他们是否都可以"现代主义作家"划分），一九七〇年代台湾则是一个社会政治、文化与文学都处于变动与"分化"之中的台湾，现代主义虽余绪未消，但在"乡土"的大潮冲击下，已经有了"腐朽"的嫌疑，随着现代派作家们的先后留学、移民海外，"乡土文学"与"乡土作家"开始成为文坛的主角。但"乡土"与"现代"并非从此泾渭分明，在最知名的"乡土作家"黄春明、王祯和的创作中，现代主义的气味也已经内化。这个时候初登文坛的舞鹤体现了这种"混杂"，他的小说不但兼具"乡土"与"现代"的质素，而且透露了一种关注又疏离现实的精神，后者使他不断与社会在密切接触之后保持距离地凝视。他一方面接受时代思潮的影响，一方面又不肯安身某处，他要时时跳开来审视它、嘲弄它。所以，虽然舞鹤的早期作品不免于稚嫩、矫饰或芜杂，却初初以文学透露对于"自由"的想象。这一想象包裹在现代主义、乡土记忆、古典中国的混沌一体中。

写于研究所时期的《微细的一线香》，舞鹤说是"写作《家族史》之前的一篇试笔"，他的《家族史》始终未写出，而此后台湾政治文化的变动中，"家族史"的书写几度成为热潮。一九八〇年代，钟肇政写出《台湾人三部曲》；"解严"后"本土"逐渐成为一种强势政治话语，更多包含着"重新叙述台湾人的历史"意图的"大河小说"出现，如李乔的《寒夜三部曲》、东方白的《浪淘沙》等，族群的悲情作为诉诸政治现实

---

① 这种书写模式／集体记忆也延续到"解严"前后有关"二二八"与白色恐怖的伤痕书写中。其实上溯中国现代文学，在描写近现代中国被侵略压迫的流离与苦难时，这种模式也大量存在，是特定的历史遭遇与复杂的民族性格的产物。

的工具，构成了新的国族论述。

舞鹤在一九九一年"重出江湖"时，也曾被划入"本土作家"，这种写"史"的企图也成了一个证明，但就其《微细的一线香》这个"试笔"来看，他书写台湾历史与现实的"庞大梦想"显然与现实政治性的本土话语相去甚远。复出几年后，这一《家族史》的梦想更慢慢淡出其写作计划，是世易时移，还是"抖落了思想的执迷"？[①]

[①] 一九九〇年代复出后，舞鹤曾经反复表示过正致力于《家族史》的写作，为此收集、查阅了大量资料（参见王丽华记录整理《文学的追求与超越——舞鹤、杨照对谈录》，《文学台湾》第 8 期，1993 年 10 月）。甚至说过"一生只想写两个长篇，一个是《家族史》，一个是《龙山寺》"（参见曾美鑫、蔡佩汝《访舞鹤》，《台湾新文学》第 2 期，1995 年 10 月）。此后这一志愿却逐渐淡出他的思想，直至长篇《乱迷》中，以一章《家族史 从未出发的》作为对自己和读者的一个交代。

第二章

《逃兵二哥》:"戒严"体制与自由意识的生成

> 我读不完大册被征去当兵时已二十八岁,清楚感受到我们的土地上存在着"国家"这样一个威权化身成为暴力性的体制有形无形宰制着"岛国"的心和资源,我反省我青年时代的艺术无非是一种轻狂的浪漫罢了,我离开军队时值一九八一年,痛切感到自己是"被军队阉割了的",我没有选择及时加入如火燎原的党外政治运动,悄悄隐居到"岛国"的边缘小镇淡水,奋力阅读历史与哲学,想了解"军队""国家"的起源及其意义,结果当我读到无数的血腥争战,少年时代历史课本所读到的梦幻战争在寂静的岁月中真正成为"历史的真实"。
>
> ——《余生》

在台湾师范大学中文系的研究所读了四年却没有获得学位,写了仍不满意的小说《蚀》,发表于自己主编的《前卫辑刊》(一九七九),之后,舞鹤被征召入伍了。文学青年撞上"军队"这个体制的庞然大物,"镜花水月"大约顷刻就碎了。两年后退役,舞鹤开始了淡水的隐居生活。《逃兵二哥》是一九九一年走出淡水,发表的第一篇小说,从此署名舞鹤;小说实际写作于一九八五年。从苍白而严肃的文艺青年陈国城、陈渝、陈瘦渝、陈镜花——变成"舞鹤",[①] 军中经验显然是一个重要的转折点。退役后的几年里,"奋力阅读历史与哲学,想了解'军队'、'国家'的起源及其意义",以此回望兵役时光,写下了作为"当兵两年纪念碑"的

---

① 舞鹤早期换过很多笔名。其中"陈镜花"是《微细的一线香》发表时的署名。

《逃兵二哥》。

"当兵"是台湾男子如非特殊情况都要经历的人生经验。一九四九年政府颁布实行义务兵与志愿兵（即"征兵"与"募兵"）相结合的兵役制度：士兵为义务兵，军官为志愿兵，其实是"全男皆兵"。台湾"宪法"第二十条称："人民有依法律服兵役之义务。""兵役法"第一条："'中华民国'男子依法皆有服兵役之义务。"所有役龄男子（十八—四十岁），只要体检合格，必须接受征召入伍服役两年。①

一九五〇年朝鲜战争爆发，台湾作为美国在亚洲的反共阵线前沿得到庇护。国民党一方面展开了对中共地下组织和亲左翼人士的大清洗，一方面以"勿忘在莒"教诲经营这"反共复国"基地，校园内亦建立"反共救国青年团"和军训制度。《服役须知》以台湾军政布告特有的半文言体，透露着这一历史处境：

> 覆巢之下无完卵，能执干戈以卫社稷者便是英雄。因此服兵役不只是国民应尽的义务，亦是青少年蜕变成大人必经的过程，所以当兵是必须且必要的。②

然而当兵越来越成为不得不承受之烦扰，尤其世易时移，"反攻复国"成了皇帝的新装的一九七〇年代末。"兵役法"实施严苛，要求人人在兵役面前平等，被认为是少有的"公平之法"。但也因此，"逃兵（役）"者众。不说富人用金钱、出境，普通人用超常身高体重病症等各种方式的逃避兵役，即便已在军营中，仍有人甘冒危险：一旦逃兵，即成通缉犯，被抓住后依《妨害兵役治罪条例》论罪，坐军事监狱之外，出狱后仍要服完剩下的役期。而且，逃兵留下记录后，在升学、就业、经商、置产各个方面都会受到影响。

---

① 二〇〇三年以来，台湾兵役制度改革，征募并行，但不断降低义务役士兵征召数量、扩大志愿役士兵招募数量。兵役区分为"军官役"、"士官役"、"士兵役"和"替代役"四种；二〇〇八年以来，马英九当局着手推动"征募并行"向"全面募兵"转型，兵役期也缩短为一年。计划于二〇一四年年底实现全面募兵，并将台军总兵力从二十七・五万减至二十一・五万，建立一支"小而美"、"少而精"的职业化、专业化军队。二〇一二年一月一日，新修订的"兵役法"正式生效，成为实施"全募兵制"的法源依据。

② 见"国防部"网站《服役须知》http：//www.mnd.gov.tw/Publish.aspx? cnid = 155&p = 367。

舞鹤《逃兵二哥》的"逃兵"正是后者。小说写于"解严"前两年，但即便"解严"后，也甚少有作家以兵役和军营为主题的创作。尽管"解严"后一度兴起对各种政治、历史禁忌领域的书写，号称"百无禁忌"时代到来。服役生涯一般只零散存于作家的青春记忆书写中，"上成功岭"（新兵集训地之一）是许多人无从选择的成年仪式。

兵役与军队问题，确实不同于"二二八"、白色恐怖等"解严"前后"大热"的题材，它既无族群矛盾对当下政治的迫切性，又似乎非关转型正义。即便人人（男人）都待过军队，都知道军队存在腐败舞弊、僵化管理乃至涉及道德风化的诸多问题，也似乎是不足为怪，或属于"民主改革以待解决的问题"：二十一世纪以来台湾逐渐向"募兵制"改革，以为证明。

但二十八岁才服兵役的舞鹤，却反应强烈：正是两年军队生活，激发了他对"体制"的反思，让他反观原本正常的生活，实则是在一个深深内化了暴力、监视、告密等身心规训结构体系的大军营——大监狱。也由此，现代主义青年舞鹤的"自由"理想和自由之道有了更明确的路向。

一　逃兵故事

> 我望着夜的海的波光度过剩下的那些日子，我想只有走入那青灰色的光漾中，才能得到完整的自由。母亲说人一出生便要开始学习忍耐。大哥说制度考验人的耐性，耐力胜人的就在制度中出头。
>
> ——《逃兵二哥》

（一）秀才是一颗螺丝钉养猪兵

《逃兵二哥》乍看起来，是比若干年前的现代主义习作和偏爱古意的《微细的一线香》都要平易近人的作品。时而交叉时而汇合的两条线索，针脚细密，叙述"我"和"二哥"各自逃兵的经历。收放自如，不再"俨然"，而且多了丰富的自嘲嘲人的幽默。这是归来的舞鹤交出的现实主义成熟之作吗？

且看舞鹤如何讲述两个逃兵的故事。

"我"是家中唯一的大学生，因此被二哥叫作"秀才兵"。秀才当了兵，很快就被"思想列管"。起因是"高雄发生暴乱事件"，"我"在军队组织的讨论中发表了"思想有问题"的言论。

"高雄暴乱事件"即一九七九年的"美丽岛事件"。① 小说里写"美丽岛事件"在部队里的反应饶有趣味。事件发生时这个山脚下的部队奉命"加紧戒备、防范",气氛十分紧张,而后几个月"电视教学再教学、小组讨论又讨论"。被点名发言的"我""说了事出有因、查无实据那类话"而被"小政战"("政治作战",即负责思想训导的长官)斥为"读死书不用脑筋",因为"人人看得出证据是那样的雀巢,他把确凿念成雀巢,是那么样雀巢的证据"。但同时小政战又"赞同我宽大为怀的看法,做错事的孩子,父母打他几下屁股也就算啦,何况是我们一向行仁政的政府",他预测会轻判。判决出来,"我"发言说"这真是个屁都不通的政府",小政战大吼"拖出去","随后消毒:刚才那是一个思想有问题的人讲的思想有问题的话"。

一九七九年的台湾,虽曰时势动荡,民心思变,在公开场合说"反政府的话"不但仍是危险的,甚而对许多接受体制教育的普通人来说,是不可思议的。一九七八年尚未成为"第一位少数民族汉语诗人"的排湾青年莫那能帮朋友贴选举标语,第一次听到党外演讲,又惊讶又害怕,找到友人说:这些人怎么能反政府?他们是"共匪"吗?②

在党国的军队里骂政府的"我",从此成了思想列管分子,先被免除卫兵勤务,因为"脑袋邪门的,不敢让他拿枪"。连长在军中训话:"——不让他拿枪,就是要叫他当不成军人,不能履行军人的神圣使命:军人不像军人,甚至可以说是不像人——","既然不像军人,只能分派不像军人的工作,时常是厕所或菜圃的临时帮工",是临时的,因为"思想列管分子不能有固定的工作,固定了安定了,他便有剩余的精力,不知再要生出怎样异端的思想?同时,思想列管分子也不能独自担当一个工作,他必须时时在同伴的监看下——为什么抽水马桶老是坏(断)了螺丝钉(线)?小心有人在水肥中下药,长出畸种包心菜"。"我"于是身兼三种临时工:不定时厕所打扫工,早晚两回菜圃水肥工,另加一次午后猪圈清洁工。政战长官常拦路突击检查衣裤口袋,"重点在查缉任何可能的

---

① 高雄美丽岛事件,参见:"行政院研究发展考核委员会"编《美丽岛事件档案导引》,台北:"行政院研考会",2003年版;民众日报社编《美丽岛事件始末》,台北:民众日报台北管理处。

② 见莫那能口述《一个台湾少数民族的经历》,台北:人间出版社2010年版。

文件书摘或纸条,上面写着任何可能的反政府宣言或颠覆'国家'的阴谋计划"。思想有问题的人＝可耻＋危险,轻则搞小破坏,扰乱生产秩序,重则以反动思想言论蛊惑人心,甚至叛国投敌。今天看起来荒谬的,是当日的常态和道理。

因为不能把被子叠成标准的豆腐块,"我"被罚每天午睡时间顶着被评定为"馒头"的被子在大太阳下出操跑步。秀才"我"决定绝食抗议,展开了颇显示小聪明的斗争:"我避开思想,将矛头对准不涉思想的'馒头或豆腐块'这个日常生活习题"。但小政战骂:"小心你的思想,绝食是如假包换的思想问题。"指挥部政战主任("我"称之"大政战")来视察,也道"绝食是道地道地的,也可说是如假包换的思想问题",要"我"放弃绝食这种"无谓的抗争,把你宝贵的精力奉献给军队","我"顺势道:因为精力浪费在猪圈才不能奉献。主任恍然"我"的抗争"是属低层次的思想问题",也便低一层次地开导秀才了:"养猪到底为了养人……如同一颗螺丝钉养猪兵,没有这颗兵整个军队这部大机器就转不开啰啦更甭说国家。""我"很通窍地说"我志愿成为一名正式的养猪工兵",再进一言:"猪圈是改造思想的好地方"——主任大为赞赏,这是一个有创意的、"蛮棒的政战术语"!"我"才低下声腔:"大太阳底下出馒头操是极不人道的事。"政战长官即刻肯定"我认同豆腐块这个事实,即可说是认同了我们这个大有为的体制,充其量是属一种'体制内的抗争',显然思想上我还有改造的希望"。"你的存在肯定在军队中是有存在的价值的,提供一个反面教材,给我们思考反省的机会,希望你把见到的以及所思所闻到的,报告上来给我们参考知道——""我"还被亲切地留下陪同长官吃饭,被鼓励多吃,"壮大起来我这丝毫不像军人体魄的、'畸形知识分子'的病体……"

是"我"的小聪明在博弈中胜出,戏耍了政战长官吗?从此"我"免了"馒头操",馒头也开始被评定为豆腐块,"毕竟,只要抓稳思想,'馒头或豆腐块'的问题是不成问题的"。然而重点是"我"从此成了"密告者"。显然,政战长官是比"小政战"更深谙统治之道的。

相比直接的"拖出去"和身体惩罚,让人们互相监督、人人自危,才是更厉害的手段;这也正是身处"戒严"社会如影随形的"恐怖",陈映真所说"人人心中有个警备总署"。

舞鹤对此的敏锐和文学处理的方式出人意料,开始真正显示出他作为小说家的力道。小说里,"我开始把所见以及所思所闻到的,报告上去给'国家'参考知道。报告是以私函的方式,寄给指挥部政战处一位业务士"。"我"先是告了营内性嗜色情录像带的作战官"时常带了两名跟屁兵,锁在会客室从深夜战到破晓";随后是"流动赌局","我私函细绘了赌局流线图,同时直指小政战是'那只看不见的黑手'为了抽头";后来,"我"上参小政战的不当言语、"居心叵测"。表面看起来,"我"的密告很有效:作战官被调职、赌局被破获。似乎"我"在利用政战长官对"我"的利用,抵抗军队腐败。然而事实是,作战官被调,调成训练官,明目张胆地贪污——整年不打靶,子弹却照样报缴报废;赌局被破获,抓赌的人是有抽头的小政战。"密告"终于成了"卑鄙"的密告,身陷其中的"我",开始经受精神的沦丧——这才是"我"的又一次败给政战长官吧。于是,舞鹤在"我"的种种"告密"叙述中,仿如意识流般,交错着"我"越来越严重的"性骚扰"劣迹。在假日往返兵营的客运车上,"我"一次次把手伸向身旁的女人,少妇、高中女生、农妇。从第一次"我禁不住内心的蛊动,颤着手触摸前座女人的发颈"到"裆凸抵着一个农妇的瘦臀"、趁刹车时撞她到足跟离地,"我"的行为越来越大胆,然而如同卑琐的告密无从撼动铁板一块的军队体制一样,以最猥亵的方式堕入"色情的暗窟",也无法填满"我"心中的黑洞。当"我"终于解除了"思想问题",初次拿起编派给"我"的那支枪时,"一种恩怨情愁爱恨交织的炙烧烫伤了我的指掌"。是夜当"我"第一次持枪在猪栅站岗时,终于悟到:

> 原来枪身是仿阳具构造,子弹从枪管射出结束精子带来的生命,军队是"国家"公开展示的大阳具,无数精子枪管朝外也向内,任何个人的小阳具必要阳痿在这大阳具的柄垂下,不然随时他奋到你的屁股;原来,被死奋屁股的同时不禁我伸出可怜的求救的手势——触摸任何一个可能的女人。

这个关于军队与士兵、国家与个人的色情譬喻大有意味。军队与士兵的关系被比喻为一种不平等的同性恋性关系——没有"恋",只有嫖客恩主般的淫威和个人屈服的耻辱。回顾"我"在"美丽岛事件"讨论时因之获罪的发言"这真是个屁都不通的政府,硬是把塞子塞到人家的屁孔去——"，已经无意中预示了这个磨难后的了悟。在军队——国家的压制之下，个体被迫"阳痿"，放弃独立思考与身心自由。在此扭曲的境况中，"我"的性骚扰成为一种"求救的姿势"。

重新被给予拿"枪"资格的"我"，却痛感到扭曲的反抗中"我"已是"心身颠倒"。于是，在一个站哨的夜里，"我"把枪插入泥土，挂上军服，越过了铁丝网墙——终于，"我"要逃了。

（二）逃兵二哥：像鹰隼一样狠飞

在"我"逃亡之前，其实一直在受着逃亡的蛊惑，那是来自逃兵二哥的蛊惑。如果说"我"的军中经历是个人在体制压迫下，一步步生命萎缩精神沦亡的悲剧，二哥的亡命天涯则颇有一种"不知所起、不知所终"的大气魄。二哥入伍四五个月后开始逃兵，"这初次的逃兵生涯，历时三十五天又九个小时。这个纪录，虽不顶光彩但也不输人了，多的是挨不到三五天，就被无声无息的猎人扑倒。"这个开头隐含"逃兵者众"的社会背景。如小说中小政战说："人人有逃兵的心态但不会人人逃兵。"当多数人选择混沌无聊熬过两年、秀才"我"在曲线救国中痛苦挣扎时，无知无识、全力逃亡的"逃兵二哥"反倒吊诡地产生了某种"英雄"的意味。

二哥之逃，似乎发自本能。他甚至不需要等待机会，因为"机会多的是，他只等待一个理由，好对自己和别人交代"，而这个理由可能是午间点名时赖在床上被班长踢了一脚铺板。第二次逃兵维持不到二十天，二哥被守候在妻子与婴儿车旁的"猎人"抓住。面对家人的苦劝，二哥却总结说"败在太顾妻儿"，在军监中，他回信给我说"有一天他要像狼一样的横行，要像鹰只一样的狠飞"。果然回役不到四天，二哥就飞越营区的矮墙，开始了"长征短驻"、遨游岛屿的胜利大逃亡，这一飞"撑了将近六年"。根据"兵役法"，逃兵要被判刑坐监狱，刑满仍要回到军队服役，二哥就因不断地逃兵、不断地被抓坐监狱，两年的兵役没了尽头，成了一个"永远的逃兵"。

"逃兵"似乎是二哥在人间的唯一事业，在这个事业中他是如此生机勃勃，从不因为惩罚而改过自新，几乎是每一次被捕的同时就总结经验并预谋下一次的逃亡。同时，他像一个降落凡间的天神，拥有人间的情感，却还有人间情感所不能解、不能系的钟情。"母亲恳求他好坏挨过剩下的役期"、"母亲希望他至少看在日渐长大成人的儿子分儿上"——都全然不能阻挡他逃兵的脚步。"他驻在大岗山大寺后修道人的洞房,真正是冬暖夏凉"、"他驻过废屋空屋或建筑中的半屋,自由逍遥药酒自备梦中美女到处是,只差蚊虫多兼又不时飘来尿溲味"。

有意味的是,"我"以性骚扰向每一个可能的女人伸出求救的手;二哥的逃兵生涯中,色情,情色,亦扮演着重要角色。二哥第三次被捕是在二嫂娘家附近一家放映色情片的小戏院中。后来他讲起这次逃亡:"他在静浦海滩驻扎了几天,某日清晨起望着海,突然想念安平的蚵仔煎,他即刻出发回来,吃过蚵仔煎蚵仔汤后,只剩一张戏票的钱"。在狱中他仍然惦记着那色情小戏院:"他怀念那香艳激情的影片,他出狱后第一件事好好去那家戏院看它个够。"当他终于"厌倦了长征短驻的生活"时,他用多年坐监练就的本领,"自闭"在情人二姊的洞房。风尘女郎二姊窝藏、养活了二哥。当"我"致谢时,"二姊黯然地微笑说:这是她初次如此完整地拥有一个男人"。宛若地母与英雄的传说再现。

如此,在"逃兵"与"英雄"这两个似乎碍难发生关系的指称之间,我们却看到二哥蓬勃着强大生命力的身影,仿佛为自由而受难的英雄的另类演绎,或曰,反英雄的英雄。这样的书写究竟是何用意?"我读大一那年,二哥开始他的逃兵生涯"、"当我被固在某个山脚下,成为思想列管兵时,二哥不知横行在何方";当"我"痛恨被军队"阉割"、困守在"猪舍"的时候,二哥在岛上困苦亦逍遥地长征短驻——叙述交织并行,二哥与"我"构成奇妙的对照。二哥无知无识、不思不想,只管逃出一片山河天地,倒有着别样灿烂。"我"谋心谋略,却无法撼动体制分毫,反倒让自己堕入深渊。或说抵抗本发自生命对自由的本能渴求,而"我"的反抗源自知识、尊严和所谓思想。因此,"我"的逃亡注定以妥协告终。这才是"正常人"的宿命。

(三) 反叛的现实与梦想

"我"在军中那次唯一的"逃兵",没有逃回"散漫的人群",而是转身向山腰颠跋而上。那时"我'决心'以个人意志的钢铁放手一搏集体意志的钢铁"。原来,是"我"而非二哥的逃兵,才有着个人英雄主义的出发点。

这段逃亡的旅程先是充满诗意:

夜色中，我经过橘园菇棚竹林，爬陡峭的涧谷，营门那两盏聚光灯的强光交叉成弧蒙晕影在胯间时隐时现，仰头山后披满珠星迎面泄下来。我在半山腰一处两尺半见方的平台待了三夜四天。

然而不需要集体意志的钢铁，仅仅是蚊虫和饥饿，就足以战胜"我"的个人意志。

第二夜搔着肿痒，尤其是大腿内侧和腋窝的痛痒，我感到，兵役制度是一个大王八，必要强奸每一个处男，在每一个男人身上留下污辱的痕迹，几乎空了的胃翻绞着渴求早餐的大馒头，咽着口水我凝望海茫茫的星，为什么人一出生便要隶属某个国家，为什么国家从来不必请问一声你愿不愿意当它的国民？

这个不无荒谬情境下的"天问"里，似乎听到的不是反体制运动，倒是某种出自文艺青年血缘的无政府主义的控诉。质疑国家机器对个人的压抑，离弃一切束缚以获得人性的无拘无束。但"我"似乎既缺乏强悍的思想支撑，也根本无行动的可能。种种暗中动作，孤军奋战，只是再度证明了体制的强大（狡猾）和个人的渺小（天真）。当"我"试图模仿二哥的逃兵，"彻底的叛逆是自我救赎唯一、根本的形式"，却逃无可逃，"我"甚至不具备最低层面的预备衣服粮草的"技巧"！在饥饿造成的眩晕中"我"最终返回了军营，而且反讽地再度被体制宽大——依据连长"整个后山都属营区范围"的解释，"我"被特赦为"违纪"，而非"逃兵"，免于移交军法的处置。至此，"我"与军队－国家之间所有的抗辩关系画上一个句号：个人英雄主义的反抗注定失败，不能"彻底叛逆"，只能彻底妥协。

"我"度过役期，回返社会，娶妻生子，成了一个平和的小学教师。"我"终于找到失踪多年的二哥，他在秘密躲藏的二姊家中，学会了卤牛肉土豆猪脚熬粥——"乱葬岗似"的空间里的饮食男女——然而二哥的人生因此不是"无味"，东躲西藏到神经也一度错乱的二哥，方是一个自由人！小说快结束时，"在米酒醋的微醺中，我想象同时重演二哥的逃兵生涯"，似乎与二哥零星散落的自述构成重复，但这重复是有意义的，算是把"我"和二哥的精神血缘做了一次交代：与其说，二哥的一切（包含失败的）诗意，是文明教化（所以狡猾？）的"我"所无法获得的，何不说，二哥是因"我"的匮乏与渴望而生，或说，是"我"渴想的"真我"。

"我"的军中经历，俨然是舞鹤自我经验与所见的投影和整理，而二哥的胜利大逃亡，则在超现实的层面驰骋，进入个人与体制对抗互生的辩证关系，寄托了舞鹤对于个体"绝对自由"的想象。

二　舞鹤式"自由"及其血统

（一）薛西弗斯与夸父

逃兵二哥既是从有关匮乏的想象而来，不妨为这个另类英雄寻找他的家族，他的精神出处。

在希腊神话里，科林斯（Corinth）国王薛西弗斯在地狱中受到神的惩罚：把一块巨大的石头推上山顶，石头因自身的重量又从山顶滚落下来，如此屡推屡落，薛西弗斯在这种没有希望的循环中不得解脱。中国神话里触犯天条而被罚在月宫中伐树的吴刚，刚刚砍下的斧痕，瞬间便愈合，吴刚在凄冷的月宫中永不停歇地挥动徒劳的斧子。看来，无论对于人还是神，不是肉体的消灭，而是失去自由、无用无望的重复人生，才是最可怕的惩罚。

二哥的强悍气质，更接近西方神话的悲剧英雄。二哥一次一次的逃亡与被捕，好像是不停推着石头上山的薛西弗斯。他知道无论走到天涯海角，猎人的嗅觉都跟着他，法庭和牢狱总是在某个明日没有悬念地等待着他——然而他一定要逃。世人眼中，这不但是一个无意义的循环反复，也是抛家弃子的无情非智，更无论逃亡之旅实际该有多少艰难恐惧。

那么，为什么一定要逃？

来看看薛西弗斯为什么受罚。有几种不同的说法，一说他生前犯下抢劫的罪行；一说他捆住了带他去地狱的死神；一说他为了要河神给科林斯城堡供水，泄露了是宙斯劫走河神女儿的秘密。还有一种说法，说他死后从冥王普路同（Pluto）那里获准返回人间惩罚他的妻子，[①] 然而，当他又看到了世界，"尝到了水和阳光、灼热的石头和大海，就不愿再回到地狱的黑暗中了。召唤、愤怒和警告都无济于事"。于是，神把他带回地狱，"那里为他准备好了一块巨石"。[②] 在这几个说法中，写了《薛西弗斯神话》的卡缪倾向于最后一个。在西方，薛西弗斯一直被当作勇气和毅力的象征。卡缪认同他是为了人间"海湾的曲线、明亮的大海和大地的微笑"而受罚，他就不但是一个勇士，也是一个由自然孕育了多情、自由的心灵和无羁灵魂的人。

二哥与薛西弗斯一样，为生命本能对自由的眷恋，宁肯受罚，不接受那建立秩序的神——国家。神惩罚薛西弗斯，因为他妄想违背神主宰的命运。二哥需付出被追捕和坐牢的代价，因为他不要在那同样是监牢的军队做一个被阉割的人。在税务部门工作的大哥说二哥："逃兵比如逃税，都是一种食髓知味的劣根性。"世间凡人总是认同神的意志，甘愿为奴；相应的，妄图返回人间——得到自由是一桩罪。但卡缪设想了薛西弗斯的幸福，因为"薛西弗斯教人以否定神祇举起巨石的至高无上的忠诚"，"这个从此没有主人的宇宙对他不再是没有结果和虚幻的了。这块石头的每一细粒，这座黑夜笼罩的大山的每一道矿物的光芒，都对他一个人形成了一个世界。登上顶峰的斗争本身足以充实人的心灵。应该设想，薛西弗斯是幸福的"。这幸福存在于反抗，对神、对压制的轻蔑和反抗："失去了希望，这并不就是绝望。地上的火焰抵得上天上的芬芳。"[③] 逃兵二哥身上，也这样寄托了舞鹤对现实的国家——体制的嘲弄、对个体自由的向往，所以"我"体悟和想象着二哥在逃亡中生命的完整与诗意。

但舞鹤与卡缪终究有着不同的文化血脉，逃兵二哥没有重复那循环不止的命运：在某次逃亡的路途中，二哥停下了。

我们不得不面对欢乐大逃亡之后的某一种"真相"：二哥"自闭"在二姊小套房，英雄的光芒已然散失。在乱葬岗似的房间中，九个月零三天没出门的二哥脸已浮胖，"胸肌也坠了些"——英雄衰朽了，为了自由的

[①] 因为她听从了薛西弗斯临终的命令，将他的遗体不加埋葬地扔到公共广场地中央。而薛西弗斯原是为了考验她的爱情。"违背人类之爱的服从"让他恼怒了。

[②] 参见加缪（台湾译：卡缪）著，郭宏安译《西绪福斯神话》（台湾译：《薛西弗斯神话》），《局外人》（台湾译：《异乡人》），译林出版社1998年版。

[③] 同上。

逃亡最终将面对生命力的丧失，这样的自由岂不是和"我"在军中的反抗一样不得善终？"我"悲伤二哥"从闭关的那一刻开始便被制度'闭关'了生命"，其实是"我"必须面对在恐怖无所不在的世界中，追寻自由的困境。

二哥说"他厌了长征短驻的生活。再怎样的长征，猎人总是跟在屁股后，他命定要在某一次的短驻中被捕"，而"我"的设想悄悄置换了一个诗意场景：二哥"一连泻肚下痢两天，拖着身子到淡水码头，怔怔望着嵌在出海口的夕阳，以为走到了人生的尽头"——于是，二哥转身投奔情人的套房了。这个面对夕阳突然"转身"的场景，几年后在小说《悲伤》的开头再度出现：因伞兵训练失事而落海（同样是淡水的出海口）的"你"（同样是服役的青年）奋力游向红圆（落日），然而，"你意识到自己永远赶不上'红圆'的刹那，你愣了片刻，决心划向相反的方向，在红圆的余光中你奋力游向暗灰"。[①]《悲伤》中的"你"和《逃兵二哥》中的二哥属于同一精神系谱，是一个在体制中以"蛮力"左冲右突的英雄，是小说中知识分子"我"所幻想的另一个自己，最终却以倒插于泥土之中的方式了结生命（岂不是另一种形式的"自闭"？）从这种结构和场景的重复中或许可以窥见舞鹤一个耿耿于怀的情结："知识"是"思想"的开端，思想的我面对现实却总是孱弱无力或适得其反；幻想一个摒弃知识与文明的英雄，依本能行事，然而，在张扬的生命追逐——逃亡中，英雄早晚意识到无法超越的超于人间的力量（蕴藏在夕阳的意象中），而不是现实的具体威胁，使他突然转身、放弃——那么舞鹤的"夕阳"，令二哥感到日暮途穷的夕阳，到底是什么呢？在现实的层面上似乎是天涯海角如影随形的猎人让二哥感到了厌倦，在"我"的想象中，或许是意识到"逃亡"之于腐朽的体制与其说是反抗，不如说是陪葬。如同逃兵与猎人的关系，是敌对的，也是共谋的——他们相反相成地为体制的存在做着标记。所以，这里的"夕阳"是一种置身其外的对自我的观望和体认，看到的是生存的荒谬与抵抗的两难。当知识分子的"我"意识到"英雄"的危机，也就是想象的困境时，他意图让自己失踪以拯救二哥（是拯救二哥，还是自我拯救？）——"当'我'这个人失踪的瞬间，那个闭关在情人洞房的人可以自己开门走出来，以'我'的身

[①] 舞鹤《悲伤》。

份走完他的生命。"

然而当"我"寻到情人洞房时,二哥二姊都已不见了,拯救愿望的幻灭似乎象征着作者终于还是承认:个人主义的绝对自由的追寻者们在这个世界上是无法生存的。如同本节前面的引文:"我想只有走入那青灰色的光潋中,才能得到完整的自由。"完整的自由以肉身的消失为代价,在未知的世界存在。

我们看到,二哥一度如此接近、置身于西方神话的英雄谱系,但"停下"和"自闭情人套房"的动作,让我们意识到这个英雄到底是东方血统——那义无反顾的姿态莫非来自夸父?夸父与日逐走的行为与薛西弗斯与逃兵二哥一样"难以理喻",似乎只是因为有无可比拟的生命力,他追逐太阳,他拥有渴饮大泽的气势,但是他终于"未至道渴而死":生命终不免于衰朽。有意味的是,夸父死时弃其杖于邓,化为桃林,荫蔽后人。生命又是更新轮回的。二哥这个英雄也终于有跑不动的一天,他回到女人无限宽容的怀抱,夸父的死亡孕育了新生,二哥则返身进入死亡与新生之间——饮食男女。所以,当他消失不见时,关于自由、关于生命的神秘意旨并没有消失:小套房如今住了陌生的青年男女,二哥煮粥的那只电饭锅他们"看看还能用,就将就留下来用","我"看到"锅盖一跳一掀的:笋丝扣肉的气味"。这是一个漫不经心又意味深长的场景:不管怎么样的时代,怎样的恐怖怎样的荒谬,整个世界毁灭了,还有一个男人和一个女人,和一锅笋丝扣肉,一种固执的个体自由的气味,在其中氤氲扑腾,生生不息。

(二) 自由而不主义

卡缪通过薛西弗斯传达他的反抗哲学,其思想基础是新人道主义。在他的笔下,薛西弗斯对人间自由的渴望仍是属于西方理性话语体系内的。毕竟,薛西弗斯的身份是科林斯的国王。而舞鹤通过二哥这个逃亡英雄所表达的"自由"却是一种有意排斥理性话语的"自由"。

对舞鹤而言,"自由"在青年时期或许还是一种唯美的理想,是因现代主义文学与艺术的熏染而确立的一个绝对精神标杆,但经历了服役生活,"自由"对舞鹤的意味,被赋予与其价值观念、美学追求相辅相成的、个人性的内涵。军队的现实压迫与舞鹤的自我发生激烈冲突,唤醒了类无政府主义的反体制意识,在"我"的叙述线索里,充溢对统治机器的直接批判，但在试图复返自由的过程中，也就是在二哥的叙述线索里，对逃亡的无尽想象透露了东方哲学的气息。无政府主义所肯定的自由是一种理性话语，舞鹤的自由却是回溯到七窍不开的状态。生命本身是蒙昧而自由的，如"混沌"般自然自在，"混沌"被凿开了七窍，人类有了文明，生命的本真、自由、无所求的快乐，却从此消散了。以此来理解二哥，他纯然是个无知无识的自然人。这个有着神话英雄气质的人，本是混沌自由的诠释者。二哥所以与"我"不同、所以为"英雄"，因为他没有被军队阉割，同时也没有被"文明"阉割，他保有着个体生命对绝对自由的全部渴望。就是说，自由是根本、唯一的目的，别无其他。二哥还有一个特征就是色欲的张扬。被体制"阉割"了的"我"伸向女人的手是一种"求救的手势"，而二哥从长征路上的少女到香艳激情的小电影，再到情人二姊，色欲始终是一种强悍而浪漫的生命能量。当二哥自闭在二姊的小套房以后，生活的内容唯食与色而已——地母一样的女人和一只煮着各种食物的小电饭锅——也是自由最后的驻扎地。这真是对自由最吊诡的表达。

　　舞鹤这种自由观念与现代台湾的自由知识分子——特别是"二战"后赴台的胡适为代表的西学一派——所倡导的自由主义思想，自是不同。而胡适关于民主与自由的论述及其对专制的批判，在台湾的肃杀思想氛围中，是一个透气口，胡适之后有殷海光，殷海光之后有林毓生、张灏，代表了五四以来的自由主义思想在台湾的传承。[①] 胡适的自由主义思想与"人权"这样的现代观念相关联，从十九世纪欧洲的个人主义而来。一方面，他反对任何以国家的名义剥夺个人权益的行为，呼吁自由独立的人格；一方面，他认为人权以及独立品格的获得是为了更好建造一个"自由平等的国家"。所谓"把自己铸造成器，方才可以希望有益于社会"、"把自己铸造成了自由独立的人格，你自然会不知足，不满意于现状，敢说老实话，敢攻击社会上的腐败情形"，是谓"健全的个人主义的真精神"。所以，胡适的自由主义是一种现代理性的追求，在五四的时代背景下，是与爱国、救国的理想互为依托的——"争你们个人的自由，便是为国家争自由。争你们自己的人格，便是为国家争人格！自由平等的国家

---

① 参见黄俊杰《儒学与现代台湾》，中国社会科学出版社2001年版。

不是一群奴才建造得起来的!"①

胡适所代表的自由主义人权思想虽然未在中国思想界成为主流意识，在台湾也是在国民党政府的高压之下苟延生息，但却始终是有所坚持的知识分子用以批判威权、专制的重要武器。从一九五〇年代的《自由中国》到一九七〇年代末期的《美丽岛》，对执政者的批评都是在一个要求民主、人权的现代话语场里。党外也以民主自由的旗帜，追求政治的"本土化"。党外以《美丽岛》杂志为参政、组党活动造势，引起国民党当局的强烈不安，遂有"美丽岛事件"，有意味的是也正是这次镇压成了恐怖统治的最后高潮，"台湾人从此不怕政治了"。《逃兵二哥》中的叙述者"我"因支持美丽岛、批评政府的言语而获罪，但他并非反对阵营的斗士，或许正是对"民主自由"的不同知觉使他远离了一切打着主义口号的政治斗争。由此也可以理解舞鹤自己所说的——退役后没有选择加入当时正如火如荼的反对运动，反倒在小岛的边缘隐居起来。隐居读书的中间，一九八五——九八六年，正是反对运动阵营日益壮大，民进党组党即将实现的热闹时期，舞鹤写下《逃兵二哥》，表达的自由观念不但与"国家"势不两立，而且试图与现代文明背道而驰。而在当下台湾，更不同于胡适面对国家与民族之生死存亡而仰赖"现代"的大背景，舞鹤面对的已经是一个实现了西方代议制"民主"，而"现代化"正笼罩一切的台湾。当年的草根成了今日的政客，"自由"对政治来说终究不过是个幌子。而舞鹤的原始自由思想，仍是边缘的边缘，另类的另类。

综上，由《逃兵二哥》来看，舞鹤的自由意识，首先是建立于个人与体制的抗辩关系之上，是"二战"后世代对"戒严"文化下的身心的自觉反省与反抗。其次，这一"自由"在精神渊源上却又脱离了现代场域，他所追求的自由不是理性话语，不亲"主义"，也正因此，对军队体制压迫的强烈感受，虽然让舞鹤开始关注反对运动，却并没有置身其中。当年的反对阵营失去一个运动青年，后来的台湾文坛，却多了一个特立独行的、有所坚持的写作者。也是这样一种"自由"意识，让舞鹤复出江湖的第一篇小说《逃兵二哥》，在貌似成熟的现实主义叙事中，埋藏了一种浪荡狂放、直欲超出现实的气味，日后发展为被称为"魔幻"和"乱迷"的叙事美学。

---

① 参见陈德仁《胡适思想与中国教育文化发展》，台北：文景出版社1990年版。

第三章

《调查:叙述》：伤痕、悲情及其解构

> 我不革命也不反革命，当改革受阻时我助他一臂向革命，革命成功翻成霸主时我寻找新的改革者，我不神圣化任何东西，革命何等神圣时我无动于衷，革命过气后我期盼百无聊赖的人有点革命情怀。
> ——舞鹤《朱天心对谈舞鹤》①

舞鹤在何种意义上谈论"革命"？一九四九年之后，台湾和大陆各自重述"革命"，除了"辛亥革命"（至少在称呼上），关于近代中国历史的叙述，几无革命共识。双方互指为"匪"，都是反革命。国民政府"反共复国"的革命，只以口号的形式镶嵌于党国意志。一九七〇年代开始的"反对运动"，曾是不同思想立场和政治脉络的力量集合，凝聚在"反对威权专制"之下，是舞鹤这一代普遍认同的社会革命。这一革命的"民主"目标来自美式现代化思想，一度由民进党获得代表身份和话语权。也因此"革命翻成霸主"之后，也是"革命过气"、"革命者"消失的时刻。有人黯然神伤："世界，在每一次的轮回之后，终究要落入三流政客、资本家、地产主和商人手中。"② 对舞鹤这样早已形成极自我的"自由"观念的读书人，"革命"幻灭性远没有那么严重。革命尚未成功之时，他就要对革命说些不阴不阳、不明不白的话了：舞鹤于一九八六年写下小说《调查：叙述》，对"二二八"事件的平反、调查，以及"二二八"之于台湾人的意义，做出个人化的文学见证与反省时，似乎预言了，日后"二二八"被捆绑于省籍矛盾和悲情意识，祭上神坛，正是革命

---

① 台北《印刻文学生活志》，2004 年 3 月创刊号。
② 参见东年《致本世纪革命者的书简》，《去年冬天》，台北：联合文学社 1995 年版。

"神圣化"和革命过气的必然。

一 "二二八"与"解严"后的伤痕书写

一九九〇年代,围绕"二二八"事件,有专门组织的成立,史料收集、访问调查、研究报告乃至学术专著的出版,学术讨论会的开展,纪念日的确定,纪念碑、纪念馆("台北新公园"也被改名"二二八和平纪念公园")的兴建,各类纪念活动的举办——"纪念"为新兴的"国家叙述"服务,论者有曰:透过"二二八"的仪式化,使"二二八"成为台湾人民"我们的"历史、"我们的"集体记忆,"二二八"之为台湾国殇的象征,其中隐含的记忆认同政治不待言之。①

"二二八"何以能担此重任?

一九四七年的"二二八"事件,是台湾光复后发生的民众起事,遭到国民党的残酷镇压——紧接着一九四九年开始了肃清左翼力量、全面军事"戒严"管制的"白色恐怖"。在大陆的历史教科书中,简单记载着"二二八起义"是当时全中国"反饥饿、反内战"群众爱国运动的一部分。国民党官方发布是"共匪煽动"台湾人发起的一场叛乱。而"叛乱者"自然在历史中是无声的。而今日有关"二二八"的专书堪称丰富,从一九四七年到二〇〇二年,在大陆、台湾、香港、东京、美国等地一共出版了一百六十七种史料类专书,其中有一百一十六种是在一九八七年以后出版的。②

但也因此,要在基础史实层面对"二二八"达成一个共识叙述也非易事:一九四五年十月,国民党政府代表中国接收台湾。但光复的激动和喜悦(在"认同"成为问题和显学时,多少人"喜悦"、是否真的喜悦也被质疑)很快被失望代替。内战中的台湾成为国民党的后方仓库,官商结合的势力集团也忙于攫取;大量米糖运往大陆,导致岛内米价飞涨、经济衰退、失业者众,出现较殖民时期为严重的民生凋敝现象;政治上,接收官员贪污腐败,台湾人以受过"奴化"教育,在公务任职和政治上受

---

① 参见邱贵芬《涂抹当代女性二二八撰述图像》,《后殖民及其外》,台北:麦田出版社 2003 年版。
② 据许俊雅所编《无语的春天——二二八小说选》附录的"二二八史事研究重要书目"。

排斥。① 因此,"二二八"的导火索虽是台北的烟草专卖局警察查缉私烟时打死打伤人,实是光复以来累积的民怨的大爆发。群众自发结集冲击专卖局和各类政府办事机构,殴打官员、焚毁东西;怒气波及普遍外省人,出现"见阿山(外省人)就打"的局面。很快台中、台南各地都出现起事。地方官绅或知名人士组成"二二八事件处理委员会",与国民政府谈判交涉,提出了"地方自治"等政治要求。台中谢雪红领导的"二七部队"和台南张志忠领导的"台湾自治联军",是事变中顺势而起的民间武装力量,谢与张属于其时人数极少、力量薄弱的中共"台湾省工作委员会",也是日据时代就从事反日运动的老台共和"台湾农民组合"的领导。国民党政府从大陆调集军队镇压,死伤数字至今争议。一九四九年蒋介石全面撤守台湾后,为稳固民心,宣布"二二八"后自新的人,不再加以追究。

此后,"戒严"以及紧接着的白色恐怖,思想的严密控制,使"二二八"与白色恐怖不但在台湾历史上成了残缺的一页,成了学术界没人敢碰的话题,也成了文学的一个禁区。一九八〇年代逐渐松动的政治氛围中,"二二八"事件浮出,在党外运动时期和民进党执政政权后,从中建构了台湾的"省籍矛盾"、"悲情"动员。与此相应,"解严"前后的政治——历史书写思潮中,"二二八"成为一个重要主题,发展出一种自觉的"伤痕"书写意识。

"解严"后以"二二八"文学为代表的"伤痕书写",虽然为历史招魂,是为激荡出对威权、冤屈、人性、正义等被压抑话语的召唤,却也在政治需求与文化氛围中,陷身于单一的"悲情"叙事。

在此背景下,因白色恐怖而一度"消失的左眼",左翼思潮背景的文学伤痕书写,却展示出特别的力度和历史视野。蓝博洲原本在时势热潮下进行"二二八"采访,却牵出一九五〇年代为理想而受难的一代青年的动人记忆,以报告文学《幌马车之歌》(一九八八)震撼时代,也开启了他关于白色恐怖下的民众史的持续调查和书写。而陈映真更早从一九八〇

---

① 光复初期,陈仪政府的接收试图从文化、地域特殊性制定政策,有"台湾人受奴化教育"和"肃清殖民遗毒"之认知,不少台湾知识分子就"奴化"问题在报刊上公开抗辩,大陆来台的知识分子在与台湾本地知识分子就此"奴化"争议上的沟通碰撞,本可成为战后反思新文化建设的重要基础。但在"奴化"论与政治利益密切相关的状况下,沟通与反省实则无法在现实层面起到作用。

年代初期有关白色恐怖的系列小说《山路》、《铃珰花》,到晚近的《忠孝公园》、《夜雾》,无不在就冷战体制、白色恐怖、"戒严"文化下的台湾人的精神创伤意识禁锢,持续进行反思,代表了伤痕书写的一种高度。

二 《调查:叙述》:伤痕、悲情及其解构

《调查:叙述》写于一九八六年,发表于一九九二年,论者提及小说的背景是"因应二二八事件的平反风潮,调查伤痕成为新兴事业"。[①]

(一)"调查"与"叙述"

作为"二二八事件"受难者遗属,"我"接受"事件调查小组"的采访。现实中的交谈和零落散漫的记忆,使文本始终在两个交织的、时时要模糊边界的时空中进行:前者是现实世界,在老调查员口中"进步、安定、富足"的民主社会;后者是逐渐从"调查"和"叙述"中浮现出来的父亲、母亲和安平长工的亡者的世界,因缘"事件",有时激情,有时恐怖,有时不堪。作者不以引号、换行等方式对问与答、叙述与转叙乃至记忆与想象做区分,全然以意识流动驱遣,在频繁的时空转换中,时时冒出一些暧昧矛盾的记忆。

"调查"与"叙述"表征对历史真相的一种共同追访。"调查伤痕"作为一项新兴事业,自有其政治意图。两名调查者中年长的一位,话语中遗留着日语口语尾音"哪",可见其"台湾人"身份(日据时期受教育)。老调查员自言在事件中曾避难滨海小镇,也是一个劫后余生者。调查伊始,他说:

> 这是个平和的时代了,过去的阴影哪都可以拿出来在阳光下暴晒,有泪——如果还有泪也允许公开的流,"道歉—平反"是可能实行的模式,让我们大家在历史的伤痛中哪一起成长。

这番开场白,以"走出阴影"、"化解伤痛"表白了"调查"的态度和意图,而"我"和妻子不断奉上茶点,殷勤款待,如此,调查在一种

---

① 参见王德威《序论:拾骨者舞鹤》,舞鹤《余生》,台北:麦田出版社2000年版。

平静融洽的氛围中进行。调查员牵引话题，引导叙述者对某些情景做出回忆，期待着被调查者自觉进入调查的重点与所需。例如讲到家中糖果坊的上海师傅的失踪，调查员先是暗示，而后直接提出：是否上海师傅为中共的地下组织人员？于是"我们一起想象"——

> 这个人哪是地下组织的人，潜伏在家父的糖果作坊中，一定程度的影响了家父乃至长工，事件发生他曝光、活动，长工乃至家父一定程度的追随他，之后情势逆转，他又潜入地下，几年后在大扫荡中被捕死于狱中，或者他实时避回上海，几年后做到新政权的人民委员。如是，家父运气衰在不是组织的正式成员，急难时组织的力量当然顾不到他；他是衰尾到底的所谓外围分子，是历史事件中的泡沫——这个浑身糖果馊的泡沫跳出厝门，领头冲入一幢维多利亚式建筑，上海师傅押在屁股后。巴掌打翻茶水，文件印泥玻璃垫扫落茶水上，红蓝褐践成一气。

这段话耐人寻味。开头以老调查员标志性的尾词"哪"，来标志这是一段顺应调查意旨的"想象"。把"二战"后流落到台湾、有一副好手艺又好色的上海师傅想象成中共地下人员，以此为父亲的行为寻找"共匪煽动"的动因。"二二八"发生后，国民党当局的检讨主因就是"共匪煽动"。但这并不能确定老调查员的"身份"。反共是"二战"后至今不散的"无意识"，反国民党的"党外"在这点上无差。老调查员的背景究竟如何，尚不能断定。对上海师傅的经历的想象，有"二二八"之后逃离台湾的中共地下党人的回忆录、传记为本。[①] 作者的反讽，在此似乎是多向度的。

面对调查，"我""抱歉有关家父的事我所知有限"，只能以记忆的碎片聊以塞责。断片残章的回忆不能令调查者满意，"我"对母亲、上海师傅的回忆，又往往被视作"无关事件本身"（实乃无关"政治正确"？）而被打断，"调查"和"叙述"之间由此裂隙横生。"调查"有其政治正确的背景和需求，颇多事件模式已经"成竹在胸"；但对于"我"这样的余生后代呢？"我"所感知的真实，却是在枝枝节节的，被调查员"善

---

① 如吴克泰《吴克泰回忆录》，古瑞云《台中的风雷》，张克辉《啊！谢雪红》等。

意"删除或忽略的细节中凸现出来。由此,看小说题目:"调查"与"叙述"之间以冒号相连,作为同步发生的行为,既互为前提,又各有旨归,实则无能交集。但在二者的乖离中,逝者的亡灵被召唤,伤痛才得到固执的言说。

(二) 父亲、母亲与安平长工

父亲、母亲和安平长工分别在"事件"中和"事件"后逝去,在此他们成了被召唤的亡灵,幽幽叙说着四十年前的劫难和劫难加诸个人肉体与心灵的持久伤痛。

父亲及其在"事件"中的行止是调查者所定义的"事件本身"。然而"事件发生那年我仅十岁","我"对父亲直接的记忆,仅只是他身上的糖馊味和他被捕当日那"咸菜脯一样的脸"和"烂瓜一样的天"。这种与味觉和食物相关的记忆是真切地属于十岁孩子的,除此之外,有关父亲在"事件"中的活动、被捕时和被捕之后的种种细节,都是经由母亲、亲友、邻居等人的追忆和成年后"我"的各方寻访才得到的。其中被认为是重要凭证的是父亲生前好友和在事件中曾追随父亲的安平长工的回忆。然而父亲的好友含糊其词,前后矛盾,不足为凭。"我"独自寻访安平长工,他说"他记不清楚家父的模样了,他只清楚记得家父那顶白毡帽"。在安平长工的回忆中,"我"仿佛亲眼看到父亲在事件中的所作所为——在混乱的街头、狂热的群众、盲目的暴力之中,戴"白毡帽"的父亲被描述成一个"勇壮"的英雄。然而紧接着这满怀激情的想象之后,叙述者却又平静地道出"家母说家父从未戴过什么白毡帽"、"水婶印象中只有吹死人鼓吹的才戴那种白毡帽"。这样一边描述一边消解的方式,透露了对于所谓"事件本身"、"历史真相"的怀疑。或许只有最不可靠的记忆——作为十岁孩子的我的记忆——才是最可靠的。在那十岁孩子的记忆里,父亲是身上散发着糖馊味,那个在师傅、长工都不见的时候,为了订户的大宗喜糖,换上短打下作坊的糖果商。他既非官方所认定的"为共匪煽动、蛊惑"的暴民,亦非反对运动一方要寻访的"受难台籍菁英"。在看似散漫的叙述中,仍给人感觉到,成年后的"我"曾多方追访父亲与家族的过往。

> 先人一直居在学甲中洲,是十七世纪随大将军家眷落脚岛上的那

批移民。外族登陆布袋嘴那年，曾祖也随邻人拿着镰刀矛枪对抗一路杀来的马靴火铳。亏，曾祖辈中的某人避到府城，亲眼见城市人开城列队欢迎敌人的风光。"第一做田憨！"这位曾祖如此愤恨死在田庄。好在家父弃了田园由麦芽糖起家，做到府城数一数二的东洋糖果专家。

小说开头的这段家族史追忆，并非无关宏旨的背景。移民之岛上，种田的和做生意的，一憨勇一现实，两种生存形式，孕育两种个性，这一认识舞鹤在多篇作品中出现，可见对他解读台湾史的意义。"二二八事件"中，小说中的"家父"在"我"的记忆中是为了订单埋头糖果作坊的生意人，然而在众多友人、长工、邻居的记忆中，他又确乎参加甚而"带头"了某些场合的造反行为。"我"讶异地想，果然如此，也许这生意人的血液里，仍流淌着"田庄憨祖"的"勇壮"。"我"讲述曾经有女人来哭诉、寻找父亲的事情，老调查员却谨慎客气地宣称"不会记录"。有意无意，"我"对父亲的回忆，总在偏离调查员尽责引导，想要树立的形象。

父亲被捕、失踪时，"我"只有十岁。对"我"来说，母亲的故事亦是"事件"本身。逝者已逝，余生漫漫，失去至亲的伤痛、被监视的恐怖、希望的煎熬、绝望的打击，乃至被欺骗被凌辱，种种无从逃避无时消歇的苦难，都加诸未亡人，母亲的身上。

母亲的下半辈子活在对父亲徒劳的寻访和彻骨的伤痛中。父亲被捕当日，"家母痛哭了整个下午，瘫在椅背眩睡过去，如此哭了睡醒了哭"，而她"到晚年还不甘心就只那么一次家父大声呵责她"——本已得到风声匆匆出门避难去的父亲，却回转家门被逮个正着，临行嘶吼的是"裤袋无钱怎样坐车"。母亲习惯掏光父亲的裤袋，怕他在外养女人。而家里帮佣的水婶，当时看到父亲回转门口时惊呼"头家"，令特务发现，从此怨叹那一声"是她平生最破相的一件事"。回顾其时，以无能认识大时局的"妇道人家"为代表，人们只能以各种偶然性的追寻，陷入自责追悔。家业渐渐衰废，母亲独立支撑生活、抚养儿子长大；她从不放弃任何有关父亲的线索，警察局、监狱、精神病院，都留下她的希望和绝望；她求助尪姨和神童，召唤丈夫的亡灵；她带"我"到东岳帝庙，"去给家父看看我年年长大长高的样子"。如此多年，她仍因一个"穿中山装的男子"道出了父亲的名字,便带着金钱首饰随同他前去隐蔽的寺庙角落"认人",以致遭到强暴和劫掠。

有关父亲的记忆既不真切,又在各种语境的叙述中模糊了面目,而母亲身受的,却是"我"一生亲眼所见、亲耳所闻、无时无之的创痛。母亲被强暴一事被报纸渲染为社会八卦,冠以"变态采花贼专向中年妇人下手"的题目,以特稿分析"芳心空虚的中年妇人最易蹈入陷阱",并呼吁"所有妇人自加检点"。肇端于"官逼民反"的历史悲剧,隐身在和平时期的低俗新闻里,这反过来见证了历史悲剧在整个社会文化和精神层面上的延续。伤痛被如此轻薄,也正是余生最为荒谬和苦痛的地方。

在这样的追忆与叙述中,父亲被身不由己地塑造成各自所希望被塑造成的形象;母亲则承担着不可解脱的悲苦,化身为历史难以愈合的伤口,指证着个人在历史中的卑微与哀怨。被现实政权欺压、被国家意志扭曲、被历史遗忘,无从抵抗,那么存活的意义又在哪里呢?在另一个逝者安平长工的身上,或可看到舞鹤的寄意所在。

长工被认为是父亲的行为的重要见证人,经由对他的回忆的转叙,我们获得了父亲在"事件"中如何领头冲击政府机构的信息。然而细读下来,转叙的重点显然不在于此。在这里,回忆者长工与转叙者"我"的位置悄然发生了变化,不是长工讲述父亲的故事,而是"我"讲述长工的故事。长工是"祖居安平"的长工,这一身份将他与台湾的土地风俗、文化记忆联系起来。在"事件"中一度参加集会的长工却有一副旁观者的眼睛,群众运动演进的狂热和暴躁,不时从中反射出来。"事件"后他返回父亲的糖果作坊,成了一个沉默而用心的管家,直至成功经营了自己的安平蜜饯老铺。几十年后,长工亦曾参与象征民主进步的选举热潮,功成名就,他回到了"像苦修的禅房"一样的水边小屋,以酒为伴,看"煴郁水竹棚茅草尖乌云天",最终因酒精性肝硬化"去了远方"。长工这个劫后余生者身上,才透露了舞鹤对个体生存意义的别有衷情。

当年长工从集会的人群中悄悄退出,傍晚回到家中,看到安宁、古朴的老城生活一如往常:

> 妈祖宫已上灯,庙祝海仔伯还是一把藤椅,在石狮子旁喷烟;侧对过厝檐下,川背金交椅上,也早已端坐着足火老婶婆,手中危危捧着鸳鸯饭,一个孙囝在伊脚边团团爬着,捡饭粒玩。庙内刚刚晚诵,

拉长的"南无——南无——"赞音，柔柔穆穆，像韧带，一波波裹近来，扎紧。"拖那闩条作啥?"海伯搭讪。"——没啥，"他失笑说，闩条遗在石埕上。

在这样一种古老静穆又温和亲切的氛围里，长工刹那忘记了白日的激情澎湃。一个"失笑"，他回到了熟悉的生活。然而一切似乎又不同了。妻子捣碎花瓣，焖制香液，夜里抹上耳弯腋窝脐孔。于是在夜夜不同的花香中，在追捕的枪声车声中，他开始了婚后从没有过的惊心动魄的欢爱。

汗臭濡蒸烂草花香的夜晚：骨盘相碰磨的闷声；有人敲急响锣当呛当呛——过厝外，伊的细哼似那锣音的尾韵，嗯嗯哼哼嗯嗯；铳枪的射击声砰，砰砰，戳透这哼嗯，他恍惚聆到子弹咻声嗅到鎗口烟硝味；骨盆渐渐带起阵阵水濡哒沓，伊一味哦呵哦呵了；轰隆，军卡车么，一辆两辆掠过，轰隆隆轰，尘灰扑蒙里，愈发浓烈着草花的异香——突地惊迸，伊陡激的嘶恶。"闻到无，嗯?"隔夜伊说，"——是茉莉香。"再隔夜，"——是七里香。"他埋头捣烂这七里香，——自婚后，他初次专注到妻的肉体。

花香弥漫，欢爱无边，花香与欢爱中交杂着灾难降临的警报和哀鸣，多少人送命、失踪在这样旖旎的夜晚。长工在婚后"初次专注到妻的肉体"，生命借欢爱得以感知，欢爱亦是对抗死亡和恐惧的无声言说。然而在这种沉溺中，生的痛苦的体味毋宁说更沉重。

这里看到舞鹤自早期的现代主义习作中就显露的"情欲立场"，和自《逃兵二哥》开始，有意识建构的情欲叙述美学。对于普通人来讲，在无能掌握的时代巨轮之下，财产、家庭乃至生命都可能瞬间烟消云散，个人的无力感达到极至，能把握自己存在的唯一行为，似乎就是情欲了。回到情欲，或许意味着对个体自由消极的然而又是根本的维护。由色及食，紧密纠缠，草芥之民才得以建立一个属于自己的记忆版图。安平长工对于古镇的生活风情的眷恋和他对妻子浸透了花香的肉体的沉迷，使他在事件中保存了性命，也成就了舞鹤别样的立场：对情欲的描述不仅是他用以疏离、对抗主流话语的一种方式,是他"对世界看法的唯一表述途径",①也是他构筑个体历史的重要元素。在二〇〇〇年出版的《鬼儿与阿妖》中,舞鹤更将"情欲"的书写上升为一种"鬼儿文化","一再强调他的鬼儿传统来自绵绵不绝的东方文化源泉,将'放弃'作为唯一的生存武器,沉沦于肉欲与情欲,从唯一属于自己的身体里开掘出生命的意义和活下去的可能"。②比起一九八〇年代后期以来台湾社会"民主"、"正义"、"还历史真相"等渐渐融入主流话语的诉求,舞鹤对"情欲"的专注,可谓一种真正的"边缘"视野:在情欲的耽溺中,他看到了生的热力,看到了死的冰冷,看到了历史不可言说的迷情。

由此,在生者的召唤中,逝者以各自的命运遭际演绎着人与历史复杂的纠葛。有关父亲、母亲和安平长工的故事,或者以其缥缈无实消解着主流的历史叙述,或者以其真切的伤痛、想象的诗情探索着属于个体的"历史",如此穷尽历史伤痕的不同层面,舞鹤可谓用心。然而作为"二二八事件之于个人的纪念碑",舞鹤的企图似乎又不止于此。

(三)个人的纪念碑:拆解悲情,铭刻伤痛

一九四七年二月底的府城,飘荡着自家作坊"白脱糖与巧克力"的糖果香、安平长工年轻的妻子独门焖制、涂在腋窝、夜夜不同的花草香——我们随着这喃喃的叙述者行行重行行,跋涉半个世纪,从嗅觉知觉感知劫难与余生的伤痛,以为触摸或体贴到某种"真相",谁知他却杀了回马一枪:访问与叙述接近尾声时,"我"忽然讲到母亲临终前告诉"我"一个她终生的秘密。"家父被捕后第一百五十六天,他们送来一张家父被毙在泥上的死相,强她拿着左邻右舍挨家挨户给人看——她爪啮相片掐成子弹一样吞入肚内。"母亲明知父亲已死,却苦苦寻觅他几十年?那许多的涕泪交零,竟是一场幻梦?愚妄?还是表演?这荒谬的人生该是何等凄切。然而舞鹤又不动声色地让中年调查员在告别时"嗫嚅说","有关那张死相照片似乎是运河尾某造船世家的大儿子的故事。"我们几乎不由自主地要为"我"尴尬了。然而,"我微笑说我知道"。这个微笑委实诡异,使我们不得不重新思考我们对叙述的一路追随,这才发现,它

---

① 参见陈思和《关于〈悲伤〉的讨论》,《杭州师范学院学报》,2002年第4期。
② 参见陈思和《读两本台湾小说》,《谈虎谈兔》,广西师范大学出版社2001年版。

早就提醒了我们。

    遗憾事件发生那年我仅十岁,十岁孩童的眼睛看得不够真切。更遗憾两位来访时,我已是五十多岁,记忆褪色了,回叙起来容易变形。

  从叙述结构来看,小说交换使用第一人称和第三人称,铺张扬厉,有声有色,宛然在真实的现场,然而整个小说限定在"调查:叙述"的框架中,不时用现实场面中喝茶、吃饼和岔开的话题,来消解刚刚的惊心动魄。这种文本组织方式本身或可看作一种有意识的选择。

  相比较钦定历史的颠倒伪饰,口述史被认为即便有记忆不清、散漫和主观性,也仍有其超乎"史书"的逼近事实、归还正义的可能。但在这里,经过"叙述"的"回忆",是否能还原"历史真相",或许早已不是叙述者的问题。历史不可经过叙述还原,但或许能经过叙述,以及对叙述的挑战和反省,达到无限接近。接近的不再是冰冷的真相,是曾经嗅闻过的香气和仍然温热的挚情以及伤口的质感和深度。在这样的"悼亡"中,"死相照片"只是一个"故事",一个针脚细密地缝着荒谬历史的伤疤,它可以属于母亲,自然也可属于"某造船世家的大儿子"。因此面对被"揭穿","我"微笑了。

  小说的叙述,也如《逃兵二哥》的平和细密,平静之中时时激情涌动,却又有一种看尽时事的从容与讥诮。作为远离政治认同纠葛的作家,舞鹤在此流露的关怀毋宁是既谦卑、亦张狂的。他以《调查:叙述》为"二二八"树立的个人的纪念碑,不为铭刻悲情或伟大,却为铭刻伤痛。伤痛深入骨髓、不可忘却。感知这从身体到心灵的痛,人们才得以穿越时空的阻隔,窥探历史的真相。然而就是这伤痛,随着时光流转,随着当事者和直接承受者的纷纷离世,也在八哥"痛痛痛"的学舌中变得滑稽和稀薄了。纪念"二二八"的大会或许仍会逐年召开,然而人们注定将忘记真实的伤痛,而只能通过各种各样或扭曲或残缺的文字记载,通过仪式化的行为,来获得而无法真正"获得"对历史的认识。如此,对"伤痕"的"辩证"书写,使得舞鹤对"二二八事件"这一伤痕文学题材的处理,超越了在现实中被反复强调的族群悲情,也超越了政党之争反复揉捏的"族群仇恨",展现出更为深刻的历史悼亡和现实批判精神。或也由此可以看到自由文人舞鹤对"革命"的想象，是针对专制与暴力，也是针对现实政治的虚矫与功利。这使得他的思考，在"二二八"文学的历史脉络里，有了拆解"二二八文化政治"的意味。

第四章

"二二八"文学的文化政治

一九八〇年代初,"二二八事件"突破文学禁区,数十年寂灭的记忆复被点燃。然而追溯起来,从事件发生的时刻(甚至更早)开始,文学书写其实从未缺席,"二二八"文学可说贯穿、见证了台湾半个世纪的历史。早在为政治运动和文化论述青睐之前,"二二八"就开始了它丰饶的文学旅程。

在文学与政治场域中,"二二八"的功能显然不同。政治钦定历史,文学却保留历史中的皱褶。我们可以通过文学追问:"二二八"文学半个世纪的演变,如何展现了一个感性的、细节的台湾史?

如果以一九四七年"二二八事件"的发生为"原点",以书写的时间为 X 轴,以书写者的身份、所处地域为 Y 轴,为文学文本定位,绘制一幅"二二八文学"的地图,会发现,一方面,本省人、外省人、少数民族,亲历事件者与"二战"后出生者,男性与女性乃至大陆人、流亡海外的人——这些成分的交集组合,构成"二二八"作品富有意味的外在标识;另一方面,身份、地域与作品又在时间之流中画下交错的轨迹——事件发生前后、"戒严"时期、"解严"前后、一九九〇年代以来,是几个关键段落。由此,庶几可以构建一个"二二八文学"的立体多维度时空,从中可见丰富的历史记忆与情感,也可解读今日台湾社会与文化的复杂格局。

一 事件前后:动荡时代的先声与见证

(一)寒潮涌动的冬夜

光复初期的报刊是回返历史现场的重要途径,其中的文学作品不乏对光复后台湾社会的生动描绘。散文《卖烟记》、《五斤米——在配给米的行列中》、小说《农村自卫队》、《冬夜》均发表于一九四七年的一月、二月之间，与事件爆发的时间如此切近，正是山雨欲来之前鼓荡的风声。署名"踏影"的《卖烟记》揭示光复后卖"私烟"现象背后隐含的社会矛盾，包括沿袭日据时期的"专卖局"对台湾利益的损害、外省官员的贪污腐败与严重的失业问题等。烟盒虽小，问题却大：专卖局警察查缉私烟打死人成为"二二八"事件的导火索，实非偶然。署名"旅魂"的《五斤米——在配给米的行列中》将买米的艰难、心酸和生活的屈辱感历历呈现。近年来有台湾学者从"米糖"问题切入光复后台湾社会矛盾的研究，而这篇散文可谓"现场"的见证，光复前的"米仓"，光复后的"米荒"，如此巨大的落差背后，是其时内战需求和投机者渔利所造成的从内陆波及台湾的社会动荡。这样的动荡之中，个人的愁怨必然会扩展、演化为群体的愤怒。在丘平田的《农村自卫队》中，"我"与"二叔"议论光复后农村经济凋敝、盗贼横行的现实，提到"平田村"农民们秘密组建"农村自卫队"，暗示暴力斗争的可能。而在吕赫若的小说《冬夜》中，枪声已在寒冷凄清的夜里响起来了。

《冬夜》中台湾女子彩凤及其遭遇：她与三个男人——木火、郭钦明、狗春的故事，是光复前后台湾社会的缩影。战时，彩凤新婚的丈夫木火被日本殖民政府强征"志愿兵"到菲律宾，一去不归；"二战"后，她遭到"浙江口音"的官僚、花花公子郭钦明的欺骗凌辱，沦为暗娼；后者曾将自己与彩凤的婚姻称为"我爱着被日本帝国主义蹂躏过的台胞，救了台胞"。狗春则是做了暗娼的彩凤的一个"熟客"，是自南洋战场回台的"台籍日本兵"——光复后台湾的失业大军的主力，也因此成了日后"二二八"事件中武力对抗政府的主力。小说结尾，彩凤与狗春在半夜突然被警察包围、追捕，其场面、声势，与以后诸多描写"二二八"的小说中军警抓人的情节几可混同。作为日据时期优秀的日语作家之一，吕赫若一九三〇年代登上文坛之初，即展示了对台湾乡村和殖民地政治、经济处境的深刻认知，写作的旺盛和成熟期是在太平洋战争爆发后、生存与意识形态压抑都更为深重的"决战时期"，由此反而成就了他一种含蓄刚强、曲折丰饶的写作。吕赫若在日本留学时抱着"了解自己"的心思阅读中国古典文学（参见《吕赫若日记》），光复初期，其愉悦和振奋可用胡风的"时间开始了"譬喻。他努力学习中文，在很短时间内写出三个中文短篇,类于讽刺小品,三篇清晰可见中文程度的渐进。最后一篇小说即《冬夜》,却是这样预示了暴力冲突的作品,其实,也透露了吕赫若在光复后加入中共在台湾的地下组织的思想基础。[①]

　　光复初期的这些作品,为我们认识其时台湾复杂的社会状况,提供了一个朴直的"回返"途径。一九四五年十月第一批大陆军民进入台湾,台湾有了"外省人"这一日后衍生出特殊政治、文化含义的称谓。在历史的这一瞬间,"本省人"与"外省人"共同为"祖国"欢呼,却已然埋下了睽违已久、不暇熟悉、却必须在动乱中"无间相处"的不安:一方是怀揣唐山故土,甫走出殖民地的"遗民"们的喜悦焕发,一方是背负着内忧外患的"现代中国"的"新移民"的疲惫茫然;一方有在五十年日本殖民体制下逐渐安顺、粗具"法治"意识的民众;一方有被延揽而来建设台湾的新文化的知识分子,如热切传播鲁迅文学与思想的许寿裳、李何林,和左翼的文艺人士,如版画家黄荣灿;也有被战争暴力摧毁了家园、某种程度上也摧毁了对道德与自我约束的信任的官兵,此外,更有投机商人;一方无论上层士绅还是下层民众,普遍膨胀着殖民地时代被压制的政治热情,一方则对台湾及其"殖民"历史或抱着成见、或为利谋而不无犹疑。此外,放眼内战乌云密布的大陆,"光复"已然将台湾与之连接成更紧密的命运共同体,台湾首任行政长官陈仪,虽曾抱着避免台湾卷入大陆战乱旋涡、以一整套自足的方案治理台湾的设想,[②]却无法自外于战争,无法挽回"接收"在本省人眼中滑落为"劫收"、"外省人"成为"阿山",无法逆转民心已乱、山雨欲来的现实。

---

　　① 吕赫若在一九五○年失踪,后被发现死于鹿窟山区——台湾的地下党建立的一个武装基地。可参见蓝博洲《揭开台湾第一才子吕赫若的生死之谜》,《消失在历史迷雾中的作家身影》,台北:联合文学2001年版。作家李乔则以吕赫若的失踪写出小说《泰姆山记》,做了符合李乔的台湾意识论的想象。

　　② 陈仪治台的设想及其得失,都因"二二八"与之后以"通共"之名被杀,而被历史抹去,无论是党国宰制还是本土势力蓬勃发展的时代。对陈仪及其与"二二八"关系的研究在台湾近年才有开展,可参见王晓波编《陈仪与二二八事件》,台北:海峡学术出版社2004年版。大陆学者的相关研究可参见全国政协文史资料研究委员会等编《陈仪生平及被害内幕》,中国文史出版社1987年版;孙彩霞《陈仪与台湾》,《台湾研究集刊》1996年第2期;杨德山《陈仪、汤恩伯反蒋内幕》,《文史精华》2000年第4期;张晰《陈仪与汤恩伯》,《浙江档案》2003年第6期;傅玉能《"二二八"事件中国民政府派兵问题再探讨》,《史学集刊》2004年1月;白纯《台湾行政长官公署论析(1945.10—1947.4)》等。

（二）惊悸的春天：从台湾到大陆

发表于一九四七年五月《文艺生活》上的小说《台湾岛上血和恨》（署名伯子），距离事件发生两个多月之后，显然是亲历者的作者还在事件的激荡之中。虽是"血和恨"的叙述，作者以台北失业工人福生作为线索，对"二二八事件"的起因和过程有多层面的叙述。尤值得注意的是对当时的台湾左翼知识分子的描写：福生的姑姑宝美和她的恋人吴诚夫。事件初起时，宝美和吴匆匆商量着："组织的力量还薄弱，怕赶不上现实了！"当民众准备迎接"宣抚"时，他们虽意识到事情的危急并试图联合力量抵抗，但终究无力改变结局，于是逃往南方山区，决定以游击战和教育民众来图谋未来的活动。宝美和吴形象的单薄，尤其是从福生的视角看过去的吴诚夫，有一种不真诚和不庄重感，或许也暗示着左翼力量的弱小及其与普通民众之间的隔阂。

事件当时，国民党当局认定、对众宣布的重要解释之一，是共产党的地下活动和组织导致了"暴动"；事变后逃往香港的左翼人士发表的讲话、文章、回忆录中，亦强调他们在事件中的积极行为，但也承认其时力量薄弱，既非发动者，也无法控制全域；而在当下的台湾，那些意欲将"二二八"建构为"独立革命史"的人们，则有意忽略其时左翼力量的存在与意义。一九八〇年代以来，曾健民、蓝博洲、横地刚等人对"二二八"文学史料的挖掘则让历史尘封的这一脉络逐渐清晰：通过对事件前后台湾、香港和大陆报刊的艰难而细致的搜索，"出土"了一批有关事件最直接的报道、评论和文学作品，如其时《文汇报》驻台湾记者董明德的《台湾之春——孤岛一月记》（原载《文汇报》一九四七年四月一一三日），以日记形式记录下自己所经历的"二二八"，其中既描写了外省人在事件初起时遭到的冲击，也描写了更多本省人保护、救助外省人的善良和理性。署名"梦周"的《难忘的日子》（原载《中华日报》"海风"副刊第一五三期，一九四七年四月十一日）纪念一个刚刚二十岁的外省公务员在事件中的死亡，另一篇《创伤》（原载《中华日报》"新文艺"第十九期，一九四七年四月二十日）则书写一对到台湾度蜜月的外省青年的无辜被伤。这些余悸未平的记忆，透露了身处历史之中、被迫成为"敌对者"的普通外省人的困惑；而身在大陆战乱之中的知识分子，则感同身受台湾的苦难为所有国人的苦难，譬如长期关注台湾、大力介绍台湾文学的《文艺春秋》、《文汇报》编辑范泉，此时写下了《记愤怒的台湾》。与众多台湾友人交往使他对台湾时局和台人心态有相当切近的理解，也使他意识到台湾问题可能引发的后果："是不是我们要用统治殖民地的手法去统治台湾？是不是我们可以不顾台湾同胞的仇视和憎恨，而拱手再把台湾送到第二个异族统治者的手里呢？""说起了台湾"，范泉流下了"心酸的热泪"；而一九九七年陈映真读到诗人臧克家发表于一九四七年三月八日《文汇报》上的诗歌《表现——有感于台湾"二二八事变"》，"祖国，祖国呀——你强迫我们把对你的爱——换上武器和血红——来表现"，眼眶也"霎时蓄满了热泪"。[①] 时隔半个世纪、洒于两岸的"热泪"，折射了近代中国知识分子的沉重的家国之痛。也证明了，"二二八"并不是台湾的孤立事件，而是其时整个中国时局的一个组成部分，是艰难时世下，流离民众的伤痛。

二　一九五〇——一九七〇年代：寂静中的"回想"与"回响"

"二二八"事件之后，台湾当局的文化控制日益严密。叶石涛的《三月的妈祖》（原载《新生报》"桥"副刊，一九四九年二月十二日）写一个叫律夫的革命者的逃亡之旅，有意将时代背景模糊化，为"二二八"文学画下了一个晦涩的停顿号。此后的一九五〇——一九七〇年代，作为政治禁忌，有关"二二八"的文学书写在台湾进入了沉寂期。除少量在香港或日本发表、出版的作品——如邱永汉的《偷渡者手记》（一九五四）、《浊水溪》（一九五四）之外，台湾本土间或有涉及"二二八"背景的作品，也相当隐晦，如陈映真的《乡村的教师》（《笔汇》二卷一期，一九六〇年五月一日）。在这样的寂静之中，曾经以《亚细亚的孤儿》诉说殖民地台湾人的彷徨无告的老作家吴浊流，在一九六〇年代末写出自传《无花果》，一九七〇年以单行本出版，立刻遭到查禁，却因此秘密流传于台湾与海外；更被独立论者作为台湾知识分子因"二二八"而"破除对父祖之国虚无缥

[①] 陈映真《母亲的叮咛——拜见诗人臧克家先生》，见《新二二八史像》代序。

缈的幻想"的例证，从政治意义上予以经典化。①《无花果》作为一个出生于二十世纪初年、创作生涯跨越日据与"二战"后的老作家的自传，具有文学—历史的双重史料意义，而作家历史反思的真诚与深入，更使其成为珍贵的台湾知识者的思想记录。也正因此，对这一记录的解读首先应摒除意识先行，以历史语境理解其心声。

光复后吴浊流曾先后任《新生报》、《民报》的记者，决心"把我所见所闻的二二八事件的真相率直地描写出来"，因为"视野比较广阔的新闻记者如果不执笔，将来这个事件的真相，恐被歪曲"。作者的叙述是从"听祖父述说抗日故事"开始的，追忆自我的成长历程，其实是在台湾汉族移民的历史记忆与"义民精神"的承传之中，述说日据时代台湾人走过的曲折苦痛，以及由此形成的特殊性格。由此探讨"二二八"事件的发生，除光复后接收台湾的国民党政权的各种治理措施的失败之外，台湾人的特殊性格、不同于（某种程度上优越于）内陆各省的经济、教育状况以及台湾人对真实"祖国"的隔膜，也是重要的催生因素，而国民党政权以非此即彼的战争逻辑和残酷的战争方式来判断、应对台湾人的行动，最终导致血腥的悲剧。譬如作者从台湾移民的历史来源论证台湾人属于"汉民族中最不屈服异族的人们"，也因此（殖民地的压抑），光复后台湾人会患上"政治渴望症"。对政治地位的热心和政治意识、经验的匮乏，都使得事件发生后，与国民党官方的沟通一再"错位"。通过"二二八"前因后果的叙述，吴浊流固然展现了自己（也是普遍的台湾人）的"祖国"想象的幻灭，却不因此否定"母亲"。吴浊流以写于"二二八事件"之后不久的《黎明的台湾》一文的结尾文字——"台湾乌托邦"的设想再度作为一本书的结束，强调理想之未曾改变，因自己是"愚公的子孙"，"不惜像愚公移山一样努力奋斗"。而林衡哲《三读〈无花果〉》却道"吴浊流的这个台湾理想国，事实上在台湾人自己当家做主的短暂的无政府时代，已经实现过了"，由此倡议台湾人"彻底地切断祖国的脐带，自己当家做主而独立"。

一九七〇年代后期开始，台湾的"党外"与海外的"台独"都敏感

---

① 参见林衡哲《三读〈无花果〉》，吴浊流著《无花果》。林衡哲对《无花果》的阐释，为自己的政治意识所需，有相当程度上的断章取义。

到"二二八"在政治斗争中的重要性，① 当我们指出"台独"对"二二八"的利用时，也必须正视这一利用在台湾民间的、情感的基础。记忆的哀伤与恐惧、政治的高压、情治机关无所不在的监控，使得"二二八"的政治、学术论述缺失之外，在民间也为人们讳莫如深，而这进一步为台湾社会埋下了族群矛盾的阴霾。② 当本土政治以"二二八"为旗时，一方面召唤出亲历"二二八"者的悲情，一方面引动了"二战"后出生的年轻一代追寻"自身历史"的激情。

舞鹤《微细的一线香》某种程度上正是台湾历史呼唤的一个"回响"。关于"二二八"的情节即祖父那产品销往"唐山大陆"的罐头厂，在事件中受到持着棍棒、啸叫着"打猪仔"的本省人的冲击时，祖父先是嘶吼"我是台湾人"，而后又道"中国人"，却被追问："昨天是日本人，今天台湾人，究竟是什么人？"文化中国的执念与现实利益的矛盾，让祖父一生多次面临身份认同的混乱。其时还在读大学研究所的作者舞鹤，显然对台湾的近现代史已经有了相当的了解。联系一九七〇年代末至一九八〇年代逐渐兴起的"反对运动"，《微细的一线香》已然透露了时代变动的信息："二战"后出生的一代青年，开始通过家族历史、有关书籍、特别的师长以及见闻的政治运动等方式，触摸到一些被"遗忘"的过去的蛛丝马迹，滋生了了解"自身历史"的强烈愿望。

三 "解严"前后：伤痕意识的兴起与各方的言说

"解严"前后，"二二八"一时成为文学热衷的题目，回溯历史、控诉强权、反思战争与暴力——也正是此时，开始涉及集体记忆、政治认同

---

① 参见韦名编《台湾的二二八事件》。
② "二二八"事变后至七〇年代，除国民党官方编辑的有关资料（如台湾行政长官公署新闻室编《台湾暴动事件纪实》1947）和个人回忆录（如柯远芬《事变十日记》，台北，台湾新生报，1947）之外，有不少有关"二二八"的书籍在香港、东京、上海等地出版，多出自"二二八"后的流亡者以及关切台湾的大陆知识分子之手，其中，既有后来经由香港到内陆的左翼人士，如庄嘉农（苏新）《愤怒的台湾》（香港：智源书局1949年版）、王思翔《台湾二月革命记》（香港：风雨书屋1949年版）；也有流亡日本、美国开始从事"独立"活动的海外台独人士，其中史明《台湾人四百年史》（东京，1962年）和王育德《台湾——苦闷的历史》（东京：弘文堂1964年版。一九九三年在台湾再版、改名《苦闷的台湾》，台北：自立晚报文化出版部），1970、1980年代辗转进入台湾后，与吴浊流的《无花果》、《台湾连翘》一起被视作台湾意识的启蒙读物。

的问题。

(一) 悲情：族群记忆的形塑

一九八三年发表的林双不的短篇《黄素小编年》，写待嫁女黄素的无辜入狱和疯癫一生。小说文字单薄粗糙，但如同大陆文革后"伤痕文学"的发端之作《伤痕》（卢新华），标志着一种"伤痕"叙述的兴起。但与大陆的伤痕文学多有一个劫后余生的欣幸喟叹不同，有关"二二八"的伤痕式书写，多具有强烈的当下政治批判与族群对抗意义，如"开不了口"的黄素象征本省人的处境——没有出声的权力。出生于一九五〇年的林双不并未亲历事件，从家乡小镇疯女人的影子到老师无意中漏下的一句"二二八"，逐渐接触当年的事件，试图以书写"还历史以真相"，这是不少写"二二八"的本土作者的共同心路[①]。叙述者力图重现历史场面，以文学再造的"真实"，取代官方发布的口辞。血泪飘零的控诉中，隐含着从个体伤痕到本土族群记忆的建构。但多以强烈的情绪、单一的控诉意图、生硬的历史模拟方式为特征。

这其中，生于一九三四年的李乔的《泰姆山记》（一九八四）是较为特别的一篇，不仅因为作者曾经历那个年代，不仅因为小说以作家吕赫若的传奇之死为原型，也因为他试图诗意地建构一种关于"土地"的理想。小说反复渲染余石基（吕赫若）作为一个"悲悯的人道主义者"参与武装斗争后的犹疑与虚空，暗示他左翼理想的破灭，并借少数民族智慧化身的老人瓦勇，以泰姆山为"日头的妻，一切山之母，也就是大地之母"的神话，[②] 启悟了余石基。小说结尾，濒死的余石基把相思树种撒满周围的土地，以此象征自我与土地融为一体，生命得以重生。虽然这个意象美

[①] 参见林双不《见证与鼓舞——编选序》，林双不编《二二八台湾小说选》。
[②] 这个神话也是作者的想象性再造。李乔对少数民族文化关注很早，一九七七年就写出以赛夏族小矮人传说为蓝本的小说《巴斯达矮考》（收于吴锦发编《悲情的山林——台湾山地小说选》，台中：晨星出版社，一九八七）。《泰姆山记》中对少数民族万物有灵的观念描写得很生动，但不乏从自我观念需要出发的有意渲染；如同在《巴斯达矮考》中强调矮人玷污赛夏少女而导致恩怨情仇，其实是以汉人的惯常思维覆盖了少数民族部落生存与原罪意识的复杂性。

丽而富有某种哲学蕴涵，[①] 但它所代表的新理想的诞生和旧理想的破灭之间，存在着一个逻辑断层：何以旧的理想（社会主义倾向的）不是真爱台湾这块土地？"爱土地"对一九五〇年代的台湾普通民众与知识分子，究竟意味着什么？思及李乔早在一九八〇年写《寒夜三部曲》时提出的"爱台湾这块土地的，就是台湾人"，在他一九八七年参加"二二八平反"活动时明确展开统独分化的含义，[②] 写于此间的《泰姆山记》，或许是一个过渡："土地认同"作为"本土意识"成立的一个根基，也是日后本土政治标榜自我、检验"外来者"的一个重要方式。

（二）悲情无省籍：对族群记忆的反拨

本土意识萌生的书写者划定"族群悲情"，但"悲情无省籍"的声音也相继出现。杨照的短篇《烟花》（一九八七），写外省人金鸿藻的妻子和他的好朋友王和顺（一个本省籍知识分子）都死于事件。王和顺长大的女儿成了一个娼妓，却是源于父亲的死在家人心中滋生的族群仇恨——在父亲的灵前，祖母逼着她和弟弟发誓："世世代代，女孩绝不嫁外省人，男孩绝不要娶外省女人。"小说虽失于煽情，却揭示了被强化的族群记忆的偏执。一份叫作"前进时代"的杂志在一九八四年三月发表了钟理和在事变中的日记，是未经整理的残篇，可以说是对事件现场的第一手记录。其时因病住院治疗的钟理和不断看到来求助的伤者。那些头破血流的外省人的狼狈、委屈与恐惧和本省人的激愤情绪，折射出的却是普通人在时代变动中的不明和悲哀。日记附的"编者按"代表了一九八〇年代台湾知识分子的另外一种声音：

> ——二二八对本省人和外省人都是惊心动魄九死一生的梦魇。外省人记得的是台湾全岛笼罩在革命怒火中，外省同胞被本省同胞视若猪仔般的可怜可怖的景况。本省同胞永世难忘的则是国军大举开到台湾后，在全岛对抗暴群众所展开镇日连月的全岛大屠杀，和往后数十年

[①] 许俊雅以为这个结尾同《三月的妈祖》一样，是"赋予人与自然、人与大地的终极关怀"，并且认为《泰姆山记》"在仇杀与残杀之上确立了一个更高的审判者——泰姆山，即'台湾的原始精神'的象征，是将'二二八'题材的'反省精神推向了至高的境界'，因而可称'不朽之作'。（见《无语的春天——二二八小说选》编选序《小说中的二二八》）。

[②] 参见《二二八事件学术座谈会》，王晓波编《二二八真相》。

的森冷政治禁忌。①

（三）战火中的岛与大陆——海外边缘人的战争反思

一九七〇年代投身海外保钓运动、思想"左倾"而登上国民党的"黑名单"、长期滞留美国的郭松棻（一九三八—二〇〇五）、李渝夫妇（一九四四—二〇一四），其作品于"解严"前几年悄然出现在台湾的报刊上，是一九八〇年代台湾政治文化管制逐渐松动的表现。郭的《月印》（原载《中国时报》人间副刊，一九八四年七月二十一—三十日）与李渝的《夜琴》（原载《中国时报》人间副刊，一九八六年一月五—七日），虽同样处理历史创伤，却与上面所讲的"伤痕"书写大大不同。

《月印》的主人公是一对受教育于日据时代的台湾青年。光复了，文惠迎来了被征召从军、患严重肺痨的爱人铁敏，"以为战争已经结束，一切都太平了"。② 这里，"二二八"似乎只是一个淡化的背景，实际却是文惠、铁敏生命的重要转折点。经历生死考验，文惠把与爱人厮守一生当作生存的全部内容，而铁敏却因"二二八"的刺激开始亲近有左翼思想的蔡医生，热切于为新的理想而奔波。失落与焦虑中的文惠向警察局告发铁敏有一箱"红书"，未料到导致铁敏和他的朋友们迅即被捕枪毙。这是一个残酷的故事。《月印》清冷的文字抛开了通常"二二八"书写对"真相"的执迷。作为一九七〇年代的台湾左翼知识分子，郭松棻经历过理想旺盛的岁月，经历过运动，经历过幻灭，当他选择文学栖身时，似乎不是为了疗伤，而是为了自虐，因为在他的创作中，对历史的碰触总是如此焦灼又绝望——理想幻灭后，仍有一个人要清醒地活着，体味"创痛剧烈"。

将李渝的《夜琴》与《月印》对照，会发现很有意味的东西。它们内含着一个相似的结构，即以家庭安稳为人生全部期待的女人和为理想而置身白色恐怖中、最终牺牲的男人。不同的是，《夜琴》的男女主人公来自大陆，是台湾的"外省人"。这一点最容易引起联想的或许是郭松棻的"本省人"身份和李渝的"外省人"（本籍安徽，出生于重庆）身份，但其实更重要的是牵引进"大陆"这个更广大的"战场"。《夜琴》开头，

---

① 参见王晓波编《钟理和日记》，《二二八真相》。
② 参见郭松棻《月印》，《双月记》，台北：草根出版社2001年版。

如同缓慢移动的电影镜头，记录着一个在面店和教堂中做杂工的"北方女人"孤寂生活的细枝末节。在战乱的大陆，她失去了父亲。在"二二八"后的台湾，她失去了那有着温和圆脸戴眼镜的爱人。桃花灿烂的人间四月天，"一株接一株花树盛放"，而"战争接着战争，不再中止"。一句"战争，战争，中国为什么有那么多的战争"，将"二二八"的伤痛，接续到"战争中的中国"的连绵苦难，而这对于日据时期大多被封闭于岛内的本省人来说，是很难意识到的。

李渝与郭松棻对"战争"本质的体认与表述方式何其相似：不以男性宏大的家国理想的破灭而以女性卑微的家庭企望的破灭，来见证战争的荒谬，见证暴戾与背信弃义。没有血泪飘零，却在无声处埋藏了刻骨铭心的痛楚；没有理想认同的大声疾呼，却有直面历史的苍凉追问。

《夜琴》中的"她"与《月印》中的文惠，都不是在"二二八"而是在随之而来的对左翼知识分子的大清洗中失去了丈夫，隐含着"二二八"作为台湾专制历史悲剧的深层意义：它不是一个"完成式"的族群悲剧，而是专制政权面向所有追寻自由者的思想清洗，是禁锢和喑哑岁月的开端。

（四）从"二二八"到白色恐怖

一九五〇年代朝鲜战争的爆发，被美国纳入羽翼之下的国民党，开始巩固基地，在全岛展开对共产党的全面肃清，是为一九五〇年代的白色恐怖。陈映真说："——组织崩溃、逃亡、被捕、投降——这是充满了挫折和失败的故事，而不是一个很英雄的故事。国民党垮了以后，这段历史本来应该得到重新的评价才对，然而他完全被抹煞了——不止是国民党抹煞，在现在台独的气氛和台湾绝对论的气氛下，同样被抹煞了。"[①] 因此，在"二二八"被当作一个政治工具以重新划定"历史"的时候，却回避了，白色恐怖与之后长达三十八年的"戒严"，影响台湾社会形态与人的意识更深远。

寻找那些在白色恐怖中消失的台湾知识分子，探访他们曾经的理想与热情，蓝博洲的《幌马车之歌》（一九八八）是先驱之作。[②] 他以台湾作

[①] 参见陈映真、黎湘萍《陈映真先生谈台湾后现代问题》，《东方艺术》1996 年第 3 期。
[②] 该文入选詹宏志编《七十七年短篇小说选》，台北：尔雅出版社 1988 年版。

家钟理和的堂兄钟浩东为"原型",展现了一个台湾青年寻求光明的艰难历程。[1] 钟浩东曾历尽波折地奔赴大陆参加抗战,光复后返台投身教育。在"二二八"事件中,作为小学校长,他保护了学校里的外省老师;其后,在对左翼知识分子的大清剿中,死于国民党枪下。

因看到《幌马车之歌》而深受震撼的侯孝贤,一九八九年拍摄了由吴念真、朱天文编剧的电影《悲情城市》,是"台湾第一部在国际知名影展(威尼斯)中夺魁的电影——一时间引发了极大的讨论与争议",[2] 许多影评人指摘导演将"二二八"边缘化了;[3] 有的批评导演"在面对人类的暴力与残酷之时——以一种永恒沉默的方式将镜头转向远方的自然景观",是有意淡化国民党政府的罪行。[4] 事实上,影片是将二二八与白色恐怖历史经验混在一起的,这种含混,在"前进"的影评人眼中,显然不够"前进"、不够"政治正确"。影片中突出展现、格外赞美的左翼知识分子,既有本省人,也有外省人;在光复后被遣返的日本人中,有与台湾人结下深深友谊甚至暗生情愫的静子老师,而医生世家出身、富于反抗精神而走上左翼革命之路的小学教师宽容,对日本文化中唯美、进取的精神亦有由衷的欣赏。影片试图超越的,不仅是族群,也是阶级甚至国别的偏执设限;透露了"解严"后面对"重现"的"二战"后台湾史,另一种人道主义的思考:国家应当是为"人民"的福祉而立的。

四 一九九〇年代以来:记忆的异质纷呈与叙述的多向反省

(一) 差异的丰富与强化:谁的记忆、为谁记忆

一九八〇年代的伤痕式书写以本省年轻一代为主力。一九九〇年代,

---

[1] 《幌马车之歌》后来改编成电影《好男好女》,侯孝贤导演,1995年出品。
[2] 参见林文淇《"回归"、"祖国"、"二二八"——〈悲情城市〉中的台湾历史与国家属性》,林文淇、沈晓茵、李振亚编《戏恋人生——侯孝贤电影研究》,台北:麦田出版社2000年版。
[3] 参见迷走《环绕〈悲情城市〉的论述迷雾》,迷走、梁新华编《新电影之死:从《一切为明天》到〈悲情城市〉》,台北:唐山出版社1991年版。
[4] 参见廖炳惠《既聋又哑的摄影师》,《回顾现代——后现代与后殖民论文集》,台北:麦田出版社1994年版。

本省老作家的长篇小说纷纷出笼，如钟肇政的《怒涛》、廖清秀的《反骨》、东方白的《浪淘沙》等，这些长篇大都具有"大河小说"的野心和形式，"二二八"只是其中要表现的一个部分。比起那些未亲身经历事件者，这些老作家"回返现场"的可信性似乎大大增强，但更加道德化的控诉心态，与模式化的现实主义"伤痕"叙事，往往使其更易陷入"悲情"的执迷。而这类作品与政治力量期待建构的"族群记忆"也最为吻合，因此不乏被奉为"建国史话"的殊荣。

由此要特别提及吴丰秋的《后山日先照》，这部长篇同样具有"大河小说"的形式和规模，有关"二二八"部分，作者却以民俗风情的生动描写，呼应着劫难中人性激发出的勇气、责任、相互的爱与救助。如同颜昆阳为这篇小说所写的评论标题，小说呈现的画面是《爱——不分族群的归乡》。

"解严"后的台湾，社会文化空间的多元性开始展现，在各种"弱势"群体争取发声空间的运动中，台湾少数民族作家也逐渐走上文学舞台。布农作家田雅各以主体的身份，提出对于被涉及的少数民族，"二二八"同样是"洗不掉的记忆"。① 小说有个颇具反讽意味的情节：两位皈依基督教的少数民族"传教师"在事件中入狱，被释放时，警察分局长要他们不要再宣扬鬼神，因为"国民党政府有一套完美的信仰"，并送他们三民主义小册子，要他们在部落巡回演讲，而惊魂未定的传教师将获救归于自己在监狱里的斋戒、祈祷感动了上帝，所以逢人便讲"上帝救世人的福音"以完成任务。作为这个岛屿最早的居民，少数民族族一直与后来的移民，西班牙人、荷兰人、汉人、日本人，不断发生着纠葛、战争与融合，始终逃脱不了被欺压和掠夺的命运。统治者或许带来了新的文明因素，却从无真正的平等；在精神上，从基督教到"三民主义"，都自认为是完美的信仰，要取代部落的原始自然宗教与祖灵信仰。一九八〇年代开始，少数民族争取自我权益的运动，使之作为一支民主力量一度成为反对党的"盟友"，而在"反对党"成为"执政党"之后，少数民族的经济利益与族群文化仍不免被牺牲。在此，田雅各的"二二八"记忆展开了台湾历史文化的又一复杂性，对"本土"高扬的现实政治提出了"更本土"身份的质疑。

---

① 参见田雅各《洗不掉的记忆》，《情人与妓女》，台中：晨星出版社1992年版。

（二）叙事伦理的多向开拓

一九九〇年代以来"二二八"文学叙述的一个重要变化，是一些创作者对伤痕叙事本身自觉不自觉的疏离或反省，"二二八"的文学地图由此别开生面。

林耀德的长篇《一九四七高砂百合》（一九九〇），开篇于台湾的高山，泰雅部落的族长瓦涛·拜扬独自蹲踞峭壁，与群山对话，愤怒于荷兰神父和他的上帝的入侵、哀叹族人包括儿子的背叛、缅怀泰雅曾经和最后的荣光；部落里，荷兰神父正为在梦中向罗马教皇讨要权力而小心忏悔；山路上，族长的儿子古威一边敬佩着神父的小药丸（而不是他的上帝）解救了部落的瘟疫，一边将属于神父的三封信藏到了洞穴里；同海拔的另一个洞窟里，两个"誓不向支那政府投降的日本军人"正濒临绝境，怀念着日本崛起的岁月与个人未酬的加爵壮志——小说进行到一八六页，台北的缉烟杀人事件才正式登场，这意味着：这部锁定于一九四七年二月二十七日这个因"二二八"而定格的历史时间的小说，实际的野心却在于展现比"二二八"更壮阔的台湾历史画面。围绕"二二八"的发生，他引出各色人等：第一家报道事件的《台湾新生报》的"记者某"——一个力图走进新体制的本省青年；用枪敲击卖烟妇人脑袋引发事件的闽南籍缉私员叶得根；永乐町被误杀的市民陈文溪邻居——中医廖清水；以及廖清水诊所的学徒——出走部落的泰雅少年洛罗根，拜扬·古威的儿子；此外，永乐町旧阁楼上，还有一个日据时期恭临总督府参加"击钵吟"的旧文人"吴有"先生。所有这些见证者的过往历史、现实期望、种种隐微心思，作者无所不察。一九八〇年代便以文体创意惊人的林耀德，采用这种古老的、说书演义式的"全知全能"叙述，倚仗的不仅是一直为人称羡的才华与想象力，更是对中外历史与台湾现实的广博知识。在对平地的"二二八"事件及各阶层、身份的见证者一一扫描之后，我们会发现平地汉人的猥琐扭曲与高山泰雅的英姿勃发形成鲜明的对照。在动乱、丑陋、人性沦丧的平地世界，作者以为人间救赎的，竟是注定将"夷灭在平地人脚下"的高山族群，小说结尾，泪流满面的洛罗根接过象征族群精神的"猎头袋"，将与隐没的祖灵们一起在无尽的岁月中"等待复兴的契机"。① 或者要说林耀德的这个"复兴"梦纯粹是一种美学理想，但放在一九八〇年代末一九九〇年代初——"解严"后几年的台湾社会中来看，高度发展的资本主义社会中，传统价值分崩离析，"民主"终于来临的年代，政治利益斗争将更趋热烈，被发掘的"伤痕"与"革命"亦将不免被化约和利用的命运；另一面，少数民族运动落潮，基于反省的"文化复兴"悄然而起，多向发散的形态中蕴藏着生命力。"高砂百合"是否能从死中复生？它有可能成为只信仰现代化的社会的救赎吗？

"解严"前后，因应"二二八"平反的呼声，台湾民间出现大量针对"二二八"事件的"调查"工作，其中既有有组织、系列开展的，也有个人性的寻访。② 舞鹤的短篇《调查：叙述》（一九九三）写"二二八事件"受难者遗属"我"接受"事件调查小组"的采访，是一个具有双重模拟结构的小说。就小说的形态而言，模拟"调查"和"叙述"这一典型的口述历史方式。在具体的回忆中，模拟"伤痕"文学典型的叙事方式：回返历史现场，倾诉冤屈，死去的人被建树成或无辜或英勇的受难烈士，被道德纯化。但吊诡的是这两重模拟都落入意义上的陷阱，"调查：叙述"呈现出一种裂隙处处、枝蔓不清的面目。在这一"伤痕"题材上，舞鹤所采取的恰是一种"反伤痕"的书写，于此展现出更为深刻的历史悼亡和现实批判精神。他铭刻的不是伤痕，而是伤痛本身；他文学"革命"的对象不仅是专制与暴力，也是政治与文学虚矫而肤浅的合谋。作为一个青年时期非常关注反对运动的本省人，舞鹤没有成为一个政治意义上的革命者，却成了一个"精神意义上的永远的革命者"，或许因为，他总是非常敏锐地意识到从前卫思想到庸俗时尚之间的距离之短、滑落之快，一些原本进步的因素会非常迅速地泯灭，正如"二二八"在当代台湾仪式化的过程中的遭遇。

李昂的《彩妆血祭》（一九九七）便是直接针对"二二八"的仪式化与当代意义，它以"亲反对阵营的女作家"的视角，③ 多层次展开一场

---

① 参见林耀德《一九四七高砂百合》，台北：联合文学 1990 年版。
② 前者最多，如张炎宪等人采访台湾各地"二二八"受难者家属的口述回忆，《嘉义平原二二八》，台北：吴三连台湾史料基金会 1995 年版；《台北都会二二八》，台北：吴三连台湾史料基金会出版社 1996 年版等。后者如叶芸芸采访海内外事件亲历者的口述回忆与纪念文章，《证言二二八》，台北：人间出版社 1990 年版。
③ 参见李昂《彩妆血祭》，《北港香炉人人插》，台北：麦田出版社 1997 年版。

公开纪念"二二八"的集会。这一祭奠冤魂的游行与"彩妆"的关系,首先是当代传媒——摄影、导演与剧团的介入:在当年缉烟事件的现场进行模拟演出,于是便有了一个年轻女子涂着两丸"太阳旗"腮红,在"天马茶房"前跌坐挣扎——扮演卖烟的老妇林江迈。这一层彩妆为纪念游行带来滑稽梯突的色彩。不仅是演员,女作家也被画了一个严整的彩妆,以利于上镜。女作家的不安和这些彩妆的制造者——年轻的女化妆师以及演员们的坦然形成对照,透露的是年轻一代与"二二八"的隔膜。"彩妆"的另一重意义,来自被称为"反对运动之母"的王妈妈。传闻她当年为事件中惨死的丈夫缝补身体和五官并拍照留下存证。但王妈妈最后的彩妆却是化给死去的同性恋儿子的:一个娇艳的女妆,告慰他从此"不免假",这对应着借公开纪念活动人们将不再掩藏悲情的"不免假",但李昂对同性恋的认识并未超出异性恋正确的意识,① 对"悲情"的渲染(譬如描绘年轻妻子如何为丈夫破碎的尸体缝补美容的、令人不忍卒读的细节),则又似乎立于一个先验的"反对"正确的立场。《彩妆血祭》以它叙事本身的含混(而非明确的自省意识)为"二二八"的仪式化提供了一个反思的空间。

在《调查:叙述》与《彩妆血祭》这两篇模拟现实"二二八"活动的作品之外,郭松棻干脆一点不写"二二八"却又分明没有脱离"二二八"语境的《今夜星光灿烂》,显得晦涩难解又大有意味。读者、评者多认为这篇小说写的是"二二八""祸首"——光复后台湾的行政长官陈仪。事变几年后陈仪被蒋介石以"通匪"之名囚禁、枪毙,成了三方(本土派、国民党、台湾左翼知识分子)一致认定的"历史罪人",② 与"二二八"一样成了一个禁忌。一九八〇年代反对阵营要求为"二二八"平反的时候,不会想探究陈仪之死的真相,而只是强调:陈仪以"通匪"之名而不是以屠杀之名被处决,仍然是对"二二八"的不公。因此,郭松棻的"逆向操作"颇让人费思量。然而,郭松棻写的真是陈仪吗?小

---

① 按照小说的线索,儿子是被监视王妈妈的情治人员(看似"体面"的外省中年男子)诱奸而认同自己为女性的,王妈妈无法谅解儿子,导致唯一亲人的离散;儿子从此传闻出入新公园(同性恋者的秘密集会地),得(暗示为爱滋)病而死。由此,儿子是"被迫"成为同性恋的,隐含的意义是:这是王妈妈所遭受的迫害的另一种延伸。

② 陈仪一九四九年联络其时任京沪杭警备总司令的汤恩伯起义投共,汤密告蒋介石;一九五〇年六月,陈仪以"勾结中共,阴谋叛变"枪决于台北。

说写一个被囚禁的将军在临刑前的十个月,如何在密室之中对着镜子回忆、思索自己的一生:战争与家园、功名与责任、背叛与忠实——当研究者费心对照陈仪的生平时,也许郭松棻在笑了,如同"二二八"在这个小说中被放逐,"陈仪"也不曾真的被还原,在战争、历史、政治的缝隙中,那些隐秘、细微、不可琢磨的人性展现与自我反诘,也许才是他不可解脱的痴迷。① 无论如何,《今夜星光灿烂》与"二二八"这种特别的、若即若离的关系,为"二二八"文学及其研究提示了一个另类的视角。

一九九〇年代的"二二八"书写无疑是一个大的转折,不同于此前单一叙述伦理的作品,不仅突破了"伤痕传统",也突破了对立结构的"记忆交锋","二二八"作为"想象台湾"的一种方式,进入更广阔的历史背景和理性思考。

余论:"二二八"文学与文化政治

不同身份、处境的创作者在不同时代讲述着有关"二二八"的故事,构成了一个立体的"二二八"文学时空,这其中,可看到近半个世纪来台湾各种思想、文化、政治力量的对照与消长。文学不必与思想、政治变动同步,却以或随顺或游离或悖逆的方式,形成不同的叙述声音,既呼应现实,又有着相对的历史延续性。

由后向前看,在最接近历史现场的时刻,看不到"本省"与"外省"之矛盾的强调。事变发生后,无论身在台湾还是大陆、无论本省还是外省知识分子,都自然地将其视为灾难频仍的现代中国的又一场悲剧,他们追究的是专制政权的腐败与残暴。台湾书写者,如伯子,并不隐讳事变中盲目打外省人的情况;大陆书写者,如范泉,则对台湾表达了一个知识分子的理解和同情。由事件前后的文学创作也可看到,此时的台湾拥有相对自由的文化空间,光复后大量创刊的报纸,有着不同的思想政治背景,可以发表不同立场的文章,这其中,左翼力量虽弱小,却有着十分鲜明的声

---

① 其实早在一九八〇年代,已有人——如海外的叶芸芸、在大陆的陈仪的外甥丁名楠——呼吁或试图为陈仪做一些"还原"的工作,有关陈仪的研究在大陆和台湾都有进行,但文学中书写陈仪(可能还只是"涉嫌"书写),《今夜星光灿烂》却是第一篇,那么,为什么是郭松棻来写?又为什么以这样一种方式?这其中所透露的有关台湾文化政治的问题,参照近年来一些学者对陈仪其人及其与"二二八"的考证和历史资料汇编(见注六),可做进一步探讨。

音。事件之后,"戒严"体制将台湾笼罩在肃杀的政治气氛中,有关"二二八"的文学记忆似乎由此寂灭,而一部遭禁的《无花果》,承担了追究真相、反思历史的责任。这样一部作品在一九八〇年代本土意识兴起的时刻,一度被神话为"独立论"者的革命宝典,反映的是新的政治力量重新挖掘、阐释历史以确立自身合法性的努力。因而,"解严"前后兴起的"伤痕"式"二二八"书写,往往关联密切的政治诉求,林双不、宋泽莱等"二战"后出生的一代本省作家,开始带着使命感来追究"历史真相",这一脉书写延续到一九九〇年代,随着本土意识的高涨,老作家的大河小说得从容出现并被加以"建国史话"般褒扬。

"血泪飘零"的悲情书写方式,折射出现实中政治的运作方式,即强调被"外来者"(针对现实的斗争对象国民党政权,却无关殖民时代的日本政府)欺压的悲惨的历史,强调其被"中国""威吓"与"打压"的现实,有效地唤起民间的"悲情"意识,树立"外省人—中国"这个化约历史与现实而来的敌对力量,得出台湾亟待斗争(独立)以获得自由的结论。"本省人——外省人"的对立设置、矛盾强化是通往现实政治较量的轻快途径,"二二八"因此契合需求。

在"二二八"被简化为本省人特有的"悲情"、外省人与生俱来的"原罪",被塑造、供奉为"国殇",相当程度上成为一个政治符号的同时,文学一直在提示着更复杂关系的存在。文学一方面反映、见证了这个过程,一方面以疏离或辩诘主流意志的书写,消解了这一悲情共同体。事件之后流亡海外、大陆的虽难以在台湾发声,而左翼的思想传统并未从台湾消失,陈映真、蓝博洲乃至侯孝贤等人对一九五〇年代白色恐怖中消失在历史迷雾中的台湾知识者的探访,呈现了被当下主流刻意忽略的另一脉历史;而郭松棻、李渝这些一九七〇年代的红色学运分子,以最精致的现代主义书写铭心刻骨的历史伤痛,已然祭起了永远的"边缘"思想与美学。一九九〇年代以来舞鹤的反伤痕叙事、林耀德的少数民族理想以及"亲反对阵营者"李昂以女性角度对反对运动神圣性所做的内部颠覆,使得"二二八"的文学思考呈现更复杂的面向,作为"二战"后出生的一代,他们与林双不、宋泽莱等一样,都一再剥落曾受的官方历史教育,但选择了不同的精神路向。

第五章

《拾骨》：重返乡土

中篇小说《拾骨》（一九九三）其实才是一九九〇年代复出后，舞鹤写的第一篇作品。它来自为亡母拾骨的经历。① 作品发表在被视作"本土文学"阵地的《文学台湾》杂志上，立刻引起文坛瞩目。如此"乡土"，而又如此现代！或曰如此"异质"！对"本土文学"的倡导者来说，《拾骨》是一个适时的证明本土作品绝不输"外来"的例证。小说以拾骨这一绵延久远的民间丧葬习俗为中心，写下台湾庶民生活经历现代化的种种荒谬情境，② 以及对知识分子与乡土关系的反思，实则远远溢出了被意识形态束缚了内在丰富性的"本土"概念。放在日据时代以来新文学的乡土书写脉络中看，《拾骨》具承上启下的意味。它是有关"台湾'二战'后现代化历程"的正史论述之外，一个庶民立场出发的现代化野史；它以现代主义与乡土俚俗浑然交织的方式，创造出一种"黑色"的、"自由"的"批判的现代性"话语；以民间风俗信仰为载体，它又向内展开了书写者—知识者自身"身份"的反思。

---

① "拾骨"，也叫洗骨、捡骨，民俗学上称为"二次葬"，即在亡者土葬若干年后，再把坟墓掘开，拣出骨头，经过火化或日晒、水洗、风干等不同方式的处理后再葬。拾骨再葬的风俗在世界许多民族中都存在，中国大多数省份的新石器时代墓地中都有此墓例。参见徐吉军、贺云翱《中国丧葬礼俗》，浙江人民出版社，一九九一。

② 本章所论"庶民"，首先在于中文传统中的"庶民"内涵，指相对于庙堂、菁英的民间；其次，当代文献以"庶民"翻译葛兰西（Gramsci）《意大利历史笔记》中指涉的意大利南方农民，以及印度的"庶民学派"中"庶民"时，包含有"从属的"、底层的人民之意，本文讨论"庶民的现代化经验"，也关涉这一内涵。

一　拾骨：狂欢与伤痛的现代化旅程

小说里的叙述者"我"是一个因连年精神病而不事工作，"只能在床铺与后庭的刺竹欉间来回蠕动"的废人——苍白的知识者。忽有一日亡故多年的娘来托梦，且一托再托，紧追不舍。扶乩请灵，方知是河水侵袭娘的墓穴，地底寒荒，难以栖身。于是"我"发动家人为娘拾骨迁葬，开始了奔走的小说旅程。

（一）寺庙与神汉

台湾社会的民间信仰与仪式至今不衰，本源于移民的垦拓历史：除了维系根源，艰难的拓荒加增对神灵的敬畏祈盼，并构成乡土精神生活的重要内容。近代以来，日本殖民政府对台湾的民间信仰，有过多次有目的"整理"和压制，但相对于士人与菁英，庶民的信仰是民族文化中最难为异族统治改变的部分；"二战"后台湾也不像大陆，经历从经济、政治关系到传统习俗的全面革命与改造，民间信仰作为文化落后的成分、作为"迷信"大规模退出日常生活。商业经济高度成熟，乡村文明溃散并被消费文化重塑"小农情调"的当下台湾，"庶民信仰"往返城乡，参与构成新形态的庶民文化，依然有着强大活力。

在《拾骨》的叙述的特定空间，台南府城，叙述者在府城的大街小巷游走时，天后宫[①]、武庙[②]、开元寺[③]、法华寺[④]、竹溪寺[⑤]纷至沓来，作为承载庶民信仰与伦理教化的空间，这些庙宇在府城生活中的角色，超乎寻常古城中的"古迹"。

台湾民间的信仰不仅是神佛不分，还有众多与移民生活、岛屿历史关系密切的神祇，比如妈祖（天后）、福德正神（土地公）、关帝、清水祖

[①]　昔称"台湾妈祖庙"。台湾的妈祖庙大大小小计约四百余间，但全台第一座由官方所建且被列为官方春秋祭典所在地的唯一一座妈姐庙，就属台南这座大天后宫。其前身本是明郑时期宁靖王府所在地。

[②]　郑成功之子郑经所盖，庙里主要供奉关公，一般信众多称"恩主公"。

[③]　前身是北园别馆，系延平嗣王郑经的承天府行台和赡养母亲董氏的地方。

[④]　前身是梦蝶园，系明末逸士李茂春的私人住所。

[⑤]　据传明郑时期由官府兴建，有"开台第一寺"之称。因四周翠竹有清流环抱而名竹溪寺，又因山光水碧花草清幽俗称小西天寺。

师、延平郡王等。移民来自不同地区,信奉的神祇有所不同,移民生活从早期开拓到自由聚落再到官方有意的引导规约,不同的时期自有特别受重视的神祇或圣贤。如今这些供奉着不同的神祇、或民修或官建的庙宇静默地共存于一九九〇年代的府城这个特定的时空,不但以其名称符号上的存在召唤起"府城兴衰"沧海桑田的氛围,而且以与其相关的记忆、传说乃至现实存在的方式直接介入文本,暗暗展开了现代庶民生活与记忆之间千丝万缕的关联。

法华寺是曾经患有"妄想性精神病"的"我"喜欢去的地方,"有阵子,为了平息被追捉的妄想,常到这昔日的梦蝶园看无事乌龟,坐到塔前木条椅呆望斜阳挂在厝堂燕尾"。明末逸士的"梦蝶"、寺庙的乌龟、不动明王,与现代文人的"妄想性精神病"的呼应不是闲笔,现代的无用之为用,蕴藏在这个"呆望"的动作中。又,"我"为娘选择纳骨塔而将各大寺庙一一比较时,写到竹溪寺的虽好但贵,"我"考虑选择便宜些的开元寺,沾沾自喜地想到开元寺的前身北园别馆正是郑经为孝敬母亲而修建的;这个建议却遭到在台北做生意的大哥的申斥,因为祖父母就"居"在开元寺的纳骨塔,而娘和祖父"生前吵成那样,死后还要坐对面相看?""前世的恩怨"亦作为"信"的一种,为子孙慎重对待,此间张力不无喜剧意味。又如,"过天后宫"、"出武庙口",就是"麦当劳或者肯德鸡"这一比邻场景对现代人习焉不察,亦是一种精神状况的象征。

如此,"古迹"的来历及与之相关的教化、伦理、集体记忆,与现世发生纠葛。另有一种更直接、野性、活跃于庶民生活,散落私人空间的小庙神坛。坛主是为人沟通生死的灵媒。小说里的六舅就是这样一个神汉,他"半辈子霸在花园町耍流氓,老来收脚蹲在厝内做坛主"。六舅供的是太子爷(哪吒三太子),"我"怀疑"那爷天生不是父母生的,不然他年纪小小怎懂得啥么嗲剥肉还母析骨还父",却还是在母亲托梦之后来请问这个可能无父无母的小爷。六舅通灵,看见"我"娘"满头满面是土水"来相会,必定是墓穴为水侵蚀,于是有了拾骨迁葬之议。这是"开启"故事的关键。六舅这个"流氓"神汉和他的神坛,虽非主角,却寄予了庶民信仰与庶民气质之间的对应关系。六舅流氓气质的成分是杂糅的:他年轻时游手好闲、寻衅滋事,却又"风流标致",是为"浪子";浪子鲁莽,心智有"浑",但本能地折服善与美:"六舅见过少女时代的娘,后来浪子带过多位浪女来家说是要跟姊姊比美";浪子老来肥壮,语言粗鄙，自有底层生活的浪漫："浪子六舅还保持年轻时的习性，右手是用来做粗活的，左手是保养来玩软的。他向河床边养猪人家要了饲料袋子；小太子玩剩的鹅卵石，他可以自己加工成星宿老爷托梦落下的陨石。"浪子有情有义，娘病时他"一度率府城三姓元帅搭火车远来探看嫁出去的女儿"；在母亲的墓园，他向麻袋中的娘（骨骸）磕头，"感念说自己婴囝时娘辛苦背他去抓中庭老榕树上的鸟"。不知何时"流氓"和"浪子"成了同位指称。流氓—浪子这一身份中，道德、价值的可疑被搁置。巨变的现代生活中，流氓—浪子以边缘的生存，保留了人的自然性。

这样再来看六舅老年的职业，对一个坛主来说，经营神坛彷佛是一个赖以维生的生意，可能是欺人欺鬼的，却也是恪尽职责的，更可能，这还是一门"不风魔，不成活"的艺术。小说写六舅"入童"（神或亡灵附身）的情形：

  那抖，不知是发自膝盖骨或脚趾端，那抖，延上腰肉赘，胸肌坠，上颊腮，头也左右捭成倒 V 字。"苦啊！苦啊！"恍惚来自水宫鳄鱼呢洞的苦声，那抖在这苦音的基调上添了许多装饰音，后来又抖成长串的变调，像百日咳的老人弄着他颈间的那粒喉桃。直挨到他猛地弹起来，双掌落力击下去"叭"地同时，双膝委地上身软趴供桌。

这段写通灵之肉体的文字，生硬、拗口，意象突兀，有着暴力式的痴狂，与它所要描述的对象有着形式—内容的统一。贵巫尚鬼、多事鬼神，本是闽越地区的庶民传统。"怪力乱神"与现代的流氓—浪子连接在一起，道出了庶民文化性格里的重情、江湖气，强悍无畏又不无癫狂的劲头，粗鄙中见心性、浪荡（尤其是声色浪荡）中张扬欢愉。这或是叙述者暗中心向往之的，庶民信仰能穿越移民历史、被殖民经验和现代化社会。而"我"这个委靡不振的文疯子，正是个地地道道的浪子，任情深情，浪荡风魔，丝毫不让六舅。

（二）谁来拾骨

原本卧病在床的"我"，因亡母托梦，与两位兄长开始"拾骨"之议。进而奔走府城的"一条龙丧葬服务业"，启动了贯穿着庶民传统与现实生存，个人情感与集体记忆的"拾骨工程"。

拾骨的历史可以追溯到新石器时代，普遍而言，拾骨再葬体现了人类死亡意识中的一个重要观念，即"灵魂不死"：血肉是属于人世间的，灵魂则可以离开肉体单独存在；血肉腐蚀后，才能对骨骸做正式的、最后的埋葬，死者的灵魂就可以进入另一个世界重新开始生活。在不同的文化中，"拾骨"形式不尽一致。一些特殊原因的拾骨葬例，如将客死的亲友骨骸归乡安葬，或者因亡者坟墓被侵蚀而进行的迁葬，更进一步体现了灵魂的"回归"意识。如犹太人有"拾骨"习俗源自离散史。康有为避祸海外时，曾托朋友将弟弟康广仁的遗骨从北京带回家乡安置；鲁迅的小说《在酒楼上》，吕纬甫千里迢迢回乡，为坟墓被河水侵蚀的小弟弟拾骨迁葬。

拾骨的另一种内涵，是对亡灵的畏惧和防范。譬如相信夭亡凶死者的灵魂是不安宁的，会危害生者。云南崩龙族对于正常死亡者实行土葬，对凶死者则火葬，烧后将剩下的骨殖用清水洗净，放入土罐埋葬，且不能埋入村社的公共墓地。即畏惧凶死者亡灵、清除邪祟的意义。[①]《梁书·顾宪之传》也称衡阳地方"土俗，山民有病，辄云先人为祸，皆开冢剖棺，水洗枯骨，名为除祟"。

但在南方庶民文化里，拾骨与鬼神、祖先信仰相结合，过海到台湾，更因移民生活形态而普遍。事死如生、慎终追远的孝道之外，子孙因家道不昌或疾病缠身而为祖先拾骨"除祟"的情况也很常见。

在府城的现代化链条上，"拾骨"及其所属丧葬业是一个兴旺的行业。殡仪馆里"冷冻厝"一年四季没有空闲，总管"安阿乐"大人忙得只能看到影子，他的"三姨太"经营着"看风水入木入土花车鼓吹司公做厝"的一条龙殡仪服务。"我"就在三姨太处搞定计划：拾骨师是"府城有名的土公仔狮的嫡传，手工较细收费较贵，还得配合他的时间行程表"；风水师是"特约的"；"骨坛"则有"一粒两仟至三仟"的"后山花莲大理石"的，有"东南亚进口"各种水果色的，还有"喜马阿山纯雪石打造，坐飞机过来一粒十万——水货三四万不止"的。而后是纳骨塔位。"我"将府城的几大寺庙和市立骨塔一一排比并实地考察了竹溪寺"南北东西下下上上是灰漠漠的坛子世界"、"区分 ABCD"、"方位不同价

[①] 参见郭于华《死的困扰与生的执着——中国民间丧葬仪礼与传统生死观》，中国人民大学出版社 1992 年版。

格不等"的纳骨塔。"事死如生"的时代阐释是："死亡"中有现世的无限商机。

这番端庄笑谑的现代笔墨，托死亡之物言生存之志，首先在表层勾勒出乡土文学的常见主题：城市化进程中的庶民百态；知识者的乡土怀旧。

"拾骨工九仟。看风水二仟。骨坛一万八仟。纳骨塔位七万。合计九万九仟，杂支另外。"——"我"拟订的迁居计划书，是项所费不赀的消费活动清单。对此家人反应不一：小学教师妻审核了计划书，遍数她为"我们未来宝宝的奶粉费以及四岁开始的补习教育费"而如何缩减自己的美容费用后，声明"甘愿拿出一万元投资这项工程"；而二哥早就说过："你出多少我就出多少。"在台北经营计算机企业的大哥，尽管第一反应是"现代理性"的："办事要有效率，要合经济效益"，却连夜派人送来了纸条捆好的十万。对家人而言，拾骨是一种不可或缺的礼俗消费，还是一种乞灵求福的投资？二哥多年前就曾提议为娘拾骨，那年"他妻娘家开的连锁工厂连锁倒了店，他岳母灵光说动岳父实时拾了祖先仔骨，及时止住了债主追杀的脚步"，他就曾"忧患意识到自家兄弟头上"。在小说进行到准备活动基本完成之时，除了嘱咐"我""办好娘的最后一件事"并没有承担任何实际工作的二哥忽然来找"我"去夜市吃虾喝酒，与"我"探讨母亲"会不会是荫尸"？[①] 二哥检讨自己的半生：早年在染整厂被喷射出来的胺酸冲到眼瞳，整整三个半月瞎子一样，后来换做车床工，又被机器削掉半只拇指。如今，因为环保局的干涉，吸盘老板的小家庭厂房关闭了所有门窗——在其中做马桶吸盘杆的二哥，就像眼前兄弟两人的下酒食："一只半生活跳的活跳虾被封在火爆锅内焖！"于是，二哥赌母亲是"荫尸"，并且举证"你娘的阿爸也是荫尸"。"娘"是"你娘"，外祖父是"你娘的阿爸"，一口一个"荫尸"带着"秋刀鱼的杀气"，二哥如此大啖自己的血缘至亲，最后断语："我一万赌你是荫尸。"如果说写拾骨的现代化、写大哥二哥对拾骨的木然漠然所透露的荒芜，都以"黑色幽默"翻着一个知识分子的冷眼的话，面对二哥色厉内荏的打赌，"我"终于流露出了肺腑的伤感：

---

① "荫尸"，也称荫身，是指入土数年后，亡者肉体完整不见腐化，且毛发、指甲都有生长之现象。荫身也可能是肉身没有完全腐烂。荫尸被认为是不吉利的，会对子孙有害。（参见吴瀛涛《台湾民俗》，台北：古亭书屋1970年版。）补救的方法是把肉刮掉，再行拾骨。

他童年时赌玻璃珠尪仔标，青年时赌棋子麻将、四色盘轮盘转，壮年时赌大家乐六合彩，今晚他赌荫尸——就在他赌荫尸的这一刻，他入了哀乐中年，我注意到他原本湖青色的眼泡瞬间转成龟皮色泽。

　　二哥的半生，是一个困于劳作的半生。身体不断被现代化的机器斫伤，而乡土礼法已然丧失了支持力，成为现实功利的迷信。赌博寄托了暴富的梦想，又提供了社会结构中不能翻身者的挫折情感的出口。为这一出口寻求政治性的解释不难，坐在二哥对面的"我"，却必须同时体味作为"兄弟"的命运连带性：娘的遗体成了二哥的赌码，"我"看到了他的"哀乐中年"，容颜突变，生命衰朽。而二哥回望"我"的眼神呢？他特意叫活跳虾给我吃，"自家人都希望我活跳起来，他们都看厌了我走起路来软脚虾不如"。

　　《拾骨》中始终埋藏着这样两种目光的"对望"。作为兄弟中读书最多的人，四十一岁、"苍白文静"的"我"在亲友眼里却是个只知妄想、"嗜吃镇静药"、不能工作的无用之人——这才是社会正常秩序中的"边缘人"、失败者。所以二哥赌母亲是"荫尸"的有力依据是："若不是荫尸，我们做儿子的怎会落魄这样？"

　　知识者，掌握着批判的现代性的话语的知识者，在小说中，不再是一个在上的、启蒙的或先知的角色，他是"兄弟"，是同感挫败与伤痛的庶民。

　　大哥的中年是另一番光景："在台北经营计算机企业的大哥"总是在行动电话中"不知在哪里的夜空下"做着"要合乎经济效益"的指示，凭着电话里的背景声"显然置身于一个豪华的大吃场"。拾骨这天一大早，大哥在"银子打造的便池车（德国奔驰）"中不客气地按着喇叭，惊醒左邻右舍；随后大讲"昨夜南下山乡赶赴某位土霸的五十寿宴，那宴席摆在星空下五千万多桌坐满了五千多万人"，最可观的是"服务生从领班到上菜清一色中学生少女"，"他若不是惦着娘的大事，最可能跟着人家留下来排队吃嫩笋"。大哥作为社会结构中的中小企业主，是现代工具理性与世俗化的符号，也是庶民的奋斗的方向：叭叭的喇叭声张扬着"荣归故里"，鼓动又一代少年离乡的大志。

　　围绕着拾骨的人事运转，是读者我们所熟悉的、置身其中的世界：自然隔膜、贫富分化、情感腐蚀、精神荒芜，在在充满躁动与抑郁、骄矜与不安。难道叙述者是要我们一同做个悲伤的守望者？但潜藏在文本中的另一个声音在嘲笑"我"了：躲在"一湿湿精神妄想的阴影"里，与世纪末畅销台湾的"灵魂导师奥子"①日夜"环游世界直上外层空间"，又何尝得到安顿！"我"不是天使，却是人间的共犯。二哥、大哥和"我"之间的认识差异既是非道德的，也是对现实的改变无力的。

于是救赎之路——我们发现，不是苍白的知识者的批判或妄想，而是集庄严与笑谑于一身的现代"拾骨"仪式。这"拾骨"不再是同样写过"拾骨"的吕赫若和季季笔下映照善恶的镜子，而是一个"返回（过往？自我？自然？人性？）"的途径。当兄弟三人和六舅远上墓园为娘拾骨时，虽不过"行礼如仪"，拾骨师讲评风水时自然想的是各自的股票与彩票，但那从地下出土的累累白骨，仍撼动人心，打开了一个封存的乡土记忆。拾骨与托梦、扶乩，从远古生活中保存下来的鬼神信仰，与现代生活之间，究竟是怎样一种关系呢？传统的接受已经很难说是在"信仰"，而毋宁说是"行为"（以及对行为的反观、反讽）的意义上，保留庶民精神的活力和想象力。六舅、安阿乐、三姨太这些经营鬼神生意的人，都具有某种俚俗笑谑的禀赋。这些浪荡半辈子身无所长的人，老来安身于由神灵或亡灵照顾的特殊职业，某种意义上，他们同"我"一样，是社会边缘人，以流氓、神汉或文疯子的形式存身世上，与主流社会所倡导的人生价值背道而驰。妖妖嗲嗲的三姨太与风水师打情骂俏之后对"我"说："做这悲苦生意不得不嘻笑装痴。"而"我""端穆面肉"回说："习惯就好——平日我也一样。"好个"我也一样"，这种对"悲苦"现实装疯卖傻的本事，原是一种逆向现代又包容现代的"无赖"气质。

（三）庶民与知识者

亲人眼中"我"是"软脚虾"，书呆子，不事劳动也不为名利奋斗，有如废人。叙述语言的表层还有一个"我"，这个"我"是情色。徐娘半老的三姨太在"我"眼中一举一动都只是一双奶子，迎客时"那被火红高腰迷地裙撑着的肥奶，站起来迎人时那奶俨然有托天之势"，与风水师

---

① 影射印度灵修者奥修（一九三一——一九九〇），据称"他不属于任何传统或教派，从东西方哲学精华中提炼出对现代人灵性追求具有意义的讯息，并发展出独特的静心方法"。一九七四年在印度孟买东南方的普那（Pune）创建"普那国际静心中心"。参见奥修著，黄琼莹译《叛逆的灵魂》序，生命潜能文化事业有限公司2011年版。

打情骂俏时是"两粒肥奶跳高三四吋",向"我"推销货物时声音是"抖高三阶乳坡地哆",以至于"我"不小心掉了手中的桃坛(骨坛)也是"稳稳落在三太乳沟间"。甚至竹溪寺守塔的老尼姑向"我"诉说风湿的酸痛,"我"凝看她佝偻的腰身就想到情人小鹿"也秘密患着这种心瓣膜风湿病,先天不能太过兴奋临到高潮便要小死"。意识乱流,夸张色情,一种疯疯傻傻的劲头:原来"苍白文静"的"我"又是一个享有齐人之福,甚而(暗示)能力强大的男人。

在舞鹤的小说中,色情书写似乎无处不在,无论体积和质量,都引人注目,早已被当作一种现代主义的颓废美学的样本。《拾骨》中的色情随着叙述者"我"的目光上天入地,最后流动到亡母身上出现了台湾乡土书写中的奇观。

拾骨时,母亲终以枯骨之身出现在亲人眼前,二哥"心头卸落石块"因为证实了娘不是"荫身",大哥关心着肩胛骨上何以爬了草茎,六舅(不忍见枯骨的娘)早已借口逃遁,而"我"手握从娘下腭摘下的一枚金牙,捧着娘的头颅,于是:

> 我右手尾三指捏紧金牙,食指拇指扒着、扒着眼澶鼻窟中的砂土。也许近水潮湿,颜面是赤棕色,像娘每晚临睡前喝的当归补血液的色泽。我左手掌贴着头盖骨,沿着后颅,徐徐起伏来回:让这质地与曲线进入、成为我掌肉的记忆——小时娘也这么抚着我们的头颅吗?食指拇指悄悄绕过下腭,趴吮着颅壁,一分分蠕入内里:恍惚无止尽的,洞空。

渴想使"我"全无畏惧,以往只能在梦中追寻娘飘忽的身影,如今用掌肉和手指去记忆娘的头颅的质地与曲线,跨越时空重逢。然而骨的"洞空"提示着天人相隔的事实,无法餍足的与娘亲近的愿望使"我"狂想突起:在回去路上的露天冷饮摊,"我化作娘的骨",痴凝着对座女孩的丰腴脸庞,"我亲切感到娘的骨,是那么样渴望丰润的肉";在车站月台人群中,"我"觅到一双"黑窄裙绷的大腿",想起"娘的大腿骨,素到不带一点赘肉,被捱入蜷布袋的瞬间,我感觉它恍若枯枝犹紧紧留恋着叶肉",如何为娘找回那丰盈的血肉呢,沿着冷饮摊女孩的脸庞、车站月台上的大腿,小说的前进似乎必然是"直奔夜巴黎(妓院)"。握住妓女柚阿子如圆大白柚的乳房，"我整个身心贯注融化在指掌间的肉"，终于"感觉不到娘的胸椎"。

> 我躲到她蓬草的耻毛间，悄悄将娘的金牙含在唇齿，埋缠大腿内底撕咬，腿洼间蒸腾开一种废水沼泽般的杀气——后来我咭吮她的脐肉时，她说她从未有过儿子——今天她感觉我就是她无缘来出世的儿子。我说我要从脐孔入去，她说只要能够就让你入去。你入去就永远不会出来了。你不会再来。不过不要紧你入去永远不会出来了。

似乎是娘托身今世的柚子，阴阳交合，跨越了生死相隔。回看小说开始，娘死后三年初次入梦，"我扑上去抱住伊膝腿，脸在伊小腹间钻、磨"——乱伦的冲动埋藏已久，拾骨竟是一个契机。

"我"渴望进入娘的身体，"入去就永远不会出来"。这"回归母体"的冲动，在现代主义文学中并不鲜见。诗人道："我生之前静默无为，我生之后万事烦难。"然而这里的母体不止于此。在"我"急奔"夜巴黎"之前，有一句话："这整个迁居工程设计有了无可挽回的疏漏，娘的血肉遗留在那刚被废弃的墓坑，墓园里的草木枝叶都溶有娘的血肉养分。"娘的血肉养分与土地融为一体，母亲竟是母土，与小说中的现代性批判相联系，在回归母体的渴想，也是对受伤的乡土的眷恋。

回顾此前，小说里的"我"每当意识流动到"娘"身上时，癫狂的色情就一变而为依恋、怀念的柔情。为娘选骨坛时"我"从坛子的水果色彩想到"病时娘有水果吃吗"；为娘订下纳骨塔"第六排一号"的安身之处，是为了此处"每天，夕阳的红晖会妆上娘的脸。平时，娘可以俯看老榕枝叶与椰子树干间的红瓦"；回想娘死后三年时的梦中，娘是以穿着白色里衬裙的模样出现。"我"牵之挂之的娘是一个美丽少妇，而不仅只一个"慈母"。

再看柚阿子，多篇小说中舞鹤都以一种视若同类的感情来写妓女，这里出现的柚阿子更进一步。她像"圆大的白柚"一样的双乳"不是乱来的"，"从小她家后园半分地专种白柚，收成时她一个一个挺腰撑着捧上牛车，如此长年养就她厚实的奶质"。十九岁她进了都市加工厂，而今在妓女户接客——平淡无奇地嵌在这里的"都市加工厂"，似乎比传统的妓女户更是命运的杀手。母土上曾经纯真的女儿，正与"年少时，总想有一日会走入那山的不可知处不再回来；料不到成年后沦入都市的深坑，从坑底辛苦爬上疗养院，院后的腿只合蹬家中的枕头山"的"我"命运相连。如此，乱伦又何妨是青春儿女的兄妹乱伦，是最亲密的人用最亲密的连接，抵抗"故乡"的沦落和伤害。

在小说一开头，叙述者就用"在连年激烈的妄想性精神病后"，表白了"我"的身份和立场。"疯癫不是一种自然现象，而是一种文明产物。"[1] 如果精神代表一种抗拒（现代）的姿态，所谓病后，放弃了对抗，也放弃了新文学建立的知识者与乡土之间批判—启蒙的关系。小说进行中我们看到的"我"是一个"无用"的、耽于"色情"的、与鬼神相亲、与死亡相亲的庶民—知识者。如果"无用"是对文明体系的疏离，性欲的极度张扬是以生命本能为器，那么庶民信仰，在此成了知识者重新守望、触摸和承担世界的媒介。

娘死后三年时第一次来入梦，说是与一对夫妻结伴到远方旅游，"那'恬静的旅人形象'让我放了心：娘走在无有尽头的旅途上，四周是发着蒙光的花花草草，没有突然挤过来的机车汽车"。死后的世界如此美好，就连向来被描绘成阴暗可怖的地狱，在"我"的梦中也散发着一种自由自在、仿若狂欢的气息：

> 我腰挂宝特瓶 XO 台湾，远遁入地狱的后门，见他们永远在中庭干烹着一只地牛肚大的锅等着你，内里千百万亿个人沸上沸下一点不嫌挤。来时路上我睁大眼睛没有碰见娘的影子，最可能娘也在大锅中舞，我拿 XO 台湾浇在小腿用劲戳了几下——平生我最恨没有螳螂的后腿这时便可螳入大锅中。无奈我转过后花园，见一青衫小尼姑踮脚尖捏竹杆竿栀子花，我一跃上去替她摘了七八朵，顺便央她转告娘，"我十万赌你不会是荫身"。

"我"并不介意将娘安置在地狱的大锅中，因为那是欢会，而非煎熬。在"我"的想象里，天堂与地狱不分，死亡如同赴狂欢之约，是一个门槛而不是终点。因而，"死亡"不在信仰的意义上而是在精神的意义

---

[1] 参见米歇尔·福柯（Michel Foucault）著（台湾译：米歇尔·傅柯），刘北成、杨远婴译《疯癫与文明》，生活·读书·新知三联书店 1999 年版。

上对现实产生影响。于是，"我"的委靡和无为，成为和"死亡"最相亲的气质。舞鹤以他一贯自嘲嘲人的笔法，写"我"根据民历纪事的解梦篇"梦到阴宅则阳间诸事顺遂"推测："那么，梦见阴宅人身就久病恢气全消，如枯枝久逢艳阳不得不振奋起来，何况一湿湿精神妄想的阴影。"阴阳发生了倒错，阴间的娘如艳阳，振奋了阳间如枯枝、带阴影的"我"。"我"从一只"软脚虾"一变而为"活跳虾"，跨越阴阳、"出生入死"，不过是从鬼灵到枯骨，再到丰满的女体——与"有用"无关，与"无用"有关。

生前宁静和谐无思无想，身后狂欢自由无拘无束，唯有在生前和身后之间是无尽亦无聊之漫漫"余生"，而"我"以无言的肉身漂流，度过余生，渴望着恬静如初春清晨、散发着蒙光的娘，渴望着回归母体或者腾空而去——在小说的结尾，清晨"我"被"金瓜汁是珍品果汁"的——喝声唤醒，于是"我"手攥母亲的金牙在院中疾走，口诵千万遍"金瓜汁"直至一念不起与金瓜汁合为一体，恍惚间自己便单足立在了院里的刺竹尖上，等待着和"灵魂导师"一起腾空而去，逃出大厦间谷，去向那"无所谓的远方"。这个场景，如同佛教的净土宗以念佛而成佛，也应和着灵修者神秘的修行境界。这"痴心妄想"，作为对存在的一种示威，有种台湾——东方风情，但此种风情也透露了这个放弃先知姿态的知识者——庶民，终不免遁入玄虚或颓废。离开乡土文学似乎被认定的"现实主义"武器，抱着现代主义与庶民信仰的知识者，果然只能空摆出一个抵抗的姿态，却无法直面惨淡人生吗？

二　拾骨者，异乡人

为亡母"拾骨"之际跑去寻欢，这个不肖行为，让人想起卡缪的《局外人》（L'etranger）。《局外人》中的主人公"我"，默尔索先生，在埋葬了母亲的第二天去海滨游泳，遇到从前的同事玛丽，当晚便遂了他"想把她弄到手"的愿望。不仅仅是这样一个情节。卡缪这部在大陆译作《局外人》的作品，在台湾译作《异乡人》，[①] 这两种译法都隐含着"在

---

① 小说《异乡人》（《局外人》）法文原名 L'étranger，做名词时一般有两个意义，一是"外国人"，一为"外乡人"，而"无关的、局外的"意思，却是做形容词用的。

——之外"的意义,"异乡人"多了意象,召唤怅惘的情绪,更适合用来描述《拾骨》的"我"与默尔索相通的气质。

　　卡缪的"局外人—异乡人"是世界现代文学中的知名人物,与十九、二十世纪俄国文学中的"多余人"、日本明治时期文学中的"多余人"、中国现代文学中的"畸零人",都有着精神上的关联性。《拾骨》中的"我"有多大程度来源于存在主义亦曾风行的台湾一九六〇、一九七〇年代?大学时期舞鹤在"叛逆"、"自由"之意涵下接受现代主义文学的影响,而到了写作《拾骨》的时期,"现代主义"在舞鹤的乡土书写中,已不再是少年气盛的生涩模样。不妨将小说拾骨者与异乡人（L"etranger）作一对照。

　　加缪笔下的默而索是法属殖民地阿尔及尔一家公司的普通职员,后来卷入邻居莱蒙与人的纷争中,开枪杀人。在监狱中和法庭上,检察官与律师审判的却是默而索的"道德"。埋葬母亲的第二天就与刚交往的女人上床成了指控默而索"蓄意杀人"最有力的证据,"（默而索）怀着一颗杀人犯的心埋葬了一位母亲!"道德与法律的谵妄并非最要紧,更要紧的,是默而索作为一个"局外人"的自觉。

　　默尔索进入法庭时,发现大家都在互相握手、打招呼、谈话,"好象在俱乐部里碰到同一个圈子里的人那样高兴",而默而索在这个为了他而聚的所在,却仿佛"是个多余的人,是个擅自闯入的家伙"。他被律师要求"别说话,这对您有利"。在世人眼里,默而索是一个混沌、无所谓的人。默尔索内心的默尔索呢?他不哭,"妈妈离死亡那么近了,该是感到了解脱,准备把一切再重新过一遍,任何人,任何人也没有权力哭她"。他和玛丽的关系呢?在海滨浴场,他承认从前"曾想把她弄到手",但是"我现在认为她也是这样想的"。他不肯说"爱",但他会"在枕头上寻找玛丽的头发留下的盐味儿"。玛丽和他一样热爱着阳光和海,他们一再地在水中追逐缠绵,其中的生命热力,是小说故意使用的呆板笔调、简单词句也遮掩不住的。"阳光把她的脸晒成棕色,好象朵花。"默而索的不哭,不说爱,不忏悔,不过是"不撒谎"。不仅是不说假的,也包括不夸张——然而这些足以让他成为一个"人之常情"之外的人。后者是构建一个中产阶级社会秩序的基础,是遮掩殖民主义、社会结构不正义的另一种"正义"。

　　默尔索要求的,他对律师所说,不是"更好的"辩护,而是"更合乎人性"的辩护。忠实于内心、忠实于身体和自然。在法庭上缄默、疏离的默尔索，在小说结尾，对着神父"喜怒交迸"地喊出他"内心深处的话"，愤怒化为对世界的轻蔑，这种轻蔑使他确认了作为"局外人"的幸福。

从这里看《拾骨》，"我"与葬母的默尔索仿佛系出同门：对世界的感知方式、应对方式、索漠的行为、热烈的内心。

"阳光"和"情欲"，是这两个文本中的重要意象。

对"阳光"的感受是他们与他人分别的一个标志。阳光是自然与野性生命力的象征，在卡缪笔下，非洲的灼热阳光是一柄双刃剑，不但袒露着人的生命热力，也以其酷烈令人眩晕、令人窒息，引发"不可理解的醉意"，唤醒人身上的破坏本能。默尔索热爱阳光、热爱海，也是因为阳光他犯下杀人之罪。而在《拾骨》中，"我"耿耿于怀于阳光的失落。阳光已不再热烈，不再无所遮挡，它的暗淡映照的现代局促的生活："从前站在家后庭便可千里眼见安平归舟、星沉大海，现在月亮只能直着脖子在大厦谷中看"，"我"所生活的古老院落被包围在林立的大厦中，被"我"称为"大厦间谷"，在这里只能"晒午后一时半至二时四十五分间的阳光"，"之前和之后，阳光都被周围的高楼夹死"。阳光被冠以生命物死亡的修辞，与人的生命力的委顿同构。在叙述者的幻觉里，这甚至影响到另一个我们一向以为没有阳光的地方——阴间，晒着午后短暂的阳光，"我"嗒然而思：怪不得梦里娘的声音"有井垣厚苔那样的阴"。

阳光的失落同样唤醒了被压制的能量，这便是狂暴性欲和乱伦幻想。局外人—异乡人对伦理最大的冒犯是情欲，也因此，情欲寓意了自然生命的热情和对现实秩序的反抗。卡缪对默尔索情欲的描写是节制的，然而就像小说整体刻意寡淡的写法下流动的叙述热情一样，看似漫不经心的情欲描写中有生命的舒展。比如默尔索与玛丽从海滩急急赶回家里"跳上了床"，没有任何性描写，只有"我没关窗户，我们感到夏夜在我们棕色的身体上流动，真舒服"。默尔索在狱里，神父为了说服他在临死之前皈依上帝，要求他看监狱的石墙"我知道你们当中最悲惨的人就从这些乌黑的石头中看见过一张神圣的面容浮现出来"，然而默尔索为此激动了，"我曾在那上面寻找过一张面容。但是那张面容有着太阳的色彩和欲望的火焰，那是玛丽的面容。"默尔索轻蔑神父和他的上帝，"他的任何确信无疑，都抵不上一根女人的头发"。与卡缪的刻意节制相对照，舞鹤笔下的情欲是汪洋恣肆。"我"举目所见，都是性的意象。甚至，对人的"色情"观看连带到对器物、建筑的感受："我"学着三姨太用"面皮"去鉴定骨坛的质地，闻到的竟是"一种凉透尻骨的湿香，粉底是美国亚当，腮红用日本西施的"；选择纳骨塔时，竹溪寺的海会塔中"我"的意，因为它是"骨中带柔"的。更不必说"我"从妻子到情人到妓女不曾稍歇的情欲征程。与卡缪的节制内敛构成鲜明的对比，舞鹤以张狂无羁构建他的情欲书写美学，相通的是，在他们最易被女性主义批判的"男性中心的情欲话语"背后，其实从未刻意把女人神圣化或卑贱化，对女性的依恋和孺慕，是在一种同其命运和呼吸的基础上的。舞鹤写三姨太的妖妖嗲嗲，写妓女柚阿子，全然是与自己的疯癫心心相印。

  默尔索产生于二十世纪四〇年代非洲的法属殖民地，《拾骨》的"我"生活于九〇年代的台湾府城，他们在"时代认同"上游离于自己身处的环境。卡缪曾如此解释"荒诞"："一个能用歪理来解释的世界，还是一个熟悉的世界，但是在一个突然被剥夺了幻觉和光明的宇宙中，人就感到自己是个局外人。这种放逐无可救药，因为人被剥夺了对故乡的回忆和对乐土的希望。"① 在《薛西弗斯神话》中卡缪又宣称："我感兴趣的不是荒诞的发现，而是其后果。"这是困扰着那一代人的问题，包括殖民、战争，对理性、秩序、信念的挑战。卡缪从哲学、政治、社会、伦理各个角度来审视西方社会，探讨人与人、人与社会、人与自然、人与自我等关系的畸变扭曲，默尔索这个"局外人"，是时代忧虑的表征，又隐含着重建人生意义的信心，由此出发卡缪建立了他"反抗荒谬"的思想。舞鹤这个失去"故乡"的异乡人，却用"精神病后"宣布放弃了现代理性，他找到的是前现代的鬼神信仰，由此将现代主义精神与乡土浑然交织，创造出一种"黑色"的、"自由"的"批判的现代性"话语。这同时是一种书写者—知识者对书写—知识者"身份"的反思和反动。这一台湾异乡人的特殊选择从何而来？也就是，要寻找《拾骨》的"本土资源"，需要回到台湾新文学的脉络中，乡土文学精神的流转中。

---

  ① 参见加缪著，郭宏安译《西绪福斯神话》，《局外人》，译林出版社1998年版。

三　庶民信仰与乡土文学精神的流转

庶民信仰，本是理解乡土与人的关系、考察乡土文学精神之演变的一个重要媒介。新文学初起时，体现在"陋俗"中的庶民信仰常是国民性批判的对象。

三、四〇年代的台湾，殖民地第二代新文学作家以日语创作登上文坛。处于新旧时代和国族夹缝中的作家，如吕赫若、张文环等，对乡土风情和庶民信仰的书写，如同以乡土招魂，寻求殖民地处境下人的精神出路。特别是太平洋战争爆发后，汉文化被殖民政府严重压制之时，文学中的庶民书写，成为保存民族性的微妙途径。

吕赫若的《风水》（一九四二），写兄弟两个为父母洗骨（拾骨）而发生的冲突。周长乾一再梦见老父诉说墓穴破败、雨水侵蚀的苦。父亲过世已十五年，由于弟弟长坤的反对，一直不能为父亲洗骨，长乾为此伤痛自责。长坤反对是因为风水师说父亲墓地的风水有利二房，怕洗骨冲了他的福禄；之后又不顾埋葬年头不够强行为母亲洗骨，同样因风水师的话，认为他家庭最近变故是母亲墓地所冲。这篇小说将兄弟两个及其各自子女塑造成两个鲜明对立的群体，哥哥长乾宽厚善良、谨守本分、受人尊重，随儿子们选择他们喜欢哪怕不赚钱的专业，家业却渐趋衰落；弟弟长坤自私狡诈、唯利是图，为人不齿，他把儿子们全都送去学医，家业逐渐兴盛，从乡间搬到了小镇。这里看到的三、四〇年代台湾乡土社会的变迁，"洗骨"如镜，将兄弟俩隔在乡土—城市，传统—现代，美德—败德的两边，似乎是任何一个地区在从乡村到城市的现代转型中，文学都会做出的一种反应。但《风水》书写的这一"转型"背后，是缺席存在的殖民主义背景。自一九三七年大力推行"皇民化运动"，从民间信仰（整理寺庙、推行神道教）、娱乐（禁止歌仔戏，推行报国剧）到言说工具（废除汉语报刊、书房、推行"国语家庭"），在太平洋战争爆发后愈加激烈。一九四二年是更严苛的文艺政策压顶而来的一年，吕赫若在四月发表了描写地主家庭衰败解体的小说《财子寿》，可看到他对台湾乡村的认识与把握，远非《风水》这般简易，在八月的日记中他写下"（《风水》）情节薄弱——无可奈何"，同时开工的《邻居》，就须以"内地人、本岛人"如何相处来构思了。一九四三年的《石榴》、《玉兰花》更在"皇民化运动"和"内台亲善"的题旨下,发展出一种更曲折深刻的抵殖民书写,是后话,单看《风水》此时,不得不"薄弱"的情节背后,依靠什么传达对殖民处境下乡土的沉痛之思和情感力量?"洗骨"这一庶民礼俗在此成了一个重要媒介。拾骨与乡土伦理的密切关系,加诸其上的双重悼亡(对祖辈与消逝中的台湾乡土),使看起来简便的对照具有一种特别撼人的力量。小说结尾,长乾回忆起年轻时与父亲一起为祖父洗骨的场景:"家人们对洗骨非常关心——女人、小孩等,在情况允许的范围内,家人总动员聚集于风水地。在挖掘风水时,跪在墓庭行尊祖礼。"① 那重礼节、敬祖先的昔日生活曾是幸福的。

异族压迫下,庶民信仰作为一种草根文化资源与知识分子抵殖民自觉的结合,为台湾乡土文学,别生一脉曲折的抵殖民书写方式。

《风水》中"传统与现代"的冲突到了一九七〇年代的台湾,成为乡土文学的常见题材,来自乡村在台湾经济起飞中的又一轮破败的现实。季季的小说《拾玉镯》(一九七四)同样以拾骨为线索,写兄弟姊妹们应乡下三叔召唤,回乡为祖母拾骨,他们本无意回乡,只是听说祖母的陪葬品中有一只值钱的玉镯,才改变主意。"拾骨"与"拾玉镯"的转换,将物质、消费时代的来临具象化。但也如"玉镯"的直白,透露了某种乡土现实主义的贫瘠。

舞鹤大学时代适逢乡土文学论争,青春记忆于此建立,一方面是叛逆的现代主义青年,一方面受乡土文学思潮影响,写出了《微细的一线香》这样痛掘家族史,并流露(不无生硬地)反殖民、同情劳工的立场的小说。表现于文本的生硬,反映了现代主义青年的困境,以及历史与思想资源的匮乏。这种"夹生"与《拾玉镯》体现的"现实主义贫瘠"其实是一体两面。理解这一夹生和贫瘠,有一个线索:日据时代新文学的抵抗传统因与左翼思想的关联,在"二战"后是长期被抑制、消音的。直到与乡土文学论战同期《夏潮》杂志开始有意出土、重新"介绍"日据时代作家及其作品,这一新文学传统才被重新认识。但乡土文学中的"左眼"始终未发育壮大。

舞鹤退役后到淡水小镇"隐居"十年,但时常置身街头运动现场"观察"——相对于投身运动者,相对于因保钓在海外接触西马、第三世

---

① 参见吕赫若著,林至洁译《吕赫若小说全集》,台北:联经出版社1995年版。

界理论的台湾青年,舞鹤走了另一条"守望现实"的路。

写作《拾骨》时,舞鹤身处的是一个关于现代化批判的话语早已充分展开的、惶惶不安的世纪末。与吕赫若和季季笔下传统—现代、善—恶、淳朴—贪婪、敬重祖先—迷失人性等二元对立的世界相比,舞鹤笔下的生存景观复杂得多。从淡水的"隐居"走出来的舞鹤,自陈说"转向本土",并获得了"书写自由"和"小说之韵"。他将庶民信仰还魂为更能动的角色,召唤明郑以来移民文化的内核,道出当代乡土生活中,庶民—知识者一体的困境。其庶民视角的现代化叙述,以现代主义与乡土俚俗结合的批判的现代性话语,对知识分子与乡土关系的反思,是乡土文学达致的新成就。但在走向"高山与海边"的少数民族——岛屿内部的另一个世界之前,也就是写出反省台湾内部的压迫、"不自由"问题的《思索阿邦·卡露斯》和《余生》之前的舞鹤,以《拾骨》为代表,现代主义、知识者与乡土的关联,仍然是浪漫化的。无法更深挖掘此一现代化困境的内外因素,是他的乡土书写,的不足之症,这一不足,既是个人的,也是属于整体社会的,是有待"庶民"一词的政治意涵的展开,来补足的。

四 从"线香"到"拾骨"——舞鹤乡土意识与叙事的转折点

> 十年间去掉了许多禁忌和背负。十年后出淡水自觉是一个"差不多解放了自己"的人,当然也解放了文学青年以来的文学背负,在我写《拾骨》时才初次体会写作的自由,其中源源流动的韵。这两者,"书写自由"与"小说之韵",在随后的《悲伤》一篇中得以确认。
>
> ——《悲伤》后记

这一段《后记》,与舞鹤在复出之初那句简单而易生歧义的"在淡水期间开始转向本土"相比,是更为深入的创作剖白。《拾骨》如何体现了"解放"?如何体现了"自由"?是一种与意识形态相关的情结的脱落?是一种"炼金术"般文学语言的获得?《拾骨》的空间(府城)、人物(废人"我"、娘、祖父)以及一些细节,都与其早期"始见真正有意写小说"的《微细的一线香》(一九七八)有着某种呼应关系,两个文本对照，创作之于舞鹤的"解放"，或许最能由此窥得。

（一）从家族祭到拾骨葬：仪式转换的文化意涵

仪式凝聚了生活共同体的文化来源。《微细的一线香》中由祖父带着幼小孙子行之多年的"家族二人祭"是个核心场景。《拾骨》中为亡母拾骨的仪式则贯穿小说始终。《微细的一线香》中的家族祭礼"类如庙祭规模"，祖父要将汉文化传之后代，也因此理直气壮地一再向离家经商的二叔要求经济支持购买祭器，斥责他："汝既命定生乃王国之子孙，怎忍一日或忘汝之王国乎？"二叔痛恨古厝的阴暗破败，早早逃离，而"我"从幼小时随祖父恭行"家族二人祭"，这一文化启蒙，与一九七〇年代的民族情感相结合——因台湾国际地位的转变，因保钓，因经济的发展，而被不同脉络重新叙述和认识的"民族"。此时的青年舞鹤，在大中国的版图上寻找被抹去的殖民历史，不无矛盾地接续起"遗民"之痛。一九四九年后大陆赴台作家开启的"怀乡文学"是陈国城青少年时期的"时代氛围"之一。怀乡者有具象的、曾经生息的故乡，背海来台是迫不得已的放逐（或时代捉弄），因而对彼岸的土地怀的是游子或孤臣的痛感。与此相对照的是日据时期的吴浊流、钟理和等，在异族压迫和失落"原乡"的夹缝中产生"孤儿"的彷徨感。舞鹤笔下的祖父和"我"则是在文化承传的意义上主动列队的"遗民"。因而，"中国"在写作中被刻意地符号化，古厝飞檐、龙头拐杖、文房四宝等，构成一个色彩强烈的文化空间，这个空间是形而上的。一方面有眷恋不舍的情感在其中徘徊，一方面这徘徊已道出了它的难以为继。

与家族祭祀的阳春、古雅相对照，为亡母拾骨的仪式则是非常民间、非常"草根"的。值得注意的是，拾骨的习俗虽然由汉族移民带来，但首先这里的汉族是指闽、漳等地人，而非来自儒家思想发源地的北方人，拾骨的形式与儒家安土重迁的思想起初不无矛盾；其次，拾骨之所以在台湾得到重视和完整的保留，不是作为正统文化的一部分（像对儒家文化的学习那样）经由教育而得的，而是与移民的生活形态有很大关系。移民到台湾后，为生存常常要换地开垦，为了祖宗亲人有人祭拜，便开墓拾骨，带着祖先的骨骸迁徙（这正是远古时期拾骨葬的一个重要起源），这是对儒家孝的观念的一种变通。① 在事物规矩上，也有了台湾在地的指称。所以，这个民俗与庙祭、家族祭这样传承文化血脉的仪式相比，有一种"野史"的身份，是大传统之外的小传统。有意味的是，小说拾骨指向的不是父系血统，而是母亲。叙述者从家族祭祀上"忝为事事赞助的小官"到为亡母拾骨奔波于各种台湾特殊乡土情境，父亲的意志消散了，一个文学青年的乡土（中国）想象脱落了，滋生的是对台湾乡土（母亲）的关注。这个想象空间的变化，在现实的话语环境中，很容易落入某一种政治叙述。更好的方式或许是文本的缝隙中追踪这个脱落和再生长的隐微过程。

（二）在文本交织地带中的祖父、娘和"我"：身世与思想之变迁

两篇小说有一些人物，比如祖父和娘，形象有一定的延续性。但在《拾骨》中，祖父是模糊的背景，娘是小说叙述的动力和起点，其形象是梦中的朦胧身影和重现天日的枯骨，祖父和娘已退居叙述的内层，活跃的是"我"和兄弟们现世的生活。但在偶尔闪现的关于祖父和娘的记忆碎片中，凸显了《微细的一线香》与《拾骨》的互文性。拾骨的过程中似乎是闲闲一笔：拾骨师好奇发问——娘的墓碑上，写着祖籍"台南"，而非通常可见的大陆闽漳地区的地名——墓碑是祖父亲手所写，"我"因此想起祖父：

> 他总自称是台南北门人，终战那年自田庄移居府城。娘的娘家也来自台南北门，外祖一代已在府城有厚实的营生。自命儒家一生的祖父，不会不知道自己的祖籍来处，媳妇嫁过门时不可能不考究她的本家祖籍出处，他当然晓得"厦门""同安"是墓碑文化的约定俗成；娘死那年，祖父年过七十，退休蛰居在闹市一条僻静的巷底，他先是在旧报纸上试写几遍，之后在一张洁净的长幅白纸上工笔写下：台南。

有意无意间，舞鹤在这里拾起了《微细的一线香》中遗落的祖父和娘的身世。文本交织、互为书写，我们进入一个在文本与文本之间浮现的

---

① 参见吴念真《台湾念真情》，台北：麦田出版社1998年版。

幽微世界。《微细的一线香》里的祖父，一生以儒者自居，即使行为与操守两相悖逆，也仍以捍卫文化身份的固执打动着"我"，这固执似乎也配得上他的霸气。疯癫之人守衰朽之文化，其间产生的颓废美让进步的文艺青年"我"恋栈不已。其实，祖父疯癫后的"装假"、"逃避"早已被意识到，到了《拾骨》，同样是"平生自视儒家正统"的祖父，受到了叙述者直白的嘲弄："居家奉行内圣外王那一套：内圣到怎样地步了谁也不知道，倒是常常显凸他的外王——家里猫狗都晓得离他脚背三尺。"《微细的一线香》中的娘悉心照顾父祖三代人，甚至选好自己的接班人——"我"的妻子，来接续呵护"微细的一线香"的工作，俨然是那岌岌可危的文化传统的守护神；而《拾骨》中的娘却是媳妇中唯一不睬祖父"霸王气"甚至敢和祖父对骂的。祖父和娘在两个文本中关系的逆转，某种意义上是一个从庙堂话语走回民间话语的过程。《微细的一线香》里的祖父和娘一个是疯癫的儒家传人，一个是忍辱负重的守护神，这样一个庄严而虚空的构架在《拾骨》中倒塌了。祖父和娘原来各有身世，而起点不是大陆，而是"台南北门"，祖父大笔为娘写下"台南"的墓碑，似乎是又一个认祖归宗的仪式。

在两个文本交互书写的缝隙中，作者所经历的思想曲折也于焉浮现。《拾骨》中的"我"在儒家文化的家庭氛围中长大，娘过世多年后才经历了"从儒家到阴阳杂家"的转变。有一个细节，多年前二哥提议为娘拾骨时，"我"本着儒家"入土为安"的思想，说"既然安了何必扰她"；多年之后，母亲一再托梦地道底寒荒，"我"成了拾骨最积极的执行者，请神扶乩、穿梭阴阳，果然成了祖父当年诅咒的"不知尊儒的都是失心外道"的叛子。

《拾骨》开头自述："在连年激烈的妄想性精神病后，我多半瘫在床上，离床行走时也佝着胸背，脚掌黏在地面举不起踵来。"恍惚是早年《微细的一线香》里的古厝"废人"，一样瘫痪着，无所用于社会。守着线香的"我"的精神特征是自闭，《拾骨》的"我"则是妄想。从自闭到妄想，也是叙述立场微妙变化的隐喻。自闭和妄想都是叙述者与社会、家族疏离关系的表现形式，并以此得到一种叙述上的自由——因为游离于正常社会秩序之外，不事生产，不创造价值，不受利益之约束，不被世俗欲望烦恼，方能看到正常人所看不到：《微细的一线香》中自闭的"我""游魂"一样在阴暗的古厝中荡来荡去，尽情想象、揣摩祖辈的生活格局与内心憧憬；《拾骨》中"妄想"的"我"则在现实与梦境中自由穿梭，沟通阴阳，跨越生死，无意中窥破生命的奥秘。由此，自闭与妄想何尝不是沉默的、思想着的社会零余者、边缘人的一体之两面。在小说中其他人的眼睛里，两个叙述者，一个"苍白缄默"，一个"苍白文静"。这种"苍白"的共性就是：在社会动作上无力，在精神上自有一个纵横驰骋的王国。

但经历了十几年隐居修炼，这种精神空间与边缘性已大为不同。自闭的"我"闭在对儒家文化的缅怀中，寄托在古厝、古书这种封闭性的意象上，其精神空间是向内收敛的。妄想的"我"思想生前身后，上天入地，其精神空间是向外扩张的、开放的。在《微细的一线香》里，边缘不但是主流社会的边缘，也是芸芸众生的边缘。"我"放弃大学联考，放弃优渥的工作，在外边的时间稍长就要癫狂般跑回来看一眼古厝才能安心。如此，既不愿被"制式"的教育驯化，也不肯向二叔所代表的物质主义折腰，"我"抱着一种精神上的洁癖以沉默面对人间，在"古厝游魂"的自嘲中，分明有一种没落精神贵族的矜持。而在《拾骨》里，"我"是个内在更丰富、更有张力的角色。这个"精神病后"的"我"意识乱流，把一个慎终追远的故事讲得不但七零八落，而且惊世骇俗：他的眼睛时时看到"色"，漫溢种种谵思、幻觉与狂想。"我"对乡土上形形色色的生存方式肆意调侃的同时，并没有把自己置之于外："我"毫不介意展示自我的不洁和不伦：偷情、撒谎、放浪声色、在妓女的腿间渴想亡母。这里的边缘无疑是更远了，是自民间、底层的视角以夸张笑谑，揭开乡土的现代之伤。

（三）从线香到枯骨：乡愁与叙述的隐喻

线香与枯骨分别是《微细的一线香》和《拾骨》的核心意象，除了作为贯穿小说的线索，更以其丰饶的象征意味奠定着小说的情感底色。"微细的一线香"的具象象征可以说是没落家族的世代单传、疯癫、早夭、颓废诸种香火飘摇的情形。父祖三代俱是古厝中被"阉割得无声无息"的男人，而本该是希望所在的"我"的儿子，也逃不过破败现实的熏染："比同年龄孩童细瘦的身子，衬得头惹眼的大"，"老缩在妻背后歪斜脑袋愣愣地瞧人"，预示着早熟而不祥的命运，如同线香，生命脆弱、不稳定，即使有"沉着、爽落"的女人呵护，也注定化为灰烬。在抽象的层面上，线香的象征意味则有些晦暗不明，尽管叙述者在结尾让读小学的儿子唱出"我们隔着迢——遥——的——山河——俱盼望——"，但父祖三代所竭力维护的果真是以儒家为代表的传统文化？还是以拥有这种文化而获得的一种特殊的身份与心理寄托？或者是以缅怀过去来否定现实？也许对于线香的几代守护者来说，它的意义都是不同的。但无论怎样，都是一种对已经或正在消逝的事物的向往、对曾经置身其中或者触手可及的美好若家园的情境的向往——这种情感，或可称之为"乡愁"，文化意义上的乡愁。这乡愁被一再渲染，幽微缠绵却又自相矛盾、空茫无着，难免流露出矫饰的痕迹。一九九〇年代，舞鹤再次书写府城的家族生活，空茫的文化乡愁被一种土地与生命的乡愁所代替，其承载的意象也由缥缈的线香变为累累的枯骨。当母亲地下的枯骨重见天日时，"我"摩挲之、亲近之，为的是这血肉流失后的枯骨已然是连接母亲—土地记忆的最生动的媒介；当"我"在妓女的两腿间为枯骨寻回丰盈血肉、回归母体的渴望以对伦理秩序的反叛得到表达时，枯骨是生命的乡愁的最后寄托。比较这两个意象，线香燃烧化烟，等待守护与接续，枯骨却是血肉销蚀后的存留；线香激发渺茫的情感，骨骸铭刻真实的记忆；前者虚妄，后者沧桑。如果说对线香的默默守护是一种庄严的懵懂，拾骨时的谵思妄想却在荒谬中深藏了生命的热忱。如此，乡愁不再是"少年不识愁滋味"的新辞，而是深谙异化、隔离之苦后对母土的长相思念。

"线香"的美丽与"枯骨"的骇人又可比喻两部小说不同的叙述方式。在文本的整体氛围上，《微细的一线香》是在颓废之中寄寓静穆的美感；《拾骨》则躁动着自嘲嘲人的狂欢气氛。《微细的一线香》的语言古雅，头绪清楚，而繁复意象之经营，细致情感之渲染，衰朽、病态人性之刻画，都是一丝不苟；而《拾骨》的叙述语言以混杂为特色，以往的典雅、精准和流畅的叙述被背叛了，叙述枝蔓是对意识乱流的忠实，除了脑中随时而生的"妄想与幻象"，更有肆意夸张变形的人物言行，与滑稽梯突的插科打诨，甚至不肯给笔下人物一个清晰的面目。小说中频频出现的梦境、随时而起的谵思狂想乃至悖逆人伦的行为，犹如扶乩者在神鬼附体的状态下所"画"出的文字，以扭曲狂放之姿书写着关于生命与情感的神秘意旨。

《拾骨》的戏谑、不庄重是对《微细的一线香》所体现的规范、秩序的一种颠覆。《拾骨》中的"我"成了儒家文化的叛子，然而，与其说

"我"反叛的是儒家文化，不如说是以儒家之名树立的"霸权"，衰朽的也并非文化本身，而是一种僵化了的承继方式。所以，在《拾骨》中，"我""失了心"（所以成为精神妄想症患者？无所事事的浪荡子？），但却因这"失心"获得了格外放肆的权力和思想的自由，使文本呈现出一种新的叙事景观。借用"大叙述"（masternarrative）、"小叙述"（petit recit）的概念，在传统文学理论中 Narrative 的定义本身即包含了因为对个人或地方存在着某种深刻的认同和情结，而展现出来的特殊虚构性和故事性。而大叙述之大，是相对于强调某一特殊地理环境的"小叙述"而言。"大叙述"将相对于在地论述的历史和地理空间加以抽象化，形成国家型的普同（universal）论述。一九四九年以后国民党在台湾所推行的文化政策下的书写，就是一种建立在家国神话之上的"大叙述"，这个"大叙述"在文化命脉上以儒家思想为根，在地理空间上以大陆为中心，以"反共复国"、巩固"国家民族大业"为共同理想。一九五〇年代的"反共文学"固然是这个"大叙述"的直接体现，即使之后不在"反共"头面下的，也很难离开"大叙述"的内在思维模式。《微细的一线香》被作者自嘲"大而正统"可从此理解，祖父和"我"念兹在兹的古老文化，有一个被建构并强化的意识形态背景。因而，《微细的一线香》透露着"史诗"式的写作野心，历史和地理的空间都被抽象化了，祖父和娘就成了文化祭坛上神一样的存在。体现在文字的表达上，作者致力于传统文学批评所要求的优美的中文、准确的描摹。而《拾骨》作为一个个人风格强烈的"小叙述"，一方面九〇年代的府城还原到具体时空下的日常生活，府城特色的"猪脚面线"缠绕了文本，引出一个饮食男女、喧哗蒸腾的民间场景；一方面作者的叙述是破碎的不断自我消解的，在意识乱流、情色横生中展现出文字的暴力景观。从遗民世界到母土的变异，是对自我与历史、现实关系的理解中，脱落了僵硬的文化情结；也是书写自由的获得，从中逐渐形成他更具个人性的叙事美学。

以文学想象台湾、书写台湾，乃至有意经营种种关于岛屿的"寓言"，为台湾这一"海外孤岛"的历史与现实作见证，是台湾文学中一个重要的书写传统。"解严"前后，写作者接触被压抑的历史，曾涌现出一个政治—历史写作的潮流，很多作者借由对政治—历史事件的挖掘、反思和再书写，以破解文学中"大叙述"的笼罩；有的更因为被唤醒的政治情结而将"本土"的政治内涵予以强化。① "本土"作为一个地理、生活方式与思想的共同想象空间，是一个族群自我形塑过程的必要前提，因此在当下的台湾备受关注，甚而成了一个判断身份与立场的符码。但细读舞鹤的文本，"本土"固然是他一九九〇年代创作的重要空间，却没有通常"本土"所含的政治诉求，甚而以其幽微丰富的书写消解了"本土"原本强悍而单一的色彩，可以说，他的"本土"也是"反本土"的。

---

① 如宋泽莱、李乔都有强烈的"本土意识"，自觉以文学创作为政治发言。

第六章

《悲伤》：谁在守望　谁能抵抗

"《悲伤》是自闭淡水十年的纪念碑"。虽曰自闭，舞鹤居住淡水的十年（一九八一——一九九一），没有自外于台湾现代化的急遽变貌，切身见证了古镇向"现代都市"演变的过程。自我放逐于现代生活的作者，与接受现代化命运的小镇，一番遇合因缘，化出绵密晦涩又恣肆汪洋的中篇小说《悲伤》（一九九四）。

淡水小镇在全球化经济时代来临之际被"脱胎换骨"的改造，这一过程中小镇自然景观与人文气脉遭到的破坏，是小说最先勾勒的画面；同时，小说中弥漫了台湾古镇和乡间的各种传说、历史和民间生活场景，甚至点染了对淡水人与台湾先住民平埔族、"小矮人"血缘关系的真真假假的考证与兴趣，一个到达"本土"原点的"原乡"呼之欲出。两相对照，似乎表明了小说批判现代经济发展对自然生态与人文传统的伤害的主题，但以此涵盖"悲伤"的寓意恐怕是不够的。论者多有论及作为"纪念碑"的《悲伤》如何纪念和守望着"消逝中的淡水"，却可能忽略了这守望者的抵抗征程。《悲伤》与悲伤，都不仅只有关现代的破坏性。在坠毁的原乡之中，有一个失散的人寻求复归的寓言。

小说中，隐居淡水的斯文疯子"我"，踯躅于小镇的历史与现实之间，栖栖惶惶地寻求、守护"生命共同体"淡水——台湾的"根茎"与"神气"；而以"精神障碍"退役还乡的庄脚子弟"你"，无思无虑，只有以"性"为象征的野性生命在乡土上恣意怒放也恒遭压制与禁闭。"你""我"的种种荒唐言语行为，构建起一个晦涩的寓言，其间是氤氲不散的"悲伤"。

一　在淡水："我心深处剖开马路"

　　一九八〇年代淡水小镇开始急遽"现代化"，在怪手推车的轰鸣中，隐居的"我"再不得安宁。一条斜穿小镇的"大马路"动工之际，"我"四处寻找"同道"讨论，先是对面"鬼屋"那个来台湾"专研道家符箓学派"的洋道士。"鬼屋"是淡水开港通商之后兴建的总税务司公署，有着西班牙白垩回廊，是当年淡水最豪华的建筑之一，几百年沧桑后成了颓落荒芜的"鬼屋"，"守拙"于"鬼屋"的洋道士显然与"我"声气相通，他发出"这样山水中的台湾人怎会变成这样"、"你们台湾人真是能耐吵闹"的感叹，并宣称将搬去道家大本营的府城。"我"继而去找借住"屋顶长草的白楼"的流氓博仔，"白楼"也是淡水有名的古迹建筑，而博仔是个曾经坐罐（坐牢）多年的闲人，回来后日日烧酒配"大杂锅"，也喜欢浪荡河堤，因此与"我"投缘相识，但博仔没有给"我"情理之中的安慰。

> "为了强调我的发现'之的重要性'，我姑且发明同时援引'留台学人'道教子黄毛的论证：——清水街就不用说了，像重建街的百年民房，屋底都是生了根发着芽茎的，有根有茎就有神气，现时把它神铲了马路开通也不得神平安；何况大屯山的熔岩养就的小镇五只老虎，中央最大的一只如今被马路剖了肚，小镇的明天还有生气吗啊呢？"而博仔手不停地剖鱼、煮鱼，"眼神牢牢守着他的长年锅不禁就有气，还阴阴笑着哼起歌诗来：'白腹剖肚来开路——开给啥人来走路——等到觉悟自己破肚——已经剖到脚（屁股）后伊条路'。"

　　博仔并且宣称"'不用读册'（读书）也能够一世人'包饲包吃'我的发现之重要性"。"我"和黄毛道士的正义之怒，遭到了调笑。博仔的粗口歌戏谑着"我"痛心疾首的学术性论证；而"援引"、"之的重要性"以及像煞有介事的叹词"吗啊呢"，原是"我"的自嘲。

　　与不少当代作家批判现代化的绝对自信相较，舞鹤的"反现代化"包含对自身的"反"，警惕着知识之轻与批判的矫情。"反现代化"本身是"现代化"知识景观的一部分；而在推土机的轰隆声中，"我"的抗议只能是一种喃喃自语。至于由一个黑瘦的台湾女人照顾、蛰居淡水小镇百年"鬼屋"的黄毛洋道士，他发表的委婉批评中有一点悻悻然，为了他寄情的异国风味如何不被保留？这里是否有萨义德在《东方主义》中所揭示的西方对东方殖民式的一厢情愿的想象？洋道士形象并没有进一步展开，但对援引洋道士论证的自我犹疑以及博仔的存在，已经预示了小说的方向：对现代化的反思从外在的生存空间连接个体的精神空间，转向了对现代化情境中的人的虚弱无能与精神残破的揭示，这将由"我"这个浪荡者在小镇的日常生活逐步展开。

马路开通后，远方来了"新时代女性"鹿子。她年轻、聪敏、生气勃勃，身上有蓬勃的情爱与性欲，又有其时正在崛起的"本土意识"对发展主义的信赖和反体制的热情。"鹿子晓我大义说：开大马路，乃繁华市镇之必需；更是一番历史的新契机"——之后，她便剪掉窗前挡日光的树枝，割掉万年青那"蛮劲"的、保不准半夜会"穿透纱窗直入谁的内里"的小爬脚，用"私藏自她家开台以来的喜幛、丧幛屏风"做复古壁饰，"居室光彩从此不同"。现代化大义与复（台湾在地之）古同为时代风潮，鹿子要用她的青春和世故拉"我"走出幽闭，然而这种现代之光不但不能点亮"我"委靡的生命，反而形成了更多的障碍。"我"对此无疑是有知觉的，闻到沙洲归来鹿子身上"杂陈的味道"，"我"有心无意道出："那大都会的杂烩全炒在你腰身了。"

鹿子携来了一九八〇年代兴起的本土思潮和党外运动的风雨气息。她来到小镇，宣称要同我过一种"想象的耕读的生活"，"拟订一个庞大的文史哲学研究计划，预计苦读三年后必要出观音关打垮那些盘踞在台北大都会'运旧货过海来装假仙'的新儒学家"。鹿子在学问上的挑战对象是"二战"后来台的新儒家学者，枕边便有"儒学大师熊某人的晚年闺语"。在政治上的挑战对象是国民党政府，"每一次人民保姆棍打人民的头壳或愤怒的鸡蛋飞砸在不义的钢盔时，鹿子都要绝食一餐以示'精神支持及实质抗议'之意"。写实的层面"我"和鹿子多年恩爱欢娱，鹿子已经是"我"的一部分；象征的层面对新儒家的不屑、对体制的反抗、对党外运动的关注，都是作者自己的思想历程。与鹿子最终的仳离，也就好像"我"与自身的某些意识的仳离。

鹿子消失的前奏是"纷纷死了邻近老人"，他们的死，或隐喻了台湾政治势力的消长。小镇多老人，他们构成一幅黄昏图像，涂抹了小镇的衰颡。有一个喜欢在日落时分在屋侧巷道"巡行"的"老芋仔官"，每每以他的大肚腰围加拐杖把行人逼到墙边；某日鹿子与他发生龃龉，他即便是道歉都是一口浓痰配（呸）一个"妈个屄"。"老芋仔官"的政治寓意如此明显，有一天他消失了，"也不知何时开始那口浓痰不再结结实实呸在我们的土地上，只觉得黄昏时分过巷弄时宽松许多"。这是从本土意识出发，国民党政权之于台湾的影像。但是这个意识形态的表达很快又遇到了叙述者怀疑："老芋仔官"死了，"我们的土地"并没有从此宁静。接下来是一对本省老夫妇的故事：老妇人行将断气，老丈夫挺得住就是不哭。"我"揣想着"不哭比哭苦"，鹿子却揭发："你不见他俩二老平日从不交谈，只见一次相骂，老女骂老男'乞丐赶庙公'，男的只一味咒'干—臭JI''干—臭JI'。"这两句骂人的话都是恶毒不堪的。如果说"老芋仔官"的消失象征了"外来统治者"威权的消失，怨偶老夫妇则象征了世俗生存的冷漠、衰朽、没有希望。鹿子热衷的意识形态的空幻，也由此埋了伏笔。

然而导致"我"和鹿子的关系彻底完结的，是她所潜心的"学问"。经过了三年的耕读生活，鹿子已然"'系统化的'阅历文史哲学中外古今的知识学问"，而"我"只交出了一叠记了上千条"短句格言警句"的"碎片"，令鹿子伤心震怒。"碎片"究竟是什么呢？摘取几条来看：

2. 沿斜坡栉比而建的瓦厝家家门庭面着观音，从前。
3. 如今观音在楼房水泥壁灰间断续。
6. 猫在瓦厝叶碎阳光间睡。
7. 午后冬阳入屋。向南的房子就有这种好处。
16. 棉被店的女儿有一张丰腴端静的脸像少女观音。
17. 伊笑起来像阴历初三早起的黄昏弯月。
21. 观音吐纳云雾：你呼吸着孤独。
22. 孤独并生爱神与邪魔。

原来，"我"日日与观音（山水）痴想对望，自以为有无限幽微美好的灵感，又眼见观音与小镇、与人的交流如何被现代大厦楼房阻隔，哀怨现代文明对自然生存与自然精神的侵害。这与鹿子对"系统化"、对现代理性及在此基础上的现代化生存的追求，自是不能兼容。失望的鹿子终于离去。

舞鹤总说淡水十年让他破了许多执迷和禁忌。流氓博仔代"我"说了他冷眼旁观多时的结论："鹿子那屁股不重也威——因为屯了那么多'深奥的'知识。"抛弃知识！抛弃现代理性！（这分明是《逃兵二哥》时代"我"就明确的心志。）然而毕竟"一时放不下这盛世因缘"，于是，博仔带"我"去找"我这辈子学打坐的不二师父"——暗沟街（私娼区）的"白花姑娘"。

> 我在她对面端坐着凝视伊手肘动作在乳坡上牵引起时大时小的波浪，感到我现世的一切没有一样比得上这波浪的美，同时有一种自心深处抖荡起来的忧伤，但逐渐我在不间歇的波浪以及后来的水涟声中遗忘了一切。

这段描写也令人想起小说开头观看淡水海口夕阳的场景：

> 可惜"红圆"沉没的瞬间从没有预示给我们西方极乐世界的海市蜃楼；我并不为未现世的海市蜃楼而失望，我大约认知"净土就在现世"这样的观点，但我仍感到无以名之的忧伤。我习惯在海潮的宁静中入睡，朦胧中有一艘艘舢板舟出海的噗鸣。

鹿子带着她的青春和现代理性消失了，"我"在"姑娘"身上回归生命的澄净、安宁。海潮与"姑娘"的波浪涌动，唤起了"我"心灵的"静"——与"姑娘"欢爱，如在海潮的宁静中入睡，令躁动不安的生命得到暂时安顿。舞鹤好像第一次把情欲写得这么美而忧伤。"姑娘"也是现代文明中的"伤残者"。小说中，几个到镇上来卖竹笋的半老农到暗沟街溜达，"肉肥婆"探头吆喝："要么，山顶下来的鲜货，肉质不同哦！""姑娘"是"山顶下来的鲜货"，少数民族雏妓。一九八〇年代，畸形繁荣的都市色情业与加工业一样，渴求廉价且"新鲜"的劳动力。人口贩子、黑帮与山地内部的不良人士勾结，拐卖山地少女，流入色情业，成为妓寮的特别招牌。这是少数民族生存在现代发展中的又一幕悲歌，也透露了被描述为普遍富裕繁荣的台湾一九八〇年代的"后街"。

舞鹤对"妓女"，一直有其特别的认知与情感，在《拾骨》中，承载了叙述者对母土的眷恋的妓女柚阿子来自凋零的果园；在这里，"我"的师父姑娘来自溃散的山地。农业文明与少数民族的部落文化，同在现代化发展中坠毁。从女儿到妓女，是这坠毁沉重的意象。

师父姑娘，让"我"内心通亮然而更加忧伤。

一个日暮黄昏，迷途羔羊的"我"引诱了镇上教堂的牧师娘，"我"成了精神弑（天）父的罪人。至此，"我"的"色情"之眼，颠覆了知识，颠覆了自以为正常的社会秩序，也颠覆了宗教，一切"人类造作出来的伟大东西"都被"我"抛诸脑后了，但这一切叛逆之后，"我"落入的是纵欲和虚空。这样的悲伤中，为小镇守护那点"根茎"成了"我"最后的希望。

在我独居的瓦厝门阶旁，终年常绿着一株台湾连翘，春来发紫色翘苞，秋末结黄果。我阶下的邻居是世居的渔夫，临老无鱼可捕终日窝在门槛前补永远破空的渔网。

吴浊流一部《台湾连翘》使连翘成为命运多舛的台湾与台湾人的象征。世居的渔夫无鱼可捕，是现代化发展带来新的挫败。连翘与渔夫在"我"阶旁阶下，流露无从主宰命运的悲伤，都是"我"这个守护者寄心所在。然而一日渔夫家族大聚会，怪连翘长得阴密遮了他们的"祖庭"，将它锯成了秃头。

"——哼锯你孤单一人的连翘又怎样？"可是这不只是"我的连翘"呀，人家不都说这是"属于我们的台湾连翘"啊！我呆愣着看那熬过夏热终于长成肥大只的紫色连翘一只只萎在泥地上，我痛切感到这个属于台湾连翘的民族能有久长希望吗？

由锯连翘的渔夫，痛切整个"属于台湾连翘的民族"，这一悲痛，并不突兀，在鹿子来去淡水之间，对"人"的恨就埋下伏笔了。与鹿子一起过除夕，去市场买菜的下午，"我眼角瞥见柏油路中有对脚一样的东西，乌沥色，又成走路的模样，可是独独见两只脚不见脚的主人头脸。许多人的脚从那脚上走过路过——"这或是某种家禽被宰，因为那天午夜饭"独独冬菜鸭那一道我直直下不了筷子"，"谁了解呢我心中充满了为两只乌沥小脚复仇的愿望"。

第六章 《悲伤》：谁在守望　谁能抵抗

"人类的节庆是兽类特别凄惨的时刻",① 多年以后，舞鹤在一次对谈中自称是个"反人"的人。

> 人真的太聪明太过分了，人以为人是最有意义和唯一有价值的存有，很少人能了解"存有"不必为任何人创造发明的意义价值而牺牲，存有的不只是人，所有其他的存有与人都是第一义，然而今天人是最厉害最噁恶的毒菌，地球的梦魇，宇宙的盲氓，在此，我是"反人"的，人总有灭绝的一天，也许在外星来袭、地心熄火之时，我希望提早，给其他生物一个机会。②

人对其他生物的残杀，将使人类陷入万劫不复的命运，现代化的发展主义助长人类的这一妄自尊大"恶质"。于是，面对那倒地的连翘"我""孥起锯子"——不是锯向对方的颈子，却是"我"的胸膛。"我"自戕的血是一种报复？一种诅咒？还是以"我"的血，赎人的罪，来应验那句表白："那个'反人'的人，同时是个可悲的无可救药的'爱人'的人。"③

"我"心中从此多了一把"厉害锯子"。如果说小说开头"我心深处"剖开的那条大马路象征着"我"与现代化硬件的对立；这里的"锯子"象征着"我"对此一时代人的衰败、无知与恶的愤怒。至此，通过"我"浪荡的脚步和哀伤的眼睛，我们看到了一个混杂着各种矛盾的小镇，它有素朴之美，也有颓败与恶的气息，而这些或许要从小镇的历史变迁寻找源头。④ 历史上，淡水小镇是作为一个开放性的港口成就它的辉煌的，港口的衰落招致小镇生命力的委顿，也成就了外来者（洋道士、"我"以及鹿子）心仪的古朴幽静的隐居之地。叙述者"我"反对小镇现代化的一个思想支撑是维护那些老房老厝的"根茎"和"神气"，而这"神气"本身包含着历史的否定因子，而小镇的人们早已处在不可解脱的衰朽命运之中，在那些老迈的、相互怨恨的、纷纷消失了的老人身上，在大年初一围着河堤流浪汉的浮尸发着无聊议论的人们身上，在那些无鱼可

---

① 根据笔者的舞鹤访谈录。
② 参见《朱天心对谈舞鹤》，台北《印刻文学生活志》，2004 年三月创刊号。
③ 同上。
④ 对此许俊雅《消逝中的淡水》一文有详细分析。

捕只补破网的渔夫身上,都可以嗅到一种委顿不安的气息。所以,"我"最后遭遇"渔夫砍连翘"的绝望是早已注定了。

总之,与外在的环境和人群的关系如此紧张决绝,而内在的青春、爱欲与生命也在不断的流失之中——"我"对虚妄与虚空的感受都已经到了临界点,"我"只能逃离。离开小镇,度过观音岭,一直逃到"我们的疗养院",在那里等待着"我"等待已久的"你"。

二　从天而降、自海中生:"你"带来蛮荒之性

舞鹤有多部小说采取两条叙述线索的方式,但《悲伤》仍然显得特别。整个叙述过程可以如此描述:"我"在淡水的生活是A线,"你"的故事是B线,你我相遇之后是AB;小说就按照A-B-A-B-A-B-A-B-A-AB-AB-AB（一共十二节）的方式结构而成。"我"和"你"的故事有相对独立性,在小说进行到"你""我"相遇之前似乎我们的生活全然无关——事实当然并非如此。

"你"是一个伞兵,一个"海边庄脚子弟",训练机失事,"你"在冰冷的海中独自游了三个多小时,十八个伞兵中只有"你"生还。从此"你"逢人必讲:"我是自己干回来的。""你是凭着这种'干人'的气力一路'干'着游回来的,显然回不来的多是都市子弟,既不懂'干'的道理也没有'干人'的力气。""你"的故事一开始便是以一种极端的方式呈现"性"之于生命的意义。回顾一下第一个A线故事的结尾,流氓博仔不睬"我"的"大发现"（开马路）,却带"我"去偷窥一场据博仔解释源自白楼富贵人家悠久传统的"偷人"交欢。白楼门栱上的雕饰被描述为"肉桃奶焰",成了自古而来的性的召唤,当博仔一边手淫一边"对着门栱上的肉桃发出十九世纪后半叶的淫唤声"时,猥亵的场景奇异地预示了叙述的方向。紧接着的B线中,"你"分明是回应着那"性"的召唤来到了世间,并将它无限地展开。

"你"的存在首先表现为超强的性力和"不可理喻"的性欲狂热。军医院里,因为"你"一再向所有的人尤其是"犯人兵"讲述并示范"你""千载难逢"的性器,引起了精神病医生的关注,一纸"因意外受创,机能损伤,已不适服兵役"的公文将"你"送回故乡"蚵寮"。此时A线里"鹿子来我家","我"正在鹿子的引导下和她一起演出着"耕

读生活",而真正的田庄人"你"在积极计划买一个女人。"你"的一切行为都为了"你"体内蓬勃的性力,使得"你"与生活环境和日常伦理一再冲突:"你"要求分祖产好买女人,买卖未成,"你"犯下猥亵母亲的大罪,于是家人帮"你"找了一个贫瘠之地的农家姑娘。入赘妻家,"你"的性终于取得合法性。"你"妻的"哎唷喂",使得远在枣园工作的岳丈也动了情,让岳母为平生第一次露天办事羞红了脸;一次工忙黄昏才归,"你"顾不得吃饭直拖着妻入房,"老爸以饭桌脚震动的次数计算冲了至少三千下,老妈说不止此数,因为一道抓自埤塘炖的鳖汤凉到鳖都爬了出来四处游走寻找下桌的路"。在"你"无拘无束的这一时期,叙述的幽默也似乎感染着"你"的蓬勃,死而复生的鳖,如神来一笔。

如此,"你"似乎得到了空前的荣耀,"你"周围的一切都染上了性的熠熠光辉。但"你"注定与"正常"不能善处,因为性对"你"不是"夫妻生活",却是个体存在的终极象征,仿若携带着蛮荒时代的生命力量,这违背了文明的性道德。其实,当年"你"意欲侵犯母亲时,叔母的话已道破天机:"看你做孩子时也无异样哪知自海底回来那支就变了样":海与"你"的神秘关联不仅是"你"从中逃生而已。傅柯在论及疯癫的起源时,曾注意到在西方历史上反复出现的将水域和疯癫联系在一起的事实:"十六世纪末,德·郎克尔认为,有一批人的邪恶倾向来自大海——正是浩渺、狂暴的大海的形象,使人丧失了对上帝的信仰和对家园的眷恋。人落入了恶魔之手——撒旦的诡计海洋。"[①] 自海中"重生"的"你"从此有了"异样","你"在性欲上的癫狂,或是傅柯所说的"人身上晦暗的水质的表征","水质是一种晦暗的无序状态、一种流动的混沌,是一切事物的发端和归宿,是与明快和成熟稳定的精神相对立的"[②]。"你"与人群、与文明、与体制的矛盾实则先于"重生"的"你",潜伏已久,一触即发。

这矛盾爆发的契机,或者说这矛盾的具象象征,就是"你"性行为的暴烈色彩与施虐倾向。如同创造力与破坏力、爱神与邪魔、狂欢与暴虐总是如影随形、并生一体,"你"越来越像一匹脱缰的野马:妻不断受伤,有一天终于将她撞昏,"你"成了被亲友抓捕的危险的疯子。几翻逃

[①] 参见福柯著,刘北成、杨远婴译《疯癫与文明》,三联书店2003年版。
[②] 同上。

亡挣扎，"你"最终被禁闭在妻家靠山壁的储物间，每天两餐饭，不管风寒不问病痛——这或是僻远乡间一度普遍存在的疯子的私囚方式，是为"饲猪人"。十年不得出，"你"的居所充满"不是人鼻所能忍受的乌鱼臭"，是为"乌鱼栅"。十年后，"政府恩德全国连锁辟建精神寮让各种神经脱线的人有个好去处"，"你"被送往"我们的疗养院"——这是"我"和"你"相遇的时刻，也的确是时候让我们创伤累累的生命聚合了。

三 相遇疗养院：禁闭与治疗

在"我们的疗养院"，当院里的病人们在药物作用下不复有性冲动和能力时，"你是唯一个能在官方内画布上喷枪彩的人"。当然"管理员兼临时药剂师"即刻惩罚了"你"：罚站，并吞下比平时多七八倍的药。

如果说禁闭意味着人们某种异己（暗示自身深藏的欲望的）存在的不安和恐慌——因为唯有将"异己"隔离人们才能肯定自身的正当性，为世界建立秩序——吊诡的是，对于被社会和文明判断为疯癫的人来说，禁闭（无论是"饲猪人"式的私囚还是作为国家机器的监狱）并不见得比"治疗"（以精神病院为主要形式）更可怕，因为禁闭作为一种强制性隔离，使疯癫得到在特定空间存在的正当性，而治疗以消灭"异己"为最终目的，在"治疗"中，文明的背叛者才真正无可逃遁。所以，在"你"禁闭的山壁小屋中，"你"不但可以趴在铁条缝上看那隐喻着女阴的"山壁肉峦泥褶"、可以对着斜阳打到山壁映在头顶上的层迭肉褶"不禁打起大鸟"，"你"还可以选择不吃年节里母亲送来的腌渍的"飞鸟"。因为当年曾有"什么飞鸟群拥着你"让"你"自海中游回沙滩，这暗示了"飞鸟"与海与性的关联；"你"将累积下的飞鸟夹在铁栅间，有一天夜半醒来，"你清楚看见二三十只乌鱼在月光银漠的山脊肉褶间游上游下"，在禁闭之中，"飞鸟"死而复生地代替"你"实现性的遨游与梦想，这被禁闭的生命，让人想起"情之所往，生可以死，死可以生"的《牡丹亭》，或可谓：性之所往，生可以死，死可以生。出关之前（去疗养院），"你"唯一的要求是与妻有一次"敦伦"，这是一出真实的"死而复生"，当然也按照"真实应有的原则"失败了：家人以敦伦乃"天道俨然"故把妻子送来，"你"却因十年不得闻的气味眩迷昏倒了。或许这预示着：从孤独中返回人间，那吊诡的禁闭的自由也将丧失。

果然，在"我们"的疗养院，生死往还的古典诗意被现代医学代替了。"哈吊盐酸或慢肉猪阿乐"① 的慢性谋杀，大护士不二先生、狂人大老标先生以及总管副管这些"医生—管制者"的恐吓、电击、猥亵，还有正在治疗中日趋消亡却懂得告密的铺友们——这就是"疗养院"，这是一个被体制，包含专业知识的意识形态所控制的社会的缩影和象征，医护与管理员都不过是看不见的"体制"意志的执行者，一切措施旨在教导人们服从，让他们学会告密、忘记反抗、在麻醉中快乐，而贯彻体制意志的最重要条件，就是扼杀他们的性——生命力。疗养院里的狂人大老标是一个鸡奸狂，病人"不让他杀尸过关那这院中的日子就永不得安稳"。②即便如此，"你"仍然不屈不挠对抗着：在被"电击"、被棉被捆在床铺的情况下，"你"让人们"眼见一注电流颜色的精子串贯穿大被，直出栅口，清楚聆见它掠过中庭洞空的'咻呜''咻呜'"。"你"甚至"用精子糨糊缝成两人合盖的大被，那接缝处令七八个狂人大兄两头使力也分它不开"。大护士叹这是"开院以来病人自己创作成功的第一号艺术品"。这"双人大被"又具足黑色幽默的力量：在黑暗与压抑之中，艺术以及创造力，才意味着对人的庇护和拯救。或许可以说，是在对"治疗"的反抗中，"你"的蛮荒之性才最大程度地显示了它的抵抗性、自由精神与创造力。

但"你""我"都清楚如此禁闭中的生命必将衰朽，终于，"有一夜你静静说：你要在大鸟还有一口气前见到你的青春女儿。那是不一样的；等到老耄或临终时，再见到中年妇态的女儿——你不能忍受那样的人生的伤悲"。于是，我们踏上了共同的逃亡之路。寻找青春女儿，是"我"和"你"命运的真正结合点，也是小说的内在凝聚力——对人失散之自我的向往和寻找——从形而上进入到实践的开始。

---

① 这是对两种治疗精神病药物的戏谑称呼。小说中舞鹤自注一〇："哈吊 Hodal，一种抗精神分裂药，铺友戏称吃多了大家会欢喜排队去上吊，慢肉猪阿乐，一种以 Benzo 开头的镇静药，吃多了动作如困猪的慢，看起来都很快乐。"(《悲伤》，第 64 页。)

② 《逃兵二哥》里描述军队和士兵的关系时，也是用这种比喻方式——男人强奸男人，被强奸的失去不仅是尊严，更要紧的是性的能力。

四　复合之梦：返乡与漂流

其实，"我们"的相遇不是邂逅，绝非偶然，回到小说开头，"你"的出场方式不但早已透露了"你""我"的关联，而且预言了"我们"的命运。

> 你凝视着"红圆"；在红圆贴到海面的瞬间，你划动浸在海水中已三小时多的手脚，奋力游向红圆。我坐在阳台阁楼凝视着"红圆"见到你眼瞳中那团映自红圆的火炙的热，你继续划动几十下后，那火热熄到只剩一点晕红，在红圆将沉没的前刻，你停止了摆动，浮在暗血色波涟里；在红晕微光中，我见你眼瞳罩满水雾色的茫迷，随后便在夜幕的海茫灰中失去了你的踪影。直到多年后，我才知道：你意识到自己永远赶不上"红圆"的刹那，你愣了片刻，决心划向相反的方向，在红圆的余光中你奋力游向暗灰。

"我"在红圆中看到了"你"，或者说，"你"因"我"的凝视与冥想而生，但与其说作者依照"我"所缺少和向往的人格创造了"你"，不如说他在寻找"我"曾经有的生命。"我"曾经完整自足过，"你"和"我"是太初时代的一体，书写者就像上帝，取了那个"我"身上的肋骨造了"你"。在这里，"你"的出世是一个神话。"你"从天而降，海是作为英雄的"你"的出世之地。"你"带着海的浩瀚与蛮荒，也带着海的邪恶与狂暴重返人间。"你"以无法规约的、无所不在的、狂暴的甚至是罪恶的"性"来对抗"现代性"对规整、划一、合理以及优美的要求，对抗来自国家意志与体制的规训和惩罚——"你"的存在映照着淡水生活中"我"人格的委靡、生命的停顿。那句"我是自己干回来的"，原本是书写者对生命力的憧憬—崇敬的朴素表达。

或许现代人的内心，都潜藏这样一个远古时期失散的自我。远不同于佛洛伊德有关自我、本我之人格理论，舞鹤的"我"和"你"不是压抑与挣脱的关系，而是失散的人渴望着重逢。"我"是一种真实意义的存在，隐含着叙述者对自我精神状态的一种体认，而"你"是一种想象性的存在，来自人性的原乡，蒙昧、冲动然而自由，有巨大的创造力。当

"我"在淡水无根的散居和守护终至成为一种虚妄的动作时,"我"人格中的空缺与流失也达到一个顶点,与"你"复合的愿望变得空前的迫切。"你"这根肋骨如何才能回到"我"身上?"我"和"你"一起逃出疗养院去寻找青春女儿的返乡——寻根之旅,可以说是复合之梦进入实践层面的开端。"我们"返乡了,但返的并非"你"或者"我"地理意义上的原乡,而是我们青春女儿的出生地,那是一个"多少条条小路都通到像女人内里阴壁那样的肉峦肉褶"的地方,是生命意义上的原乡。但是,"你"并不在意"我"的渴望。

> 你踏大步走在田埂上,预计明日黄昏可以相见你女儿一面,然后你要隐居在女儿床后的竹子林,吃初生的嫩笋,听夜半竹子的相搓声,不要多久趁女儿青春你就要死了,你自小练过多次紧紧捏住竹叶那叶片就软中硬起来刹那划破喉咙,你不再到别处,你就永远睡在竹子林,你只要你女儿用无数的竹子落叶和伊的青春光彩盖满你一身。

死亡,死在青春女儿的温柔眷顾中,才是"你"返乡的终极愿望,一个宁静的、喜悦的生命回归。而"我"呢?

> 我用黑蚊的嗓腔求饶说我都市生的鸟仔脚走不得田埂的,如果你答应这事后跟我一道漂流,那我今日黄昏就让你与女儿相见。"啥么漂流?"你在大被中听过无数次但你还是问,我兴奋地说过无数次但我还是要说平生我无大志,只愿在这岛上漂流,"漂流"其中自有意想不到的——"东西"。"你自己去漂流好啦,我出生竹仔林,我要回去守在竹仔林,死也死在竹仔林。""你不是出世在海边叫蚵寮的地方吗?""我出生竹仔寮。蚵寮可能是你自己的出生地。"

蚵寮到底是谁的出生地?小说里"我"始终没提过"我"的出生地,蚵寮是叙述者赋予"你"的出生地。然而"你"拒绝了。"你"对"我"的拒绝(出生地的拒绝、漂流的拒绝)意味着"我"的难以愈合。"你"以死亡回归了原乡,尽管并不是"你"曾想象的那种优美的方式。

> 我潦过一长段的泥沼才发现你倒插沼泥中,全身挺直用一根枯枝

干撑着，肩膀以下隐在泥沼中见那可见世界之下的峦壁肉褶。

这个死亡的姿势勾引着多重解释。可以说，"你"化身为阳具，回归了女体——母体。这姿势又可能是一个性的图腾：在神话和巫术的意义上，性的图腾化的核心就是回到母体的子宫。但如果参照这个章节的小标题："稳稳倒插一支水笔仔。我宁愿漂流："那么这又有一个从神话和社会人类学的阐释中回到台湾现实空间的意义。[1] 用"倒插水笔仔"来比喻"你"的死亡姿势，有一种台湾的记忆、气息在里边；台湾水笔仔（即红树林）随水漂流、落地生根的特征，即使落在沼泽这种恶劣的生存环境中也能巧妙地生存的个性，以及它对保护河——海岸的重要作用，与台湾早期移民的生活形态形成一种互喻的关系。由此看来，"你"像一支水笔仔倒插泥沼之中的死亡方式，是否有回归母土以及"新生—重生"的寓意呢？或者相反，寓示着现代人因失落而渴望的"大地之子"的生命力，已然"死"在现代化的土地中呢？

无论如何，"我"的复合渴望被永远地悬置起来了。小标题里奇怪的句号和冒号也得到理解："稳稳倒插一支水笔仔。"这是"你"的"完成"；"我宁愿漂流："这是"我"的"未完成"。"漂流"是一种无始无终、与漂流之地不断相遇，永不为它羁绊的状态，然而"我"只有一双都市的"鸟仔脚"，"我"曾经想要"你"用那双大踏步走田埂的脚和"我"一道漂流——也就是说，对人格之强悍、精神之自由的追寻，将恒停留在想象之中，委顿的人性、残缺的存在是人生的真相，这是生命的悲伤，是《悲伤》的古典情怀所在。现代化是个体受创、精神残破的一种因素。人的完整、精神的自由是人类从远古时期就开始的梦想，庄子一篇《逍遥游》已经把它说得淋漓尽致。而在这处于"现代"的暴风骤雨中的岛屿，死在原乡和无根漂流，到底哪个才是更决绝的抵抗？

从此，也看到舞鹤所有作品的一个底蕴、一个背景：在故事的开始，

---

[1] 水笔仔，即红树林（mangrove），是一种多分布于热带河口、海湾、湿地等地区的常绿灌木，对防风、定砂、防潮、护堤颇有功效。相传为日据时代由民间士绅首先引入淡水，（从何处引进已不可确证，有一种说法是来自南洋）如今仍以淡水一带面积最大，是被列为保护的珍稀植物。红树林的一大特征是"胎生"方式，果实成熟后不落下，幼苗挂在枝头生长，像一支支倒悬的笔，因此得名"水笔仔"。来年春天，幼苗成熟后会从母树上脱落下来，直直插入湿软的沼泽或泥地里，如果掉在水里，就会随水漂流，一接触陆地就会生长起来。台湾民间有许多关于水笔仔的传说。

人们总是处在生命的创造力和精神的自由已然或正在消逝的境地中，这是一个大的意义上的"余生"。

五　余生："努力做个无用的人"

故事仍没有完。多年后，"我"居然结束漂流，找了个"看守公厕"的工作。这个公厕所在，既不是淡水小镇也不是哪里的乡土，而暗示着是某个都市的风化"特种区"，公厕与风化区互相揭示彼此的特质：在这里，性是属于公共空间的，是不洁的，却透露着社会现代化的"进步"信息：台湾经济起飞的成果彰显在排泄的费用以及性的公共化、商品化之上，而"我"立志把严肃的"看守工作"做好后半生，其中的猥亵与幽默，令文明的荣耀变得荒唐梯突、无以自处，也似乎隐喻着：面对整个社会在发展之路上的疯狂，"我"将以"余生"的耗费来展示永远的嘲讽与哀矜。于是我们想起小说开头"我"与博仔的相互"励志"：努力做个无用的人。

小说的结尾，枣园中的青春女儿竟然出现在"我"公厕的铺盖中，老莺花嘻笑着要教给这个新近来到都市的少女许多门道：

"不学也好，"我说。
"还是学的好，"莺花大手捺住小手往我腿间拖压。
"还是不学的好，"我感到春残老茎在烂泥中勃发起来。
"要我回去吗？"
"回去哪里？"我茫嗒的问。
"不晓得——就是回去。"
"不回去也好。"

是谁让我们的青春女儿离开了家园？这样一个突兀的结尾，似乎是一个更大的否定：对"我们"返乡的热诚的否定，对青春女儿的无尽眷恋的否定，对"我""反抗绝望"的抉择的否定。因为"我"可以择荒谬而固执，以"努力做个无用的人"抵制现代理性，然而对现实却如此无力。在淡水"我"失去了对土地的记忆，失去了地理的原乡；在我们青春女儿的出生地，"我"失去了"你"，失去了生命的原乡；在"我"看守公厕的都市，"我"失去了我们的青春女儿，这乡土之珍宝的象征，她的流离，与小说开头呼应，内涵了台湾乡土的现状。失散的人无法重逢；原乡蚀毁，也无路可退。青春女儿殷殷请问："要我回去吗？"那迷茫的、被伤害的声音，将恒久响在文本之中之外。

　　追随文本的旅程，《悲伤》展开了淡水——台湾现代化过程中自然与人文精神的流失，更内涵着人格失散与寻找的寓言。《悲伤》也展现了舞鹤艺术创造力的巅峰状态。结构上，它用心良苦却又浑然天成。内容与风格具足了种种相反相成的质素。乡土的笑谑与现代主义的黑色幽默融合无间，使得它似乎颓废已极，却散发着生之热力。它的性描写夸张放诞，却又弥漫着古典的诗意。它是最荒唐的，也是最伤感的。是最张狂的，也是最内敛的。在最哀伤的时刻制造欢乐，也在最猥亵的情节中流露天真。更重要的，在这样一个不断向深层推进又不断自我消解和意义再生的文本中，引我们进入一个迂曲的，乡土现实与现代精神交缠鼓动的空间，一切疯狂与颠覆都有着素朴的面对现实的质地。也因此，深藏于失散的人心中的"悲伤"，将使《悲伤》在更久远的时空中存留。

第七章

《舞鹤淡水》：浪荡者手记

> 从未认真思索过十年淡水之于我有怎样的意思，日子一天天过就过了十年，我搬到平房瓦厝时值一九八一年，离开时一九九一那年秋天。记得日常唯二事：读书与散步，书没有计划的乱读以细读的方式，散步小镇这里那里凝看这个感觉那个。
>
> ——《舞鹤淡水》后记

一　恋恋淡水

淡水小镇修了"文学步道"，将与淡水有着这样那样关联的文学家们设置成一景——舞鹤自然在其中。近代台湾史上，写诗的人、画画的人、搞音乐的人，都喜欢到淡水来寻找灵感，俨然缪思钟情之地。在台北读研究所时，舞鹤曾租居淡水的学生公寓，深为小镇古朴安宁的生活氛围吸引。一九八一——一九九一年闭居十年，淡水是他生命与文学的修炼场。一九九四年，舞鹤写了中篇《悲伤》，第一次将属于他的淡水付诸文字。二〇〇二年，舞鹤又写了长篇《舞鹤淡水》，对淡水十年做了一番异色剖白。在《舞鹤淡水》的新书发表会上，有许多作家表达了对舞鹤的"羡慕"，原来他们都曾经写过或者梦想过写淡水。写过《淡水最后列车》的朱天心，自称早就计划写一部关于淡水的长篇，却让舞鹤抢了先。[①]

淡水小镇位于台北盆地西北方的淡水河口，因夹在大屯山系与观音山之间，形势广阔而且水深，是个天然良港。早期移民，从北部来台的多在

---

① 参见赵启麟《〈舞鹤淡水〉新书发表　多位作家各自表述心中的淡水》，books.com.tw 网站。

此登陆。十七世纪初期汉人踏上淡水之前，这里散居着土著部落。① 明崇祯元年（一六二八），西班牙人占据淡水，将淡水命名为"卡百多尔"（Casidor），淡水河则命名为"契马诺"（Kimalon），翌年建圣多明哥城（San Domingo，民间称红毛城）；十二年后，荷兰人取而代之。一八六〇年清朝与英法签订北京条约，淡水正式开港通商；同治、光绪年间，淡水成为北台湾第一大港，商务最盛时可停泊二千吨级之轮船，茶叶贸易为大宗。这是淡水最辉煌时期。一八九五年日本殖民台湾后，基隆的地位渐渐超越了淡水，淡水逐渐褪去繁华，但重重历史变迁、经贸人文的积淀，与山水自然之融合，使她成了极富魅力的幽雅古镇。

　　同府城一样，淡水的变迁中有台湾史的缩影。但淡水是作为一个开放性的港口得以发展的，多种文化因素的混杂成就了所谓"红毛风格"。② 淡水建筑呈现了华洋杂处的历史。作为大陆移民登陆之处，这里有汉人聚落特色的古老街道和寺庙，如供奉航海神妈祖的福佑宫、供奉客家人保护神定光古佛的鄞山寺。西班牙人、荷兰人的殖民岁月则留下了红毛城等遗迹。成为"条约港"之后，淡水是洋商云集之地，当年的租界内保留了许多洋人的居所、教堂、洋行和医院等建筑。日本殖民时期，淡水仍是"港口外侨杂居地"，又逐渐兴建了日式风格的民居，比如淡水老街两旁的二层红砖民房，有着当时流行的"昭和式样"。人文方面，十九世纪后期加拿大传教士马偕博士在淡水的百年兴学，某种意义上，开启台湾近代教育之先。一八八二年建成的牛津大学堂（一九九九年改名为真理大学）是台湾神学院、淡江中学、淡水工商管理专科学校三院校的摇篮，保留多栋西班牙风格建筑。至今小小的镇上云集大中院校。这样一个有山有水有历史的地方，难怪许多人念念不忘曾"负笈淡水"。③ 小镇上多有专供学生租借的公寓，由于租价便宜又有山水相依，台北的学生也喜欢到淡水租居。舞鹤是其中之一。在《舞鹤淡水》中他描述自己十九岁时初见淡水："六〇年代岛国的山水震撼同时铭刻一个文学少年的心身，随后整个星期我在大屯山脚的大学城度过夏令营，感觉大屯淡水观音与山坡大学浑然同

---

　　① 淡水古名沪尾，便是从土著语（Hoba）转音而来，为河口之意。汉人译为沪尾，以指海滨捕鱼处之末端。"沪"字原意，指在潮间带所筑拦鱼之竹栅。

　　② "红毛"本是汉人对早期殖民西班牙人、荷兰人的称呼，后来也泛指洋人。

　　③ 如朱天文《淡江记》，台北：三三书坊1985年版；蔡素芬《橄榄树》，台北：联经出版社1998年版。

在一种氛围中，自然宁静里满溢着青春纯真的美。"

一九八〇年代，小镇开始迅速"现代观光化"，如今每到假日人潮如海、舟车频繁。往昔的山水景致失色，水泥马路钢筋大厦兴起，承载着久远记忆的老房老厝倒掉。观光化之后的小镇，连同那曾经美丽而今污染严重的"母亲淡水河"，成了保育运动的对象。曾见证了近代台湾起落的小镇，又将见证全球化经济的威势，此一历史沧桑中有无限书写的可能。所以，关于淡水的历史现在和未来，作家们纷纷有话要说。舞鹤也许不是说得最多的，也许如他所说相对于地道的淡水人都是"片面的、政治不正确的"，但十年闭居淡水的岁月让他和小镇发展出一种特别的亲情交往，淡水激发他对现代化发展中自然、乡土与人的多重思考。

在《悲伤》中，淡水，很大程度上作为一个寓言的时空，存在于叙述者上天入地追寻原乡的旅程中，具有抽象的、精神性的意味。而写于二〇〇二年的长篇《舞鹤淡水》中，淡水回复它的地理身份，成为一个袒露和观察的对象。作为小镇的隐居者，叙述者见证一九八〇——一九九〇年代淡水从古镇到观光市镇"进化"过程中种种光怪陆离；而与此同时，淡水亦见证了这个叙述者极为独特的生命——文学的浪荡与修行。

小说的主要内容有二：一是一九八〇年代淡水的变化与小镇人的故事；二是"我"在淡水的浪荡。公共空间的喧嚣变动与私人领域的情与色交相映衬，淡水与叙述者的生命在十年间同步演练、相互观望。在叙述方式上也采用与《悲伤》类似的两条线索分小章节交叉叙述。

这里似乎需要对《舞鹤淡水》的文体略加界定。有争议它是小说还是散文，《舞鹤淡水》的书名开宗明义，这确乎像一本笔记体散文，但内里实潜藏了独特和用心的"叙事"。不似《悲伤》的隐喻繁复如花，《舞鹤淡水》看起来是一种直截了当、水波不兴的记录与剖白。但写小镇变迁时，记录体的议论中却夹杂意识（乱）流；写小镇风流沧桑和个人的情欲冒险，"叙事"又如诗。舞鹤年轻时代用诗写小说的实验在此登场。他解散叙事的条理性与连贯性、省略对情节之前因后果的交代，像诗一样大量用意象说话，而意象之间的跳接、乱流常令人头晕目眩。[1] 文字上，《舞鹤淡水》更强烈凸显了舞鹤创作中愈来愈明确的，对语言形式的逆向

---

[1] 在一九八〇年代的实验作品里，比如《姊姊》、《午休》、《漫步去商场》、《祖母》，舞鹤刻意尝试这种诗的叙事。

而动——舍"精准"而取"乱迷",类如"百多家台湾厝和日式平房铲掉了以'被'的被动式"、"舌端住唇内,在东方,舌之不尽无啥稀奇唯不知舌之不禁"、"蠢蠢欲动一张嘴唇常在自恃的脸上"的句子比比皆是,比较起来,之前从《拾骨》到《余生》的语言被称为"小儿麻痹症"实在有些冤枉,真正"横征暴敛"的作品当属《舞鹤淡水》和《乱迷》。不过,"乱迷"不离其宗,仍是一种诗性思维的叙事,其间的嘲讽笑谑也并非"无厘头"搞笑——这通篇的胡言乱语、痴人呓语,仍是有着强烈的现实关注和企图心。与其说舞鹤喜欢"搞怪",不如说他太在乎写作这回事,在玩世不恭或颓废已极的姿态背后,其实是严肃而胜于严肃。在这点上,舞鹤可说是一个非常"传统"的作家。

二 淡水"历劫"史

舞鹤再次叙说淡水的现代化,仍以《悲伤》中的"伤逝"情怀做底,对小镇昔日的素朴幽静念念于怀,对现代化建设的粗暴和小镇官商的唯利是图颇多嘲讽,在章节的小标题上多有体现,比如"厝之哀的"(老瓦厝被推倒毁坏之悲哀)、"宽之爽拓"(马路拓宽,人谓之爽)、河之悲曲(修建沿河公路,弯曲美丽的河岸线被拉直)以及"捷后淡水"(捷运接通淡水,从此人潮如涌)等,这里不妨借用"捷后淡水"的双关(捷—劫),将舞鹤对淡水小镇现代化变迁的私人记录称为"淡水历劫史"。

不妨对历劫史的书写者"身份"做一番"考证"。叙述者在《拾骨》中初露端倪、在《悲伤》中现身的"浪子"气味,在这里更加肆无忌惮、更加成熟,也更加有效地发挥作用了。小说第一节直接以"浪青春荡"为名,叙说"我"如何与淡水结缘、将青春交付于淡水的"浪荡"。这部《舞鹤淡水》,也正是浪荡者的脚步丈量出来的文本。"浪荡者"(flaneur),十九世纪的巴黎街头与商场漫无目的、闲逛的失业艺术家和无业游民,这个类型人物在班雅明(Walter Benjamin)的《拱廊街计划》(The Arcades Project)问世后,就经常被用来探讨城市经验、城市空间与现代性的问题。波特莱尔一八○六年的《现代生活的画家》一文就出现了浪荡者,以"浪荡者"为现代文化与艺术中的英雄,因为"浪荡者"身处芸芸大众,却能以抽离的姿态旁观世事。舞鹤的浪荡与这个来自西方的浪荡者自有着精神上的呼应,同时它又是作者真实的生活状态,从未工作过的舞鹤从大学毕业起"自闭—浪荡淡水"十年，其后又往返居住于少数民族部落，他是自觉于"浪荡"与书写的。

这"历劫"史的首要层面，当然是写淡水小镇如何从一个具有田园之美的安宁之地，变成钢筋水泥都市的复制品。这也曾是《悲伤》的题旨之一，而且出现了一些与《悲伤》相似的场景与人物，比如被轰隆机器怪手铲掉的成排老房子、建设中的大马路、符箓学派的黄毛道士等，《舞鹤淡水》这个过程更加写实化了，似乎要刻意为小镇写一部有关"小镇如何繁华——观光化"的"野史"，以记下必不载于日后正史"淡水志"的事与情。

> 我初到淡水六〇年代的末的某一夜，阴历的月尾可以自午夜的稻浪上眺见"大屯挂月"，我微醺站在海口沙仑小路旁痴望月挂大屯之美时，没有想到未来，没有余裕去珍惜，心满溢着午夜海风着田园的美，没有想到消失
>
> ——《河之悲曲》，第114页

这种感伤几乎是许多经历过淡水田园时代的文人所共有的，只不过当舞鹤借此抒情后，更语多嘲讽与内省，造成淡水巨变之"现代化"，并非一突然降临天外怪物，它是假这岛屿的官民之手而施行的，没有人能自外而为义人。而人与"传统"如何应对现代？或许更是舞鹤观察思考的重点。

> 照岛国的例，蠢起了四方形栋连栋的公寓或透天，水泥的块状灰向公路两旁蔓延、扩散，人适应"没有性灵"的铁筋混凝土围成的空间，最多闪过一念"性灵这个没有要紧风水神鬼吗"。
>
> ——《河之悲曲》，第113—114页

"历劫史"的"野史"性质在民间传说上尤有可观之处：所谓民间传说并不是有关小镇历史风俗的传说，而是在小镇被整个"推倒重建"过程中奇异人（畸零人）的奇异事，比如"碾浆男人"与"蛭的女人"。"碾浆男人"守着家传的碾米作坊，与已呈消亡之势的手工碾米业一样，男人身心羸弱、几乎成了废物，一个曾入风尘的半老徐娘让男人恢复了

性——生命的热力。但有一天男人接到老厝将被推倒的"补偿金通知",立时"萎了勃勃的性福",终有一天走出老厝再没回来,成了"太平时代和平变迁"的"后现代失踪"。这故事的寓意不在批判或同情,《悲伤》中曾出现的对小镇古朴之下的衰颓的揭示,在这里再次显现:

> 碾米厝的没落早在终"二战"后十年,原因并不全在碾米的行业本身还残喘到七〇年代,倒是碾米的小镇男人日日吸入米尘夜夜杂交海的盐湿不几年搅成一湮霉花长在心肺幽沼,老耄的邻人都来慰安这是属淡水人的宿命熬过五十就到八十。
>
> ——《碾浆男人》,第 77—78 页

碾米厝与碾米男人的早衰寓意着小镇与小镇人萎缩消亡的困境。"蛭的女人"则是一个寡言的老街女人,有着"蛭唇软骨"之诱惑,一个江湖大哥曾经丧生她的软骨;她的文具店老厝也在强行拆除之列,其时"伤心成魅或抗议坐佛"的都被抬了出去,她却利用"软骨"藏身在院内数不清的水瓮中的一只,在"怪手铁球"的成全下殉了老厝。

这两个有关小镇现代化的乡野传奇,闪现出一种诡异的晦暗与斑斓交织的色欲之光,也为淡水的现代蒙上带血的阴影。

"历劫史"的第三个层面是记录现实中小镇官方与民间对小镇未来的"民主讨论"。在《宽之爽拓》中"我"以一张万年青叶子做的名片到镇公所求见镇长,"名片"上列了六种头衔:"大淡水关怀协会沪尾分会"、"历史淡水研究会"、"淡水沿河生态环境保护会"——而后与"镇长代理人"就"拓宽之于淡水的必要性乃至重要性"展开一场论争。这个作者以"后现代后设"手法直接现身表示此为"嘲讽、低调"的政治"写实",是对小镇各种民间力量与官方颉颃抗争的象征。有意味的是双方都自觉将淡水与台湾的命运连接在一起,"本岛自七〇年代中期全面打拼'拓宽'中——同时也建设性地'拓宽'了岛人的性格,不输大陆地的格局"。如果"拓宽"论争代表知识分子与官方意识的对立,叙述者出席镇政府组织的有关"沿河道路工程"提案的镇代表会议时,则展示了官商结合势力与民众的冲突龃龉。小镇旧商家的后代身兼"淡水开发观光理事",一个"老耄"是镇上的派系大老曾两任镇长如今是"淡水监察",前者以新生代官商的粗声大气直接宣布不必开会提案早已事实通过,后者

作为资深政客，面对众怒打足官腔。民众代表一方，小镇老饼铺的女儿则从自家沿河洋楼的石墙与河水"千吻万吻的恋情"讲起，娓娓道来老饼铺与观音山水的默契，呼吁"有文化的淡水人珍惜自然的恋情和自然的默契"。老画家则开场站定"不准建、不准拆"，而后以"美丽的不嫌旧"的艺术眼光和"多余的心思败坏自己的生活"的自然法则大骂淡水人粗俗"全球第一无文化"。在两派对立之间，却有一个自巴黎赶回淡水故乡的"建筑景观专家"讲了一番哲学性的"景观设计学理念"："'无中生有，有不碍无'，原是大屯山喷的泥浆之无中，生出古老淡水之有，这有便是小镇存在的第一义——新新并不一定胜过新，第二义的存在远比不上第一义——"这个有无之论有图为证：同样取景点拍摄的两张照片，一张拍于一八九五年"淡水是绿树红瓦厝栉比斜上山坡桃源"，一张拍于一九八五年"淡水似大蜥蜴的背脊兀突也叹不如的水泥长块迭的坟"，于是惊呆了众人，原来小镇早已如是丑陋！原来早就没了第一义！痴心要守护的也不知是哪一轮的第二义了！建筑景观专家由此慎重建议沿河公路"可建可不建"，因为于败棋无补。这个"有无论"和"第一义"的理论或许并非建筑专家独有，而也寄托了舞鹤对自己的田园情结的反思。

  关于"第一义"的说法，舞鹤在很多座谈、访谈中提及，即，生命的"存有"是第一义的，在第一义上人、动物、植物都是平等的。"存有是第一义的"，也即是自然的，"现代化"加诸自然的改变——名曰发展实为破坏。舞鹤的"存有"意识或来自近代一个重要的哲学命题：传统以"存有"（Being）为中心的世界观，与近代以降以"变迁"（Becoming）为中心的世界观的抗衡。台湾哲学界近年来挖掘台湾近代的"草根"思想家，如李春生，他站在基督教立场批判《天演论》的"进化观"，根本的思想便是深信"存有"、拒斥"变迁"。舞鹤的"存有"观念或有渊源，但舞鹤在访谈中明言反感宗教，小说《悲伤》中更以弑父渎神，颠覆"造作"的宗教，因而，他的"存有"观非来自基督教文化，或与中国古典哲学有着更密切的联系，"第一义的存有"与庄子立于"无何有之乡的大树"有抽象与形象印证叠合。在高度现代化的社会，人们很难以单纯的"存有"对抗复杂的"变迁"，舞鹤自己也时时显露出"存有第一"与"每个当代都有她的美"的"辩证审美"之间的矛盾犹疑。

  将目光延伸到文本之外的历史，这个怀疑早就潜伏在小镇的变迁史之中了。上个世纪初，小镇就已经经历了一场"现代"的改造：淡水镇的主街（今中正路）是日据时期（一九二九）在"市区改正运动"中改建而来的，在当时可谓是很现代的街道。一九〇〇年汽车引进台湾之后，各地市镇仅容行人及手推车通行的街道显得愈来愈不便利；旧街道又缺少排水沟，不利卫生准则，当时的殖民总督府发起"市区改正运动"，进行房屋征收拆除、拓宽道路等工作。淡水的主街自四公尺拓宽为九公尺，道路拓宽之后，路两旁住户也纷纷改建为二层红砖建筑，临街房顶皆采取当时流行的昭和式样，构成今日所谓"淡水老街"的主体。如今人们拼命要守护的素朴，也曾经是当年的新潮。

意识到古朴——衰颓是旧淡水的一体两面，意识到"第一义"的淡水景观终究并不存在，在时嘲笑时讥讽时感伤地描述了"人造的沧海桑田历历眼前过，在我浪荡淡水的十年"之后，在小说的最后一个章节"捷后淡水"中，舞鹤却发表了一番辩证审美的宣言：

> 不必大山大水或站在广漠中才是美。十年淡水我常坐在书房凝看纱门框着树与叶荫，建筑一隅躲着观音的一方额眉，猫咪过境软沓厝瓦。走出纱门去到庭院别有好看，但已不是框景的美，我用同样的眼光看沿河新兴的咖啡馆，新来到现时此地淡水的美。每个当代都有她的美。出生于八〇年代的成长于九〇年代的亮丽奢华，没有体会显然陌生于七〇年代的素朴幽静，必然在繁嚣里感觉其当代的美，不解何以过去的肃静谴责、抹杀现在的奢丽，素朴不存在他们的生命也有静，那静不属于全然的幽而是繁复嚣杂中的一隙，固执过去的美好便无能体贴新生的眼睛感受到的淡水。
>
> ——《捷后淡水》，第 255—256 页

尽管在这里可以为其意识的转变找到逻辑的线索，但就文本的整体和细节呈现而言，这个迟到的"辩证"仍显得突兀：之前几乎所有关于淡水现代化过程的描写都充满了嘲讽或感伤，当代的"亮丽奢华"既无从得见，历史的淡水精神也是缺失的，凡此总总，使得此刻郑重抒情的"辩证审美"，有点像个"光明的尾巴"。光明尾巴有其积极意义：小镇自然之美与人文遗迹的破坏，需要关怀；"辩证"则提示一个立足当下，积极迎接——迎战现代化的姿态。

这样，一个浪荡者记录的"历劫史"，是一种民间野史，却不必然具

备民间立场的"正确性",它可以是"片面"的,也可以是认真然而不严肃的。它不只对正史有颠覆性,也包含了自我颠覆的可能。

三 浪荡与修行

《舞鹤淡水》的书名、宣传造势以及文体上的特点(写淡水变迁的一半议论体,写个人生活的一半抒情化;而叙述者在文本中时不时以后现代的方式跳出来,自称舞鹤),都在营造与真实经历相对应的印象,小说中写叙述者以身体游走淡水女性之间,引发人们"半自传"的揣想[①],其间有小梅子的痴情爱怜,风尘魅女的另眼相看,青春少女的以身相许,以及落在叙述者浪荡街巷的身影之上的、来自不同女人的脉脉眼波。《舞鹤淡水》第一人称的情欲浪荡,吊诡地传达了浪荡里的修行,而这是舞鹤建构其"另类意识形态"化的"情欲书写"的直接索引。"半自传"之"半",差可以此得证。

(一) 性与街边的慰藉

如果说从《逃兵二哥》一直到《鬼儿与阿妖》中的情欲书写体现了舞鹤对情欲的感性——理论认知的不同侧面、体现了对这些认知的有意识贯彻,《舞鹤淡水》的情欲书写则更类于一种个人的经验史,叙述者与不同女人之间不同方式的情欲体验成为一种冒险,一种对生命内在的开掘。用肉体本身而不是用情感、思想等一切属"意识形态"的东西去体验情欲,叙述者借此寻求一个摒弃了一切外在牵绊的自然境界,也即肉体与生命的自由,这也是舞鹤在《鬼儿与阿妖》中所创造的肉欲乌托邦的根本要义。这样一种情欲冒险的历程,对应舞鹤"隐居"的说法,可称之为"肉身试炼"或者"情欲修行",前者指称其方式,后者概括其目的。

《舞鹤淡水》第一节即《浪青春荡》,讲述自己与淡水十九岁初识、二十六岁续缘的根由。十九岁时被淡水自然宁静里满溢着青春纯真的美而感动,因为"其时,刚失丧我娘,呕出心来的悲伤有一种自由泛着微微的笑——若非失丧,我无法舍离怀我生我的女人恁怎样的眼神,若非源自悲伤的自由,我深沉着秘密的喜悦带着死守家庭一生的娘去浪荡"。少年

[①] 参见范铭如《异色淡水》,《联合报》文化艺术版,2002年2月18日。

丧母之痛是舞鹤创作中一个无意识的情结与背景,从早年《牡丹秋》到《拾骨》到《悲伤》,那种弥漫于文本之中的抑郁与叛逆、忧伤与狂浪,往往连接着对亡母以及母体(子宫)的无尽思恋,形成无法释放的焦虑,但也成就文本的内在张力。年少时失去母亲,召唤了生命失去佑护的恐惧,这种恐惧融入深层的无意识,成为不可辨识的伤痛,不但不随岁月流逝而消失,反而日益加重,因为失去佑护的生命承受更多来自外在世界的困扰与伤害,愈坚强愈脆弱,对母性眷顾的渴望也愈强烈。与此同时,舞鹤的"娘"是他独一无二的"这一个","慈母"之外,是让他恋慕的沉静美丽的女人,有着雍容的气度与轻盈的灵魂。这样一个母亲将佑护与爱恋的理想集于一身,所以,"娘"的失去(形的永远消失)与获得("灵"的长伴左右)对于舞鹤的创作有非常重要的意义,在文本中,当她出现时,她是生命渴望回归的安宁与自由之地,同时也是乱伦情欲与狂暴之爱纠葛的动力;当她不现身时,她可能以一种柔性的、温和的眼光恒停留在文字空间中,稀释着浪子对俗世不可抑制的愤怒与孤傲;她与浪子无法超越的生死之界,也会刺激他的躁郁。总之,娘存在于一个舞鹤虽然不能到达却从没有离他远去的地方,与他现世的生命(与创作合为一体的生命)有着太过密切的关系。

在《舞鹤淡水》中,叙述者自称重回淡水"是娘的意思",因为在这"边陲疲惫困顿之时蓦然见烂彩中圆醇的夕阳回到海的家"冥冥中便听到娘的叹息:"人生到此可以止静。""我"通过娘的眼神去看世界,她就获得了重生,从此娘的影子时时划过"我"的生活,她是一支温度计,探测着"我"与不同女人之间的空气;她也是一个无限宽容的道侣与长者,陪伴、牵引着"我"情波欲海中颠簸修行。

在叙述者浪荡淡水的生涯中,第一个出现的女人梅子,便是一个集风情万种的爱人、读书论道的知己、无怨无悔的妻子以及慈爱雍容的母亲于一身的完美情人。梅子是个小学老师,有着府城世家的背景,看厌了大家族生意场的无聊俗烂,孤身北上独居小镇。梅子与现实的舞鹤,有着相似的家庭出身与精神期待。小说中"我"与梅子的交往,既有琼瑶体的缠绵痴情,又有《金瓶梅》式的或直白放浪或隐喻淫猥的肉体狂欢;[①]而《梅子论砖》一节则显现"我"与梅子的精神关联与知己之意,"我"称

[①] 某些场景甚至直接搬来《金瓶梅》助阵,比如"葡萄秋千架"、"小梅子腌"。

学院论文的最大能耐在于"逐步蚀毁生命的性灵",而梅子戏称学院论文为"砖",说"我"对论文割舍不下才会梦里被砖头压,深得"我"心。[①] 更要紧的,梅子像母亲一样完全不讲条件不求回报的宠爱"我"、眷顾"我"。但即便这样的梅子,也不能阻碍"我"对自由(通过情欲体现的自由)的绝对追求。当梅子屡屡撞见"我"与不同女人的"正好"终至于愤怒声讨"我"时,"我"比她还委屈:"为什么作一个人尤其大地之母象征的女人姊姊双胞奶子天生我的能那么狠的心。不是说好天生为我的吗。不是观音永恒躺给大屯爱看吗。"——"我"对女人的期待,是一个大地之母,宽广的胸怀,无条件、无时间性的,永远为任性妄为的浪子敞开,最重要的,这种敞开,不是"义无反顾",而是"自然而然",因为她是为浪子"天生"的。其实舞鹤早在《逃兵二哥》中已经把这神性赋予了逃兵二哥背后的按摩女郎二姊——大地之母作为男人的渴望,古今中外文学史上,许多女人被祭上此一神坛。而梅子,她具有成为大地之母的资质,但欠缺了一点悬置道德的本事。梅子与"我",重复着千百年来"痴心女子负心汉"的故事,且展现出聊斋式的文人白日梦:梅子从此远离"我"却仍刻骨爱恋"我",在"我"最孤独难挨的除夕夜凭一纸召唤来到,似乎长久的、寂寞的等待只是为了在某一时刻得到对"我"飨以美食兼肉体抚慰的机会;一直到离开淡水十年"我"再度重返时,单身的梅子不但保留着"我"不爱开灯的习惯,(尽管"我"并未与她真的同住过——为了"自由")而且学会了"我"的"自闭"。她依然在"我"出门浪荡时做好一桌饭食等待,依然在"我"面前谦卑若是:"别的好像学也学不会,到现在只会请你吃饭。"在这样一个将十年青春冻结等待"坏人"一念之慈的女人面前,"我"的满眶泪和"吃饭是天大地大的事,能给人吃饭多么了不起"的赞美显得何等虚矫。如若这样写女人的痴情(从认识他开始,她的生命就停顿不前了)不是为了嘲讽(显然这里不是),只能说这个文人的白日梦做得过长、过于自恋了。

但"我"也许是为了表白"自由"在他生命中不二的地位:如此完美的情人也能舍弃,如此的爱恋也能忘记,还有什么是需要固执的呢。所以,破了梅子这一情关,"我"的情欲修行或可达到新境界。小说的

[①] 这一节写"我"必须面对论文的"懒"与"厌",似乎是对舞鹤在台北读中文研究所四年却没有提交论文、最终放弃了学位这段往事的迟到的交代。

"我"把委屈泄于在更多不同的肉体上发狠"做工",没想到"愈变态愈多肉体不嫌小镇路远来我床上流连'淡水风情'",每在亢奋之中"我"必不忘拨电话与梅子同享"肉气淫流"。这一"异质"的猥亵,写得无限风光又无辜若是。

恣肆泛滥之中,"我"同时看到了"卖菜少妇"和"少女观音"。前者是清水街老市场卖蔬菜水果的女人,乍见"女人腰身转折间含蕴着恬静的幽伤"迷了"我",让"我"每每留恋市场单纯为看她一眼。一个难熬的春节里,女人居然好像为了"我"一样留守空空荡荡的偌大市场,"我"有心孤独陪孤独说话,从菜的"好看"谈起,卖菜少妇居然说出"植物人细心看久了比动物人美"的警句,"我"惊觉看顾临终前近乎"植物人"的娘时,竟没有发现娘最后的美。"我"感动到不敢再对视她的眼神:"可能,我老远来散步淡水看你卖菜的。"

"少女观音"则是小镇上棉被店家的女儿,那"带羞深深看我一眼"的瞬间,让"我"认定她是"我妻"。"我"从此与"孤独"反复讨论"提亲"之事①,但终于没有付诸行动,因为"时间同时无明毁蚀了岁月,成就我'不具行动力'的无用之人"。

这两人是"我"最多触摸到手的"神交"女子,情欲的观看同样具修行意义,"我从卖菜少妇的神色上认出内在另一个自己,我从少女观音的体态上认知是同我自己生活一世的女人",情欲也是认识自我的方式,而可远观不可亵玩的才是与"我"内在合一的。这种修行体验到了《悲伤》中,化为对海潮涌动中的片刻宁静的迷恋,那是"乱恣横暴中的永恒","这永恒可以慰我心灵的潮骚"。

在熙攘嘈杂的菜市场体会静谧,在传统手艺的棉被店凝望青春,舞鹤将生命眷恋寄托于俗世的喧嚣,而情色是人间永恒的光。少女不语无愁的眼神成为"我"一生的痴迷之后,淡水传统声色场所——"茶室"的茶女黑柳与小 A 如(文本之)约来到面前。淡水茶室据说"北海岸排名第一","本分在开讲兼摸乳",茶室这种最能体现市镇庶民文化特色的地方,自然是"我"流连听讲,情欲修行不可错过之地。斯文疯子最受青

---

① 小说里,舞鹤将淡水自闭时日夜面对的孤独人格化,好像成了脱离自我而存在、时时与我对话或者代"我"说话的影子朋友。小说里时常出现舞鹤、小舞鹤(自我之男根的指称)、孤独三个"人"的混声杂语,作者借以表现思想、情欲皆可以相对独立于现实之我。

睐，那当年淡水最红的茶女、如今仍是"本茶室独有气质招牌"的茶女黑柳，在"我"迷上她"静魅眼注"的同时也对"我"另眼相看；而黑柳的风尘姊妹、尚未长成的少女小 A 也暗自倾心于"我"。年轻时毁了身体的黑柳已不能纵身情欲，而聪慧的、生气勃勃的、"十五岁有三十岁女人的企图心"、准备将来做茶室掌门人走一条"古典当代"之路的小 A，要在做大事之前将"自己"交给"我"才得安心安定，于是有了有关小A"处女的呓语"的细细描述、孜孜求证的长篇大论，身体淫之不足，以文字延长快感。

舞鹤似乎是要用最淫的笔写最纯净的性，笔下一众女子的无端痴情，仿若为"我"建了一个没有围墙的"大观园"，"我"与那"情不情"的宝玉不同的是，"我"带了萨德侯爵的血，"我"的"色"非空，却是比"情"更要紧的人间历练与修行。

（二）情欲的修行

舞鹤早期小说《牡丹秋》，提出了缠绕舞鹤至今的问题：身体与爱欲的自由，这个问题后来延伸到孤独的自由、书写的自由，"自由"，可以是舞鹤舍弃一切的动力。情欲的百般试炼之后，我们在书写中看到了情欲出发的惊人创造力，舞鹤一路写来，"性"总是人物最终落脚的地方：《逃兵二哥》中"我"伸向女人的手是猥琐而可怜的求救，而风尘二姊与英雄二哥自我禁闭的情人洞房里，食与色是对无所不在的体制追踪的对抗；《调查：叙述》中，那与国家暴力的血腥屠杀一墙之隔、同时进行着的剧烈动荡的欢爱，不但让人免于死亡，更在历史的恐怖中为草芥之民建立起属于自己的记忆版图；《拾骨》中眷恋母亲的孝子，将乱伦冲动寄托于妓女之身，于猥亵中表达母亲——母土之狂恋；《悲伤》中"我"的委靡与纵欲散发着末世的颓废气息，与"你"那禁闭、治疗皆无法压制的勃勃性欲相对照，"性"是完整人格之证明；到了《鬼儿与阿妖》，舞鹤干脆提出"肉体自主"、"肉体有其完整自足性"，有意抛开情的羁绊来创造一个肉欲的乌托邦。而这与书写的自由息息相关。或许这才是《舞鹤淡水》的浪荡与修行的根本问题。

情欲给舞鹤一种特殊的审美方式，在表层上是"举目皆性"，或可称为"阴性"的审美，将审美对象阴性化、情欲化——对叙事者而言，美总是以阴性的特质存在，以至于整个淡水（乃至台湾）时常展现在他面前的都是或妖娆多情或无端受辱的妾身姿态。与此同时，舞鹤又发展出一套用性的言说代替理性言说的批判方式，他清楚淫邪的性的言说对秩序、文明的破坏力，他能够让性的"穿—刺"、"进—出"与文明、当代、论述如何"穿—刺"、"进—出"历史、土地同步。

　　傅柯在谈论人类的性意识时，曾经提到性的言说与自由："十九世纪人口学与精神病学科的创始认为，在需要谈及性时，他们必须请求读者原谅，因为他们要读者注意一个十分粗俗无聊的问题。而我们，几十年来几乎不能在谈到性时避免装腔作势；因为我们意识到这样做具有破坏性，话语之中充满打破现实、召唤未来的激情，以为这样就会加速自由之日的到来。"①《舞鹤淡水》的情欲书写未尝不是这样一种"装腔作势"。相较《拾骨》、《悲伤》，不见了那种恶质然而充满蓬勃的破坏力——或许以情欲书写论，《舞鹤淡水》在舞鹤的写作历程中是一个倒叙，正是有了淡水如此这般浪荡街边的、日常的、淫猥爱娇不免于做作的修行，一番"装腔作势"中打破现实、召唤未来的激情，才在此后，无论《拾骨》、《悲伤》还是《余生》、《乱迷》中，得到了"书写"这一创造性行为中，从身到心的自由。

　　　　你在沧桑淡水见当下独立于永恒当代独立于历史，在永不可追忆的当下之流中，独有肉欲建筑在肉与肉间那叫爱情的小孩无辜无措站在巨大的肉堡外……

---

① 参见福柯《求知之志》，杜小真编选《福柯集》，上海远东出版社2003年版。

第八章

《余生》：回归祖灵乌托邦

《余生》以日据时代最大的少数民族抗暴事件——一九三〇年的"雾社事件"为书写的出发点①，但并非以讲故事的方式"再现"惊心动魄的历史。"雾社事件"是泰雅—赛德克人也是殖民地台湾的一段抗争历史，光复后本省作家张深切和钟肇政、邓相扬等，都曾以之为题材，写过表现事件全貌的剧本、有史诗意图的大河小说，以及富有传奇性的报告文学。②而舞鹤采取了一种无法归类的文体。《余生》的叙述者行走在一九九〇年

---

① 一九三〇年秋，在日本殖民政府着力扶植的"模范番地"雾社（位于今台湾南投县仁爱乡庐山温泉地区），泰雅—赛德克的六社，在马赫坡社头目莫那鲁道的带领下，蜂起抗日，趁雾社公学校举办联合运动会之际，对当地警察驻在所和学校发动突袭，杀死日人一百三十四名。殖民政府调集警察和军队，运用飞机、大炮、炸弹，以及违反国际法的毒气，展开大规模军事报复。并诱迫未参加起事的一些赛德克部落（日人称为"友番"，相对于起事的"凶番"），投入前线，猎取起事者头颅。是为"雾社事件"。其后，投降的五百多名族人以"保护"之名义被集中看管，转年四月，遭到"友番"道泽社人的袭击和猎杀，历史记载为"第二次雾社事件"。抗日六社原本一千三百多人，经历两次杀戮，仅余二百九十八人，被强制迁离雾社马赫坡，至川中岛（今台湾南投县仁爱乡互助村清流部落）。这是日本在台殖民史上最大的少数民族抗争事件，导致台湾总督的更换和"理番"政策的大调整，并影响了日本国内政治格局的转变；在平地汉人停止武力抗日已十余年后，"番人"不思退路、几尽灭族的抗争，震惊了台湾、日本和大陆各界。事件后殖民政府（台湾总督府）和日本国内官方、民间都留下大量调查档案、新闻报道和专书。日本学界对于"雾社事件"的实地探访亦游丝不断，七〇年代更以台湾旅日学者戴国辉为中心、一些日本学者组成的"台湾近代史研究会"，从文学、政治、历史不同领域进行"雾社事件共同研究"和相关史料的发掘整理。

② 有左翼思想的张深切写出歌颂"抗暴"的剧本《遍地红——雾社事变》（一九六〇），寄托自己的政治理想。钟肇政以《马黑坡风云》（一九七九）、《川中岛》（一九八五）、《战火》（一九八五）三部曲试图历史性地描绘"雾社事件"参与者及其后代的命运起伏。钟肇政小说特别值得注意的，一是写到了赛德克人"矜夸"的荣誉感的毁灭及其扭曲的再生（通过参加高砂义勇队、奔赴战场，以证明自己身为"赛德克—真正的人"与殖民者的平等）；一是描绘了少数民族与日本人既敌对又在具体的人、事层面恩怨交加的暧昧关系。这其中或有走过日据时代的"本省人"的身世自怜。南投埔里的医师邓相扬长期寻访"雾社事件"及其余生者的传奇故事，一九九〇年代以来先后写出《雾社事件》、《雾重云深》和《风中绯樱》等报告文学，频频获奖并在日本翻译出版之外，《风中绯樱》还被改编拍成同名的电视连续剧。

代后期的遗族部落，有仿若"田野调查"的姿态，却出之以史料与现实、虚构与思辨杂糅的特殊风貌的"小说"。

作为一个有着文体自觉的作家，舞鹤别有所图。

《余生》明确书写"余生"的立场，不断回到历史，是为了质疑事件发生的"正当性"和"适切性"。这追问是和台湾的现实紧密联系在一起的，不仅是以当代的价值观重新审视历史，更是以当下社会所面临的问题——包括弱势群体生存的、族群关系的、经济开发的、环境问题的，等等——来反溯历史的现场。

被殖民的经验，常常被喻为"伤痕"，而在《余生》中，看"雾社事件如何活在一代又一代的余生中"，却看到，那不仅是结痂的"伤痕"，也是一道活生生的、勒在人们意识和身体中的"重轭"。

如此，《余生》的追问，成了一个更深刻意义上的、关于如何体认埋藏在心头的历史碎片、如何从历史的重压下解脱、如何超越现实困境的"省思书"。

一九九〇年代后期，叙述者"我"来到余生放逐之地川中岛，看山色、吸雾气，游走散步、围酒聊天，慢慢融入部落人的生活。"怎么看雾社事件"和"余生怎么过"，是对着逐渐熟悉起来的人们最常的提问，而"雾社事件的正当性和适切性"，是内心念兹在兹的追索。

"若欲拓殖本岛，非先驯服生番"[①]——日本殖民者经过三十余年绥抚与讨伐的苦心经营，以为大局已定，然而一九三〇年，就在台湾中部的"模范番地"雾社，爆发了泰雅—赛德克人的决绝反抗。雾社的大头目莫那鲁道，曾经被送往日本"参观"、见识过"比河里的石头还多的日本人"和他们的坚船利炮，然而，在十二社族人只有六社愿意参加的情况下，仍决然起事。杀死了到雾社地区开联合运动会的一百三十四名日本人之后，赛德克人遭到了警察和军队、枪炮加毒气的报复讨伐。第二年，劫后余生者被强制从雾社地区迁移到川中岛时，原来的一千三百多人，只剩下二百九十八人。

殖民者眼中的"番害"，光复后的"抗日历史"——"二战"后有关"雾社事件"的文学和研究，罕见追问其"正当性"的，而小说的叙

[①] 语出殖民地时期第一任台湾总督兼军务司令官桦山资纪的训令。参见藤井志津枝著《理蕃——日本治理台湾的计策》，台北：文英堂出版2001年版。

述者"我",一个汉族作家,为何如此发问?余生后裔,又当如何作答?

八十四岁的部落长老接受过无数"研究者"的访问。他说:明知没有后路,莫那鲁道还是带领族人起事,因为"尊严必须有人维护,压迫必须有人反抗,这是历史的定律,莫那鲁道走到这个'历史的定律'中义无反顾"。

有意味的是,长老说,知道自己被某些研究者戏称"标准答案先生",甚至怀疑他是被"教唆"的,因为"我没有创造一些想象的动人的细节和说法"。

这自嘲透露了时代的信息:不同的"答案"兴起了,长老的话成了过时的官方话语。

两位毕业于台北一流大学、在部落中"拥有权位"的年轻"菁英",如此说道:

> "事件的本质是一项'出草'的传统行为。"(巴干)
> "没有'雾社事件'——只有'雾社大型出草仪式'。"[1](达那夫)

"出草",也叫"猎人头"、"馘首":以突袭方式杀人并割下脑袋。作为一种原始风俗,至少在十九世纪末二十世纪初日本人类学者进入台湾山地调查的时候,仍是普遍存在的。[2] 在部落之内,或为获得某种资格(比如结婚)和荣誉(被认为是勇士),或为祭祀、消灾(如成年,祭祖,禳拔疾病与不祥),或为判决纠纷和复仇。崇信"祖灵"的少数民族相信,猎得人头,即是得到祖灵支持和庇护。"出草"的方式、过程和用

---

[1] 参见舞鹤《余生》,第46页。
[2] 十九世纪末二十世纪初日本人类学者所做的番地调查、旧惯调查的档案和著作,多具有为殖民政府"理番"政策服务的性质,但客观上留下了处于巨大历史转折期的少数民族族群的生存记录。其中少数民族的习俗和文化,正遭遇日本殖民者的武力入侵和文明"改造","出草"在殖民者的严厉禁止下渐至于消亡。在不同的档案和调查书中,都留下了有关"出草"习俗的记录,将这些记录对照、连接起来,就可以看到,"出草"如何作为一种有关少数民族生存信仰与生存形式的重要礼俗存在,为何被殖民者视为"理番"的最大障碍,又如何被殖民者一方面禁止一方面利用(利用族群之间的矛盾,相互出草,削弱力量)。一九九〇年代以来,出现了一些对"出草"做整理和评价的文章、学位论文,但目前所见,多止于对传统习俗的静态介绍。

具,有世代相袭的规矩和仪式。①

"出草"也是民族之间争夺猎场、守护土地的重要方式。有意无意闯入高山部落的"异族",荷兰人、日本人、汉人,不乏被"草"了头去的,留下种种传说见闻,莫不对这一剽悍习俗凛然心惊。因而,长期以来,"割人头的生番"是未开化民族"野蛮"的象征。日本殖民政府在征服"番地"的过程中,以严厉的军事讨伐来惩罚、禁止出草行为;同时,以人类学家收集改编的"吴凤"故事来教化少数民族放弃此"陋俗"。②"雾社事件"中,赛德克人割下不少日本人的头颅,显然有出草习俗的因素。但两位新时代的赛德克知识分子,强调"出草"为事件本质,甚至说"没有雾社事件",是有着鲜明的针对性的:不满"官方政治化了的抗日"叙述。

在一九九〇年代后期的台湾,长老与"菁英"的观点是颇有意味的对照。前者,是光复以来自官方到民间对"雾社事件"的普遍认知,后者,透露了新时代潮流"少数民族文化复兴意识"与"本土意识"的某种呼应。小说里,长老和"菁英"作为部落里有"公共发言"能力与位置的人,自然而然成了"我"思考的对象和线索。有关事件"正当性与适切性"的思考,沿着川中岛到雾社的溪谷,沿着"尊严反抗"与"出草仪式"、沿着余生的畸零、沉默与躁动,慢慢展开。

---

① 参见台湾总督府临时台湾旧惯调查会编着,台湾中央研究院民族学研究所编译《番族惯习调查报告书 第一卷 泰雅卷》(该卷虽言明调查对象未包括赛德克人,就"出草"文化而言,赛德克亚族与泰雅整个族群是一样的);森丑之助著,杨南郡译注《生番行脚——森丑之助的台湾探险》;鸟居龙藏著、杨南郡译注《探险台湾——鸟居龙藏的台湾人类学之旅》以及台湾省文献委员会编印《日据时期少数民族行政志稿》等档案、专著中有关"出草"的记载和介绍。

② 吴凤及吴凤神话:吴凤,清朝康熙年间出生于福建,随父母渡台。担任阿里山"通事"(翻译),和邹族人发生冲突而丧生。日本统治台湾后,人类学者据此改造成吴凤舍生取义的故事:吴凤劝说邹族人废除"猎头"风俗,不果,与族人约定,明早见骑白马穿红袍者可杀之祭祀,待邹族人猎下人头,才发现是吴凤,从此邹族人不再猎头。殖民政府通过建碑、编入小学课本、改编成歌舞剧、拍摄电影《义人吴凤》等方式,教化殖民地下的少数民族和汉人。战后,国民党政府继续阐扬吴凤精神,拍摄《阿里山风云》、《吴凤》等电影,牢固树立野蛮的少数民族受汉人感化的形象。一九八〇年代,少数民族运动兴起,提出吴凤是编造的神话,吴凤是以欺负少数民族的奸商被杀,少数民族却背上污名。一九八九年少数民族青年拉倒了嘉义火车站的吴凤铜像。此后,吴凤的故事从小学课本中删除。"吴凤神话"的崩解是少数民族运动的重要事件,很多汉人也是通过此事,改变之前对少数民族及其文化歧视的。

一 尊严的两面

"尊严的反抗"从"文明"的角度,"出草仪式"从"原始"的角度,相反相成,肯定了"雾社事件"的正当性。而在"我"看来,无论莫那鲁道率领六社族人对日本人(包括妇幼)的"出草",殖民政府的报复性讨伐,还是被诱导的道泽族人对"保护番"的突然袭击,都是"屠杀",而屠杀的本质是一样的:非人性、灭绝性、虚无性。因此,"当代的历史也不得不在此谴责'雾社事件中的莫那鲁道'"。也就是说,以生命为核心的人道主义,反对一切形式的暴力和战争。

也由此,"我"认为为"尊严"而付出生命,是不值得肯定的。在叙述者的经验和反省里,"尊严"是一种悖逆于人的童真本性的东西,很多时候,也是被民族、国家的教育所"制造"出来的意识。这种对比大可质疑:叙述者所感受的文明的"尊严",与当年赛德克人在殖民者入侵、征伐、管制下的"尊严",是等同的吗?废除室内葬、出草、纹面等习俗,收缴枪支、强制劳役——这被叙述者称为"尊严"受损的过程,何尝不是"生存"被步步紧逼的过程。对殖民统治下的人来说,"尊严"与"生存"是不可分的。

如此,作者秉持普世价值来论断一场殖民时代的反抗事件,似乎太过天真。然而究其用心,在于用"当代"文明的价值观来对历史现场指手画脚吗?

让我们回到"余生",看叙述者是在怎样的现实中提出这些疑问。

无论在川中岛人的心里还是汉人撰写的历史上,莫那鲁道都是英雄。部落里的小学老师"妹丈",诉说族群被文明社会的商业、政治、宗教"打扰"和同化的悲哀生命史,"今天我们已经不是无岁月之前的泰雅赛德克人",以此他肯定莫那鲁道反抗的智慧胆识,"假如雾社事件本身都遭到质疑,那么在这里度劫后余生的人永远会在生的不安与痛苦之中——"

但叙述者偏要质疑。他看到了,不是因为"质疑",而恰恰是"二战"后至今获得的"尊崇",使余生的人们仍在"生的不安与痛苦之中"。

在他看来,"雾社事件"中反抗和死亡的人们并没有以尊严获得"完整的救赎",历史所赞叹的宁死不屈,特别是女人的上吊、跳崖、亲手杀死自己的孩子——种种惨烈，其实是"没有尊严"的。更不堪的是，"同化的潮流"没有因此停止，在报复杀害和追查漏网之鱼的恐怖中，劫后余生者成为真正的顺民，川中岛成为真正的"模范部落"。

的确，"雾社事件"成为日本殖民政府"理番"的一个转折点，"转向"的"一视同仁"，却是从内在、从心灵，泯灭了少数民族的尊严和信仰：通过迁居、改变生活方式以走向"现代"、推行神道教以"涵养国民精神"，将其族群文化和自我认同，一步步逼至绝境。因而，在十余年后的太平洋战争中，所谓"再多几个少女沙鸯①，再多几十人百人义勇志愿兵"，都不足为奇。彰显了尊严的祖先，失去了尊严的后代，这或许是"雾社事件"的光环背后，余生者所不能承受的生命之痛。

"二战"后历史给了"雾社事件"尊崇的地位，少数民族承受其荣光，却遮盖了内化于族群生命的阴霾：不仅是对统治武力的恐惧，还有对"文明"的彻底缴械。延伸到"二战"后，是面对平地文化的自惭形秽、在资本主义市场中的毫无抵抗。而汉人的政权，正于此受益。在资本主义经济高速发展的年代，少数民族是城市发展不可或缺的重劳力；在"多元族群与文化"的当代政治论述里，少数民族是"多元"的一角。莫那鲁道像矗立在雾社樱台，不时要接受政治领袖的祭拜，然而，回想他那被广泛传说的"为了后代不再被奴役"的心愿，在少数民族如此生存现实映照下，他岂不真是"历史的英雄、当代的大玩偶"？

部落中，并不是没有人对这被纪念碑化的历史表示疑虑。

在军队中度过青春十年、以士官长退役的毕夫说，他每年都和部落人一起去雾社祭拜莫那鲁道，但他更愿意在川中岛另办纪念活动，因为，他反对英雄主义，独树一人英雄，对当时共同参加的祖先们并不公平。

毕夫未必了解当年起事的祖先们，他反对"英雄主义"，来自少数民族运动的经历。他曾参加"原权会"，"亲眼见昔日的伙伴被抬轿成为既得利益者后失去原有的理想，譬如还我土地运动后，当乡长的知道哪些土地可以放领，他会先通知自己的亲戚去登记"。如今的部落，复制了平地的选举政治，也复制了政治与利益的格局。毕夫回到故乡，连年竞选村

---

① 沙鸯，也写作沙韵，南澳泰雅十七岁少女，一九三八年送出征的日本山地警察（老师）落水而死。日本人为其铸钟纪念，后成为大东亚战争时期的宣传样板。一九四三年台湾总督府与满洲电影协会合作，拍出"国策电影"《沙韵之钟》。

长，但年年败给"孙中山"（新台币一千元纸币上，印着孙中山的头像）。他成立了故乡保育组织，监视电鱼、毒鱼者，保持河床的干净，计划着开拓山坳、养鱼，"十年后竞选县议员"，成立第一个"少数民族自治县"。

毕夫还建议，在川中岛设立"雾社事件纪念馆"，远离血腥屠杀之地，远离非原乡人的原乡，"就在事件的后裔中建立，以一代又一代的余生来纪念"。

毕夫的话提示了：一代又一代的川中岛人，没有也不能走出"雾社事件"。将历史纪念碑化，并不能治疗余生者的伤痛，甚而是遮蔽了伤痛。一九五三年政府在雾社旧战场建抗日纪念碑，而川中岛的人们在"天皇的荣光撤走之后十余年"，才在部落的后方，"谦默地立了一个'余生碑'"，素朴的石碑上只有"余生"二字，"小学童高，健康小学童似的身材，纯真动人，没有不平的呐喊或荣显的辉耀"，"那种余生的低调到近乎卑微"。便是这卑微的"余生"，打动舞鹤，才有了这部在癫狂晦涩中，思索悠悠的《余生》。

二 "出草"的两面

"出草"，这个曾以"野蛮陋俗"被日本殖民政府严厉禁止的传统，在经历了一九八〇年代社会运动——特别是少数民族平权运动打破"吴凤神话"——洗礼后的台湾，开始作为一种"原始生命礼俗"得到认识和尊重。

部落"第一高学历"巴干说，作为部落里的文明人，要"采原始的观点来看原始的人事物"，肯定"出草是原始部落的共同传统行为，具有礼俗和仪式的意义"。赛德克各部落之间习惯了以相互"出草"沟通恩怨；而当年叔公亲手割下的日本郡守的头颅，"与别个出草中割下的头颅并没有差异"。

依靠日据初期的日本人类学者的调查记录，以及凋零之中的部落耆老，人们自以为认识了作为传统礼俗的"出草"。但，少有人进一步问："出草"是怎么来的？并非人类学者的舞鹤，做了一番并非没有根基的"想象"。

"'出草'最原始的由来应是出自猎人的猎性——经由剥制野兽

头颅的经验，他们跨越了一步开始剥制人类头颅——这是猎人激励自己，同时向部落凡人昭示他大猎人可怕的大无畏。"

"在部落为了猎场、耕地争战的长久时光中'出草'成了最时髦、最具威吓力、最具战功的行为，尤其出草提升到'作为男人'的依据，少年不经出草便喝不到节庆时的酒，没有在额头和下巴文身的资格，在部落中便娶不到女人，更别说成家生子传后代，史料记载少数民族在长久光阴中出草活动频繁，尤其剽悍的泰雅族，同一族群部落之间时常彼此出草，不像南方的鲁凯、排湾'从不出草自己的头'，我想之所以频繁不在'出草本身之必要'而在出草附带的现实'条件'，'条件：利益'是原始人性本能在此可以证明不假现代——"①

叙述者不但大胆假设了出草的起源——从猎"兽"到猎"人"，而且，毫无对"少数民族"、"族群传统文化"作为"政治正确"的忌惮，提出了出草中内涵的人类的恶与功利之本能。人克服对人的头颅的恐惧，是因为猎获的头颅一方面给予猎人"成年"资格和战功，一方面也被赋予保佑部落的神力——树立在部落入口的头骨架，便是武力的张扬和威慑。在他的认识中，原始社会的人性与文化，未必是与现代对立的纯净本真。

之后，通过达那夫，"我"寻访到一位道泽老人，雾社事件中，他参加了讨伐抗日番、袭击"保护番"的行动，用头颅换过赏金。"我"问"出草的滋味"，老人说"快乐无比，说不出——"

这访问是"我"的坚持：在看过史料、听过很多人的祖父的故事之后，"必要出门到深山亲眼见过'出草的人'活生生在阳光下哼着出草歌，握过他割过人头颈的手，感觉他手腕的脉动，我的文字才会越过'研究'汹涌而出——"②

果然，叙述者以一种魔幻的腔调，开始了如临现场般的叙述。

在古老的诗歌中，猎人出草，守候那对断头命运茫然不觉的陌生人，如同守候"爱人"：陌生人一旦成了"头颅"，也就成了猎人的爱人。

---

① 舞鹤《余生》，第 142 页。
② 同上书，第 157 页。

"她"将带来整个部落的狂欢、性的狂欢。

这段描写充满诡异的暴力之美,狂欢、歌舞、割人头、剥头皮、给头颅喂食——伴着对头颅亲爱的私语呢喃,也夹杂着舞鹤式的黑色幽默。叙述者沿着史料、当代少数民族知识分子的描述,握着割过人头的道泽老人的手,走入了他们曾经的生活——在如此"以意逆志"的过程中,作者对"出草"作了"充分"的"维护",也无所顾忌地批判:

> "人可以借'出草'自由取走陌生人的生命,个别的生命完全没有自主不受干扰的权利,人成了被'出草'的物,所以'出草的狂欢'中隐含作为人极为悲哀的暗影,那暗影是如此的可怖,所以需要更多的狂欢来遮蔽暗影。'当代'反对巴干的'出草礼俗说',出草是维护部落存有的共同礼俗,那么人以杀戮存有来维护存有,尤其在'出草'的形式中,个体永远得不到自主,人将永远存有在杀戮同时被杀戮之中,在历史的长河中,怀着恐惧存有,在逼临被杀戮的恐惧中杀戮存有。"[①]

可以看到,舞鹤对"出草"的否定,与日据时代迄今文明视之为"野蛮"的思路不同。他在意的不是"割人头"这一行为和意象的恐怖,"文明"的世界从来不缺乏比"割人头"残酷的事情——所以他能对"出草"做出那般奇诡的美学想象。他在意的,是"出草"以集体的名义,将个人的生命物化,将个人的自由扼杀。无论是出草者,还是被出草者,都在恐惧和对恐惧的宣泄中,失去了身为人"免于恐惧"的自由。

或许可以说这是一种(有意的)苛责。"出草"扼杀了人"不能免于恐惧"的自由,其根底在于由生存资源决定的部落之间的敌对关系。如同"赛德克"这一"人"的指称只适用于共享生存资源的"我们","非我族类,其心必异"。但是,如同舞鹤否定"尊严反抗"的意义不在于指责历史中选择反抗的人们,质疑"出草"的意义也不在于批判原始生存野蛮。其意义,毋宁是道出了人类亘古的悲哀:这种不得不以恐怖来维护存在、因而不得自由的状态,在时间之流中,在号称"文明"了的社会中,从未被克服。

---

① 舞鹤《余生》,第213页。

回到小说开头，舞鹤是从哪里交代这本小说的缘起的？少年时读到"雾社事件"，为其血腥而战栗。二十八岁服兵役，知觉"国家"作为威权暴力体制如何宰制着台湾的"心和资源"，痛感自己"被军队阉割"，然而离开军队，他并没有像那年代的反叛青年一样投身"如火燎原的党外政治运动"，而是隐居到边缘小镇淡水，通过奋力阅读历史和哲学，想了解"军队"、"国家"的起源和意义。便是在历史记载的"无数的血腥争战"中，"雾社事件"从少年记忆中浮现。

由是，细思舞鹤对"雾社事件"的"正当性"与"适切性"的追究，不是单向度的"研究"或"批判"，而是借外求以内省。在雾社马赫坡，叙述者看到闻到高山溪流下流淌的火的岩浆，感觉作为地球产物的人，虽有最进化的头脑，内在深处却犹如地心"燃着熊熊的火"，是这与生俱来的火让暴力不断。"血腥争战"和暴力机器永恒运转——在这个意义上，"出草"与"军队"和"国家"何曾有别，"野蛮"与"文明"没有界限——不但损毁生命，更让身而为人的自由，成为永远的乌托邦。

身而为人的"自由"，仍是舞鹤系之念之的主题。兵役之后痛感被国家机器"阉割"的舞鹤，反省"青年时代的艺术无非是一种轻狂的浪漫罢了"。青年舞鹤曾沉迷"前卫"艺术，反叛体制，反叛被规定的生存，然而"这没完没了的反叛"，离真正的自由何其遥远。

在《余生》中，对历史的问责，对余生族群现实困境的关怀，使得"自由"有了深一层的内涵。这"自由"，既是从"军队"、"国家"这样的直接压制中反叛而出，也是从"礼俗"、"传统"貌似端正的知识中挣扎而出，更是从对他者生命的关怀和维护中自然而出。换言之，刚烈、智慧、责任，乃至温柔，都是自由的题中之意。

三 关于"出草"的诠释的政治

关于"出草"，另一位赛德克知识分子达那夫比巴干更激烈："没有'雾社事件'，只有'雾社大型出草仪式'。"

同样以"出草"要求重新对历史做出解释，达那夫的言辞后有另一段隐情。

达那夫并非川中岛人，而是道泽人，虽然同为雾社赛德克十二社之一，道泽人与莫那鲁道所在的马赫坡人，并不和睦。道泽人没有参加起事，反作为殖民者的"友番"，投入讨伐抗日族人的前线，道泽的大头目因此死于马赫坡人的伏击之下。转年四月，在日本人的默许纵容下，道泽人袭击关押着五百多名抗日族人的"保护所"，又杀死两百余人。历史记载为"第二次雾社事件"。这是一段悲哀的、令"二战"后叙述者"为难"的历史。虽然同样是光复了的台湾的"山地同胞"，道泽人到底背上了"亲日"的历史包袱。

事隔近七十年，道泽人达那夫终于能为祖先开口了。他用祖父"割下马赫坡人头时那种生命的激动和喜悦"，证明道泽人对保护所的袭击，属于部落间的"出草"。"出草"是部落之间习惯的、沟通恩怨的方式，文明怎能理解？所以"第二次雾社事件"只是"官方说法和学者偏离的解释"①。

比照前面川中岛菁英巴干的说法，让人疑问：巴干和达那夫，作为血仇族群的后代，为何异口同声说"出草"？

两人都明确表示对国民党官方解释的"政治性"不满，然而，这反政治性的政治性，却呼之欲出。

小说中，"我"问巴干："为什么第一代的部落知识分子菁英对'出草'都作极端正面的评价？"却并没有明确展开对其"政治性"的分析，只是让部落里的邻居"姑娘"闲闲说道："巴干是部落第一高学历也是最会搞花酒的人。"而"我"亲见三次"业已平地化"的"部落民主选举"，"我"知道：巴干是属部落中的既得利益者，大部分公务员同属这个阶层，大小选举他们掌握了利益和分配的权利，当然他们也推出"最有实力"的自己人，夹在中间的是白天下田做活或出外做工晚上喝酒配电视"向来没有意见的人"。②

"菁英"要走入主流，"出草"必得疏离部落。在"菁英"的"出草"说中，亲日与抗日的区分模糊了，殖民者的暴力被搁置了——一九九〇年代台湾"本土意识"的背景，也幽幽浮现了。

---

① "第二次雾社事件"被重新提出和阐释，在现实中，也是主要由道泽族的后裔提出。姑目・苔芭丝的《部落记忆——雾社事件的口述历史（上、下）》和巴万・靼那哈（沈明仁）著《崇信祖灵的民族——赛德克人：对 Gaya 与少数民族传统文化的一些想法》中，提出了道泽人与马赫坡人的历来不和睦，以及族群必要为大头目的死亡"复仇"的传统等解释。这些解释中，偏向于为我族"除罪"，却轻忽了责任和反省。

② 舞鹤《余生》，第47、48页。

走出文本，现实中，我们不但看到与达那夫高度相似的赛德克叙述，也能看到"雾社事件"在一九九〇年代迄今台湾社会的高曝光率。"颠覆"历史，往往是为了现实。少数民族及其传统文化，在"本土意识"兴起的过程中，被发现了建构"族群一体文化多元"的符号意义。

《余生》出版后一年，二〇〇〇年，由台湾基督教长老教会主办、台湾大学法学院召开"雾社事件七十周年国际研讨会"，标志"雾社事件"的研究走入台湾主流学术舞台。与会几位泰雅赛德克人，对本族特殊的祭仪、习俗，特别是作为血祭集团的 Gaya（指赛德克族的社会规范戒律）以及作为生命礼俗的"出草"与事件的关系，多有阐释。[①] 这对于少数民族主体的"雾社事件"历史研究自有价值，但是，事件中所涉及的族群内部冲突、殖民经验的复杂性，并没有得到讨论。在更年轻的少数民族知识分子那里，有用"殖民现代性"来"重新评价"日本人在山地的功过，俨然呼应着新政权"多重殖民经验"中诞生的"台湾主体性"理论。究其实，会议的重心与目的，已在会议名称中标示："台湾人的集体记忆"——"雾社事件"作为凝聚中华民族认同的年代过去了，现在，它是"台湾人"的集体记忆。

回到《余生》中，长老的"标准答案"逐渐不合时宜，有着祖先血仇的巴干和达那夫都道"出草仪式"，也不足为奇了。

除了进入主流的学术会议，还有相关报告文学获奖、相关电视剧开拍；"殖民现代性"被微妙地呈现——舞鹤显然有其政治观察力，但小说对此并未过多着墨，在舞鹤看来，如此"政治"不过是纸老虎，不足为之耗力费时去戳破？还是，对少数民族作为弱势群体的同情，使他不忍苛责？

也或许，他更关注的，是这背后的少数民族文化变形与当下生存的关系。达那夫用"出草"为祖先除罪了，但族群之间的裂隙和伤痛，能因此弥合吗？

四 "达雅革命"与族群伤痕

为了了解当年起事者的生活环境，叙述者"我"来到雾社的马赫

---

① 参见高德明（Siyac Nabu）《非人的际遇——赛德克人看雾社事件》，《雾社事件：台湾人的集体记忆》，台北：前卫出版社 2001 年版。

坡——原乡旧居,也是战死之所。在这里,"我"遭遇了一个返乡青年"老狼"和他看护的"酋长客栈"。

"老狼"照看着在莫那鲁道旧居之上建成的"酋长客栈",而客栈真正的主人"老达雅",据说是莫那鲁道的女儿马红的儿子。当年,在日本人飞机大炮的讨伐中,很多母亲将孩子抛下了悬崖,而达雅被部落里的祖母们救起,由教会保护,辗转送到拉丁美洲,长大成人。直到暮年,"祖灵附身"让老达雅回到了原乡,在已成庐山温泉观光区的马赫坡旧地,建起了"酋长客栈"。客栈二楼设立"雾社事件真相展览",展览老达雅收集的事件照片;一楼作为酒吧舞池营业,吸引"岛国南北的男女"。

很快,酋长客栈遭到了当地警局的查处,老达雅以"挑起历史情结,蛊惑现代人心,具体破坏温泉小区的安宁"驱逐出境。他立刻想到:是来探头探脑的道泽人告密。当年,殖民者平息起义后,将余生者强制迁移川中岛,而雾社地区的土地,则予以"友番"道泽人和土鲁阁人,形成今日的庐山聚落和春阳部落。因此,老达雅怀疑道泽人告密,其来有自。他誓言再来时,将发起"真正的归返原乡运动":平反,并让当年被迫迁徙的族群回归祖先的原乡。叙述者戏称为"达雅革命"。

老达雅的故事有如魔幻,又是传奇,而"达雅革命"透露的族群恩怨,却是真实和现实的。"二战"后相对于川中岛人作为莫那鲁道后裔得到的尊荣,道泽人被留在"亲日"的耻辱中。考虑日据时期复杂的番地历史,莫那鲁道也曾被驱使替日本人"出草"萨拉茅人——"亲日"、"抗日"的标签,岂非太不公平?因此达那夫的潜台词是明确的:只有部落间的"出草",哪里有"亲日"、"抗日"?

然而,对于川中岛人来说,重点不在"亲日"、"抗日",而在于已然失去家园和亲人的人,却遭到同族的赶尽杀绝,这是日本人枪炮毒气的屠杀之后,又一个巨大的梦魇。因此,老达雅要回到已成他人之地的"原乡",也是一种象征:血仇不能忘记!在川中岛,杂货店老板讲起从"罗多夫保护所"死里逃生的父亲,至死不能原谅道泽人,这痛苦和愤怒将世代相传;而"组头"的老父感叹:那样大规模相互残杀,除非精神失常!

光复后,国民政府以共同的抗日历史凝聚人心,但五十年殖民统治,已经让台湾的日本记忆有着种种幽微晦涩,而少数民族部落的历史关系、特殊文化,更无法以大陆"抗日叙述"覆盖。因此,"亲日"、"抗日"

的简单两分，掩盖了殖民地"以番制番"政策下复杂的、多层面的历史问题，也使得族群内部的伤痕，不能因殖民时代的结束而弥合。

现实利益更为残酷。在今日"庐山温泉"的开发中，在选举政治的喧嚣中，族群伤痕依然在隐隐作痛，所以毕夫说，"那事件尤其在选举不能提，因为它本身的错综复杂性会引起复杂的恩怨效应。"

如何才能超越历史的仇恨，让"和解"真正成为可能？

当老达雅在川中岛寻访族人，日日痛哭，一直善待他的长老终于要请他离开，因为"在伤痛中出生的小孩是被祖灵诅咒的小孩"。"姑娘"的父亲是事件幸存者，家族的男人大多被"草了头去"，"姑娘"的弟弟"飘人"继承了家族的"痛苦和耻辱"，他飘出部落，几年间，"在想象的出草中——复了仇"，"直到某天他在某个部落发现鹿瞳的瞬间他发觉何时失落了随身多年的番刀"。番刀便是复仇之心，弟弟终于从"复仇"的狂躁中解脱，是因为在他人的部落看到"鹿瞳"——青春无邪的眼睛，是还没有沾染历史仇怨的少男少女。从此，弟弟开始在部落之间传一种"无声之教"。

"在一次又一次的凝视中，我传给鹿瞳一种互信——研究我们出草的历史，一次又一次自己族群间的争战，自原始以来泰雅的部落与部落间从没有互信过——"①

"心灵化身的鹿瞳"和"无声之教"，寄托着作者对族群和解的祈愿，虽不无"浪漫"嫌疑，毕竟道出不可回避的现实：从川中岛到马赫坡，无论"出草"还是"抗日"，"雾社事件"都成了余生自觉不自觉的背负。如何认识历史仇恨？如何面对现实被资源分化的困境？余生没有安宁和自由。

五 原乡的崩坏与重建

《余生》中，叙述者往返都市与川中岛，时为一九九〇年代末。这个时期的部落，正迎回越来越多的"返乡者"。

返乡，意味着曾经的"出走"。一九六〇年代末、一九七〇年代开始，少数民族越来越多涌向都市，多数求生，少数求学。一九八〇年代少

---

① 舞鹤《余生》，第108页。

数民族运动初起，知识青年办报办杂志，争取权益，"启蒙"族人。一九九〇年代中期，台湾经济低落，开放引进更廉价的外劳，少数民族在都市丛林的谋生愈加艰难。一些在都市劳力市场拼掉青春的少数民族，开始返乡。同时，少数民族运动在内外交困中落潮，提出"部落主义"，即：回归部落，重建原乡。

川中岛同其他少数民族部落一样，经历了这个历程。叙述者面对的"余生"，是在这一历史时期里的余生。对事件的寻访，碰撞着"返乡者"的故事，悄然生发别样的意义。

"姑娘"、"畸人"、组头、毕夫、老狼达雅——这些返乡者的经历，便是一部少数民族"出外人"的历史。[①] 到远方都市去打拼赚钱曾是部落年轻人"共同的梦想"。邻居"姑娘"，十八岁离乡，近三十岁返乡。她先在工地做杂工，与别族男子结婚育有二子，又在色情西餐厅做过女招待，但最终"舍了一切"，回到故乡梦的溪谷。"畸人"，以青壮之身出远洋、跑海船，在美国的港口城市发生了迄今无人说得清的变故，被送回来时，已是跛腿、半疯之身，却因此获得了特殊的"自由"，每日"散步"，不知所终。已经五十多岁的"组头"，一九七五年离乡，在台湾的"黄金时代"，他带着"铁筋大组"，转战台北的建筑工地。工友们抱着"回乡翻旧厝起楼房"的梦想，度过二十年"工寮"生活，直到一九九〇年代，少数民族的苦力地位逐渐为更廉价的外劳替代，"组头"带了随身二十年的茶具回到川中岛，"这次回来就不再离开家乡了"。

返乡之后如何？经济困窘之外，更不堪的，是部落传统、组织形式的分崩离析。"组头"在"我""怎么看雾社事件"的询问之下愣住，"我们这一辈只想到外头都市工作赚钱，几乎全忘了祖先留下的传统遗产"。从清晨就开始的"围酒"、酗酒，乃至债务、自杀，是部落里的寻常，是许多"研究者"或痛心、或诟病的"痼疾"。

在川中岛的舞鹤，看到了返乡族人的"摆荡"，看到他们调整身心的艰难。"余生怎么过"这个原本针对"雾社事件"而发的问题，具有了耐人寻思的双重含义。

也许该停下来想想，到底为什么"回归"？回到哪里去？

"回归原乡"，与少数民族运动发展的自我反思有关。"威权结束"、

[①] 出外人，闽南话里，指从乡村到都市谋生的人。

政权更迭,而少数民族的生存权益仍是被牺牲的,另一方面却又成为新政权多元文化论的"点缀"。一些少数民族知青开始意识到,在都市受教育、在都市"做运动"的自己,与所来自的族群、部落,分明有着深深的隔膜。达悟族作家夏曼·蓝波安回到兰屿,重新学习结网造船、捕猎飞鱼的技艺,重新认识自己所来自的海洋文化,体认海洋赐予的灵魂安宁与心灵自由。在此,"回归"超越了物质上的重建,而具有了生命价值重建的意义。[1]

具体到每一个部落,"回归原乡"之路各个不同。在兰屿,由于与台湾本岛的距离,达悟族的生活形态及其文化在年轻人离乡、放弃之后,仍有相当的保存。而在舞鹤所访的川中岛,作为一个残酷的屠杀之后被连根拔起的"余生"族群,无论在日据后期还是在光复后,都是"同化最快"的部落,文化与独立精神的失落,让川中岛人的"返乡"之路,尤为艰难。

毕夫的"自治县革命"和老达雅的"达雅革命",虽则"积极",毕竟一个是难以实现的蓝图,一个有无法解脱于历史恩怨的意气,而且,都是从外在寻求,那么,舞鹤在川中之岛,可曾看到从内在"回归"的希望?

六 姑娘溯溪,回归祖灵

回到小说开头,叙述者的邻居"姑娘",有一日对着远山暮霭静静说:"我是莫那鲁道的孙女。"这惊人之语后并没有任何的考证和说明。叙述者从此记住、念念不忘的,是作为莫那鲁道孙女的"姑娘"的计划:有一天我要出发追寻——

原来,在小说的开始,舞鹤已经提出了他的憧憬:那是真正的回归吗,回归神秘之谷,与祖灵把手言欢喝酒吃肉。

"姑娘"从此贯穿小说始终,她的每次出现,都带着令人啼笑皆非的气氛。叙述每行至"姑娘",便如同"姑娘"本人,"附身"了疯疯癫癫的腔调。在严肃的"雾社事件"思考与辩证,以及部落众人无论颓废、

---

[1] 可参考纪录片《国境边陲》,导演关晓荣,台湾人间报导学社,2007 年发行。及夏曼·蓝波安系列作品:《冷海情深》、《海浪的记忆》,台北:联合文学 2002 年版。

积极、怪异还是悲伤都不脱常轨的生活之间,"姑娘"的存在是一个真正的异数。

"姑娘"十八岁离乡,去看都市的花花世界,因为结识大霸的青年包工头,有了工寮和泽敖利部落的多年生活,之后到"高级色情西餐厅"做女招待。直到有一天,一位"看起来很高级"的客人将她带到大饭店的水晶床上,在细细观摩她的身体之后,说了一句:"祖先在雾社流了那么多血,想不到,子孙在饭店床上卖。""姑娘"从此回乡了。

叙述者戏称"高级客人"是终于连到"雾社事件"的"通俗情节",似乎也并不相信,这正经到近乎矫情的话是"姑娘"人生转折的动力。然而"姑娘"毕竟因此回乡了,重新回到自然了:她每日与溪谷里的鱼虾和石头玩,说着"梦的溪谷"之类傻话,夜晚她的窗户却流泻着肖邦的音乐——来自"高级色情西餐厅"经验。她闹酒发癫,却拒绝部落男人的目光。她想要"过自己想过的生活,不靠别人,也不让人左右",但"自己想要的生活"到底是什么样的生活?部落三年,"姑娘"再度下都市"风尘"转了一圈,一个"龟公"追上山来又被驱逐下山,姑娘却因这"性的触动",与部落里的中年光棍群妥协,开始了以身体"回馈"部落的生活。"姑娘"曾肆无忌惮、长篇大论,从赛德克人的起源神话谈到部落的性生活,嘲笑汉人的乱伦禁忌。但终有一天,"姑娘"要结束"回馈",引起部落小小的骚动。最终依靠"长老"和"我"的斡旋,用传统的"埋石和解",结束了这令人瞠目的"回馈仪式"。

"姑娘"开始面对自己杂草丛生的六分地。种地赔本,卖掉不值钱。做果园?开酒吧?办鸡场?"人有了土地生命就有了根"早已过时,或者,是意识形态的滥情:"姑娘"和弟弟的六分地,是多么疏离他们的生命。

至此,"姑娘"闹剧般的生活,忽然停顿下来,"茫然"起来,有了欲求平静而难平静的诗意。

在叙述者游走部落的目光中,余生虽有百态,大体上是平静的,年轻人离乡,老弱居乡,只有那些人到壮年、中年的"返乡者",给部落带来了或小或大的骚动,因为他们要重新适应部落的生活,要"让外来的习气一天一天被山的寒气消蚀"。"深山部落的平静便是由各式各样的固着的生活方式烘托出来的",投身保育和选举的毕夫也好,终日沉默散步的"畸人"也好,只要"固着"了,再激烈的主张,再残缺的身体，也是平静。唯有"姑娘"，当她的溪谷、鱼筌、石子、枯木、丝瓜、肖邦夜曲、性、酒——都无法消融"那触不着碰不到生命欲望黑洞的绝望"，她终于坐在了"我"的面前，失神而焦躁。

本来，"姑娘"的生活一直穿插在"我"的思考、散步之间，"姑娘"对"我"天然信任，而"我"讲述"姑娘"的疯癫语调中，有特别的疼惜和亲昵。"我"与"姑娘"的生活保持着距离，但从未忘记与她约定的"追寻之旅"，默默规划了三种"溯溪路线"，并为之请教飘人弟弟、长老，乃至冥想中爱玩好动的"祖灵"。

此刻，"我"开口："你的追寻之行呢？"

"姑娘"一愣之下，兴奋起来。

"是我要去的，我一定要去，这次我要问祖灵如何获取生命的平静。"

于是，在小说开头提出的"追寻之旅"，在小说行将结束的时刻，才刚刚开始。然而，所有余生的言说，"姑娘"的红尘穿梭，"我"的访问和思考，不都是这"追寻"必然的背景和序曲？

溯溪，沿着祖灵的足迹，回到神秘之谷，回到祖灵的居所，回到赛德克达雅人心灵的原乡：那到底是什么？

人们渐渐忘记身在"余生"，他们在不能抗拒的"当代"中生存。说"回归"，有心的人也只能从身外求。然而舞鹤看到了无心的"姑娘"、残缺的"畸人"和恍惚的"飘人"，这些不积极作为、被视作怪异、畸零的人，可能才是祖灵更为眷顾的子民，如"我"所说："夜曲飘忽在鹿瞳的梦里可能生命更需要自由和梦想"。一路溯溪，"姑娘"美丽的身影、无羁的个性、令"我"望尘莫及的脚劲，都与自然的山水如此相谐和。研究者的话语或会说，"姑娘"历尽色劫、依然纯真，有着不被文明"污染"的根性；而叙述者说，无论性情外貌，"姑娘"是"长老一生所见的泰雅本色"。

在追寻之旅的终点，马赫坡岩窟，"姑娘"终于以自己的仪式与祖灵相见了。"我把话，内心的，都说了。"

然而她又说："密林是祖灵的居厝，迷雾是用来游戏的，你说得对，我感觉任何人都不要打扰祖灵的居厝，来到祖灵的居厝前，不用开口说话，祖灵都知道你要说什么，那种信赖的感觉让人平静，很平静。"[1]

---

[1] 舞鹤《余生》，第 243 页。

"姑娘"矛盾的话透露了这"追寻之旅"的真正内涵：回到"祖灵之地"，并非回到原始祖灵信仰，或任何具象的"传统恢复"——在这里，"祖灵"不再是"出草"文化中那个主宰和判断者，而是自然之中的"自由之灵"。

回顾《余生》看似漫无边际的叙述中散落的"自然描写"，在事件与思考、故事与意识之间，处处是自然：包裹人身心的山的寒气、林间的迷雾、溪水的歌唱、令人察觉"内心暴力"的地热、散步闻到梅花的香、夜半和黎明打断"思索"的鸡叫、青蛙的聒噪——"自然"，才是"身而为人的自由"的动力和土壤。人，或人心，在自然之中回归。"自然"是"自由"的来处，也是去处，其本真上的意义，或许大于时间之流中微不足道的某一"事件"的研究。在告别部落、要对自己"在历史现场观照历史事件"的两年做个总结的时刻，"我"竟想："我宁愿我研究为什么梅花和槟榔可以并存在这山谷，而且两种花香都是饱满的"。

在人类原本与自然的依赖共存关系中寻回自由，这是舞鹤所思考的余生的救赎吗？

七　余生悠悠

舞鹤在小说后记中告白：

> 这本小说写三事：
> 其一，莫那鲁道发动"雾社事件"的正当性与适切性如何。兼及"第二次雾社事件"。
> 其二，我租居部落的邻居姑娘的追寻之行。
> 其三，我在部落所访所见的余生。
> 我将三事一再反复写成一气，不是为了小说艺术上的"时间"，而是其三者的内涵都在"余生"的同时性之内。

事实上，这种"反复写成一气"、两百多页的小说不分章节、不分段落的形式，造成阅读相当的困难。这或许也是《余生》虽然获得了众多奖项却乏有细读与评论的原因之一。

形式上的"反复一气"，本身即意义。一方面，所写"三事"，对历史的追问、对现实的关怀、对心灵出路的想象，都在"余生"的内部。另一方面，"三事"的纠葛，使得小说自有特殊的动态：不依靠情节的推进，也不强调思考的逻辑，身体的奔走，眼耳的知觉，心的触动，思考的冲撞，确实是"同时性"的，不可一章一节地隔开。

这种文体背后，也有舞鹤在"书写少数民族"问题上的自觉。

小说的结尾，"我"与一位老人不期而遇，问了最后一句"余生怎么过"。事件当年，他年方三岁，被母亲惊惶的呼吸"烧坏了脑壳"。三十岁那年，他接受了道泽人的提亲"媾和"，与道泽贵族家的小姐结为夫妇。"不是血仇血报的时代了，在我们的山谷外有更大的力量约束着我们"。老人与道泽妻几十年相伴，怨怼敌不过同床的恩情。"有关那个'大事件'我有许多话要说，但现在不想说，眼前道泽老妻还在，孩子也是道泽生——"老人的最后一句话，也是小说《余生》的最后一句话：

余生就这么过——无思无想床上过。

这真是一个奇诡的结尾。老人的一生浓缩了"雾社事件"与"余生"的沉痛，为此，叙述者与时空角力，千辛万苦地"思考"，千言万语地表达，而这被天公疼的"憨人"，不需觉悟，不需外求：因为有情有义，无思无想。

这个结尾，是对《余生》漫长的"辩证"和"思考"的解构吗？舞鹤是否内心有疑问：质疑性的言说，能够使这个世界更澄明吗？而将《余生》置于一九九〇年代以来有关少数民族的研究大盛的语境中，或有问：作为一个川中岛外人，一个汉人，舞鹤有关沉默的余生的种种描述，能自外于"消费"悲惨历史的嫌疑吗？

一九七〇年代后期和一九八〇年代，一些汉族知识分子因参与社运或山地服务团体等契机，有了少数族群问题的启蒙。由此开端的少数民族认识，带有浓厚的"原罪"心理，不仅因为几百年来汉人也充当了少数民族世界的侵略者角色，也因为现代社会中少数民族的底层与边缘现实。与此浓厚的"原罪"感相应地，却是一种容易陷入道德化的对少数民族问题的叙述。一九九〇年代少数民族运动退潮的同时，"少数民族"因缘台湾新的多元文化论述、民主进步象征，逐渐成为一种"政治正确"，一种普遍的"进步"的社会观念。在大众文化层面，少数民族传统文化被纯净化、神圣化，成了与现代物质文明的堕落、喧嚣对立的另一种"桃源"想象，有关的文学书写，不乏猎奇或心灵鸡汤般的消费性质。在学术的层面，在政策性支持下，迫不及待地"知识化"，成为国家本土文化论述和学术体制内部自我循环的资源，而甚少与少数民族的现实问题、未来想象发生关联。

在这样的背景下，最初进入屏东的好茶部落，舞鹤对汉族知识分子的位置和可能性，便有其反省。《思索阿邦·卡露斯》里，阿邦这个汉族"素人摄影师"，为鲁凯文化折服，通过自己的相机，拍下族人最生动的日常瞬间，与致力于鲁凯历史文化整理的"民间史官"卡露斯，结合为一个"新人"："阿邦·卡露斯"。这是其时舞鹤理想中的原汉互动。阿邦作为一个"素人"，既非怀抱着人类学或社会学或历史学的臃肿的知识分子，指点少数民族应如何如何；也不会以"原罪"感和"代言"意识而矫揉造作。到了《余生》，舞鹤摆脱历来对事件的酷烈与传奇性的关注，不但试图从当代少数民族面临的困境出发，也触及对台湾社会的历史背负与政治问题。或许"散步"的叙述者与族人的心灵终有隔膜，或许他苦苦追索的对历史、"自由"之省思，并不能于少数民族的具体生活有何推动改变，但在"少数民族"书写的"潮流"中，这是一个独特的、有反思性的文学实践。

好茶时期的舞鹤，对嘈杂的汉人知识界的嘲讽，对鲁凯文化的由衷欢喜，都是明朗的。而在川中岛，关于少数民族的生存、关于族群关系、关于生之自由的认识，变得沉重和困难了。因为有了"雾社事件"，这套在余生头上的重轭。但也毋宁说，因为舞鹤意识到了这重轭——在好茶，高山峡谷不都是排湾族和鲁凯族的古战场？在平地，汉人之间的争战不义、恩恩怨怨，又何曾稍歇——在这个意义上，"雾社事件"并非一个偶然的、特别的事件，"余生"也不是川中岛人独自面对的暗影。"余生在川中之岛"，如同一代又一代移民在台湾，如同出埃及后以色列人在旷野——哪个时空中的生命，没有浩劫的记忆？从这个意义上讲，《余生》不只是关于台湾少数民族，也是关于我们现代人的生存的省思书。

从余生的不安与伤痛出发，舞鹤触碰到那被损毁的文化、被伤害的身体、被纪念碑封锁又被消费社会打开的历史——他聆听赛德克人与祖灵的对话，为人与自然的活泼灵性会心而笑，为祖灵庇佑下的古老价值与信仰怦然心动。舞鹤的哀矜与赞叹,并非东方主义式的滥情,他看到了"选举文化"伴随金钱政治、电视综艺早已深刻改变了部落的传统生活,并且像它在汉人社会所行的那样,让族群之间的伤口不愈合,只发酵,甚而撕裂;但即便历史和现实都是"悲伤",即便"回归祖灵"始终是畸零人与疯女子的痴心妄想,是一场背向声浪滔滔的现代社会的孤单旅途,他仍要捧着一纸"回归路线图",用这数十万言汪洋恣肆没有段落连句号都要辛苦寻找的"小说",召唤有耐心的读者同其艰难也同其疯癫与欢乐地跋涉——不悲情,不煽动,舞鹤标志性的浪荡者幽默与少数民族的雅努斯笑话(Janus-face,雅努斯,罗马神话中的双面神)结合,形成一种新的语言力量。最终,穿越"余生"的时空,我们和他一起抵达对少数民族、对台湾乃至人的社会性生存(暴力、贪欲、族群关系)的尖锐省思和殷殷寄望。在这个意义上,《余生》的"回归祖灵"不是曲终奏雅,是对长久萦绕自我的追问的一种回答,也是内化于现代性之匮乏的,乌托邦。

余论

舞鹤创作与现代台湾

> 对我来说,成为小说家不仅仅是在实践某一种"文学体裁";这也是一种态度,一种睿智,一种立场;一种排除了任何同化与某种政治、某种宗教、某种意识形态、某种伦理道德,某个集体的立场;一种有意识的、固执的、狂怒的不同化,不是作为逃逸或被动,而是作为抵抗、反叛、挑战。
>
> ——米兰·昆德拉《被背叛的遗嘱》[1]

一 孤独并生爱神与邪魔

舞鹤的创作生命始自一九七〇年代中期,从此无论南北漂流,他没有离开过文学和文学的台湾,他以创作生命的沉潜和重生,为作家与时代的精神关联提供了一个有意味的个案。

大学及研究所阶段,是舞鹤"镜花水月"的叛逆青年阶段。能够看到的最早作品是一九七四年发表于《成大新闻》的《蚀》,尚是一个习作,讲述"我"远到偏僻小镇看一个现代派美展时的所想所忆,是寄情现代主义的剖白。一九七五年发表于《中外文学》上《牡丹秋》写一段飘忽的恋情和"性爱自由"的理想,抒写孤傲绝决的自我和蒙昧世俗的人间。前卫文艺青年的姿态还表现在出任鸿蒙出版社的《前卫文学丛刊》的社长。但三辑后就停刊。文学青年陈国城一方面沉迷现代主义的叛逆之姿态,一方面感应"乡土"之为时代召唤,《微细的一线香》的崭露头角,不自觉成为这样一个时代氛围的象征。其后的《往事》(一九七九)

---

[1] 余中先译,上海译文出版社2003年版。

便是一个更热切于"时代意识",也相应地笔端更吃力的,反映工人运动的故事。

这个文学青年对自己是不满意的,退役之后隐居淡水的选择,除了两年军队生活的刺激和个人情感状态之外,从写作上更切要的原因可能是:不满于自己文学写作中的"执迷",从意识到文字。将舞鹤一九九〇年代陆续出版的作品的简短"后记"串连起来,可以看到,他对早期创作的否定,在于其"使命感"、"意识强势"以及因之而来的"尺凿"之感;而他始终孜孜以求的,是一种书写的"自由",这种自由不只相对于外在体制的束缚和禁忌,更与思想上的"禁忌"与"背负"有关。青年时期,他是因缘接触前卫艺术而有精神上优越感的艺术青年,同时又是一个有着自觉的"知识分子"认同、对社会思潮热情而敏感的学生。由此看来,所谓的"背负",既有美学上的,也有思想上的。《往事》之后,舞鹤痛感自己的雕琢与吃力,觉得"写作不应该是这样的",决定暂时停下来,于是有了十年淡水的艰难修炼。

在安宁古朴、"清晨有雾气"的淡水,广泛的阅读和实验写作固然积累和磨炼,而"孤独"的体验却是让舞鹤打破执迷、从而也打破了创作的种种枷锁的身体契机。这种"孤独"是主动的生活选择,首先是"写作的孤独":"这种孤独包括没有人际关系,没有写作活动,只有阅读、写些实验小说,当时我已经意识到这些实验性强烈的小说无法发表——你一直努力在写,却没有人理会,也就更孤独了。"这期间,他放弃了一些生活的选择,包括工作、出国留学,让自己处于没有退路的写作状态。而后有两年,与人间的刻意疏离让他陷入一种几近崩溃的精神状态:

> 原本以为生活于宇宙、地球、人群之中,可是所有一切都与你无关,慢慢内在恐惧会一直延伸到外在、表面——对周遭的人开始产生一种莫名其妙的畏惧。然后对周围的声响、突如其来的声响,会在刹那之间冲击你的神经,因为你已经被那样孤独的生活磨得非常纤细、脆弱——甚至觉得有人要迫害你,孤独侵袭了你。[①]

[①] 谢肇祯《乱迷舞鹤:舞鹤采访记录》,《群欲乱舞——舞鹤小说中的性政治》,麦田出版社 2003 年版。

这几乎要被判为某种精神官能症。逼迫自己、磨炼自己的文学生命而如此刻意置身孤独的人，恐怕不多。也正是挺过了孤独"这一关"，舞鹤开始体验到抛却世俗"意义"之后生命本身的"意义"，当某个早上打开门，因为秋天的气味扑面而来而感到了淡淡喜悦的时候，他恍然得道了："生命只是活着，与活着的那种喜悦"。公众社会的观念与"教养"，在这样的隔绝生活中曝露了它们的虚渺；与此同时，消散的还有精神的"洁癖"以及对"优美、流畅、精准"的中文的追求。十年间舞鹤读了大量书籍，主要是哲学历史类；至于写作，是大量的没有发表目的的"实验写作"。"十年间，余事不谈，就写作上我尝试写各种文体、试验各种可能的形式，大半失丧于字纸篓垃圾袋，留下一些断简残篇。"[①] 这些没有打算发表的"断简残篇"，以"构句乱七八糟"的中文来书写"真实"，在舞鹤一九九〇年代"复出"且名声渐起之后，结集《诗小说》出版。

一九九三年的《拾骨》和一九九四年的《悲伤》是这一精神、美学转折且趋于成熟的表现。淡水的孤独体验是如此刻骨铭心，以至于那些幽闭、躁动的生命状态恒久停留于他的文字中间，而摆脱禁忌后的想象，终于在暴力、死亡、性欲、狂欢、妄想、夸张、嘲讽——之中找到了无羁的出口，负载他对自我和世相的追索。《拾骨》所写的"拾骨"是台湾民间很普遍的丧葬礼俗，包含着丰富的庶民文化信息，这样一个似乎非常"乡土"的题材，却出之以现代主义的颓废以致怪诞的笔触。《悲伤》是比《拾骨》更加难读也更具备内在张力的作品，穿透了文字的"阻碍"，会发现每一个荒诞不经的细节或场景都深藏意味，其间对现代化的反思与对失落的生命力的追寻相反相成，在一九九〇年代台湾"破解现代化迷思"的呼声中，一样"破解"，却别有怀抱。舞鹤的小说从来都采取第一人称，作为叙述者的"我"或抑郁苍白、或躁动不安、或狂浪不羁，散发着被文明判定为"疯癫"的气质。这是孤独之中生出的"邪魔"，台湾版的《恶之华》。

与此同时，舞鹤在"自闭"之中并未停止对外在世界的观察。一方面，对于岛内发生的种种政治变动、文化风潮，舞鹤都相当关注。一九八〇年代"党外运动"发展时期，每本被查禁的"党外"书他都寻来，"堆得像冰箱一样高"；他也常出现在一些党外活动，诸如抗议集会的场合

[①] 舞鹤《悲伤》后记。

中，当别人忙着喊口号或静坐示威的时候，他却忙着四处走动观察。他以最切近的方式"观察"政治斗争的基层现场，看到了人们反对专制的热情与勇气，也看到了"从美国回来的台独知识分子"如何"对着打赤脚、嚼槟榔的台湾社会最底层的人们说谎"①，正因为如此，他能以一种超乎其上的反讽透视岛上的种种运动与风潮，不为意识形态收编地独立思考。《调查：叙述》（一九九二）、《一个政治艺术家的死》（一九九五）当最能展现这一点。

《一个政治艺术家的死》，曾收入小说集《诗小说》，因涉及知名人士，遭家属抗议，在《诗小说》作品再整理为《十七岁之海》时删去，而且鲜被提及。这是舞鹤作品中最直接触及政治议题的小说，且涉及轰动一时的社会事件。小说写一个带有争议性的政治色彩的艺术家C先生死后，围绕着如何为他办丧事（以政治家还是以艺术家的身份？）的一番讨论奔波。小说是否影射或亵渎了真实的人事，其实不需判断，从小说看，诗人兼商人的叙述者"我"对C先生死因的追踪，展现了一个在政治阴影和艺术精神之间摆荡、以酗酒和纵欲来填补生命中的黑洞的悲剧性人物。其中既有对"反对运动"在一九九〇年代之自我神圣化的反讽，亦可见更深层的对台湾人的"政治感觉"的反思。

小说涉及了"反对运动"以及民进党的重要政治人物，但在号称百无禁忌的"民主"时代，似乎不应该构成讨论的禁忌。一九九〇年代在台湾文坛屡屡发生"对号入座"的风波，已近乎书写者与阅读者之间饶有兴味的游戏，张大春《撒谎的信徒》影射李登辉，或被视为政治与现实贴身肉搏的奇才佳作；平路《行道天涯》直白重书"国父国母"，孙中山宋庆龄的爱欲隐情，虽被指责，也屡获"情欲解放"的意义肯定；李昂的《北港香炉人人插》，引来现实中两个女人的战争，人人瞩目其间涉及政治人物的"三角恋情"，小说本身倒被抛到一边；虹影写《K》影射凌叔华，被家属告到法庭——这样一种虚构与真实的混战洋溢着一种嘉年华气氛，反映了一九九〇年代台湾文坛的不安与冲动，作家们似乎有意探索书写于现实社会的力道；同时，一场场风波中，文学的商品价值也于焉浮现。这样的背景下，舞鹤《一个政治艺术家的死》的沉寂以及被彻底的忘记——抹去的命运，耐人寻味。

---

① 见本人的舞鹤访谈。

一九九五年，《牡丹秋》、《微细的一线香》、《拾骨》、《悲伤》以及一个尚未完成的长篇《思索阿邦·卡露斯》，合为小说集《拾骨》出版。当评论者开始撰文为这个新起的"老"作家追寻来路时，舞鹤自己也做了个小小的总结："每一篇小说好像是一段时间的小小纪念碑。《牡丹秋》是六〇年代末大学时期的纪念碑。《微细的一线香》是府城台南的变迁之于年少生命成长的纪念碑。《逃兵二哥》是当兵二年的纪念碑。《调查：叙述》是二二八事件之于个人的纪念碑。《拾骨》是丧母十九年后立的纪念碑。《悲伤》是自闭淡水十年的纪念碑。"①

"纪念碑"，是个人生命经验的书写方式的告白。《悲伤》是其巅峰。一九九〇年走出淡水，舞鹤开始觉得自己熟悉的台湾不过是中央山脉以西的大城市，于是"出发去看尤是陌生的台湾山水"②，走入少数民族聚居的中央山脉，一九九二——九九四年间在台湾南部屏东县雾台乡的好茶——一个鲁凯族部落的断续生活经验，终于化作长篇小说《思索阿邦·卡露斯》，于一九九七年出版（元尊文化）。这是舞鹤的第一部长篇，在写作形式上发生了很大的变异，这不仅源于"长篇"的要求，也源于书写对象的特点。舞鹤把在部落中所看所思的点点滴滴写入小说，同时追索文明入侵山林的历史，试图为其族群文化在世纪末台湾的崩溃过程，留下个人性的记录和反思。

一九九七年冬，一九九八年秋冬，舞鹤两度租居台湾中部中央山脉上的清流"泰雅—赛德克"部落，在这个"不时见翻飞稻田上的白鹭，还有可以散步的梅香"③的宁静之地，舞鹤要寻访的却是一九三〇年代的一场惊心动魄的大杀戮，但他并非要回返历史书写传奇，而是要站在"余生"的立场反思。《余生》的出版为舞鹤带来更大的声誉，这一年他频频出现于台湾各种文学奖的颁奖大会上，尽管这本几十万言却不分段落"一气呵成"、没有清晰的叙述结构、又充满怪异句法的小说恐怕没有太多人有耐心读完，更无论读第二遍、第三遍——而那似乎是解读的必然之路。

"孤独的邪魔，都有爱神的质地"④。走出淡水的舞鹤，站在世纪末的

---

① 舞鹤《拾骨》后记，台北：春晖出版社1995年版。
② 舞鹤《思索阿邦·卡露斯》后记，台北：麦田出版社2002年版。
③ 舞鹤《余生》后记。
④ 舞鹤《十七岁之海》后记。

台湾的土地上，无情揭开岛屿的伤口，展现出邪魔的狂暴与破坏力，然而内里却是"爱神"的温柔涌动。作为"二战"后婴儿潮一代作家，舞鹤无能抗拒台湾特殊的"美援加'戒严'"文化下"现代主义"的魅惑力，但与土地相连的生活经验，对乡村民情风俗的熟稔，又让他很快感应到乡土思潮中的现实关怀和批判精神。但舞鹤对乡土思潮的接受，其实更接近在类于融合人道主义和传统"文人"的意义上，而非社会变革的意义上，因此，他的文学创作，最终走上的是一条以否定体制束缚为旨归的个人自由之路，与其想要关怀的"现实"，终停留于情感上的"疼惜"。或许也因此，舞鹤对文字的自觉试炼，却在公开发表的另一部长篇，貌似颠覆典范文字和美学的《乱迷》中显现了矛盾，随手的错字、打乱的语法，但仍保持着让读者定神一下就看到文意：讲述着个人一路人生困惑与反叛，是为反（意识形态）执迷的"乱迷美学"，但也由此形成另一种不乏矫揉的空洞爱恋式书写，一路"破除"下来，似乎唯有一种落实于女体的爱欲"疼惜"，能承载"自由"，能寓意对岛屿和土地的"疼惜"。"孤独并生爱神与邪魔"的书写，在走向更深广的台湾，高山海边的少数民族的《思索阿邦・卡露斯》和《余生》之后，却逐渐失去了描摹乡土生活的喧闹、丰沛和饱满。

二 异质的"本土"与另类的"另类"

舞鹤"自闭"的十年，期求生命在"停滞"与静默之中回归本体、逐渐接近不动无言的"自由"；而外在的环境——整个台湾在政治变革、经济发展以及风起云涌的社会运动之中迎来了（政治）"解严"——（文学）解禁、众声喧哗的"多元时代"，也是一个大众消费文化逐渐掌控各种资源的时代。"解严"之后的台湾文学曾被称为"百无禁忌"，但一九九〇年代的文学，尤其是"新人"的表现屡受质疑：创造力的缺失，对理论风潮的追逐，意识形态的过度紧张，等等。一方面，理论的时尚化召唤着创作者，而"时尚"注定短暂，让逐理论而动的创作变成文化博彩，或者为大众消费口味塑造成"同一性格"的产品。另一方面，"本土"取得政治上的合法与"主流"地位之后，文学批评在"多元"背后难掩"政治正确"的附身。

舞鹤这一代出生于"二战"后初期的"六年级"作家，在这"王纲解纽"的乱世中多迎来了自我写作的成熟期。唱青春之歌的朱天文、朱天心，野孩子张大春、以"杀夫"走向海外的李昂，以及定居岛屿心系乡土中国或婆罗洲落日的马华作家李永平、张贵兴——在世事浮动之中各有历练，如今下笔，已然老辣。朱天文一九九〇年代初以《世纪末的华丽》以"味道"和"色彩"，乃至布匹的质地，以一种将资本社会的物欲化为修行般的绕指柔本领，重构世纪末人类的记忆版图；写了多年的长篇《巫言》，则用"菩萨低眉"的慈悲、幽默，迎迓乱世乱象，恍然开辟了一个隐于市的女子当代版。李昂以《戴贞操带的魔鬼》系列，对自己曾经身心投入的"反对运动""无情"质疑。张贵兴用童话与魔幻交织的《顽皮家族》，以及他个人创作中具标杆意义的《群象》、《猴杯》，书写来自马来西亚热带雨林以及浩瀚南太平洋的华人传奇，那种神秘、繁缛而富丽的比喻和想象，是传统的台湾文学少见的，为世纪末台湾书写注入一种异域活力。在这些同年级作家中，舞鹤仍是特殊的。他曾以特别的生活形态、我行我素的美学探索疏离了文坛和同时代的写作者，却始终对台湾社会变动和乡土民俗保持着密切的关注——以一种不沾染时代文学"习气"的方式，来书写人们再熟悉不过的"本土"，既无心打破禁忌（他早已没有禁忌），也无心纠缠认同（而这是时代浪潮之中的写作者很难绕过去的一个"结"），难怪一九九〇年代重现江湖时，举手投足，都是让读者和批评家们惊艳的"异质"。

有人将舞鹤的文字暴力追溯到七等生那里，并将他和七等生、王文兴放在一起，称为以"破中文"写好小说的三个代表，或者认为他搭乘的是台湾现代主义的末班车，而以"本土现代主义"为他定位——这些都道出了舞鹤从台湾文学传统中得到的血缘续传，却少有人提及他的创作、他的成名过程以及现实处境与当下台湾文学生态的关系。舞鹤从一个崛起于南台湾的，"异质"的、"边缘"的"本土作家"，逐渐走向台湾文坛的中心——台北，继而走向世界[①]，甚至被赞叹为"最有获诺贝尔文学奖之姿的台湾作家"，这个过程是很有意味的。这里不妨从当代台湾两个流行的词汇入手，一为"本土"，一为"另类"，来探访舞鹤创作与世纪末

[①] 来自美国的学者白睿文（Michael Berry）意欲将《余生》翻译成英文出版，舞鹤也在二〇〇四年四月赴哥伦比亚大学参加了"翻译与现代性"的会议。而《余生》法文版已于二〇一一年由法国 ACTES SUD 出版社出版。

台湾文化思潮的关系。

一九九二年舞鹤想要重新发表作品时，正逢高雄的一份文学杂志《文学台湾》创刊，于是将《逃兵二哥》投给该刊物。这是一份本土意识浓厚的杂志，编辑之前曾办过《文学界》杂志，但不久就停刊了。"本土文学"倡导者长期面对的一个尴尬是："本土文学"往往被限定在台湾乡土民间的题材，以及爱台湾、认同台湾（乃至认同独立）的思想意识之中，以致"政治正确"成了文学的标杆。意识强势，创作赢弱，使得"本土文学"往往和思想感情简单直露、创作方法单一陈旧的形象联系在一起。《文学台湾》创刊时，杂志社修改编辑方针，意图容纳本土题材而手法又新的作品，因此，舞鹤的出现可谓适逢其时，他先后在上面发表了《调查：叙述》、《拾骨》、《悲伤》、《思索阿邦·卡露斯》（未完成的中篇）、《一个政治艺术家的死》以及《漂女》，期间编辑部为舞鹤和另一位小说家杨照组织了一次座谈，而后又为舞鹤策划出版小说集《拾骨》，并以"孤绝的作家、孤高的文学"和"一位异质的小说家"的评论隆重推出这个"天生"的"本土作家"，俨然带着"本土作家也可以写得这么新"的意味。

这个时期的舞鹤，对这一包装毋宁是有所应和的。与《文学台湾》编辑座谈时，舞鹤称自己"始终没有大中国"的情结；也说在淡水期间的思考让他"转向本土"，虽没有谈及认同问题，但在知道言说对象倾向的情况下，这些话不可避免地具有某种"认同"意味。当然舞鹤的本土不是政治的，作为一个长期观察政治的作家，他看过"政治的狰狞和文学的屈身受辱"，他承认自己的"本土"——以不涉及政治的方式。

《文学台湾》以"本土"为舞鹤定位时，所谓"异质"，便成了就文学技巧而言，然而舞鹤所以为"异质"的"本土"，当然不仅在于文学技巧，更在于他始终未曾将"本土"捆绑于意识形态。《逃兵二哥》反抗的体制并非国民党独有；而《调查：叙述》的追述伤痕，也嘲讽了以伤痕为政治资本；《一个政治艺术家的死》最直接涉及反对运动阵营的人物事件，却包含了相当严肃的思考和批判。

"解严"后，号称多元却又有着种种"政治正确"压力的台湾社会，作家们为自己的位置、发声的"正确"而犹疑、而焦虑。在这个层面上，舞鹤与"本土"的关系却是疏远的，因为他完全无视"正确"。

一九九九年，《余生》被收入麦田"当代小说家"丛书出版，舞鹤走入了台北文坛，主编王德威强调舞鹤的颓废——报废美学其实"难入民主进步者的法眼"，有意赞扬舞鹤"不简化的立场"。这里透露了姑且以"南北"为界，在台湾文学评论和研究中两种不同意识下的文学规范与阵地经营。乡土文学论战时期"乡土"与"现代"的对立，如今风水流变，由"乡土"在政治性上的分裂而出的"本土"。台北与南部文坛也有了微妙的对照，各有报纸、刊物和文学团体。杨照、王德威以"本土现代主义"为舞鹤定位。在"本土"与"现代"的夹缝中，舞鹤成为双方用各自的理论阐释、归类的对象。

一九九〇年代后期，舞鹤的创作愈来愈溢出本土意识。《思索阿邦·卡露斯》出版时，论者尚可按照本土文化论述中将少数民族视为台湾本土的端点的方式，将这部小说纳入舞鹤"从现代主义到本土"的框架之中，但《鬼儿与阿妖》一出，这框架便捉襟见肘，"鬼儿"和"阿妖"，以让人目瞪口呆的狂浪将舞鹤拉入了一九九〇年代台湾的"另类"风潮之中。

"本土"与"另类"，实是一九九〇年代以来台湾文化文学领域里两个"关键词"，两个既龃龉又应和的能指。保守者排斥以"另类"自居的女性主义文学、情色文学、同志文学、酷儿文学等，认为是与民生疾苦和迫切的现实问题无关的无病呻吟或奢侈游戏；但"另类"在台湾也有自己的"正确性"，譬如表现了女性或同性恋者的发声权利。"本土"在初兴之时，也强调"弱势"、"被压迫者"的姿态和身份，是伴随政治力量的强大得到"正确性"。而"另类"文化与文学通常有某西方理论支撑，而且因应着理论的生产中心（欧美）以及资本主义时代的文化逻辑，亦步亦趋，是为"国际性"。由此，"另类"成了多元时代的"时尚"景观。如果说"本土"代表了一九九〇年代以来台湾的"意识强势"，"另类"则是时尚理论的宠儿，两者都已经历了从"边缘"到"中心"的历程，一个倾向政治化，一个倾向商业化。舞鹤能够跨越"本土"与"另类"的界限，一方面，他保持他的"文学本土"、疏离"本土"的意识形态色彩；另一方面，他的"另类"位置也是特殊的，对台湾另类之为"风尚"，他有着自己的应对。

对舞鹤来说，走向台北文坛，是走向更具学院背景的文学圈子。《拾骨》出版时已经历了一次"本土"的包装，北方文坛的包装更为现代化。他的隐居经历，他的私人生活，他的"边缘"立场与气质，都可资宣传，使他成了一个具有"明星"色彩的"另类"作家。如此，从一个寂寞的、边缘的而又是"异质"的"本土"作家，到一个位于文坛中心的，被"明星化"的"另类"作家，舞鹤当明白，"边缘"的地位一旦失去，"边缘"的力量也终将消散，他当如何接受创造力、邪魔性被"软化"的处境呢？表面看起来，舞鹤如当初被包装为"本土"时一样以"默认"低调应和。新世纪以来，他开始较多出入文学圈，接受访谈、演讲以及到大学里客座的邀请，而之前他一直是以"疏离文坛的热闹圈子"的形象为人所知。对自己被商品化，舞鹤没有排斥，对"明星化"，他也无意不配合。是不是舞鹤就此成了一个"正常人"，被时势造就也可能被时势毁掉呢？这里不如来看作品，《鬼儿与阿妖》写于这个浮华来临的时期，他取材当下最时髦也号称最另类的"同志"与"酷儿"，但一步步写来，"同志"的身影淡去，"酷儿"以不可一世又俗不可耐的姿态出现，汲汲于"运动"、"发言"、"谈判"，发动男同志、女同志的大联盟，甚至要将"鬼儿"收编，俨然另类运动的新领袖。与对"酷儿"的嘲讽相对应的，是对舞鹤自己命名的"鬼儿"的疼惜。"鬼儿"是不思不想，不言不语，更不会"运动"，完全活在肉体中的年轻男孩们，他们说不上是男同性恋，也不是男妓，他们只是为一群不固定的女子（阿妖和妖儿们，以及一个神秘的宛若"肉体导师"的中年女子"曼姊姊"。阿妖与妖儿区别在于：阿妖类似女同性恋和女权主义者的结合，是热衷运动的强势女人；妖儿则类似鬼儿，只是性别为女。共同点在于：她们都疼惜鬼儿）照顾，生活在都市中某个秘密的"鬼儿窝"中，这个"鬼儿窝"最精彩的演出，一是男女杂交狂欢的性派对，一是每逢月圆之夜曼姊姊的"肉体课堂"，前者以花样迭出的纵欲狂欢隐喻人们对性的极乐世界的向往，后者则以曼姊姊与众多鬼儿的交欢来宣扬"肉体自主"，俨然是一场场活色生香的"肉体教学"。如此，"鬼儿窝"还是这个城市中黯然而困惑的女人们寻求性的安慰、教导乃至开发的课堂，这教学最生动的成果，是曼姊姊和众鬼儿对一个为"教养"妨害了性之自由的优雅贵妇"紫阿"的"肉体开发"。"肉体有其独立完整的生命"，而勘破了这种独立完整，摆脱情的牵绊，个人才能打破执迷，得到从肉体到精神的真正的自由——这是舞鹤试图建构的肉欲乌托邦的要义之一，也是舞鹤嘲讽同志、酷儿以及"学院人士"的一个根本依据：他们并不真正懂得身体，谈何解放身体，以运动争取"自由"？

如此来看，舞鹤对"另类"有着自己的认识：从"同志"一跃而至"酷儿"的运动人士，已经背离了"酷儿"本来的精神：个人性的、孤独的、不可归类的，也不可能大肆言说的"另类"精神。如论者所说，在女性主义、同性恋成了一种新流行之后，"原来的另类因素也随之转化成迎合风气的作秀材料"[1]，在此，舞鹤的"鬼儿"便体现了对台湾"主流与反主流的互动现状"的质疑。将这种认识放到舞鹤身上，对于自己在商品化时代成为一种"流行"的命运，他所采取的，毋宁是鬼儿"放弃而又不放弃"的姿态，鬼儿不刻意追求什么，也不努力回避什么，鬼儿不动无言，接受外界加诸于他的想象，但并不为之束缚——他是"自由"的。换句话说，舞鹤之所以坦然面对外在世界的"接近"和烦扰，因为他内在生命追寻的只有两样，一为肉体的自由，一为书写的自由，两者相辅相成。也正是如此，让他在"放弃不放弃"之间，成就了"另类的另类"的自我。

从"异质的本土"到"另类的另类"，舞鹤与台湾文坛、文化思潮的关系始终是一种似近实远、既亲又疏的状态。当本土论者的意识形态与他的非政治认同的立场冲突时，他转身而出；当位处文坛中心时，他一方面接受公众的活动，一方面又茕茕独行于台湾岛上的角落，重归"边缘"。在台湾当代文学的脉络中，他上承七等生、王文兴等现代主义与乡土情境融合的一脉，下又连接了骆以军等关于"恶汉"与"私小说"的新生代写作。与他同时代的作家相比，他似乎是轻松的，因为他早已破除了各种压迫性观念的执迷，从不纠缠于"政治是否正确"的问题；与年轻世代的作家相比，他又毋宁沉重，他会对笔下人事，甚至写作本身，露出顽童戏耍的模样，后现代的"后设"手法也会被他戏谑式的模仿，但他从不写"游戏"之作，不接受解构一切为目的。因为邪魔也好，顽童也罢，他有"所有写作者都是知识分子"的认识——不是对他人的判断，却是对自我的期许。他的创作从整体而言，不脱对社会与历史的关怀。极为个体化的人生经验中，有个人与历史在幽微角落里的对话，刻着现代台湾的精神印迹。他孜孜不倦地寻找一种最恰切的、精准的，充满勃勃生命力的，浸润了他的时代能量的文学形式。某种意义上，他又是以一种来自前现代的思考与美学，现代主义的文本实验与批判精神，游走于后现代的社

---

[1] 参见陈思和，《读两本台湾小说》，《谈虎谈兔》，广西师范大学出版社2001年版。

会经验与氛围之中。由此所记录（或狂草）的当代台湾及其所背负的或远或近的记忆，往往给人面目怪异却又似曾相识的惊悚。它戏弄了我们的阅读惯性，又挑战着我们的思维惰性，然而当我们埋首于文字的刺丛、孜孜以求其真义的时候，却又发现，戏弄也好，挑战也罢，原来并非刻意。众声喧哗、全球互联的时代中，舞鹤不过是一个"择荒谬而固执"的书写者，以"田野"的双脚感知岛屿上的未知土地，以手工书写人心对自由的向往，以无羁的声音，追问历史、社会、人性、欲望及其之于个体生存的意义。如此，秉持"邪魔"的巨大能量，对身处其间又游离其外的台湾社会发出孤独的或许并不悦耳的声音——这是舞鹤生命存在的形式，也是他的文学的隐喻。

细读六家:族群、左翼、文化更新与殖民现代性的意涵

异乡说书：旅台马华小说

旅台马来西亚华文文学，或许是华人/华文辗转飘零的一个奇异之果。二十世纪六十年代，在独立后的马来亚（马来西亚）[①]，华人社会兴办独立大学未果，通往"唐山"之路也因意识形态禁忌变得渺渺难及，留学台湾，成了华人后裔亲炙中华文化正统的当然媒介。近半个世纪来，几代马华作家，如早期的王润华、潘雨桐，中间的温瑞安、李永平、商晚筠、张贵兴，以及1990年代登上文坛的"新生代"黄锦树、陈大为、钟怡雯等，从台湾文坛崛起；创作之外，有的还任教大学、从事评论与研究。他们的语言和想象每每令人赞叹，他们作品中的热带雨林、火红落日、吃人的老虎与蜥蜴、漫天的野火和骁勇的土著，每每令人目眩——他们也每每遭遇"身份"的质疑：他们是马华还是台湾作家？他们的创作，是马华的"留学生文学"？是台湾文学的"异国情调"？

背负着斑斓而沉重的南洋记忆，见证着台湾的政治社会变迁，旅台马华作家的血脉、滋养和流动，蕴育出一种独特的审美形态。早期的旅台马华作家，怀抱承传自父辈、来自移民社会的"唐山"记忆，遭遇台湾党国体制下的"神州"建构，难免一场悲欣交集的动荡；而1980年代以来，旅台马华作家身处台湾政治文化的巨大翻转，也牵系着大马国内华人处境的种种变动不安，更加促成作品内在的流离暧昧。他们"在"而"不在"台湾，"不在"而"在"大马，异乡说书，乡关难辨——然而不同意义上的"故乡"，也给了他们丰富的资源——旅台马华文学，岂只是

[①] "二战"后，马来半岛上原英属殖民地区于1957年独立，即"马来亚联合邦"；1963年马来亚（西马）、新加坡与婆罗洲的沙巴与沙捞越（东马）联合成立"马来西亚"，也即"大马"；1965年星马分离，新加坡独立。

相对于台湾的"异国情调"而已?

一　马来西亚华人生存与书写的双重寓言：《开往中国的慢船》

自马来西亚留学台湾,嗣后任教于台湾暨南大学的黄锦树(1967—),1990年代以来,以富有实力和野心的创作、评论,不断在台湾和马华文坛"兴风作浪",触怒前辈,引发争议。细读这不守规矩的"坏孩子"的作品,自有执拗的关怀。落脚台湾,情非得已,他的文学想象与书写动力,常系在马来西亚那胶林深处的家园,往返于大马华人沉重的历史与无解的现实。

《开往中国的慢船》发表于2000年。世纪之交,回眸马来西亚独立后华人在多族群社会中种种遭逢,从一个岛(马来半岛)到另一个岛(台湾),曾激烈批评因循守旧的马华文学"现实主义"传统的小说家,将敷衍出怎样一则不同的故事?

小说以二十世纪六十年代末马来西亚的一个华人小镇为背景,榴莲树下的老人讲着《三国》《水浒传》,讲着郑和下西洋,在一群生于南洋长于南洋的孩子耳中,无非是遥不可及的传奇,然而一个"开往中国的慢船"的故事,却让一个无父、孤单、倔强的孩子——铁牛,"当了真":

> 郑和其实在某个地方还留下了一艘宝船,在北方的某个隐秘的港湾,每年端午节前夕会开始出发,以非常慢的速度,开往唐山。三年或五年才会到达,抵达北京。之后再回来,在原来的港口等上船的人。[1]

孩子终有一天离家出走。骑着心爱的水牛,逃过可怕的虎口,忘却寡母的暴躁与悲苦,孩子憧憬着宝船,憧憬着"唐山",也憧憬着寡母口中"到唐山卖咸蛋去了"的父亲。一路北上,行行重行行,风霜复饥寒,然而宝船不见,家园已远,善意的人们逐渐隐没,血腥的气味弥漫空中,种族冲突的动乱一触即发,天真的孩子怎知美梦将至终点?

---

[1] 黄锦树:《开往中国的慢船》,《刻背》,台北:麦田出版社2001年版,第247页。

这俨然是一则近代南洋华人的生存寓言。华族飘零南洋已久，在土生的后代心中，故国已成传说，且涣漫不清，但不被信任的说书老人至少还有一个听众：失怙的铁牛的苦苦追寻，是去国的华人的长相思念。英国殖民时期大量来到南洋做苦力的华人，自有一部心酸血泪也不乏暴力激情的历史。在近代动乱的中国历史上，南洋华侨曾以巨大的财力与人力的投入，参与了近代中国民族民主革命的历程，"革命之母"的声誉由此而来。"二战"后马来人以现代民族国家意识为武器，寻求脱离殖民之路，这个过程中，华人的政治力量曾积极配合马来人共同开展宪政运动。1949年，新中国建立，南洋各国独立，世界冷战格局形成，却堵塞了南洋华人通往故国之路，土生的第二代移民从"华侨"变为"华人"，宣称"效忠"马来（西）亚的政治认同转变，乃成为难以更转的历史命运。失去了故国（哪怕是想象中的）的倚靠，在独立后的多元种族国家中，华人的处境变得益发暧昧艰难。一方面，情感上，华人却无法避免自身成为马来人屈辱的殖民记忆的一个附生品，或某种意义上的替罪者；另一方面，体制上，马来人优先的原则以及非马来人的公民权、经济政策等问题，导致华人社会的严重不安与危机感。

这就是小说中铁牛和他的母亲、华人乡亲所生活的时代。铁牛的父亲死于开芭砍树，之后寡母"性情大变"，铁牛懵懂地承受着母亲"望子成龙"的严厉苛待，对三岁前记忆里的父爱产生强烈的向往，正隐喻着战后华人彻底失去"父祖之国"的过程与处境。

于是，"开往中国的慢船"成了铁牛在现实逼迫下唯一的安慰。铁牛一路急行，唯恐像老人说的那样，一旦晚了，"你们就长大了，就再也上不了船"。

但他必然是赶不上了。

我们早就知道追寻的必然幻灭，它是如何幻灭的？起初，铁牛的旅行饱经风霜却不乏温情，来自不同种族的人们的帮助以及马来干傍（乡村）、华人村镇各个不同的民俗风情，似乎展示了一个和谐的多种族生存图像。然而越往北方，阴影愈益扩张逼近，终于，孩子撞上了马来西亚华人与马来人关系转折的重大事件：1969年的"五一三"暴动。

> 这是大马建国后华人与马来人之间最大的一次流血种族冲突，它直接导源独立于1969年全国大选中马来人与华人政治上的斗争，实

际上是两族人在政治权力、经济利益的分配上长期矛盾的爆发。如论者所说,"种族冲突的形成、发展与继续并不纯粹是原生意识与文化差异之间的简单反映,它还是所有多元文化社会里,因社会变迁而俱来的主要产物"。①

"五一三"暴动对华族社会的影响是巨大的,学者论证其"正式将马来人的特权地位与族群间的不平等关系予以结构化",② 事件本身也成了华人生活中一个长久的阴霾和禁忌,无论是在文学作品还是一些相关的历史书写中,都缺少清晰深入的叙述,或许也因为这仍是大马华人难以厘清的现实问题。小说里,黄锦树通过孩子铁牛的眼睛看过去,打骂、流血、死亡是清楚的,却又是莫名其妙的,当谁的镜头将骑在牛背上的孩子、背景中如血的夕阳、殷红的鲜血与成堆的尸体,一起定格为历史的瞬间,蒙昧的孩子遭遇暴烈的历史,如同独立后日益突出的种族不平等问题中,草芥小民是何等无辜无奈。小说中,铁牛被马来老夫妇收养,割了包皮归依了清真,有了一个马来名字:鸭都拉。但长大的"鸭都拉"并没有成为一个马来人,他离开村庄,在岛屿之间流浪,并且在一次昏迷中失去了"出走"的记忆——"鸭都拉"的岁月成为空白,"铁牛"魂兮归来,仍将作为一个华人承当他漂流的、无所依赖的命运。

失父/失国之痛已是永久的内伤,而事实上的"二等公民"是华人在现实生存中不得不背负的沉重的十字架。这两者,或许正是黄锦树文学书写的叙事起点和恒久关怀。由此,《开往中国的慢船》隐然展现寓言的另一重空间:铁牛的追寻之旅,也是马华文学的追寻之旅,是黄锦树自况的书写的宿命和忧患。

让我们再回到故事的开头,回到那个启动了故事的、榴莲树下的说书人。

不知年岁的老旧、枯瘦、褪色且从不曾换洗的唐装,被年轻人形容为"墓内爬出来的",然而他能背些旧诗词、懂点天文、识点地理,能帮人取名字、看风水、写春联、开药方。更重要的是他知道许多"古中国"

---

① 参见陈剑虹:《战后大马华人的政治发展》,《马来西亚华人史》,马来西亚留台校友会联合总会出版社 1984 年版,第 131 页。
② 参见李一平:《试论马来西亚华人与马来人的民族关系》,《世界历史》2003 年第 5 期。

的事情，一帮孩子作为忠实的听众，从盘古开天辟地到三宝公的遗事逸事，老人成了流落异乡的说书人，"在百尺高榴连树枝爪绕弯妖兽般的阴影里，咖啡店旁"，如影子般讲述着连孩子们都不肯当真的前尘往事。除了年长的人唤他一声"唐山先生"，人们多为他"不无胡说八道之嫌"的故事（譬如说榴梿的臭是因为三宝公当年总蹲在榴梿树上拉屎），称之为"读册啸"（闽南语，书疯子）。

老人的形象，一方面，象征着在生存考虑、政治认同的飘摇不定、无能自主之外，华族的风俗与文化是有着深厚根基的存在，吃什么饭、说什么话、过什么节，以及——听什么故事，信什么神，是族群身份确无可疑的标志。"那年头许多市镇都有这么样的一个老人"，在并不很远之前的大陆、台湾的乡土上，也都有许多这样的老人，只不过，在"异乡"，他们更显得落魄、不合时宜、有点荒唐又有点神秘，因为他们所说的，不但时空不明——"中国"如此遥远，而船慢如斯——且失去了能够"求证"的人群。尽管如此，这个传说（谎言？）却是启动铁牛的追寻之旅的动力。

另一方面，不合时宜的老人的落拓人生，不也是从大马来到台湾求学、成家、定居、讲故事的马华作家的隐喻？"旅台马华文学"在近代华人社会的大变局中，自然而然地诞生，早期的王润华、潘雨桐、温瑞安、商晚筠、李永平……提起笔来，个个都一手好"中文"，而且对"中文"的迷恋，似乎比台湾岛上的人更强烈、更求纯粹。马华传统的"中国"，与台湾构建的"神州大陆"，其实颇多错位与隔膜。1990年代以来，他们又亲历了台湾政治文化从"中国想象"到"本土建构"的巨大反覆。从一个岛到另一个岛，从文化中国的边陲到台湾本土的边陲，他们不得不思虑发声空间的逼仄；而大马国内几度政经变局，出于理想的、现实的考虑或无奈的抉择，他们留下甚或落籍台湾，重复着南洋小镇上老人的命运："搁浅似的回不去了。"而他们的文学想象，何曾稍离那些岛屿上酷烈而忧伤的日头、那些南洋小镇上历尽艰难却依然充满生之韧性的父亲母亲？

在马来西亚，华人一度（或依然）被视为不"忠诚"（或存在不忠诚可能）的国民，所谓效忠与否，兹事体大，衍生种族、政治、文化议题的种种禁忌，使得他们必须谨言慎行，许多切肤之痛，不能说；在台湾，没了禁忌，但是说给谁听呢？他们是马来西亚"侨生"，是台湾的"夷民"，如同"唐山先生"的时空错乱，颠倒人生，每一开口，都是荒唐言语;那些内在的幽微的喟叹,似乎终将在"此间读者"好奇又冷漠的目光中化烟而去。

>作为异乡客,我们的写作,在此间的文学消费市场上,宿命的,若非被当成异国情调来消费,便是把技术看作它们意义的唯一依据。这多少可以解释我的两位同乡前辈(按:指李永平和张贵兴)的写作何以选择如此彻底的美学化,因为选择和自身存有的历史对话就等同于自绝于此间的读者。即使是长篇累牍的注和解说也是无效的,解决不了它们内在必要的沉默。①

对于包括自己的旅台马华作家的书写与生存困境,黄锦树有着敏感而自觉的体认,有着无法释怀的焦虑。甚至对于他们书写的工具——汉语文字,他也有一番不同于台湾、大陆以及所有华文书写者的追本溯源。

小说中,铁牛的追寻之旅,早在他成为"鸭都拉"之前已经破灭:混战中失去知觉的铁牛被卡车拉到了一个马来村庄的港口,阴错阳差,就在这里,他从死人堆中醒来,看到了那艘传说中的宝船!然而那是什么样的船呢,它的确巨大无比,即使大半已搁浅在淤泥里;它是曾经辉煌而今朽烂的船骸,破裂的船帆上依稀可见残剩的汉字,群栖其上的黑鸦哀哀不已。追寻的荒谬,不在于"开往中国的慢船"子虚乌有,而在于它残败凋零的"存在",但它毕竟为追寻者留下了最后的物质救赎和线索:汉字。那些飘扬在破布上的隐约可见的部首和笔画,日后将化作李永平建筑《吉陵春秋》和古晋家园的砖砖瓦瓦,他的纸上中国如此精雕细琢,盖源于对汉语言的纯粹信仰与美学耽溺;它们将化作张贵兴涂抹南国记忆的斑斓颜料,一个一个奇崛汉字的突兀组接,却画出丰饶绵密、婆罗洲独有的意象与情绪;它们也将化作黄锦树的忧深虑重,在他的多篇小说如《鱼骸》、《阿拉的旨意》及《刻背》中,他一再模拟、搬演近代华人移民/遗民对汉字的刻骨眷恋,从中追念也反思这一千古痴迷。

如此,作为寓言的小说,展现出多重、繁复的寓意。黄锦树将自我双重投影于小说中:他既是迟来的"说书人",也是寻寻觅觅的孩子铁牛,

---

① 参见黄锦树:《后记:错位、错别、错体》,《刻背》,台北:麦田出版社 2011 年版,第363 页。

而旅台马华作家坎坷的书写命运也于此间显影。"唐山先生"成了旅台马华作家并不古老的原型,前者用言语,后者用文字,共同繁衍接续了一个漂泊者"在异乡说书"的文化流脉。

如果说"开往中国的慢船"是说书人自我建构以抚慰内在伤痛的神话/谎话,作为"没有帝国的移民",南洋华人期求保护的梦想,长久地寄托在曾经"威震海外"的三宝公郑和身上,以至于纪念郑和成为南洋华人重要的民俗之一;那么,作为没有(或无从辨认)故乡的、辗转岛屿之间、永远的"夷民",旅台马华作家们又将如何建构自我的传统呢?

黄锦树在世纪之交写下的这一寓言,是为自己和前辈们所做的一个抒情的总结?还是掷向未来的、意犹未尽的一瞥?

二　早期马共史话:《黑鸦与太阳》

作为异乡的说书人,旅台马华作家在言说空间上获得了一种自由,尽管这自由有其吊诡性(有了"说什么"的自由,但没有了知己的听众,无形限制了"怎么说"的自由),毕竟,必要的远离使禁忌书写成为可能。"马共"(马来亚共产党)一度是马华文学禁忌的禁忌,而在旅台马华文学中却自形成一脉书写,是尤有意味的。

1930年代在第三国际指导下成立的马来亚共产党,与中共的历史关系深刻,其前身是"中国共产党南洋临时委员会"。马共以华人为多数且占主导,历经英国殖民时期、日本侵占时期、马来亚及马来西亚独立时期,始终是统治力量的反对者,一直到1989年,最后一批马来亚共产党走出中泰边境的雨林,向马来西亚政府投降,马共的历史才告终结。

长期以来,有关马共的历史资料匮乏,更是文学中的缺席者。马共何以成为大马华人隐秘不能言的心结?固然是共产主义不能见容于英国以及马来西亚政权的意识形态,更是华人曲折的移民历史与多元种族社会中复杂的文化政治使然。马共与中共关系密切,一度振奋于新中国的建立并憧憬社会主义在南洋的未来,当以马来人为主导的马来西亚建国,华人成立社团向新的现代民族国家效忠以求生存时,马共成了一个尴尬的存在,一个难以背负的十字架。

1980年代大马华人对自身的历史叙述中,仍可看到如此的表白:

> 有人借马共的政治信仰与活动来谴责全体华人，这是不公平的……马共的党员与同情者，毕竟只占全体华人的绝少数，不能以一竹竿打翻一船人。①

如此急急辩解的姿态，或可见马来西亚华人的压力。因而，有关马共的较早的文学书写出现在旅台马华作家笔下，是不奇怪的。1967 年负笈台湾、就读台大外文系的李永平（1947—），在 1973 年写下《黑鸦与太阳》，这是他最初的婆罗洲记忆的重要篇章，不妨来看：年轻的作者如何描述当时的"历史"？

小说开始于八月的一个旱天，婆罗洲的一个客家庄上，妈妈用吉普车载着自家养殖生产的四篓来亨鸡、两筐鸡蛋、两担红萝卜，准备带着儿子"我"——三岁就失去父亲的"龙哥儿"，进城送货。

行前，家里的阿庚伯——爷爷当年来婆罗洲开荒时的伙计，指着门前老槐树上停着的七八只黑鸦子，对妈妈发表了一番警示：

> 大姑，我瞧这事有点蹊跷喔。我在你们刘家四十年，这种事情前后也只见过三回。头一回四十年前我随你家老太爷南来开荒，过十年，发生瘟疫，死了许多乡亲，没能买棺入殓，就用草席裹着一把火烧化。疫发前两日，这槐树上便停着一窝老鸦，也是七八只吧，不啾不啼。隔了二十年，日本鬼子兵来烧庄，抓重庆分子去活坑，前一日也看见一群老鸦静静停在这槐树上。第三回十二三年前吧，伊斯兰教徒作乱，一股好几百人缠着白布手握新月刀闯进庄来，见支那人就杀，就连奶着孩子的夫人也没饶过。那前一日也有好几只老鸦停在这树上……②

老人忧心忡忡的讲述，再现了南洋华人的生存小史，华人下南洋，艰难劳作之外，天灾（瘟疫、干旱）难免，人祸（日本人的报复、种族间的冲突）不断，这一切有华人民俗传说中的不祥之物——老鸦来做见证。

---

① 参见崔贵强：《华人的政治意识与政治组织》，《马来西亚华人史》，马来西亚留台校友会联合总会出版社 1984 年版，第 64 页。
② 参见李永平：《黑鸦与太阳》，《迌迌》，台北：麦田出版社 2003 年版，第 88 页。

乌鸦食腐为生，嗅血腥而动，南洋偏是这样一个"盛产"乌鸦的地方。漆黑的乌鸦与火红的日头，以及随之散发的血腥气味，是小说中一再被渲染的意象，隐喻着南洋华人的生存。

那么，这次静默不语的乌鸦，又在等待什么呢？"我"无所事事地游荡在后山中打老鸦，已经预示了故事的现实背景：学堂被军队封了，告示上说学堂的老师是游击队（这里应指沙捞越共产党）。当"我"在河边玩耍、妈妈在河边洗衣时，一队穿迷彩军服的马来士兵过桥到黑鸦山去了——那是游击队的老巢，他们是去剿共的。

从阿庚伯的叙述中还可以推断小说的现实时间，当在 1960 年代。1948 年马共发动武装暴动，英国殖民政府颁布"紧急法令"，动用全部军事和民事力量与马共作战，将其困于森林中。此后的马来西亚政府也不断进行"清剿"，马共在险恶的环境中生存，他们与政府军作战，向临近乡镇的华人征或购粮，也会对政府的"线民"——告密的华人进行报复。

生活在黑鸦山脚下，我们这个没有父亲的家庭所处的环境，就是这么危机四伏。然而，也正是艰难多舛的命运，磨炼了母亲的特别的气质和胆量。面对阿庚伯的忧心，她只简单告知还是要进城送货，并且"这些日子城里兵多，店里买卖比平日好"。但母亲的镇静背后并非不无忧虑，出发前她握着一条私藏下来的猎枪，打死、惊飞了槐树上的黑鸦。

母亲进城后的路线以及车上货物的去向是这样的：先到政府军营，卖给印度人两篓来亨鸡、一担萝卜；再到玛丽修女的小修道院，卸下两篓鸡蛋；剩下的货送到父亲生前的拜把兄弟——金四叔的铺子里，并在这里吃午餐话家常。

这就是母亲，她具有李永平所称许的典型的客家人坚忍不拔的精神，她与不同种族、不同职业的人买卖，且自有应付他们的不同方式：用香烟贿赂军营的士兵，以沉默的坚持与印度人还价，送给修女自家种的极美的红玫瑰……接下来，在金四叔建议母亲种荷兰薯卖给游击队时，母亲虽不语，"我"已经忆起了游击队几次来家购粮的情景。在以生存为第一要义的普通华人生活中，即使是政府和游击队这样对立的、隐藏着极大危险的群体，也仍然是做生意的对象。他们眼明心亮，谨言慎行，勤劳与生意头脑逐渐让他们成为南洋拥有财富的人，面对政治的纷扰，他们最多的是保持沉默。

饭桌上，金四叔通报了一系列血腥的消息：游击队支队政委巴英铨——就是教"我"做乌鸦标本的巴老师——今早给枪毙示众了；前天半夜，左庄沙家二十五口，除了藏身灶坑的老九"铁林"——"我"的同学、玩伴——被游击队全数射杀了，因为被指控为"军队的线民"，下令扫射的人是巴老师，还有何家琴——那教"我"唱歌的女老师。这一场饭对"我"来说吃得何其惊心动魄，这些被杀的人都是"我"生活中曾有着密切关系的人，究竟发生了什么样的仇恨，什么样的冤屈，谁对谁错——

妈妈只说："游击队说他是线民就是线民，不关咱家的事，小孩家莫问。"

回应着故事开头妈妈对"老师们是游击队吗"的答复：

"他们说老师是游击队就是游击队吧，不关咱家的事，小孩家莫问。"

然而，"不关咱家的事"也要寻到咱家来。晚饭后、夜雨声中，一家人守在父亲的神主牌前，妈妈给回返唐山的婆婆织毛线衣，姊姊偎着妈妈，阿庚伯给"我""讲古"，一边断断续续聊着唐山家乡的天寒地冻、水灾米荒。这时，那一队早上过桥剿共的马来兵，来避雨了。

领队的军官挂了彩，十来个兵只剩了六个，"那个吹芦笛的小番兵没有回来"。显然，他们在黑鸦山游击队老巢里"又"中了埋伏。他们旁若无人地生火、歇息、吃东西，而妈妈和一家人小心地保持着沉默，逐渐静寂下来的空气中却滋生着可怕的情绪，凝聚在妈妈这个"支那女人"的身上，一触即发。终于，几个马来兵扯散了妈妈的头发，阿庚伯不知何时操起了妈妈早上打乌鸦的猎枪，"我"扑过去抱住马来兵的腰——一场显然力量悬殊的争斗，"我"在昏迷之前，"只瞅见一个兵扯开妈妈的衣裳，一只黑爪子捞住妈妈精白的奶子。姊姊的哭泣声好久好久只管在我耳边旋转"。

这个犯罪现场，本是南洋华人生存史一再搬演的一个象征场景。在多种族的社会中，华人经济上的优势与政治上的无所依靠，是一对相互作用促发其危险境遇的因素，抢劫其财产，强奸其女人，则是异族嫉妒与敌视行为爆发的典型方式。独立后普通华人彻底失去"作为祖国的中国"的现实，与马共的持续与政府对抗，使得这一受难原型不但保持而且更多了一层沉痛的政治"原罪"意味。如同论者所说：

> 他们（马共）的革命乃成为马来西亚华人的原罪：会造反的、

不忠诚的、不认同的、中共的间谍等污名的想象,乃成为统治阶级对具华人血统者、受华文教育者、捍卫华人中国性者结构性排斥的情感及意识形态根源。①

在此,与其说母亲的美丽勾起了几个败军之兵的兽欲,不如说没有丈夫的"支那女人"唤起了马来人的报复欲望。其背后隐藏的是马来政权对"华人",这样一个"不忠诚"的族群的惩罚欲:女人,母亲,华人的母亲,也是那些"犯罪"的马共的女人和母亲,成了南洋华人的生存代价与代罪羔羊。

小说最后,母亲向早上苏醒的"我"开了一枪——"我"的死结束了小说,也结束了无法面对的一切——疯癫的母亲?毁坏的家园?被侮辱后如何继续生存?叙述者的死让一切戛然而止,似乎是现实中的作者痛苦地闭上了眼睛。少年赴台的李永平,和他一样远离南洋的华人留学生,未必不是这样一群闭上眼睛的"儿子们"。

小说中,"黑鸦与太阳"的意象贯穿始终,诸如"那一团血红的日头已经转为白赤了,照着老槐树上的黑鸦子,鸦身上闪着幽亮的黑光",不安、不祥的气氛,如挥之不去的幽灵。某种意义上,这是小说叙述特征的一个隐喻:虽然没有让"游击队"即马共人物直接出场,却让它成为笼罩故事的影子,它是故事发生和进行的动力,是讲故事者心头挥之不去的伤痕。少年的叙述声音极其明净单纯,然而举目所见,竟是开膛的黑鸦、泼洒一身的鸦血、总是血红一样的太阳、呼喝的军队、消失的士兵、杀人的传说与现场,无不熏染着浓烈的色彩、散发着血腥的味道。游击队固然不可思议:他们既是学堂里的好老师,也是杀害了他好朋友一家二十多口人的凶手;马来兵的残暴更是永远的恐惧,他们强奸了少年用多情目光看不够的美丽母亲,导致一个卑微求生的家庭的最后毁灭。少年以茫然之口道暴力之景,凄切诡异,透露着早熟的聪慧与忧郁,也透露着袭自父辈的移民之痛。

如果放在大马本土,在"五一三"暴动发生不过若干年的 1973 年,如此描写马共、华人与马来人的纠葛冲突,无疑是一种触犯禁忌的大胆行

---

① 参见黄锦树:《从个人的体验到黑暗之心——论张贵兴的雨林三部曲及大马华人的自我理解》,《谎言或真理的技艺:当代中文小说论集》,台北:麦田出版社 2003 年版,第 268 页。

为，其内容与大马华人的现实生活几乎同步，所以，对大马华人来说，叙述虽含蓄，却是鲜明的。放在台湾，给对其复杂背景所知甚少的台湾人看，则《黑鸦与太阳》的叙述是晦涩的，也许只有美学意义上的"台湾现代主义"的影响才是清晰的。《黑鸦与太阳》收于李永平在台湾出版的第一本小说集《拉子妇》中，作者显示的才华虽得到不少评者的注意，小说所涉及的马华背景却没有得到什么探讨与关注。80年代中期李永平出版《吉陵春秋》，一举成名，台湾的研究者们流连于他以极其细腻"纯正"文字精雕细琢的、时空模糊的吉陵古镇，感慨他探索人性之沉沦曲折的执拗深刻——说不尽的吉陵，即便在李永平心里永远埋藏着婆罗洲古晋的幽灵，在台湾读者、评者的眼里，却是因"超越"了南洋而不朽的。或许这正在台湾"选择与自身存有的历史对话"的艰难所在。

《黑鸦与太阳》之后，有关马共的文学书写仍是相对沉寂的。1980年代末马共走出雨林，而马来西亚国内近十年来较为开明的政治局势，也使种族问题的紧张度有所缓解，曾经讳莫如深的"马共"，在世纪末成为马华作家（尤其是旅台马华作家）竞写的题材。

1989年，其时还是学生的黄锦树以《大卷宗》获得大马旅台文学奖，1995年又以《鱼骸》获得中国时报文学奖小说首奖，《鱼骸》中旅台马来西亚华裔教授的生命创痛，是与《黑鸦与太阳》言说方式不同但一样令人动容的"伤痕"；新世纪，他还写了《猴屁股、火及危险事物》，对马共所处的时代、对政治斗争做了一番不无历史虚无主义的嘲弄；张贵兴于1998、2000年出版两部重要的、堪称他个人写作生涯之里程碑的长篇《群象》与《猴杯》，都或为主题或为背景地勾勒了马共的身影，将马共幻化于华人移民开发的历史之中，与其浓墨重彩的文字相映成奇观。2000年，并未曾留学过台湾的年轻作家黎紫书以《山瘟》获得台湾联合报文学奖短篇小说首奖，小说从复杂的马共历史中抽取、敷衍了一段山神传奇，她在台湾出版的小说集中还有另外两篇马共题材的小说：《州府记略》与《夜行》。如此兴盛的马共叙述，作家的呈现方式各个不同，其中可见代际、身份、政治环境、历史意识、文学抱负的极大差异。

作为早期的马共史话，《黑鸦与太阳》确立了一个相当高的美学与思想起点。"异乡说书人"追寻马共与南洋华人生命轨迹的交错，说者纷纭，意犹未尽：马共在华人（作家）心中，是需要"叙述"方能解脱的伤痕？或是可供消费的浪漫主义革命传奇？还待听者细细分辨。

在台湾的后街与陈映真相遇

八十年代以来，大陆已出版了多种陈映真的文集和单行本，"乡土文学的一面旗帜"、"爱国作家"是最常出现的定语。年轻人对如此定义的作品多没兴趣了，而知识界缘由他总是成为风头浪尖的辩论文字和政治参与，或视他为一个乌托邦社会主义者，或"民族主义者"，或关心他的社会批判于大陆的借鉴意义。

在台湾，中文系研究所毕业的年轻人，一个说：我们尊敬他对理想的坚持，但他的理想真的过时了。更年轻的一个说：小说里那些残酷的场景，我们都没经历过。但是，她说，师长们在一起会常常讲起他——是他们那代人的精神依靠吧。

那代人——确实，不只是"夏潮"这样立场鲜明的左翼统一团体，有着不同政治立场和道路选择的台湾知识人，似乎越来越爱回忆青葱岁月里从陈映真和他的小说里得到的感动、安慰和震撼。在"那代人"眼里，陈映真显然并不只属于逝去的时代。作为一个社会主义者，无论在"威权"时代还是"本土意识"强大的"民主"时代，陈映真都是一个"异端"，坐着空间或时间的牢。

空间疏离、代际隔膜、政治分歧……这"异端"以及围绕他的怀念和争议，莫不蕴含着对台湾历史及当下问题的理解之匙。

2004年，台湾"云门舞集"推出《陈映真·风景》的大型舞剧。云门的领袖林怀民说：我是读他的作品长大的。他的作品就是我们熟悉的台湾。私下里，他更与文化评论人南方朔议论：如果现在的台湾，肯放下政治正确，将文学奖颁给陈映真，"台湾就有救了"。

回到文学，看看从1959年发表第一篇小说开始，陈映真怎样以无从替代的书写，触动了那些在文学中寻找温暖和力量的人们……理解陈映真，理解台湾，也许就在其中。

一　禁书之光，照进台湾历史的后街

　　出生于1937年的台湾小镇，成长于他称为"政治上极端苛严、思想上极端僵直、知识上极端封闭"的1950—1960年代，读大学的陈映真甫一出手，《面摊》（1959）、《我的弟弟康雄》（1960）、《家》（1960）、《乡村的教师》（1960）、《故乡》（1960）、《死者》（1960）、《祖父和伞》（1960）……浓郁的1920、1930年代新文学的气息扑面而来，鲁迅的影子竟是清晰可见。

　　从乡村来到台北，在闹市西门町摆着小小面摊的年轻夫妇，带着一个咯血的孩子，在贫穷和忧惧中，想念着故乡的星空（《面摊》）"我"的弟弟康雄，一个瘦弱苍白的少年"安那其"，因为与一个主妇的通奸自杀了，他死在"一个为通奸所崩溃了的乌托邦里"，曾追随弟弟理想的"我"，则嫁入了曾经鄙薄的富人的家（《我的弟弟康雄》）大学毕业的"我"近乡情怯，为的怕见哥哥，曾经，"我"崇拜着从日本留学归来的哥哥，他放弃做赚钱的开业医师，到焦炭厂做一名保健医师，实践着他基督教精神的社会主义理想——这理想随着家的败落而破灭，哥哥堕落成一个开赌窟的叛教的人（《故乡》）；从南洋战场归来的台湾青年吴锦翔，有着"为了新中国"的梦想的乡村小学教师，在战后更其压抑的现实中消磨着理想，最终为战争中"吃人肉"的记忆/梦魇逼迫，自杀了（《乡村的教师》）……

　　贫穷及其与富足的辩证——"富裕能毒杀许多细致的人性"、"贫穷本身是最大的罪恶……它使人不可免的，或多或少地流于罪恶"；朦胧的理想及其幻灭——无论是"安那其"、宗教的社会主义或乡村教师的启蒙主义和中国想象，是刚刚开始写作的陈映真的集中主题。清涩的"五四风"，来自真诚而缥缈的理想，也来自苍白的说理和略显泛滥的情感。鲁迅的影子，则显现于一个咯血的孩子，一种面对故乡的莫名的忧惧。就算挣扎着抓到那激越时代散落的碎片吧，此时的陈映真，就像一个五四的遗腹子，隔海，隔时代，以柔弱而真切的心，讲述着台湾土地上的微光、挣扎和幻灭的故事。

　　这样的写作，出现在一个成长于战后的台湾青年笔下，毋宁是令人惊讶的。回顾六十年代初开始崭露头角的台湾作家，与陈映真同样出身于外文专业的白先勇、陈若曦、王文兴、欧阳子等台大外文系的同学，正办着《现代文学》杂志，在夏济安、颜元叔等人的支持下，无意中呼应、接续了在大陆已然匿迹的西方现代主义流脉。此时的"现代主义"寄寓了年轻一代对战后台湾文化环境和的不满和挑战，却毕竟不曾逾越政治意识的规范。白先勇用《游园惊梦》这样糅合着现代主义技巧和末世情怀的精工细作，为大陆来台的父辈们，唱出"旧时王谢堂前燕"一般哀矜的挽歌；欧阳子的《魔女》、《花瓶》，专注于悖德、不伦乃至疯狂骇异的内在人性；此时的陈若曦写出《钦之舅舅》，王文兴写下《欠缺》，无不指向"现代人"的情欲、道德与精神困境。他们的创作和成长，逐渐迎来了台湾现代主义文学的高潮。

由此看此时的陈映真，小说中那苍白苦闷的青年，那情欲的纠缠与损毁，未必与台湾"现代主义"无关，作为同龄人，他们面对的，原是同样压抑的六十年代，但那些朦胧的、未及展开已然幻灭的（社会主义）理想呢？借此，他不但溢出了现代主义，也溢出了文学的安全边界。

战后迁台的国民党政权，因1950年朝鲜战争的爆发确立了在世界冷战格局中的位置，开始了对台湾地下党和左倾人士进行"清洗"，是为"50年代白色恐怖"，大规模的拘捕和杀戮，长时间的监控和戒严，造成整个社会的暗哑和惊惧。小学时，陈映真曾眼看父亲烧毁家里的"禁书"，包括鲁迅所编的三十年代小说集。但一本《呐喊》不知何故被藏下来了，他偷偷地"不告而取"，一年一年读着它长大，似乎越来越接近那个曾经只觉得好笑的阿Q了。直到他读了大学，在台北的牯岭街上，秘密地、如饥似渴地搜集三十年代的旧书，矛盾、巴金、大众哲学，都看到了，终于有一天，遭遇了马克思。他记得，找到那本破破烂烂的小书的时候，他的手都在发抖：是的，世界从此变了。

在那思想禁锢、政治戒严的年代，"禁书"，可不就是暗夜里一道幽幽的光，一道烛照他的记忆和现实的"理论之光"。

于是，他明了了童年起他身边一个个"失踪"、消亡的身影的含义：小学吴老师、外省邻居陆家姐姐、枪决政治犯的布告……他以他的善良，他的对理想主义的敏感，承继了他们的苦痛：那曾经误会他欺侮贫家的孩子而打过他一记耳光的吴老师，在一个专制无情的社会中教导着平等与爱；那温蔼可亲、吸引着他一放学就跑去的外省大姐姐，究竟是怀着怎样的信念，从容地受捕、静默地死去？秘密买来的旧书上，那些署名、印章、认真或潦草的眉批，连接起一个并不遥远的时代，连接起更多曾经鲜活的生命，让他拥抱了整个中国的苦痛。

鲁迅和随他而来的三十年代、共产主义……使他的眼睛"被揩亮了一样"，他开始意识到，他正站在"台湾的后街"上。

一条巩固、华丽，然而令人窒息的大道背面的"后街"，自历史的层面它是被抹杀的中国大陆狂飙年代的记忆，自现实的层面它是台湾白色恐怖中消失的人、怀着深深的恐惧生存着的人，自思想的层面它是被扼杀的自由，是不甘喑哑的摸索。

在这历史的"后街"上，陈映真仿佛看到了无数的影子在哭号（呐喊），无数的影子在奔跑（彷徨），此刻的他，感到了孤独。

"禁书"之光，为陈映真映出了一条不一样的书写道路。办《笔汇》的学长尉天聪的约稿，是他写作的开端，而经由尉天聪结识姚一苇——这个亲历"狂飙"的三十年代而后东渡台湾的老师，是他对文学艺术犹如"宗教守候"般的信仰，是他持续的鼓励和督促，让陈映真真的走上了不曾设想的文学之路。即便这样一位"忘年之交"，在那样的年代，坦白彼此阅读鲁迅的经验，已经让他们走到安全的极限。三十余年后，陈映真说："即使在这么体己的谈话中，我也不能把自己当时的思想、行动和处境向先生打开的那一份深沉的孤单，至今记忆犹鲜。"[①]

夏济安于白先勇，姚一苇于陈映真，画出了有时并不那么清晰、有时也会交缠的两条线，两条自1930年代的大陆到1960年代的台湾的、似断而连的线：现代主义的，写实（社会主义）的。在隔断和禁锢中，文学和她所连接的"传统"，如此柔韧而顽强地生长着。

但对于陈映真，那的确是一种过于孤单的"生长"，他为思想的成长而亢奋、为理想的火花而喜悦的同时，没有同伴、不能行动的挫折感也与日俱生。"希望之为虚妄，正与绝望相同"，他最初几年的小说中，总是有着一个因理想破灭而堕落或自杀的台湾青年；这些青年，有时如同空降到这个岛屿一般，他们怀着说不清（或不能说）从哪里来的热切的理想，那理想是模模糊糊的，无法落到实处的，因而那破灭也是猝然而宿命的。

另一方面，为禁书揩亮的眼睛，也让陈映真对台湾复杂的"人的相

[①] 陈映真：《泅涌的孤独》，《陈映真文集·杂文卷》，北京：中国友谊出版公司1998年版。

处",多了一种有历史意识的理解。他开始书写台湾"外省人"的故事。光复初以及1949年以后,除了国民党官兵,还有大陆各地、从事各行各业的人们来到台湾,相对于那些已经在此生活了几个世代、"有祖坟可上"的人,他们是新近漂泊而来的移民,却有了一个"外省人"的名字。这个"外省人""本省人"的区分,不仅是时间地域的,还包含了两岸分断的历史印记和新的社会矛盾。① 五六十年代,大陆来台的作家们,自然写了很多自己的故事,写过去、写大陆是乡愁,写现实、写台湾,也不免仍是对着乡愁。而陈映真,作为一个年轻的"本省人",对那辗转流离的一代人,又是如何看待呢?

《那么衰老的眼泪》(1961)写一个外省籍的生意人康先生与台湾南部来的下女(女佣)阿金的情事,因为读大学的儿子的沉默反对,因为说不清楚的耽搁犹疑,康先生最终是看着阿金随兄长离去,而流下了"那么衰老的眼泪"。

而在《一绿色之候鸟》(1964)里,北京来的季教授不但深爱下女,将她娶为妻子,并为了她抵抗社会和亲人各方的压力,不惜转校、过近乎退隐的生活;只是为了生病的妻子喜欢小动物,才与无意中得了一只奇异的绿色候鸟的"我"相识。

外省男人与台湾下女这样的题材,在那时代是不少见的。光复之初,大陆赴台的欧坦生的《沉醉》,和日据时代"台湾第一才子"吕赫若的《冬夜》,都曾写过欺骗、玩弄台湾女子的外省子弟,如同不久就爆发"二二八"事件的台湾社会的预警阴云。1949年之后,更多的"外省人"移入台湾,流离于故乡、失散了亲人的他们,开始与"本省人"有了真正密切、长久的相处,他们之间的故事,他们不同的历史背负和现实困境,开始更多展现于作家笔下。作为外省第二代的李渝,写过《朵云》,曾是"年轻的才子,学运的领袖"、坐过日本人的牢的夏教授,在孤岛上的寂寞,如同那双"嶙嶙的光脚",被一个台湾下女拥在丰厚而温暖的胸怀里了。李渝从同为大学教授的父辈亲朋那里,直接感受了如夏教授这般经历过革命、而今仍偷藏着鲁迅《野草》的人的寂寞;而陈映真,则是

---

① 1947年爆发的"二二八事变"中,本省人不满接收政府的贪污腐败,迁怒于所有的外省人;而事变遭到的军队镇压、成为余生者的"禁忌",将这种类族群的对立情绪深深埋了下来。

通过禁书,通过身边的白色恐怖阴影,获得了一种对"外省人"有历史感的理解,即便是对康先生,这么一个自私而懦弱的生意人。而"季教授"倒转了外省男性从下女身上寻找安慰的结构,季教授对台湾妻子的爱恋,不惜放弃其社会地位,与身份和世俗为敌,隐约透露了对经历过新文化洗礼的知识分子的敬意。

有关这"相遇在岛上"的人们的故事,陈映真写得最动人的是《将军族》(1964)。一个会吹小号的外省退伍老兵"三角脸",一个台湾南部乡村被卖掉的女孩"小瘦丫头",命运驱使他们来到了同一个坐着卡车流浪演出的"康乐队"。"三角"脸偷偷留下退伍金给"小瘦丫头"还债赎身,谁知道多年后相遇,他们仍在各自的悲苦生活中挣扎。故事的结尾,两个褴褛而庄严的人,吹起欢快的《王者进行曲》一起走向寓意着"今生的死地、来世的乐土"的蔗田。

此时的陈映真,意识到把外省人和本省人的情感、命运结合在一起的东西。他从基督那里得到的和从马克思那里得到的,在他善良而敏感的天性中烙印下来:被压迫的人们,背负伤痛的人们,是可以、应当相互理解和关怀的。

也因为马克思,少年时因双胞胎哥哥去世而成为基督徒的陈映真,开始对基督有了新的认识。他写出了《加略人犹大的故事》(1961),无论是"出卖主"的犹大,还是耶稣自己,都被放进历史中重新讲述:来自加略这么一个贫穷之地、文化底层的犹大,原是一个有着"为了所有穷困者被压迫者"理想的青年,他反对以色列人上层取代罗马人上层的这种革命;平等对待麻风病人、妓女、税吏的耶稣,是他发现的有可能引导"群众革命"的人;他"出卖了"耶稣,是试图以此激起群众对罗马统治的愤怒,从而点燃革命之火,尽管他失败了。在这个不敢给基督徒父亲看的小说里,陈映真将《圣经》的故事放到罗马人和以色列人共存的那段历史中,他看到了一个激进的基督(radical Jesus),而不是圣诞卡上那个温柔的基督(gentle Jesus)。教堂铭刻宣扬的"神爱世人",并不是天生的教义,在"有知识有财富"的法利赛人把持犹太宗教的时代,喊出这样的话的耶稣,当然是一个革命者。这篇小说似乎离经叛道的宗教认识和尚显生涩的革命想象,往往使得研究者望而却步,或略过不提,但它确是一个认识陈映真文学思想形成的重要文本。宗教信仰与社会主义理想,在弱势关怀的层面结合,而宗教信仰下养成的自省、谦卑,以及对"爱"

的期求和宽容，使他的写作即便"主题先行"也不显得僵硬。

几十年来，在不同的地方，他总是温和地、坚定地重复着：

> 文学为的是使绝望丧志的人重新点燃希望的火花，使扑倒的人再起，使受凌辱的人找回尊严，使悲伤的人得安慰，使沮丧的人恢复勇气。

与陈映真同时代或年龄略小的人，如后来在美国参加"保钓"运动的作家郭松棻、"云门舞集"的创始人林怀民、用《青春之歌》回顾1970年代台湾左翼青年火热年华的郑鸿生……在他们的青春时代，都曾直接感受着陈映真的这一文学理想。如郑鸿生在《台湾思想转型的年代》中所说：

陈映真在1968年入狱前的小说与论述，对那一代的知识青年有着巨大的冲击。从《我的弟弟康雄》开始，他笔下市镇小知识分子苍白而缺乏行动能力的自我形象，与屠格涅夫笔下的罗亭相互映照，一直触动我们这些知识青年的敏感心灵。旧俄小说也在60年代的台湾风行，大陆时期翻译的屠格涅夫、陀思妥耶夫斯基、托尔斯泰等人的作品，随着那时的出版潮纷纷翻印出来，为60年代的台湾补足了30年代的大陆氛围。从19世纪末的旧俄知青，到30年代的大陆知青，最后是60年代面对威权体制的台湾知青，那种心境似是一脉相传。而陈映真充满深刻内省的作品，似乎就在直接呼应这个时代传承，深深吸引了心中有所觉悟，但现实上却几乎无能的台湾青年学子。

二 作为镜子的美国，映照台湾"从属的心灵"

1965年，陈映真离开任教的中学，进入美商辉瑞药厂。1960年代，台湾在美援下，经济开始快速发展。作为富裕、自由象征的美国，成了台湾人依赖和向往的国度。"跨国企业"的工作给了陈映真直接的经验，写于1966—1967年间的小说，开始隐约而敏感地意识到"美国"这个矗立在台湾上空的巨大符号，给台湾带来的另一种桎梏，虽然"美国"此时只是小说里的一角影子。

《第一件差事》里，他继续关注从大陆赴台的人精神负荷与生存危机。早期《文书》（1963）里国民党将门之子安某，背负着战场上公报私仇杀死排长、战后作为镇压方枪毙"二二八"犯人的秘密，最终精神错乱；而到了《第一件差事》，大陆钱庄财主家的独子、流落台湾的"胡心保"，则在苦苦奋斗终于有了美丽的妻女、体面的人生之后，忽然丧失了奋斗和生存的动力，在虚无中自杀。胡心保的情人，一个台湾本土富家出身、大学毕业、在美国企业工作的女子林碧珍，其略显颓废、叛逆的个性，透露着陈映真对美国影响下新一代年轻人的观察。无论如何，笼罩"外省人"的阴影，从"历史"进入"现实"，或许意味着，一个强大的资本主义时代的来临，将把外省人和本省人一同挟裹到"富裕的虚无"中去了。

于是，在《最后的夏日》里，我们看到美丽的中学女教师，一边躲避着或偏执猥琐、或自命不凡而在她眼里皆是"自私、自作多情"的男同事们的追逐，一边将美好未来的希望，寄托在美国的男友——工程博士"康"的身上，她的理想，正是到那个富裕之地，做一只"快乐的寄生蟹"。在更为著名的《唐倩的喜剧》里，唐倩，一个周旋于台北文化名流的漂亮、丰腴的女人，折射出台湾知识界追随西方理论风潮的虚无。最后，唐倩将"大师们"抛在身后，奔向美国那个"伟大的新世界"，嫁给军火公司的"物理学博士"了，台北"小小的读书圈"失去伊人，益发寥落不堪。在资本主义怪兽的强大威力面前，什么存在主义的痛苦、实证主义的福音，全都失声了。

这一阶段的小说，陈映真描写1960年代台湾社会僵硬而浮躁的文化知识界，语多嘲讽。但讽刺的文体似乎并非他所长，他既不够刻薄，也不够机智——这或许和他的个性有关？但是这些并不算成功的小说，却在日后证明了他的敏感和"先知"能力。台湾对美国的依赖、人的心灵的"对外从属化"的弊端和危机，日后一一显现；而知识界对西方理论的空洞追逐和话语游戏，不是一再重演、至今不曾消歇？

那个时刻，陈映真已经意识到台湾的又一条后街的存在，那就是飞速发展的消费社会的后街。但是，还没来得及进一步辨明和书写，1968年，他就入了监狱。

如今看来，他几乎是命定要走向绿岛（关押政治犯的监狱所在离岛）。这一时期他创作的讽刺、批判风格，是秘密受着大陆"文革"激进风潮的影响的——努力摆脱"浓郁的个人感伤主义"；这影响在实践层面，便是他带着几个年轻人，在侦探密布的年代，做着成立小组织的准备了。有过大陆政治经验的姚一苇意识到这个为理想燃烧的年轻人的危险，曾发出委婉的警告——"即使把作品当成武器，创作也是最有力、影响最长久的武器。""我看，写小说，你的一生，最其重要的，莫过于此"[①]——他还是为他想象中的革命，入狱了。

1975年，蒋介石去世，政治犯特赦，陈映真提前三年出狱。他再度进入一家美商企业温莎药厂工作。狱中七年，正是台湾经济飞速发展的七年，出狱后的陈映真以外商企业的工作经验，陆续写出了反思跨国企业与台湾社会发展的"华盛顿大楼系列"，包括《夜行货车》（1978）、《上班族的一日》（1978）、《云》（1982）、《万商帝君》（1982）等。

他写了台湾人如何在跨国企业中奋斗钻营，如何与同胞钩心斗角、与洋上司巧妙周旋、忍辱负重——当情人哭诉被洋上司调戏，但是，这一切是为了什么呢，负的什么重呢？从创作之初就将贫穷与富裕的辩证当作重要主题的陈映真，在这个"腐败的经济成长"的时代，在这个美国挟强大资本以经济"入侵"的时代，察觉到台湾人在个人心性和民族尊严上的双重失落。《上班族中的一日》的会计师黄静雄，年轻时也有过拍纪录片的迷恋和梦想，当他为了在升职问题上的被上司出卖而赌气休假，才有闲拿出冷落多年的摄影机，重温"中国未来的伟大记录电影家"之梦，但上司一个讨好、和解的电话，摄像机立刻被毫不犹豫地收起来了。《夜行货车》中，通过苦干、隐忍和心机，终于爬到中高层位置的台湾人林荣平，风度俨然，但是决不轻忽诡诈的力量；关爱情人刘小玲，但情人与事业相较是可以舍弃的。这是企业中最惯见的"成功"的台湾人，与此同时，陈映真写了另一个有着模糊的反抗意识的人，詹奕宏，他能力突出，但讨厌诡诈，他也喜欢刘小玲，却对她的过往不饶恕——也许也是因为爱！这样一个带着鲁莽、粗野的气息，心灵充满矛盾挣扎的人，恰是陈映真寄予希望的人，希望他是那个被金钱蚀毁的社会中，勇敢地逆向而行的人。

六七十年代，也是陈映真的好友黄春明、王祯和写出他们重要的乡土文学代表作的时期。黄春明的《再见，撒呦娜拉》和王祯和的《玫瑰玫瑰我爱你》，一个写日本商人在台湾"买春"，一个写花莲妓院老板们如

[①] 陈映真：《汹涌的孤独》，《陈映真文集·杂文卷》，北京：中国友谊出版公司1998年版。

何利用"美军过境"的商机,嬉笑怒骂间,可以看到他们的乡土文学一个重要品质,就是对于被牺牲被抛弃的乡村的关注,对于美国、日本"经济再殖民"和台湾社会的批判。可以说,陈映真的台北跨国企业,和黄春明、王祯和的乡村小镇,共同构成了经济起飞年代最有力的、批判现实的台湾文学的图谱。

三 狱中记忆,连接"后街"的过去、现在和未来

出狱以来,陈映真先是忙着在跨国企业为稻粱谋,而后几年内,在现实的直接刺激下写出了《华盛顿大楼》系列——狱中七年那些震动和感动的经验,正在此间静悄悄地发酵、酝酿,或许也在等待一个政治气氛相对松动的时机,终于,《铃铛花》(1983)、《山路》(1983)和《赵南栋》(1987)相继推出。这些小说大胆涉及台湾白色恐怖时期的政治受难者,以那历史中的动人故事,以一种温和、稳健、真挚的文体,撼动了尚未解严的台湾。

《山路》的故事,开始于会计师李国木的大嫂蔡千惠突然病倒,直接诱因是看到报纸上政治犯出狱的消息。少女时代,蔡千惠的恋人黄贞柏被捕入狱,而他的朋友李国坤因为千惠家人的密告被枪毙。千惠为了赎罪,也因为对国坤大哥的秘密爱恋,找到了他在山里的家,谎称是他已娶的妻子,从此留在这个贫困的、残破的家。她将国坤的弟弟国木抚养成人,读完大学,并且有了自己的"殷实的会计师事务所"——在这样日渐安适的生活中,突然看到黄贞柏出狱的消息,千惠蓦然发现她已经背叛了他们的青春和理想,如今的富足,"不是我不断地教育和督促国木'避开政治'、'力求出世'的忠实的结果吗?自苦、折磨自己、不敢轻死以赎回我的可耻的家族的罪愆的我的初心,在最后的七年中,竟完全地被遗忘了。"

千惠完成了对国坤家庭的责任,但曾经支撑她度过艰难岁月的精神力量,也随着这"完成"垮掉了。她无奈地承认:她和她所抚育的国木,都已是"被资本主义商品驯化和蓄养的人"。怀着这忏悔的心,而不是几十年来期盼的得到往昔恋人、战友的赞赏的心,她悄然赴死了。

写作这个故事的1983年,台湾仍在戒严体制下,陈映真坦言,他有很大的顾虑。但是狱中遭逢的五十年代政治犯的面影和故事,在他胸中澎

湃太久了。1979年，他突然遭到拘捕和审讯，两天后又莫名其妙地被释放。他醒觉他的自由仍然会在旋踵间被剥夺，越是如此，把自己知道的、思考的那些历史、那些故事留下来，是多么紧迫和重要。

终于，他让千惠的忏悔和死亡，对着一个以富裕为职志、以遗忘为自然的台湾社会，提出了哀婉而庄严的控诉。但人们会因此反省吗？出狱后的黄贞柏，又当如何面对沧海桑田的新社会？

这个问题，要到若干年后的中篇《赵南栋》才得到回答。围绕着出狱的政治犯叶春美、赵庆云，以及赵庆云的儿子赵尔平、赵南栋，陈映真试图展现一幅几十年间两代人的命运的全景图。

少女时代的叶春美，同蔡千惠一样，有一个左翼恋人，恋人在大清洗中被枪毙，而春美因为他送的一本《辩证唯物论之哲学》，也被捕入狱。在狱中，春美为同牢的宋大姐所经受的严刑拷打，为她的信念、坚强和想到腹中婴儿会忘记疼痛的母爱，一再潸然泪下；她也亲眼看着宋大姐和许月云老师先后赴死，听到狱中难友送行的歌声……春美出狱后，千方百计寻访宋大姐的丈夫赵庆云和两个儿子。那在狱中出生的第二子，"赵南栋"，正是取自狱中关押女犯的"南所"。

当她终于见到这个狱中出生的"小芭乐"（一种台湾水果，狱中女犯们给他的昵称），他已是一个逃离家庭、流浪在娱乐场所和不同女人之间的吸毒青年，他高大、漂亮，但没有了灵魂。而赵庆云，此时正在医院里度过他最后的时光。他曾用日本"浦岛太郎"的童话形容自己出狱后的感受：一个叫浦岛太郎的渔夫到海龙宫去了一趟。回来发现自己眉须皆白，人事已非。

他陷入了完全的沉默，即便对自己的儿子：整个世界，全变了。说那些过去的事，有谁听，有几个人听得懂哩？

他们的受难，连同他们的社会主义理想，在"冷战"时期是罪恶，在"后冷战"时期是不可理喻的古董，是必然要被新时代的人们遗忘的，即便是活在他们的阴影中的子女。

但陈映真不能忘。从《铃铛花》到《山路》再到《赵南栋》，陈映真接续了他早年对台湾"历史的巷道"的关注，少年时期，他通过禁书打开了"激进主义的世界"，开始了解童年时期那些自他身边消失的人们，写下了许多漂浮着社会主义梦幻的篇章，但直到三十一岁入狱，他方才真正接触了五十年代的政治犯。这些他相遇时已然坐了十八九年牢的政治犯，有本省人、外省人，还有高山族。他们给他讲了许多的故事，关于他们的同志、亲友，还有年纪轻轻就别离了的爱人；他们如何赴死，如何在狱中荒漠的岁月生活下来……

陈映真感慨着：那些故事的动人，不需文学的虚构和渲染——那是"外面"的人无法想象、难以相信的。他一定要写，他想起看过的有关奥斯威辛集中营的故事。是的，苦难需要以艺术作品去升华和反省，由此，我们的伤痛才能痊愈。

在陈映真写作这些故事的八十年代，还有另外一种背景和含义。1979年"美丽岛事件"之后，面向威权体制的"反对运动"，开始向"本土意识"倾斜，"夏潮"为代表的左翼民主力量逐渐边缘化。民进党成立之后，更急于将台湾民主斗争的历史归于一己。面对戒严时代的政治伤痕，他们为"二二八"平反疾呼的同时，却对"白色恐怖"中的牺牲漠不关心。究其原因，"二二八"事件埋下的族群阴霾，正好为"本土力量"自居的民进党挑战国民党这个"外来政权"所用。1990年代，"二二八"更成为民进党选战中必打之牌，不惜加倍渲染、造成整个台湾社会的族群大撕裂。而陈映真要说出，"白色恐怖"中为了台湾、为了整个中国的理想而牺牲、身陷囹圄的那些人，是不分省籍的！"二二八"也好，"白色恐怖"也好，台湾的苦难，乃是现代中国在抗战、内战、冷战中的不幸遭遇的一部分。他痛心于新的政治利益驱使下，历史被再度扭曲——对于那些牺牲的人，意味着不公；对于今天的民众，意味着又一种欺瞒。一个不能清醒认识自己历史的社会，将会走到哪里？

1983年，陈映真第一次获准从台湾出境，来到美国爱荷华大学，聂华苓夫妇主持的"国际写作工作坊"。在这里，他不但见到了以往只能依靠理论认知的亚非拉"第三世界"的作家们，更"平生第一次"见到了来自"祖国"的同人：茹志鹃、王安忆母女和吴祖光。这真是一次历史性、戏剧性的汇聚。多年后，陈映真、聂华苓和王安忆都一再地撰文回忆那个爱荷华的秋天。聂华苓的笔下，陈映真终见亲人、仿若儿童的欢喜雀跃，年轻的王安忆初见资本主义社会的新鲜、好奇和锐气，跃然纸上。碰撞也是自然而然，陈映真的社会主义理想，在王安忆听来，有如在大陆正待叛逆的道德说教："雷锋当然好！但我们不要被人逼着去学！"——似乎最初的相遇，就预示了陈映真这么一个台湾的社会主义者在大陆语境中必然的错位，如同今日"比老干部还老干部"的戏称。但是，也正是陈映真那超越现实功利的理想主义、那种对人的存在的更高价值的期求,使他成了王安忆不能摆脱的一个精神存在。她先后写下了《乌托邦诗篇》和《英特纳雄耐尔》,向这个其实一直影响着自己的理想者致敬。或许,这正是陈映真的魔力,无论理解不理解,认同不认同,他的存在,会召唤人内心的某种苏醒,一种或许柔弱、天真的情感,甚至让人感到羞涩,但一旦醒了,就像种子一样埋下来。

一方面,揭示那被扭曲、被压抑、被粗暴对待的,一方面,提示那美好、公义的可能和应然,这或许是陈映真理想实践的一体之两面。1985年始,他带着一些年轻人,办了一份以摄影报道和报告文学为主的杂志:《人间》。它的宗旨,与渲染着消费社会各种时尚风潮的杂志背道而驰——它要反映的,正是台湾繁华富丽的背面,台湾的"后街"。他们关心台湾残疾者的边缘生存,关心退役老兵的堪怜晚境、他们为犯下杀人之罪的原住民青年疾呼"刀下留人"、他们对"二二八"事件展开深入的调查、他们穿透白色恐怖的迷雾、寻找消失的一代理想者……从现实到历史,《人间》与陈映真的小说其实抱持着相同的质地:重建一个信仰、希望和爱的社会。

曾在八十年代初期接触杨逵、陈映真的文学,并为其不渝信念震动的蓝博洲,便是投身《人间》杂志的年轻人中的一个。他追随着陈映真走进了台湾历史的那条后街。1988年,他在《人间》发表了报告文学《幌马车之歌》,写出台湾作家钟理和的异母兄长钟浩东短暂、传奇而动人的一生。曾经偷往大陆参加抗日、光复后在基隆中学任校长、因偷印地下《光明报》而被捕身死的钟浩东,让五十年代白色恐怖中的台湾左翼知识者,如同"出土"般引发了台湾社会的心灵地震。陈映真在《赵南栋》中未及展开的故事,在这里得到了细致的、感人至深的袒露。导演侯孝贤如此回忆:

> 十六七年前,我们都在看《人间》杂志的时候,看到了蓝博洲的《美好的世纪》和《幌马车之歌》。那两篇东西真的是先驱。

因此,在拍《悲情城市》时,侯孝贤不惜压缩/混淆时空,加入了《幌马车之歌》中的场景,几年后,更以此为蓝本,拍出了电影《好男好女》。而蓝博洲,从此全身心投入了长期、大范围的台湾民众史调查、研究和写作，一部部报告文学、历史调查，和在他心中酝酿、亟待吐露的小说，让他接续了自日据时期的左翼分子到陈映真及其相关的七十年代台湾左翼青年的校园运动、海外保钓运动……这样一个台湾左派系谱，并和1988年创刊的《台湾社会研究》一起，以不同层面的学术研究和社会运动，构成当下台湾仍在发声的左翼力量。

写小说、办杂志、参与各种运动，都是基于其终生不渝的理想的社会实践。无论在政治上如何被抑制、被边缘化，他的努力，已然伴随台湾两代人的心灵之路，也连接了海峡两岸期待相互理解的心。

在创作上沉默多年后，1999—2001年，陈映真先后发表了小说《归乡》、《夜雾》和《忠孝公园》。他开始将目光投向当下台湾社会中的"老人"，而他的关注点，仍然是这些老人身上所承载的"历史"。人性在历史的变动中经受磨折与考验；而当下社会里，族群的异议与纷争，身份的焦虑、文化的失据，莫不根源于艰难而扭曲的近代史。陈映真以往的作品已经隐含了对这个问题的思考，而在世纪之交的这几部新作中，他不但明晰了这一点，而且试图将其放在整个中国现代史的视野里，追问着：灵魂的问题，也是历史的问题。

如今，在台湾"本土意识"的围攻和奚落之下，在他期待的"强大的社会主义祖国"向他展开了诸多命题之时，在这样那样的理解和误解之中，他正在老去，他爱的台湾和大陆，似乎从不同的向度，与他的乌托邦渐行渐远，而他仍在与台独的文学史观、与日本的台湾民族意识论……奋起笔战。背负着"人应该有更高的价值目的"和"打破冷战和内战造成的民族分断"的爱的十字架，"老灵魂"也好，西绪福斯也好，甚至，失去了风车的堂吉诃德也好，他仍走在台湾的后街上。仍然用他那特有的、时常交织着繁复的日文结构的、感性而自省的语言，慢慢地对自己，也对所有仍在凝望他的人，庄严地说：

    如果要他重新活过，无疑仍然要选择去走这一条激动、荒芜、充满着丰裕无比的，因无告的痛苦、血泪，因不可置信的爱和勇气所提炼的真实与启发的后街。[①]

[①] 陈映真：《后街》，《陈映真自选集》，北京：三联书店2000年版。

……

在台湾的后街上，与陈映真相遇，不要为他的严肃感到不安。我们追随他进入的，不仅是台湾，也是整个中国的历史；而在探访台湾人心灵的路途中，我们必然遇到自己。

世界远处的信息：论郭松棻《论写作》

对"文学史书写者"（尤其是大陆的）来说，安置郭松棻（1938—2005）和他的作品，不是件易事——与白先勇、陈若曦、欧阳子、王文兴等人同班，与"现代派"的各种演剧、刊物活动渊源颇深，又在1960年代赴美留学的郭松棻，却错过台湾文学史"现代文学"和"留学生文学"两班车。他迟至1980年代专注于小说创作，更迟至1990年代引发台湾文坛的瞩目。

在美国参与"保钓"运动，且因此背负"郭匪松棻"之名长期不得返乡，直到2005年客死纽约，他的生命与美国纠葛近四十年——然而，在他的创作中，既没有对"钓运"哪怕作为背景的描写，也匮乏对美国生活的直接反映，甚至被以为从不处理"美国"。郭松棻在面对访问时也说，"如果要写美国，只有像我儿子的一代才有可能，因为你难以真正融入美国社会。"①

的确，在郭松棻发表的数量很有限的小说中，《雪盲》、《草》、《奔跑的母亲》、《论写作》、《第一课》、《成名》、《向阳》等作中，虽都有"台湾人在美国"的背景，却多采取"自异乡回眸"的姿态，小说家与他笔下的主人公念兹在兹的，是台湾的市井人生与历史运命，无论政治的阴霾创痛，还是人性的芜杂疏离——"台湾"是如此细腻而饱满，而"美国"这个"异乡"仿佛只是一个简化了的、荒凉的背景，除了凸显主人公生存之境的孤独与荒谬之外，别无他意。

但这或许正是看郭松棻的一个盲点。

---

① 参见：舞鹤访谈、李渝整理《不为何为谁而写——在纽约访谈郭松棻》，《印刻文学生活志》第一卷第十一期，第52页，2005年6月刊。

异乡的精神磨砺，是否牵连着对原乡的凝视？在疏落的"美国"书写中，是否埋藏着尚未发掘的信息？在此以中篇小说《论写作》（1993）为中心，追寻小说中的异乡轨迹，以探究美国这一空间/文化角色与书写者之间的精神关联。

一 理想旺盛的岁月：世界的远处埋藏着意想不到的信息

当台北还是个小镇的时候，裱画店里画观音的青年林之雄，在一排违章建筑的窗子里，看到了一个女人。女人有张姣好的脸。每天，那女人在南下火车路过窗下的时刻，准时打开窗子……

林之雄从此走上写作之路——他要写出这女人和那窗后隐藏的幸福。从台北小镇到美国纽约，从朋友的家到废弃教堂的小阁楼，再到曼哈顿的公园与街头，空间转换，岁月悠悠，林之雄为写出窗口的真相，历经折磨仍不离不弃，直至走进精神病院。

在这场以生命为赌注的写作历程中，"美国"是主人公曾寄予祈望、不断敲打的"世界"——郭松棻由此展开了别样的文学与思想旅程。

"来罢，远离家乡，对你的写作也许有益。世界的远处埋藏着意想不到的信息。"高中时代的画家朋友先行赴美留学后，如此召唤林之雄。

"世界"，为什么是美国？

朋友的召唤，牵连的是他们自青春时代萌发的理想。林之雄与朋友属于战后一代，成长于威权统治下、禁锢的文化政策与冷战的、亲美的政经环境中。"美国"在很长时期内是台湾之外的"世界"，六七十年代，留学美国是台湾青年"出走"、摆脱现实政治压抑的重要路途。那年代的文学记录里，现实的政治文化压抑往往交织着对"美国"的自由、富裕与现代艺术的向往，与青年的莫名忧郁和芜杂能量相纠结，生成一种躁动、叛逆而又茫然无措的时代氛围。白先勇的《寂寞的十七岁》、林怀民的小说《蝉》，还有席德进的名画《红衣少年》，都在这个意义上成为那年代的青春记忆。郭松棻笔下，高中生已然怀抱艺术理想的林之雄和朋友，敏感、早熟，他们比那个年代向往美国的年轻人更纯粹，他们的理想，更多与对现代文明的疏离，与蓬勃于美国、影响着台湾的叛逆性的现代主义艺术与思想有关。矢志写作的林之雄，把"剔除白腻的脂肪，让文章的筋骨峋立起来"当作道德律来崇拜。或说是"排除人间烟火"、"形销骨立"的"纯粹美学",① 又岂不是有关理想与反抗、一种要剔除现实的芜杂丑陋的信仰的隐喻?

朋友的美国来信说:"单单想到那些每天瞎忙起哄的同胞,就感到无比难过。让他们去高蹈高喊吧。那批老着脸霸占了一块地方就以为家乡是他们的。"对吵闹、短视、自大而懒惰的台湾生活氛围的批评,也包含着对专制之政治文化的抗辩。

而林之雄身处的小镇"曾几何时,人多起来了。店也多起来了","安静的三重埔不见了"——台湾正在经济起飞,林之雄面对嘻笑嚷叫的一群男男女女,"越发觉得自己是个有梦想的人。不属于这个世界"。

朋友对家乡的批评,林之雄对美国的期待,还有很重要的一点是:美国/世界,那是一个可以"行动"的地方。"行动",到底意味着什么?对朋友来说,不倦的工作是能够获得的"最神奇的满足",甚至于,画布前的他常常感到"有神宠降临"。而林之雄要怀着"梦想"到那里去继续他无法在故乡进行的写作——对写作的我执,不只是郭松棻于文学态度的自我投射,或还隐喻着青年郭松棻的社会关怀和政治实践。出国三年后回台湾探亲,郭松棻看望其时病笃的老师殷海光,因而有文《秋雨》(1970)。② "五四之子"殷海光,因为他的自由主义而受当局监控压迫,那到最后一刻也不曾妥协的"藐视的神情",那"将自己缴出去"的无所畏惧,一方面让郭松棻敬重,一方面,却悲哀地意识到倘若如此牺牲终不免是"白死",因为"空泛的自由主义"、"无铁的知识人",终不能改变台湾"龌龊、蛮横、无情"的现实分毫。回到美国写就的这篇文章,发在郭松棻和朋友们一起办的《大风》杂志创刊号上,这正是其后他们投入"保钓"、自海外批判岛内专制统治时,发挥重要作用的杂志——美国,果然是可以"行动"的地方吧。

在那现实苦闷而理想旺盛的岁月,郭松棻,《论写作》的林之雄,《奔跑的母亲》里,因着战争、暴力的创伤,一生都在恐惧母亲有一天"奔跑而去"的"我",《草》里患着奇怪的病症、苦于台湾的湿热而必

---

① 参见:王德威《冷酷异境里的火种》,《奔跑的母亲》,台北:麦田出版社2002年版。
② 参见:《秋雨》,《郭松棻集》,台北:前卫出版社1993年版。原载1970年6月15日美国《大风》创刊号。

须逃离的"他",《雪盲》里的在台北迪化街附近长大的幸凿,带着从小学校长那里得到的一本日据时期印制的《鲁迅文集》……统统来到了美国。这世界的远处,埋藏着怎样意想不到的信息?从笔下逃开的女人温婉的脸,可能在异乡蒙"神宠"而得见?失落的"中国",可能在异乡相逢?被压抑的介入现实的知识人的理想,可能在异乡实现?

逃离那窒闷的岛屿,可能挽救那岛屿的窒闷?

二 丰饶的寻找:谁怀有别样的心思,谁就心甘情愿走进疯人院

林之雄在美国的生活,由两个平行发展的困窘构成:一方面,是反反复复写着窗口的女人,却始终无法捕获那窗口的幸福真相、无法到达那艺术之极美境界的困窘;一方面,是不断向人诉说他看到的窗口,却永远不得理解,甚至不得完整表达的困窘。

这两个层面之间,可有着什么样的关联?这里,或可引入林之雄的身世。

在纽约,林之雄思索自己的"一生",将之归结成三点:

一、父亲在第二次世界大战死于南洋。二、母亲一辈子成为勤勉的洗衣妇。三、他为了把生命剔出白脂,苦心寻找着一种文体。

这三点,构成了林之雄生命的三个空间,有着因果的关联:死去的父亲,是林之雄不可选择的身世,是生命中的巨大空缺,也是战争和殖民历史一再加于台湾这个岛屿的创伤;母亲代表的空间是"现实的台湾",失去丈夫的女人独立抚养儿子,勤勉劳作,粗砺坚忍,再无能拥有幸福女性的温柔娴雅;林之雄,承受着无父的历史创伤和粗砺的现实困境,这个孤儿有一颗特别敏感和柔韧的心,对自己的降生和道路,有着"别样的心思",在异国他乡的自由中,他决意以"剔出白脂"的写作,逼近艺术与生命的真相。

由此再来看林之雄在异乡的寻找:写作之外,他寻求曾有共同理想的朋友(画家朋友、纽约的中国画家)的理解;他向"父亲"(意大利神父)告解,期待眷顾和指引;他追随强有力的"领路者"(行为艺术家);他珍爱患难朋友(美以美教徒)的扶持……无父的台湾孤儿林之雄,远渡重洋,身在异国,似乎暗中展开了一场"寻父"的精神之旅,他在寻

找来自男性世界的指引和力量,那将填补他自身的巨大缺失,并帮助他破解那窗口隐藏的秘密。他的血液奔腾,一再燃起了希望之火,然而一次次"迫不及待"地开口,却换来一次次的误解、不耐和遗弃。

或者,这挫败不过是他终需面对的现实。美国给了他自由寻找的空间,但富足消磨了他的同伴,神也救不了他,"告解"与"追随"之心,只能让他找不到自己的路——他是无所依靠的台湾孤儿,是没有一种比"剔除脂肪"更有力的信仰、无法真正介入现实的知识人的象征。

但他的挫败不是没有意义的。

回到曼哈顿的作品发表会上,在林之雄的《无题》之后,一个裸体的金发青年展示了名为"花之圣母"的作品:用一把老式的刮胡刀,迅速地取下他那系着金色的水仙花的阴茎,并在倒下之前,"高高举起仍然壮大的那物,向会场的众人们无言地召示,宛如高举着火把的自由神"。

这是一个大有意味的情节。当林之雄在美国苦苦追寻着他在台湾失去的父之力量时,这个国家的艺术家们却用己身的损毁,对代表着侵略、战争、僵硬道德的父权提出了沉重的控诉。自我去势的金发青年高举阳物的姿势,恰如自由美国的象征"自由女神",郭去掉"女",以"自由神"呼之。

六七十年代的美国,反越战的浪潮高涨。郭松棻读书的柏克莱,是学生运动最为炽热的学校之一。郭松棻正是在这里"看美国人反战反美"而震惊:怎么自己也可以反对自己的国家?[①]

美国开启了郭松棻对于个人与家国、台湾与大陆之关系的新认识,正是在柏克莱,郭松棻开始真正接触左派思想,开始关注现实的中国大陆,并终将投入一个践行理想的蓬勃的政治运动中。1970 年以《秋雨》致敬殷海光之时,已在美国留学三年的他,一方面觉得"自己的心也早就被挖空了的",对于"只是维持在原则性主张的自由主义"的虚弱,对于留美青年除了牢骚其实无所作为的事实,有着无奈的苦痛;另一方面,经历美国校园运动的震撼和左翼思想的接触,他已经隐约又明确地知道:他们这一代,将走一条行动的路了。

1971 年钓运爆发,他以与瘦弱身材不相应的活力和热情投入了这场

[①] 参见:舞鹤访谈、李渝整理《不为何为谁而写——在纽约访谈郭松棻》,《印刻文学生活志》第一卷第十一期,2005 年 6 月刊。

运动,甚而上了国民党当局的"黑名单",甚而放弃了博士学位,走上了从"钓运"到"统运"之路。在运动退潮后的芜杂现实中,在实地探访"文革"中的大陆之后,郭松棻燃烧的政治理想逐渐幻灭,转而沉浸于重新阅读思考马克思主义、清理哲学与政治问题,直到1980年代,方重新回到了"文学"。

这样轰轰烈烈的一段人生经历,从没有出现在郭松棻的文学书写中,然而谁说他笔下那些凝视原乡的"异乡人"眼中,没有这"精神旺盛年代"的影子?

如同《草》中的"他",似乎是那样一个含羞的孤独的青年,在美国小镇的神学院学着要命的历史哲学,就是这样一个"他",回国后却出现在报纸上的一角:他因涉嫌叛乱,被判刑入狱。谁都知道那个年代"叛乱"一词的含义。《雪盲》中的幸凿,在美国打工时,胸口烙下一块"美国地图"模样的瘀伤,带着烙印到心底的这瘀伤,带着那本漂洋过海的《鲁迅文集》,在美国荒漠的员警学校里,教着《孔乙己》……怀着别样的心思,陷入荒谬的境地,郭松棻让漂泊美国的台湾青年,一路承受着讪笑、误解和背弃,与安定体面的人生逆向而行。美国,给了他们被重新抛入一个世界的孤独和荒凉,也给了他们探望另一个世界的眼光和热望。

三 爱的实现:妈,我的脑子病坏了……现在我幸福了

林之雄终于走进精神病院。在这里,他的"神经不再疾走,血液不再奔腾",坐在轮椅里,他不但不再伏案写作,也不再开口诉说了。

然而这个静下来的时空、近乎停滞的生命,使林之雄与美国发生了更密切的接触。

小说里提到两个病友。一个是"红胡子",高大而文静的美国青年。因为爱人的挽留,他撕毁了到越南打仗的征兵卡,于是来到了这乐园。一个是来自华沙贫民窟的老人,"第二次世界大战"后,他来到美国,在船上看到自由女神,一时兴奋过度,当场发作。"上岸后他没有机会目睹一生向往的自由世界,直接就被送到这里。""红胡子"为脱离战争而成为国家的异类分子;波兰老人在战争结束之后却走进了"自由世界"的不自由之地。林之雄的入院,同样隐含着战争的创伤。"红胡子"每天抱着冰冻的单簧管方能安定如火山灼热的胸口和大脑,并用它为林之雄吹奏莫

扎特；波兰老人每天清晨对着来到窗前的阳光咏诵"世界，早安"的诗篇，而林之雄，耽溺着在蓝天上书写他的文章。

反战、和平、战争的创伤、理想的追寻、音乐、文学……岂不是历经人类自制的灾难后的所有幻想、人道关怀的要义？这汇聚着不同种族的病人的美国精神病院，莫非是林之雄的新课堂，抑或实现其理想的天堂？

思考不息的林之雄尚未觉察，仍需引导。同时，他的存在，对于他的医生来说，却也是一场令人振奋的追寻。

医生为解开林之雄的精神魔障，投入全副精力，不惜自己陷入身体倦怠、精神恍惚、为人误解、家庭失和的困境，这一番苦心与意志，竟如同复制了林之雄写作的风魔。即将退休的医生有"私心"：他的父亲，一位雕刻家，在生命和事业的盛年跳楼自杀，据说他死前苦于不能捕捉"藏在石头里的精灵"。医生的家族血统上，精神官能症密布牵连，医生自己在六十年的生涯里也数次走到精神崩溃的边缘，他相信林之雄这个台湾病人是他解开家族血统秘密的契机。

医生并不代表美国主流医界对精神病人的认识，他自身拥有欧洲的身世和暧昧可疑的精神史。更有意味的，是医生与美国医学界的关系。"医生是葛斯达学派的名医。然而美国的医界冷落他。"因为他并不把精神病仅仅当成一种身体的疾病。在他看来，"美国的精神病学还躺在摇篮里嗷嗷待哺"。那种"汲汲指出'病情'，然后稍加纾解，再配上药方就将病人迅速打发，返回社会"的速成法，并非"治本之道"。"如果错在社会，怎么办？"而在他的同僚看来，他是把医学的问题变成了哲学的问题，要先了解病人的人格才肯诊断下药，徒然延误病情，医生因此被暗中嘲讽为"哲学教授"。

显然，医生不只是一个医生。如萨义德对知识分子的区分，嘲笑医生的同僚们是专业技术人士，而医生是一个意图超越种族、国别与贫富界限的，将人道主义和哲学反思注入"职业"的知识分子。他一生负荷着病人无数的秘密，像中世纪真心诚意的神父面对前来告解的信徒，"他与他们的魔鬼打交道"。医生作为一个西方知识分子，与来自台湾的艺术家的沟通与不能沟通，理解与不能理解，反过来透露着小说家郭松棻对于战后欧美自由知识分子的困境的关注，在这其中，或也有在"钓运"、"统运"退潮之后，潜心读马克思主义以解开问题症结的郭松棻的心意，在他人的困境中重新理解自己。

医生有一个吓倒同僚的言论，他认为，治疗失败经常是医生这方面的问题——"医生本人的精神幅度及不上病人"。除去精神病学上的意义，这难道不是人类面对"异己"的艺术也好、文化也好，所必要的谦卑吗？然而不同的文明之间的理解，在"现代性"的当然权威之下，早已失去了平等和耐心。医生与读大学的儿子之间，有一场有关林之雄的谈话。儿子不假思索地以"窥淫狂"为林之雄定性，并拿出一整套理论来阐释：

"第三世界的玩意儿。"

"落后世界的情欲，与不幸意识总是纠缠在一起。有时还被狡猾地解读为神宠，使歪曲的情欲更加精彩刺激。"

"在父权专制社会里，这种执迷状态更容易伤害人格的发展。"

……

这一书写背后，或有着郭松棻对盛行于美国学院的文学、文化理论的批判认知。那"医生的精神幅度及不上病人"的谦卑，是美国医界的另类和边缘。但另一方面，在郭松棻笔下，"儿子"所代表的美国年轻一代尽管有其不假思索的偏见，却并非一味狂妄。"儿子"从对学校的亚洲留学生的观察，提出"东方是东方，西方是西方，不要说他们的文化我们难以了解，他们许多日常生活的行为我们看了也感到非常陌生"，继而以父亲的教诲来质疑父亲：

你不是说过吗？人仅仅靠一次肉体的诞生是不能成其为人的。人需要第二次的诞生，降生到历史里……爹，除非你了解台湾，了解他们的处境，否则你无法医好你这个病人。

"儿子"用异质文化了解的艰难，道出了父亲的困境。

经过一年的治疗，当他一点一点帮林之雄唤回家乡的街道、母亲、窗口……觉得病人解脱在即，正想进一步探索他潜藏的秘密时，病人却突然丧失了语言，再度以黑暗之心面对医生。

于是医生请画家写信给林之雄的母亲。母亲，便跨越千山万水，急急奔来了。

当母亲看着毛毯下只露出一只脚的儿子，满心悲伤和惶惑，勉强回答医生的问题时,儿子慢慢醒来了,他开始用断线般的语言对画家喃喃起那窗口、女人、女人的脸……蓦然,儿子看到了母亲的脸。

他奋身而起,抱住了母亲,用颤抖的声音喊出了"妈"。他恍若重生,"看到自己咬破了密封的茧,毫不犹豫钻进了世界。""他苦苦等待的那景致,现在就在眼前。""母亲的脸——渐渐嵌入了那开启的窗口。"……

这一瞬间,林之雄纷至沓来的思绪,不但医生不知道、不能想象,对于小说的阅读者,这种"一句并不预设下一句"书写,也是极为费解的。显然母亲的脸唤起了比亲情更多的情感,而且和他半生追寻的"窗口的秘密"有着密切关联,那究竟是什么?

他看到了:南下的火车驶过窗下,女人探出窗外,将一大碗什么倒在每节车厢上。火车呼啸而去。空气中留下馨醉的酒香。看到女人倚窗安笑的那张脸。

一缕艾草挂在屋檐下,那么,女人洒下的是雄黄米了。"车里的每个旅客有福了,在这南下的路程刚刚开始,就有人暗中为他们乞神降福。"

原来,林之雄"半生积郁的那美妙景致",是贫穷的窗口里,一个平凡的女人做出了神的作为。

而这是不期而至的母亲的脸给予的启示:

五月的阳光照耀着母亲的脸。

家乡的后井。母亲冻红了双手,浸在冷水里洗衣。水光曳动,托着她一如观音的脸。

在故乡,他是愉快的。

在杂乱的街道,骑车奔驰,他知道自己是个有福的人。

母亲的脸,写着"所有的絮言、慈爱、期待、困顿、守望",就是这样"嵌入"了那个窗口,让他看到了洒雄黄米的女人,如观音播撒甘露,为人间祝福。

其实,林之雄在纽约流浪追寻的过程中,曾经拥有"发现"那窗口真相的契机。那个在纽约的中国画家圈中,如一场林火,将干燥的荒原"轮番爱过去"的女人,曾猝然将爱泽赐于林之雄。"她刚满三十,轻手抚过草尖,无意中处处都流露着母爱",当他讲述那窗口时,她一句话就道出了他的迷障。然而,彼时的林之雄汲汲寻父,是如此固执、专注于男性的力量,他寄望于朋友、爱戴着神父、崇敬那强健有力的行为艺术家,却怕对女人的情感"混淆了窗口的景象"。于是,他从"安详一如观音"的女人身边出走了,也就与"幸福的真相"失之交臂。

勤勉的洗衣妇给予他生命,抚育他长大,林火一样的女人点燃他的爱与情欲,给他母性的眷顾,然而,他注定要为"无父"的身世流浪异乡,失魂落魄。直到跨越重洋母子相见,林之雄再次诞生了,诞生在对故乡的幸福岁月的重新体认中,诞生在对母亲/女人之神性的憬悟中,诞生在这个汇聚了不同国度、种族的精神病人/艺术家/知识者的美国医院里。

在《月印》、《奔跑的母亲》、《雪盲》等小说中,郭松棻一再书写男子对母亲的眷恋,对女人的母性的眷恋,那来自女性的坚忍、包容和无限的爱,是身世畸零的台湾男子的救赎和飞升,不少论者将其解读从"中国"的向往到台湾/母土的认同,对于《论写作》,也有看法是"主体从西方价值体系的追求回归到母亲所在的故乡的认同"。然而我想这些论断恐怕都忽略了,由于"美国"这个空间的介入,由于在这样一个空间里的丰饶的追寻,书写者郭松棻早已,不,从未,纠缠于中国/台湾,或者外省/本土,或者西方/东方这样二元划分的概念里。《论写作》里,郭松棻借由美国这个背景,借由"医生"这个兼具"治疗者"与"探秘者"身份的异国知识者,从母亲的脸上,找到了生命和写作的真正秘密:超越国家、种族,甚至超越"身世"和"历史"的爱。

这似乎过于简单,简单到令人惊愕,然而对于背负了那么复杂的台湾历史/政治创伤的孤儿,对于经历了那么多轰轰烈烈而复归于沉静的写作的郭松棻来说,这"简单"毋宁是一个新的写作背景。并且,也并非肤浅的乐观——《论写作》的最终结尾是一个悬疑:

林之雄在激动之中,将母亲的脸紧紧托起来,以至于母亲在他的手掌上感到了窒息,以至于察觉有异的医生和画家朋友一起加入也掰不开他的手。于是,四人的缠抱构成了一副奇异的景象,并被无意中看到的一个老病号想象成"矗立在纽约海港的那尊自由神"。

这意外之笔打破了美满的结局。提醒着我们,医生看到林之雄认出母亲、拾回语言,却看不到这可喜转机背后的内容与意涵;医生能够以超越国度、种族的艺术本质来理解林之雄的风魔,但终不能从他胸口的历史创伤来分享他重新诞生的喜悦。这或许意味着:异质文化之间的完全理解,近乎不可能;那可理解的部分,也是需要付出超常的心血和代价,去体谅。但这种体谅的人文价值是巨大的,正如医生从林之雄的身上寻找父亲和家族血统的秘密，战后欧美知识分子在反思战争时，也必要理解"第三世界"的创伤：理解他人即是理解自身。

难以归类，不容忽视，在书写风格和思想内蕴上都充满魅惑的小说家，也让我面临了"精神幅度"的困窘，理解，才只是开了头。

青春版《牡丹亭》的剧本改编

那个"不妨拗折天下人嗓子"也不容人对《牡丹亭》做些微字句改动的汤显祖，如看到今日的"青春版"《牡丹亭》，不知作何感想。我想他会欣然，不仅因为他的《牡丹亭》与昆曲重放光华，也因为，"青春版"是这般读懂了他的情、再现了他的梦。白先勇一再表白青春版《牡丹亭》的"正宗、正派、正统"，其演员师承、唱念做派、剧情敷衍，也无不谨守这原则，而在"尊重古典"的基础上强调对"现代"的"利用"而非"滥用"，毋宁引发了更多观者、论者的兴趣。

古典也好，现代也罢，我们的牡丹由此还魂，焕发青春，这其中的机缘与努力值得细细品味。舞台、灯光、服装、音乐、舞蹈之中的现代元素的应用及其与昆曲传统的结合，有多方面的讨论，我想通过剧本改编来探讨青春版《牡丹亭》的艺术个性，也是要从"文人"参与的角度，探讨昆曲（以及它所涵纳的美学、思想）在当代存续的可能样式。[①]

文人深度参与后的戏剧，剧本是基础，也是统摄全剧精神、赋予其思想活力的核心所在。剧本本身是相对独立性的艺术品，但只有搬上舞台才能成就其最终生命。昆曲在明代的兴盛及其雅化、精致化，颇得力于优秀文人的参与，然而之后诸多不顾舞台演出效果的文人创作，也是昆曲日渐远离观众、由盛而衰的一大因素。成也萧何败也萧何，文人与昆曲的辩证关系大有启示意义。对专业领域分工细密的当代文人来说，要在案头与舞台都能无碍驰骋，尤其不易，"青春版"编剧小组在改编、演出过程深深体味了其中艰难，他们的成功也为后来者提供了值得借鉴的经验。尽管以

[①] 本文所谈汤显祖《牡丹亭》原本依据的是人民文学出版社1987年版的《牡丹亭》，（徐朔方、杨笑梅校注）以明代怀德堂出版的《重徐镌绣像牡丹亭还魂记》为底本。

白先勇为主的编剧小组表白秉承"只删不改"原则，只是"整编"，而不敢说是"改编"，但是，删什么，如何删，细微改动，拿捏分寸，正是从这里见用心，见真章。所以，这里仍以"改编"名之，看重的是"不改"之中的"改"。

从55出到27出，"青春版"的"减法"做起来绝不比"加法"容易，三场连台大戏的构架原则、场次的调整合并，编剧小组都有详细的自我陈述。这里仅从几个细部层面来探究。

一　三条线索

首先是线索的提炼。原作展现的社会内容宽广，爱情之外，官场、民情、科考、农桑、征战，都有生动的描写，但舞台演出无法如文学剧本这样铺陈。"青春版"需要大刀阔斧地删削，严谨细致地捏合。这一工作是非常琐细复杂的，不能一一论述。只说提炼后的线索：主线是杜丽娘与柳梦梅的生死追寻，副线是兵乱，此外，还有一条隐形的、"情"的线索，即杜柳二人与其家人、俾女、仆从等的情谊。主线自不必说。有一种意见，"兵乱"这条线可以删掉，剧情集中于杜柳的爱情就够了。我认为，这条线不但为爱情故事铺设了相对照的乱世背景，且与后半部的情节波折有不少关联（如金榜因战争迟放、柳梦梅赴淮扬访丈人却发生误会），更主要的，这条线关乎柳梦梅的形象塑造。书生有诗书报国的自信，虽然还未曾正面迎敌，为此所受的苦楚（见《淮泊》、《硬拷》两出），足以彰显书生傲骨，这使其形象饱满起来而能与杜丽娘相平衡。由此，也反映了主线提炼不同以往的特征：生旦并重。（关于书生角色，后面将作详细讨论）至于"隐形线索"，其实相当重要，它反映了对《牡丹亭》所言之"情"更丰厚、温润的理解。剧中杜父杜母的爱女之情、丽娘与春香的姐妹之情，柳梦梅与园工的主仆之情，乃至阴间的胡判官、出家的石道姑对人鬼恋的体谅、保护之情，等等，与杜柳出生入死的爱情交错推演、映衬，共同构筑了一个"有情天地"。汤显祖在《牡丹亭》中，其实营造的是一个没有"恶"的世界，杜丽娘也并非一个反礼教斗士，青春不得自然绽放让她一梦而亡，或谓悄悄"叛离"了不能圆其梦的家，但梦圆之后，她念兹在兹的是寻求家的和解与社会的容纳。这个结构让人想起白先勇唯一的长篇小说《孽子》。那一群有着生机勃勃的身体的青春鸟，因为无从选择的、天然的同性恋取向，不被家人谅解而遭放逐。他们既为青春萌动的情慷所苦，也为背叛相依为命的亲人的罪孽所苦，而为他们寻求父辈、家庭的宽容与相互谅解，则是作者白先勇未曾稍忘的。最终，小说借一场"孽子"们为父尽孝的葬礼，完成了和解的象征。如同《牡丹亭》大团圆的结局，在古来才子佳人故事的模式之外，其实蕴含着汤显祖沧桑而欢喜的心肠。或说，体味再多人间悲欢炎凉，白先勇、汤显祖都保有着一种天真和慈悲，执着也好，和解也罢，都建立在对情之苦的全心容纳之上。这或许并非《孽子》、《牡丹亭》的主要意旨，却是一个深厚的底蕴。作为制作青春版《牡丹亭》的核心与灵魂人物，白先勇对汤显祖的理解无疑是至为关键的，这一"情"的体认奠定了"青春版"的构架，也奠定了呵护"青春"的温情氛围。

二　删削了什么

第二个层面，情节、唱词、宾白的删削。被删掉的内容都是什么？具有什么样的特征？一是删去了许多枝蔓或过于写实的部分，利用多样的舞台手段，使戏剧开展更为简洁、浪漫。比如杜丽娘回生的戏，原本有很多准备动作：柳梦梅与石道姑商议、买药等，改本将这些都省略掉，只消道姑言语带出，《回生》一出也大大简化：柳梦梅挥锹之后，穿红衣的杜丽娘在众花神的簇拥中，冉冉升起于平台上，原作中杜丽娘苏醒后吐水银、喝还魂剪档药酒、怕光、认不清人等都不用，而是立刻与柳梦梅遥遥相对地呼唤起来。杜丽娘的红衣与柳梦梅的红披风，渲染着阳世重逢的大欢喜。场外领唱"但是相思莫相负，牡丹亭上三生路"，感叹赞美恋人的勇气，烘托高潮。

二是对有关典故的删削。汤显祖的《牡丹亭》是一个相当逞才使气的作品，想象之奇特瑰丽、曲词之美不必说，人物言语皆有出处，用典之多，也是逞才的一个表现。不仅言必四书的陈最良，自负才情的柳梦梅，连道姑的话都相当讲究。在汤显祖写作的时代，不少典故是人们熟知的，有的也非典故，倒是当时人的俗语，却难免成为今日观众理解的障碍。昆曲文辞之雅、之美，是其作为"雅乐"的一个重要特征，但也不免曲高和寡，离观众日益遥远。这方面的改编，"青春版"小心、用心：如何既保留其雅乐水准，又不致令观众感到过于晦涩？这是一个难题，但在某种意义上，也未必是一个非得解决的问题。因为即使是如今删削后的台词，即便是中文系毕业的人，也仍有不少不懂的词语和不知晓的典故——如此无意成就有心者重读原作和相关古典书籍：昆曲要获得年轻观众，不仅靠青春风采吸引其目光，也引导他们走入舞台之后的历史文化之中。

　　三是对插科打诨和某些情色内容的处理。原作中，谐谑是与深情相配的风格，使得深情不至失了生趣，同时，谐谑内在有对森严理学与迂腐戒律的嘲讽，是生命力勃发的另一种表现方式，这在春香闹学中有最为生动的表现。但诙谐本身也是戏曲的娱乐性体现，不乏耍笑与色情成分，诸如陈最良的文人荤语、石道姑与云游道姑的吵闹、大金天使调戏杨婆等情节。其中不少或隐晦，或与当时民俗相关，今日已不好理解，或则过于露骨，都需要删削。"青春版"一方面保留原作有张有弛、亦雅亦俗的结构，一方面做了大幅修改。腐儒玩笑与道姑闹场，因为与主线关系较远可以整个删掉。金使调戏杨婆，则主要通过杨婆的优美剑舞、金使的垂涎贪看、相互周旋等舞蹈动作来表现，场面轻松诙谐，而无色情难堪之感。

　　总之，从原著被删削的部分来看"青春版"的新风格，毋宁是要比原著更加唯美、更雅而不失生动和烟火气。充分利用诗化的"留白"方式，简化琐碎写实部分，简化戏曲传统中重复的交代说明，同时，有节制地删削典故和插科打诨内容，从而使戏更加紧凑、干净、利落；在此之外，决不喧宾夺主地采用富现代气息的舞美音响等设计，烘托剧情，拉近与现代观众的审美距离。

三　生与旦

　　第三个层面，是重中之重，即角色形象的塑造与变化。"青春版"杜丽娘的形象塑造与沈丰英的表演，是否契合汤显祖心中笔下的杜丽娘？美貌、才情都不必说，重要的是如何将大家闺秀外在的端妍知礼与豆蔻少女内在的聪明娇憨恰到好处地结合。杜丽娘的聪明有很多层次，是逐步展现出的。《闺塾》一出佯打春香，沈丰英一颦一笑，活现了一个机灵的小姐。老师走后立刻问春香"方才说的花园在哪里"，又把贪玩的少女天性自然流露，更妙的是春香兴高采烈建议趁老爷不在偷偷玩去，小姐面露喜色，话头却一收，道是"且回衙去"，真真一个慧黠的大家闺秀。汤显祖在《紫箫记》里有段关于少女伤春的议论，虽是调笑口吻，却颇中要害：

伶俐的少女才知伤春。因为心比比干多一窍，杜丽娘看到春色如许，思及自身的青春，在做鬼面见判官时才不舍追问姻缘，而在夜访书生、无边欢爱中，仍不忘小心试探、多次盟誓，为重生的幸福姻缘加上多重保险。这里的聪明就不仅是可爱，而更可敬佩赞叹了。青春版非常精细地保留、突出了这些层次，而沈丰英江南女子婉约生动的天然资质、细腻、本色的表演，能够与角色自然融为一体，愈来愈接近汤显祖笔下光彩异常的杜丽娘。同时，青春版也小心做了一些改动，或许是不致让杜丽娘因过于机灵的言行而有世故之嫌。比如在《冥誓》一出中，道姑来捉奸，两人一时慌张，原作中，杜丽娘很快镇定下来，笑道"不妨，俺是邻家女子，道姑不肯干休时，便与她一个勾引的罪名儿"，进而指挥柳开门应变。改编本将这些删去了。明清戏曲中多有美貌又泼辣、有心计的女子，汤显祖本人年轻时也写过更为佻达的霍小玉，但杜丽娘毕竟不同于倡家女儿的霍小玉，她是深闺养大的千金小姐，身份与阅历对其言行都有制约。同样细微的改动也出现于柳梦梅的戏中，《幽媾》一出中，柳梦梅面对夜深敲门的女娇娃惊诧不已时，一串猜测身份的问话中删去了"若不是认陶潜眼挫的花，敢则是走临邛道数儿差"两句，或许这首先可推测是因典故不易理解而删的，但若钻钻牛角尖，或许可推测是因为这两句与情郎私奔的猜测有轻浮之嫌。（但杜丽娘的回答中却仍保留了相对的句子"俺不似赵飞卿旧有瑕，也不似赵文君新守寡"，不知是不是一小小矛盾？）

由此便要论及柳梦梅形象的着意塑造。与传统《牡丹亭》多重旦戏不同，青春版加重了小生的戏份。关于柳梦梅，似乎一向有与杜丽娘光芒不能比肩的看法，或认为柳梦梅"是配不上杜丽娘的"，不过是杜丽娘至情将就的"承载体"。而柳梦梅的"状元梦"以及"高中状元、奉旨成婚"的结局也似乎不免腐儒俗套。这里或需要综合汤显祖的人生历程与创作变化来做考量。汤显祖三十岁上下写《李十郎紫箫记》，霍小玉、李益两年缠绵，一朝李益得官离去，誓言承诺都化风化雨。汤显祖同霍小玉一样，早已明了，恩爱总难免被"功名"二字惊开，那么，在年过半百，又是弃官归乡之后，汤显祖在一个极其浪漫奇特的爱情神话中依然让书生热心功名，又是为什么呢？或许，功名在此已抽离了具体内容，成为一个符号，一个为难于在人世立足的爱情寻找"合法性"的工具；同时，对书生柳梦梅来说，"状元"之期许，也是对自我才华与情操的高度自信的表达。因而，柳梦梅在汤显祖笔下，不但有一般才子的风神俊雅与绝世才情,亦有一种与杜丽娘不相上下的痴情大胆,更有一种表面的迂呆与内在的执着铸就的书生傲气,更重要的,汤显祖不让他有才子们的浮浪或薄幸,一样恋慕美色,柳梦梅却是个志诚乃至有些憨痴的情种,为爱能痴狂、能舍身,虽始乱而终不弃。以年老之身写青春之戏,汤显祖勘破少年浮华,赤子之心和求索勇气却是弥坚,真真是一往情深。

  所以,我以为青春版《牡丹亭》对柳梦梅戏份的保留与凸显,是对原作内在精神层次上的还原。改编者小心不使柳梦梅失于浮浪,而扮演者俞玖林在玉树临风的气质之中,蕴藉青涩,非常适合诠释这个少年多情人。配角形象的塑造,最值得注意的是石道姑与杨婆,这两个角色都有大胆的改变,即从原来的"作旦"、"丑角"改为漂亮的女性形象。有些昆曲工作者对此提出异议,认为传统的角色行当不宜改动。而我理解这种改编是有一种思想依据的:在《牡丹亭》中,事实上并没有一个具体的人物是丑的、恶的,或是被批评控诉的对象。虽然杜柳的爱情追寻艰难曲折,然而从人间到鬼界,所遇无不是最终促成了有情人。爱情的对立面是抽象的,年轻时写《紫箫记》的汤显祖,此时更相信爱情的最大敌人不是门第制度不是功名,而是人自己没有"至情"。所以,汤显祖的浪漫不但体现在塑造一个绝世的女人,一个完美的才子,也体现在这种直指生命本身的爱情观上,他不指控世俗制度或险恶坏人,而诉诸人的"至情"有无,情之所往,不但生者可以死,死者可以生,所有的人世机缘都将为之敞开。所以,对腐儒陈最良,改本不强调其腐朽庸俗一面,他虽可笑,却也善良,更何况无心插柳的他,却用"关关雎鸠"启蒙了少女的春心;石道姑为石女,她以自己的悲哀体谅有情人的生死追寻,成为杜柳之爱的守护者,虽说剧中形象多有耍笑色彩,却不能说其中没有寄寓对良善人世的感念。即便是在动乱时代背景中插了一脚的海盗李全和杨婆,溜金讨金、忽北忽南,逗够意气和笑闹之后,夫妻俩竟要学范蠡西施"泛五湖"去了,爱情对功名事业的嘲弄,也在其中。姑不论这样的依据是否足以支持"美化"的改编,只说效果,"军中母大虫"的杨婆其实娇媚如花,笑语晏晏又威风凛凛,与李全的畏妻恋妻对起戏来,一方面不因不是丑角而减喜剧色彩,一方面美人舞剑,海盗唱醉,生龙活虎,好看、好听极了。"莽乾坤生俺贼儿顽,谁道贼人胆里单!南朝俺不蛮,北朝俺不番,甚天公有处安排俺",唱腔与意气配合,让人觉得这个胆小的海盗也可爱得紧。与杜柳的婉转旖旎相对照,另是一种风采。此外,改变形象之后的石道姑、杨婆的戏，都去除了一些粗俗调笑的成分，从形象到内容上，都更切合戏剧整体的美感。

四　月落重生的哲学

第四个层面，细节改动背后的美学和思想。《牡丹亭》的故事既激情又温情，既浪漫又现实，背后有一往直前的生命活力，也内涵了千回百转的审美感受与哲学思维。这种美学与哲学在刚柔相济、阴阳相生的基础上，看待事物的眼光是流动的、富穿透性的。这种眼光在繁花似锦中看到颓败之来，也在绝地中看到不死，也因此，人感怀流逝而珍惜美丽，处境艰难而能柔韧以对，不轻易腐朽溃败。其中自有一种君子期许的笃定人格，不东倒西歪、进退失据的浩然之气。

杜丽娘在春色如许的园林中唱出"原来姹紫嫣红开遍，似这般都付与断井颓垣"、"良辰美景奈何天，伤心乐事谁家院"，柳梦梅慨叹"如花美眷、似水流年"，在绽放的春色中一双聪慧的人颖悟自然，又不知觉流露对美好事物难舍难奈的怅然。《冥誓》一出，拈香盟誓，恩爱缠绵，然而却是一人一鬼——念及一梦而亡的前尘，寻寻觅觅的鬼途，阴阳欢会而魂仍不定的今日，怎么不令杜丽娘心头百感交集，"感君情重，不觉泪垂"，令观者动容。山盟海誓的欢乐中，便是这样交织着哀伤。"青春版"在改编和表演设计上，可说深谙这一流动的、柔婉而强韧的思想之味，并将之展现得淋漓尽致。由一些情节的细微改动尤可见到用心之深。比如《离魂》，系原著《闹殇》改成，《闹殇》中，除杜丽娘惜别父母春香、病重而亡的情节，尚有春香、杜母再次上场，与石道姑、陈最良商量建生祠等，其中还有春香与石道姑一段戏谑对话，冲淡了悲凄的气氛。改本《离魂》则终于杜丽娘的香消玉殒，其余都删去。更有意味的是杜丽娘临终情景的改动。原本杜丽娘对春香交代完后事，自叹"这病根儿怎攻，心上医怎逢？"再拜别父母，道"怎能够月落重生灯再红！"即以下场表示死去。而改本的处理是，杜丽娘要母亲"站远些、再站远些"，而后以一段距离的跪行呼喊来"拜别养育之恩"，这样，从开始杜丽娘一段自述"甚西风、吹梦无踪"、"在眉峰，心坎里别是一般疼痛"已经被揉得酸酸楚楚的观众的心，此刻又被这一表现力很强的母女别离场面，再掀起波澜，但是，拜别之后，杜丽娘的哀婉表情却开始发生了变化，她坐在椅上,一边唱,一边轻轻推开悲戚趋近的母亲和春香,脸上是一种透着笑意的娇痴,似乎有不为人知的憧憬。听她唱的是"这病根儿已松,心上人已逢"。而后重复着"但愿那月落重生灯再红",全然是心愿(即将)得偿的自信。这些改动是很堪思索玩味的。在生命的尽头,不只是悲痛,因为为情而死方是得到情的契机。杜丽娘思念的爱人,生时无从寻找、无法作为,死后她将获得魂游四方的自由与能力。所以,这几个句子的细微改动和杜丽娘之死的丰富层次,正是对汤显祖那一极其感性而又开阔、积极的哲学的生动诠释。这一改动的依据也存在于原本中的细节中,病重时刻杜丽娘已想着"回生",交代了藏画太湖石、葬身梅树底,"有心灵翰墨春容,倘直着那人知重",如此强烈的自信与如此用心的安排,倘不能感动得鬼界给她自由,放她还阳,怕是天地难容。所以,这出《离魂》最后的设计是杜丽娘身披红纱,一直走向舞台深处,红色披风拖曳着,仿佛铺就了一条通往幸福的道路,果然,在那端,杜丽娘手持梅花,回眸一笑。看到这里,简直要感叹,白先勇和"青春版",比汤显祖更浪漫、更蓬勃。

综上所谈,对照原著、改本与演出实况,首先看到的,自然是"青春版"编剧们怎样小心地再现汤氏原著与昆曲之风采,与此同时,会发现其中凝聚着当代文人的思想与艺术追求。"青春版"本着简约、诗性的方式进行删削捏合,使之比原著更干净、更雅,人物的塑造期求更纯、更完美。在情感上,整体构架能完整展现汤氏所言之"情"的深广内涵,尤其是重视一向被忽略的爱情与亲情的"和解",连通了古今作者/改编者的人间情怀。在思想上,则利用了更多的舞台表演手段,将原著的感性哲学贯彻得自然从容,表现得淋漓尽致。都说白先勇是汤显祖的异代知音,我想,如果以上所谈艺术个性可以成立,在于"青春版"编剧们与汤显祖建立在心灵沟通基础之上的"对话"。原著所内涵的情感、美学与哲学意义上的"古典",与"现代"并非二分、对立或者"进化"的关系,而是相互通融的。"青春版"不仅忠实诠释了汤显祖,也不张扬地熔铸了"这一群"艺术工作者的个性,因而,它不仅区别于古代的、传统的《牡丹亭》,也区别于现代其他艺术群体搬演的《牡丹亭》。

汤氏写作之时,昆曲正盛,是文人大众寄情娱乐的方式,其雅与俗,都当十分接近其时普遍的审美趣味,而在今日改编、搬演"青春版"的方向是使这种雅乐更雅,我觉得是应该肯定的定位。白先勇言,我们这个时代不缺少俗文化，缺少的是精英的、能够对社会起到一定引导、提升意义的雅文化。在"正宗、正统、正派"之外，这个由白先勇以及两岸三地文化界与戏曲界精英打造的青春版《牡丹亭》的特有的艺术个性，应该得到重视，这是内涵丰富的传统在现代重生的一个实验，一个令人惊艳的开端。

还俗记——白先勇案头与舞台的另类大众化

还俗，听起来有点故作蹊跷，其实来自一个好奇。2008年《白先勇作品集》的新书发表会上，有位导演说，认识白先生这么多年了，他还是这样笑、这样跺着脚说话……从大学时代就追随白先勇作品的女总裁则说："接近他就被他融化。"从赞助公司到出版社到一干与白先勇合作过舞台剧、电影、电视、昆曲等的人们，近乎一样地笑起来。

半个多世纪，白先勇投身的不只是个人创作，更多是需要召集、奔走于各种人群和关系之中的"文化活动"。他孤独和热闹都专注，全都做得响当当，至今依然。除了才华，那般真纯、热切，挽袖上阵的行动，确是感染力极强的赤子。用天分、文人的传统、使命感，或可以解释行动的成果，但难以解释这行动的持续和旺盛。

怎能"一径这样笑着做着，且颠倒众生？"

从青年时期以台大外文系的出身做《现代文学》，到老年携手两岸三地、专注弘扬"美得不得了"的古典昆曲，白先勇总是被认为"精英"的、"雅"的，乃至"文化保守主义"的，但我以为，他的创作和文化活动，与他个人生命达成一以贯之的契合并且在两岸的历史经验与社会发展中，开辟出一条另类大众化道路的，恰恰是一种来自中国传统的"俗"的精神。这是有轨迹可寻的。

一　尹雪艳与"文学性"

"尹雪艳总也不老。"《永远的尹雪艳》一个开场，似乎为白先勇的成名与代表作、整部《台北人》定了调。那些跨海来台、却活在过往，活在大陆记忆里的"台北人",某种意义上,自我冻结在了过去,其实都是"尹雪艳",都是"不老"的。《台北人》最被瞩目的"乌衣巷口"的今昔之感,吊诡地,最光耀的载体不是"王谢"家,而是这来自上海百乐门的舞女。尹雪艳是"台北人"烈火烹油的盛年的见证,同时又是他们衰亡之灵魂的象征。欧阳子说尹雪艳是"死亡女神",至少有一点我认同:尹雪艳是不食人间烟火的。但我要转个义,她所不食的人间烟火,从两个层面解:一是与台北这个小世界的隔膜——台北有自己的乡土故事、精神史和温度,而被冻结在过去的"台北人"尹雪艳和尹公馆的座上客,是与之相隔的;二是从白先勇小说的气质,从小说语言与内容的关系来说,尹雪艳延续着他早期小说那种学习中的"文学性":被褒奖如《红楼梦》式的语言,与小说故事之间,并不真的在生活的意义上契合。

从他的试笔之作金大奶奶,到福生嫂、玉卿嫂,都带着一种宿命的疯狂,娴熟生动的红楼梦语言,包裹着现代主义心理与人性分析的话语——即便是个早慧少年,此时小说对"人"的展现,与其说是来自对现实的把握,不如说是来自对文学——从古典小说,到大陆三四十年代的现代文学,到西方现代主义小说——的模仿。这些作品,既展现了他的书写天分,也拘束着这一天分。也因此,早期小说中我觉得真让人惊心的不是玉卿嫂,反而是《寂寞的十七岁》,语言和生活的关系在这部小说里有了青涩而真实的契合感,这个属于台北的、叛逆又无措的十七岁少年,是其时的白先勇最能体谅和传达的。

《台北人》的第一篇,写于1965年的尹雪艳,也还带着这样一种轻微分裂的"文学气质",表现在尹雪艳的高度象征化上,也表现在小说类于西方悲剧式的"戏剧性",特别是后半部军官徐壮图稀里糊涂的悲剧故事上。但尹雪艳这个既光芒又冰冷的形象,盖过了一众"台北人"的风头,甚至也盖过了白先勇自己的活泼心肠,以至于人们多把"今昔之感慨"、"文化之乡愁"和"凭吊逝去的时代"这么一个面向过去的姿态,当作他《台北人》书写的真实和全部。

果真如此吗?当金大班,这同样出身上海百乐门的女人一出场——或许白先勇自己也不自觉的——这个四十岁女人的遭际、心机、泼辣、无奈和动情,来自西门町霓虹灯和苗栗女孩的眼泪,融化了被尹雪艳凝冻的时间,慢慢展开了一个更丰富的"人间":落到现世人生与情理的、白先勇的文学世界。

《金大班的最后一夜》，诚然金大班的"亮相"，是倚在台北西门町的舞台"夜巴黎"的门上，训诫那急吼吼没风度的经理，一句"只怕夜巴黎的舞池，比不上百乐门的厕所大"——仍是今昔，但金大班的故事，却一步步超越了被高度强调却并不那么笃实的"历史感慨"。

二　金大班的烟火气：从小说到电影

1984年，电影《金大班的最后一夜》（导演白景瑞）拍成，场景、技术和表演都不无局促和生硬，但女主角——香港演员姚炜饰演的金大班，获得了白先勇由衷的肯定。这个肯定很值得追究。电影里的金大班，看起来与小说里的金大班颇为不同——小说多用金大班的腔调，是一个中年的风尘女子的口吻，泼辣、俚俗、现实，有种轻微的自我轻贱和自嘲。那段年轻时为爱痴狂的故事是属于"记忆"，只为反照如今的现实主义人生态度的。而在电影里，这个青春记忆成了一个最重要的基调，一个半生起伏的叙述动力——金大班的良善和挚情被放大，小说里那些"看谁要得大头多"，害得多少人妻离子散家破人亡的百乐门时代的狂浪，在电影中真就只剩下一句夸口话。更重要的，电影充实了金大班与轮船大副秦雄的恋爱故事，把小说里隐蔽的一个中年女人的爱，其温情、细腻、哀乐，大大发挥，于是，虽电影小说同样表现了离开秦雄嫁给商人陈荣发是为"现实"的因素——四十岁的女人不能等——和秦雄两人情爱关系的充分铺陈，却让电影中金大班的选择更为柔和、无奈，让人同情。换言之，本来小说里的金大班，是不回避其"恶魔性"的，似乎唯其如此文学更具有某种狠劲或曰现代主义式的精神深度；而电影里的金大班，毋宁是一个让大众更愿意同情和理解的女人。或许这是遵循油滑的规律：电影需要煽情，不惜让"写作"追求的深变浅，换言之，要更俗一些——但在电影金大班中，这一俗却获得了小说没有或曰不太一样的人生况味，那是真的贴近了寻常百姓的哀乐与苍凉。电影的金大班比小说的金大班更亲切，处事转圜都表现出一种虽基于现实考虑而不乏温厚的人情关系。这点，是白先勇的《台北人》与早期创作，在小说内部情感基调上很大的差异。白先勇在表白"何以参与自己小说的电影制作"时，特别强调是为了保持小说的"精神内涵"，由《金大班的最后一夜》的改编和白先勇的首肯，或可知这"精神内涵"，不是单纯的所谓文学深度。

从小说到电影，虽然大有不同，却共同显示了，白先勇的写作意识，或许是不由自主的，岔出一条与他早期精英化了的现代主义口味不同的"俗"来。

再从电影在框架上的一个缺失，来看"历史"在白先勇创作中的位置，或许能看得更清楚这种不同于精英现代主义的"俗"的意义。小说里有上海百乐门和台北夜巴黎这两个时空，而电影要复现上海百乐门的感觉，就其时的条件大约很困难。所以电影里百乐门的舞厅和上海的面目，都很局促，假假的。但这不重要，电影实则无意要展示两个时空的对照，历史风云本来在此就是淡化掉的，人物的命运转折似乎也与此大历史无关——虽然实际有关，金大班是如何来到台湾的呢？似乎不必说，说了就真的要说"历史"了。其实在白先勇的小说中，流离的台北人身上虽背负了"今昔之感"，他的小说的格局，并不以历史识见取胜。他笔下的人物，极少有耽于沉思的。他从来不试图用文学去表达，为何"家国异变"？他对历史何以如此的理解，是悬置的。在此之前，他的前辈作家书写的（1950、1960年代）的"反共小说"、怀乡小说，布满"家国变色"的回顾和解释。而白先勇只是透过人的日常生活、言语遭际，展现历史的后果。这一方面使他免于其时的政治正确对文学的钳制，另一方面，也使得他的小说思想力量悬空。但这个悬空放在从台湾本土到海外读者接受的角度讲，似乎都不那么重要，因为这样的悬空之下，《台北人》却如此动人。除了在语言、技巧上寻求解释，我觉得相当重要的，是如以上从金大班（从小说到电影）看到的，《台北人》，与早期的小说的"文学气质"不同，慢慢氤氲了一种"烟火"气息，台北人在台北还俗，这背后，有一种对俗世人生与人物的"体谅"。

有一个词一向被用来评价白先勇的文学精神，即"悲悯"，但我以为"体谅"更能传达白先勇与笔下人"平等"的关系，更能传达白先勇在书写世俗生活的一种由衷的热情。白先勇小说中的民国记忆，也因此与近年出版的《巨流河》闺秀式的历史叙述、《大江大海1949》"失败者的哲学"，大不相同。他悬置历史，却对于人漂泊失根后的"安置"，自有一种来自历史，来自极深厚的民间生存与文化传统的"体谅"。

三　在地与还俗

　　"台北人"的"还俗",与"接受现实"或享乐主义的人生不是一回事,不是《游园惊梦》里的小辣椒,无论南京还是台北,一样放浪声色,也不是《永远的尹雪艳》里那般在西门町游曳、无聊得发虚,寻求过往生活细节的满足的太太们。那样一种享乐主义不是白先勇的还俗。这俗,以金大班为喻的,包含了与在地的、平常人生的结义。金大班痛骂朱凤,这个自己精心栽培眼看要大红大紫起来的、曾经的乡下丫头,却又脱下手上一克拉半的钻戒给朱凤,显在的原因,自然是从她护着肚中孩子的怨毒的眼光中看到了年轻的自己,"她爱上他了"。又有一层,朱凤这个苗栗来的乡下女子,带来1960年代台湾社会的变迁与乡土生存的心酸。金大班做的是舞厅大班,吃青春饭的所在,也是迫不得已的贫寒人生所在,她所结遇的女子,都是台湾在地的女孩。这一情谊结,在《孤恋花》中的"我"和娟娟身上有了更为充分的铺陈。年轻的台湾女子重复的是一样的舞女泪。鲜花着锦的百乐门时代,盛开的是被摧残的青春而已。在这一意义上,台北与上海得到社会下层的温度的连接。之后曹瑞原拍摄《孽子》和《孤恋花》电视连续剧时,其实非常细腻把握了小说中历史经验与台湾乡土生存的血肉融合。

　　因此,与眼角都不肯皱一下、一径清泠地笑着的尹雪艳相比,金大班走下"神坛",指着不入流的舞厅经理骂也好,恨铁不成钢地戳着乡下土豆朱凤也好,在残酷凉薄的生活中她是热的。并且,四十岁的金大班是为了俘获一个六十岁的男人,大热天全副武装,勒腰挤肚,肚皮上生出"一饼一饼"的痱子来的,她身上,有着俗世的喜剧性。

　　金大班出场,背负着时代错谬、情非得已的"台北人"方在台北"还俗"。白先勇的写作中,《红楼梦》也从语言的使用,逐渐浸润到全部的中国式生活与情理。金大班告别的"最后一夜",不只是"风月场",百乐门时代,也是俗世传统的浮萍失根状态。金大班这个从良的风月女子身上,时代动荡、"今昔之感"寄托于她的身上,与那些用弹痕铭刻抗战的老兵、用沉默怀念五四的教授不同,她别开了一条连接今昔、连接传统、安抚现世人生的世俗之路。这一"俗",对经历离散的群体而言,尤其表现为一种日常生活的笃定,衷情、开放,和"入世"。金大班不见得是白先勇的自觉,但在他笔下的"台北大观园"里有了这个脉络。《一把青》里的师娘,《游园惊梦》里的桂枝香,都属于此一脉络,她们多是配角,代表了"台北人"的另一种精神状态和出路。共同的,她们都有一副温厚心肠。桂枝香,"说起会做人,大度,再没有比她更好的了。"在台北的错乱时空中,凭着桂枝香的"好"安抚了姐妹们的挫败和凉薄。而身为空军军官眷属的《一把青》中的"师娘","打从嫁给伟成就盘算着日后怎么给他收尸",对年轻的、为爱人死于战火而癫狂的一把青,她固然抚慰;对此后变成佻达为人非议的一把青,她尤有体谅,那里有对家国苦难为一体、不必用道理说出的近代中国人的身体感觉。

一部《台北人》中,虽然以尹雪艳为代表为譬喻的、活在过去的"台北人"是主角,但金大班和一众在家国沧桑中历练的中年女子,召唤的俗世温度,却是白先勇小说中极为重要的、在激越的时代潮流之下,一种依附于个人体温和文化传统的,平静而深厚的暖流。构成他此后从创作到舞台剧、电影改编、昆曲制作等各种文化实践中,可以让他安身立命的底色。

四　戏园子里的小孩:俗的信仰

这些年白先勇最用心的文化活动,莫过于青春版《牡丹亭》。弘扬昆曲与中国古典艺术之美的悲愿之外,特别可贵的是他所做的"推广":打造一部极美极雅的戏,并且让它成为时尚,走入并不是戏剧专精和爱好者的年轻人。社会主义美学话语有"文艺大众化",白先勇不是这个话语体系,他对艺术作品的这一自觉和实现动力从何而来?

就青春版《牡丹亭》的剧本改编来看,对汤显祖"世间唯有情难诉"之情的展现,特别重视了爱情与亲情的"和解"。杜丽娘圆梦之后,孜孜以求与家庭,乃至她背叛过的礼法的和解。同时,相对于惊世骇俗、出生入死的爱,杜丽娘寻爱生死路上的慧黠,体现一种世俗的草莽乃至喜剧精神。为爱还魂之后,为爱还俗。也因此,这样雅的昆曲,能进入最普通和普遍的人心,仿佛它本来就在我们的日常生活之中。于是这雅连通了一种落实于世俗关怀的情的传统。白先勇是从何时有此自觉?或许幼年时在桂林,坐在人声嘈杂的戏园子里时,艺术的初体验就播下俗世精神的种子:舞台之美,是人人得而享受之,人人得而参与之的。

这一关于俗的信仰，在文化实践上的能动作用不可忽视。早在 1980 年代初期，他差不多用同样的方式，和一帮朋友把自己的小说《游园惊梦》搬演上舞台。座谈会上，一位社会学家说：台湾的观众终于被看得起了，感谢他们肯这么用心，拿出好玩意儿来给观众。《游园惊梦》是严肃的舞台剧，但是雅俗都通，用昆曲、平剧做底子，摸索舞台的现代呈现方式，还很可贵的是，戏激活了一群好演员。放在后来的本土意识尺度里，这部戏或许会被以为是外省人感怀伤逝、不爱台湾的证据，但这出戏却对台湾本土文艺的产生，起了典范和推动作用，包括话剧的现代化，演员和观众的培育。该剧上演后，当时还在美国读书的赖声川参加座谈会，作为后生晚辈，最后一个发言，但他是里面唯一从舞台剧在台湾的困境和发展前景的角度，来认识《游园惊梦》的意义的。在被滥情粗制的电视剧占领的大众文化市场中，艺术工作者可以提供不是取悦却能打动人、能把历史和现实感传达出来的，为人"喜闻乐见"的作品。后来台湾舞台剧的发展蓬勃多元，而以水准和可看性兼备（赖声川以"相声"系列成为领军人物），白先勇早期的实践功不可没。

最近几年，白先勇对台湾的校园教育提出"教小提琴和钢琴而不教笙箫短笛、学画维纳斯像而不画山水，是典型的文化自残"的批评，并由此呼吁"从昆曲切入，从台湾和大陆播种，向西方世界传播，找回中华文化的原乡"（《新周刊》第 375 期），有论者据此认为他不无"文化保守主义和本位主义"之嫌。但我认为，他"文化自残"的批评针对的是台湾教育照搬西方体系的现实，这同样适用于大陆当下。在现代教育弊端的认知上，不是"保守"，倒是激进。近代以来尤其是 1949 年以后的大陆语境里，以"文化保守主义"指称的文人，多背负了"改良"、"封建"乃至"反动"的批评，而白先勇的文学创作及其办杂志、制作舞台剧和昆曲的种种文化实践，无不透露一种本着中国传统艺术精神积极迎向"现代"、容纳西方的格局；他对"传统"的理解浸淫，既非"国粹"式，他对传统的吁求弘扬，也非为"民族主义"背书，而是以理解时代忧患，介入当代的日常生活、人文困境为基底的。也因此，他从台湾到大陆推动的看似"精英"的各种文化实践中，往往又是"还俗"的，吊诡地获得了一种另类"大众化"的可能，甚而成为推动文化转折的载体。

"克服黑暗"

——论日据末期张文环与吕赫若对殖民地知识者道路的反省

作为日据后期台湾最重要的作家,有关张文环和吕赫若的研究很多了。有关决战总动员时局下台湾文学的处境研究亦多。其中"皇民文学"的论争,更一度因统独之分歧而激烈,大陆的研究者亦有涉入。本文在与既有研究对话的基础上展开。最初动机来自同仁读书会:以战争末期战后初期的文学、政治与人的境况为对象。提及同一时期台湾状况如何?我决定尝试从张文环和吕赫若这两个"文学者"入手。[①]

即,以这两个并肩从事文学运动的好友在日据末期的写作和活动,特别是"决战"时期两人对"本岛知识阶层道路"的反思,以及光复后两人的命运分殊,来探讨"决战"到"光复"之间殖民地文学者的"心灵秘史",以及两条道路的历史与思想意涵。

1942年吕赫若自东京学习声乐归来,一方面加入"兴业统制会社"(电影公司),以固定月薪养家,一方面加入张文环主编的《台湾文学》及文学者交游和歌唱、演剧等活动,在生活负担和时局重压下,创作反进入最旺盛期;张文环作为早已成名的"代表性"台湾作家,忙于"文学奉公",从"决战时局"、"要塞台湾"的座谈会到"第一届东亚文学者代表大会",都不能缺席,创作一度陷入停滞,但"厚生演剧协会"的演出和1944年重新出发的写作,仍曲折地铭刻了他文学生命的光华。

光复后,张文环停笔,先从政,继而往复于银行、酒店管理等商业职

[①] 日语的"文学者"指称从事文学的人,赋予其创作及相关的文学活动以责任和使命感。对张文环和吕赫若这样的殖民地作家,似乎尤为恰切。

务上终老；吕赫若则加入共产党的地下组织行动并为之身死。两个富有才华和创造力、以文学为战场的作家，文学生命凝固于光复初期的动荡时空中，此一"凝固"的无限憾恨，包含了丰富的有关文学与政治、文学者与时代的信息。

一　张文环：总决算与乌托邦

1944年下半年起，"台湾文学奉公会"选派台日作家十三人，包括杨逵、龙瑛宗、吕赫若、张文环、周金波、西川满、滨田隼雄等分赴台湾各地农场、工厂、兵团、铁道、矿区参观战时体制，撰写作品，以呼应"南进"政策。在报刊发表之外，年末台湾总督府情报课更编辑《决战台湾小说集》乾、坤两卷出版。其中，有张文环的《在云中》，吕赫若的《风头水尾》，杨逵的《增产的背后》等。

> 施淑以日据时代"左翼知识分子"脉络论及杨逵、吕赫若在此压力下的创作，"是知识分子上山下乡，自我改造的表现；可以被解释为皇民文学，也可以说是记录日据末期重新踏上荆棘之路的左翼知识分子，透过劳动改造，在'皇民'的伪装下，努力朝向'人民'转化的心灵秘史"。[①]

我觉得这一"心灵秘史"的提法特别有诠释力。而且可以不限于"左翼知识分子"，今日要深化对"决战"时期文学的理解，其重点应该越过是否皇民文学，而更应关注文本与现实、文学与行动往复的内里，以探究这一特殊环境下殖民地文学者隐蔽于文本内的封缄之言。比如，在作家们被送去"增产报国"的历史现场，"劳动"就可自然而然成为讴歌对象，从而在"文学奉公"旗帜下，偷渡其超出时局的时代意识。

（一）云中的觉悟

张文环参观的是罗东镇附近的太平山上的伐木工场。他构思了一个故

[①]　施淑《书斋、城市与乡村——日据时代的左翼文学运动及小说中的左翼知识分子》，《两岸文学论集》，台北：新地出版社1997年版。

事：阿秀带着女儿，到山上去找做伐木场办事员的丈夫水来。

"奉公"的时局背景，是如此交代的。文学要表现大东亚战争给人精神面貌的改变和振奋，所以小说中的丈夫说，"山顶和战场一样，咱们是战士。工人人数虽然减少了，伐木却增加产量"。

但小说逐渐展开，我们却发现：说着堂堂战士语言的水来，实则并非那个为战争而振奋者；被寄予觉悟、自信和笃定面貌的，是阿秀，而阿秀的觉悟，实无关战争。

水来听了朋友劝诱到山上工作，却喜欢下山去"街上"（声色）流连，声称"要逛逛街不然脑袋会衰老"。阿秀死去的前夫在矿场工作，因此她明了"男人的世界"；她也明了"女人的世界"，清楚像自己这般矿场里的年轻寡妇，容易堕落的命运。她以"理性自洁"得以再嫁。"战争"来时，她决定带着三岁的女儿随水来到山顶生活，虽然到"云中"去的路途艰难、空中缆车都令她惊惧，但她喜欢"云中"素朴的生活和新鲜的空气，如此觉悟：

> 在山上，丈夫和自己都像微小的蚂蚁，既然如此微小，忧虑都没有用。不要顾虑也好。投入国家的大行动就好。阿秀决意不再嫉妒了。即使丈夫不在，即使自己成了炊饭妇，也要把这个女孩子养育成有出息的女人。①

张文环以惯用的女性叙述，掺入国家意志的言说，微妙地形成对后者的颠覆。阿秀的觉悟指向在素朴的环境中重建笃定的自我。这个自我既告别犹豫软弱的自己，更告别那个在新旧时代"投机"、自私而蒙昧（虽然是自己最密切的）丈夫。她希望丈夫"与其做一个像绅士的办事员，宁可做一个樵夫"。投机、努力向上爬，以绅士外衣为现代文明，而终不免于作假或崩毁的台湾人形象，是张文环小说里一再出现的。底层的水来复制着这命运，但《在云中》这只是一带而过，因为张文环/阿秀的眼里有了新的世界和希望。她不在乎浑浑噩噩的丈夫（当下的台湾），而把希望寄予将在山中长大的女儿（未来的台湾）。"光荣圣战"存在的意义是把她带到山顶，给了她这样一个重生希望的空间。对"国家大行动"，这是

---

① 《在云中》，《张文环全集·卷3》，第182页。

逃离，而非"投入"。阿秀如此的心灵历程，分明是张文环面对"光荣圣战"所压给他的不得不顽强诉说他的乡土乌托邦。

在山顶这个"战场"，千年古木倒下的姿影，在阿秀眼里是"悲壮的"，是"为了人类或国家而牺牲"，"那种尊严的感受以及神圣的使命感打动"她的心。

在现实中的"从军作家座谈会"上，张文环讲看树木倒下的心情"无限痛惜"，"近千年的古木在一瞬间被砍倒，那饱经风暴的漫长历史也在一刹那被摧毁得无影无踪"。① 座谈会在小说写作之前，这两个同在政治压力下而显露微妙差异的"文"与"言"，拼合起来，更让我们能揣摩（即便是过度诠释，仍能作为整体寓言的）张文环的心意。对千年古树的疼惜，让他的情感偏离开被严苛要求面对的圣战而呼吸，而千年古树因为是殖民地上的一棵树，就注定要被无情摧毁、被连根拔起。就像殖民地子民历史文化的命运，如何让人不悲壮？如何让人不痛惜？在被譬喻为"战场"的这伐木场上，阿秀是边缘人，如同正在奉公的文学者张文环，却在她们的内心和未来想象悄悄开辟着自己的战场。

作为一个在殖民地暗影和战争压力下诞生的新主体，张文环并不避讳阿秀（可能不洁净）的过去，小说中有隐约的一笔，提到水来的"善于交际"，"阿秀是在先夫还在的时候就认识他（水来），所以，认为也是一种宿命"。参照张文环的小说《艺旦之家》以及被邀请参与主持"大稻埕女服务生、艺妓座谈会"（《台湾艺术》一卷六号，1940年8月）时的记录，他对因贫穷、落后制度（养女制度）而无法摆脱风尘的台湾女性，有种超于一般同情的、以之为民族伤口也是进步动力的观照。因此阿秀在此成为作家"觉悟者"的代言，那种从艰困、容易堕落的环境中挣扎而出新主体的意志，格外具有殖民地命运的意涵。

不同于他被认为艺术风格成熟的《艺旦之家》、《夜猿》、《阉鸡》在细腻哀婉描述中流露的暗沉的宿命感，《云之中》的"积极"格调，看似简单，应和时局之作，却又有一种确实的（即便是想象的）对重建自我的活泼期待。似乎战争真的带来一种（掩藏在国策意志要求的明朗之下的）明朗。何以如此呢？

---

① 《从军作家座谈会：真正忍耐贫困的生活、一心一意、山中的劳动者》，原载《台湾新报》1944年7月，《张文环全集·卷7》，第212页。

(二) 决战下的文坛与文学运动

自 1942 年 10 月赴东京参加"第一届大东亚文学者大会"后，张文环"献身"于各种"决战"会议中，许多见诸报端的座谈会记录都留下他或多或少的言语，而此时发表的作品也多是有关时局的散文，或被命题的报道。到 1943 年下半年，文学创作只有短篇《迷儿》、《媳妇》发表。作为台湾"一线"作家，张文环被赋予"文学奉公"的表率之责，甚至在一些与文学不相干的座谈会上，也被邀为唯一的作家代表出席。如"海军特别志愿兵制纪念座谈会——'海军'与本岛青年的前进"（原载《台湾公论》1943 年 7 月号）、"责任生产制与增产座谈会"（原载《台湾时报》1944 年 9 月号）等。有意思的是，一方面给予相当重视，一方面在对其"风俗作家"的称呼中，不乏一种轻蔑意味。不过是描写台湾风俗的作家罢了。这也正是他能被委以重任的原因之一，即认为他的写作不具备什么政治危险性。

1943 年不仅是战争和国家意志步步紧逼文学者，还有借机而起的掺杂了个人宿怨、文学路线与民族意识之争的"台湾文坛的阴谋"。先是在 1942 年 10 月去东京开会的船上，据龙瑛宗的回忆，《文艺台湾》的西川满、滨田隼雄对张文环循循劝诱，将《文艺台湾》和《台湾文学》废弃，合办新的杂志。张文环唯"嗯嗯"而已始终不肯点头答应。[1] 这是一个信号，此后同人们小心翼翼维护《台湾文学》的生存空间。1943 年 4 月，滨田隼雄先以台湾作家作品无"皇民意识"发起责难。5 月，西川满又以"粪现实主义"称台湾作家只会用欧美现实主义写台湾陋俗，譬如"虐待继子"，"家庭葛藤"，矛头特别指向张文环和吕赫若（吕赫若在 4 月出刊的《台湾文学》上发表小说《合家平安》，涉及旧家庭堕落和继子问题）。在战争、皇民化、大东亚共荣的达摩克利斯之剑下，台湾作家以勇气和理论能力就"粪现实主义"展开一场精彩迭出的论争。张文环在《台湾文学》上对滨田隼雄的回应具有他一向的机智和稳健。这场论争的重要性和意义已有不少研究，在此作为 1943 年台湾作家处境的例证，而且，它在吕赫若创作变化中起到微妙作用，这一点下一节再叙。

---

[1] 龙瑛宗，《〈文艺台湾〉与〈台湾文学〉》，林至洁译，原载《台湾近代史研究》第 3 期，1981 年 1 月 30 日。

1943年6月8日，吕赫若的日记写："去文环家谈天，说是小说终于就快要不能写了。"7月15日，"骑脚踏车去文环家，因他的文学停滞了，所以劝他为了打破那种状态回乡下去。他悄然无语。虽是好男儿，性格上却……"

张文环在作品中的表现和文友的回忆中，予人的印象似乎既善于笑谑，又温柔敦厚，处事周到能转圜。吕赫若的日记有"外面因防空演习而黑漠漠的，反令文环的妙语增辉"之语（1942年6月15日）。在张文环主持的座谈会记录中，也可以看到他如何游刃有余发动讨论，掌握气氛。而另一方面，也会被认为性格犹豫而软弱，与西川满或有力人士的周旋，也曾招致朋友误会。但不以张文环在回忆中对一些旧事的辩护，单看决战时期一场场座谈会中的发言，会发现虽然很多时候他说着顺应时局或表态的话，却仍尽力引导在位者在某事某物上，对台湾民情、精神的体贴和理解；或借力打力地提出一些为台湾争取改善文化条件（如在海军志愿兵制的座谈会上，以"风俗作家"身份被咨询台湾人对海的迷信，他便提出设置海军学校或商船学校）以改变人的观念；甚或在"台湾作家"作为一种忠诚可疑者要被戴上"非皇民"（如同在日本被指"非国民"）的血滴子时，不惜以一种曲扭而悲壮的方式维护台湾作家。这一种表面敷衍实际"不敷衍"、尽其所能的态度，绝非"骑墙"或软弱者所能做到。

因此这样的奉公，对于张文环来说，即便已经多年历练，恐怕也极为耗磨。吕赫若劝他回乡下去，当在于摆脱这种状况，或者回归不受精神压迫的身心自然？但如同吕赫若在日记中自问的：有朝一日能安定下来从事文学吗？张文环即便回到乡下，能有一张他期待中的田园书桌吗？

张文环没有回乡下，"奉公"之外，却和吕赫若、王井泉、吕泉生、林博秋等人一起，创办、展开"厚生演剧研究会"的活动，展开了日据时代台湾新剧运动的一个高潮。

据吕赫若日记载，1943年4月29日下午两点出席在"皇民奉公会"总部举行的"台湾文学奉公大会"成立大会典礼，三点半出席在山水亭开的"厚生演剧研究会"成立大会典礼。吕赫若的日记涉及任何时局、政治问题都基本无评论，然而两件事的平行记录，已潜藏了丰富的内容。演剧在1937年后因为战争宣传需求而重新兴起，也为本岛艺术家提供了打开被禁闭的"台湾自己的文化"的机会。与各种官办的"演剧挺身队"装备优越却艺术贫乏的状况相对照,"厚生演剧研究会"集中了台湾最优秀、年轻、生气勃勃的一批作家、音乐家、导演、编剧,以富有台湾风貌与精神的戏剧,有意识地进行着一场面向和赢取民众的运动。5月,厚生演剧研究会开始排练,第一个剧目以张文环的小说《阉鸡》改编。9月,在永乐座的演出获得盛大成功。对于战争的意识形态笼罩下的台湾,厚生演剧的成功,特别是《阉鸡》,对民众是一种台湾情感的唤起和肯定,对这些殖民地知识者,则有着维护文化尊严,以及从战争压力下喘息的意义。

11月,台北召开"台湾文学决战会议",西川满提议合并、"献上"文艺杂志。

12月,《台湾文学》终不免于废刊的命运。

转年,张文环携家人搬离台北,迁到台中雾峰,在林献堂帮助下任职雾峰街役场(区公所)主事。

战争继续,张文环的荆棘之路也继续着,1944年7月,在统制后由皇民文学奉公会出刊的《台湾文艺》上(一卷三号,1944年7月),他发表了具中篇规模的小说《土地的香味》,可以说是带有自传意味的对台湾知识阶级的道路进行了一番"总决算",透过这篇小说,也庶几能理解《在云中》透过阿秀表达的"明朗"和希望。

(三)《土地的香味》:现代青年总决算

小说始于清辉被双亲送去东京学习十年,将要回台湾,被迫展开对自己的"总决算"的时刻。学习文学的清辉,既非医学博士,也不能做律师,不能衣锦还乡是定了的。清辉的"决算"指向三个层次。一、包裹在西装里的卑俗的虚荣心。二、"现代教育的缺陷不是在于陶冶人格,不外就是以有出息、发迹为目的的死背课题的考试而已。"三、"明治时代的前辈们首先都经过了东洋式的修养,所以在醉心于西洋的时代里才能以正确的眼光去取舍选择输入外来文化。这在现代的青年是做不到的。"

这第三点无疑是最具深度,是自省,也是对殖民地文化处境的反省。这里"现代的青年"毋宁是台湾青年。"东洋"是以汉文化为基础的东洋。"如此一想,他便怀念起昔日的书塾教育"来。

面向现代的传统

曾经在《论语与鸡》中倒塌了的书塾和父祖一代的学问人格、人情伦理，在决战的时局下，重新成为对抗帝国言说、建设"台湾文化"的资源，吕赫若的同期创作《风水》、《玉兰花》等亦有相近的运思。这在近年来日据文学的研究中，已经被普遍注意到。在张文环和吕赫若前后期的小说中普遍交织着"破败、落后、蒙昧"与"淳朴、坚韧、美善"两种乡村社会形态，看似矛盾而自有其脉络。"乡土"是在持续加强的殖民压力下被文学者反复想象和认识的。"决战"时期被重新认识的"传统"，与此前认知的"传统"，已经不是一回事。首先，"传统"是已经经历了台湾新文学兴起时的现代理性话语批判后，重新被认知的传统；也是伴随台湾现代化进程的展开，重新被认知的传统，因此，这里的"传统"经过否定之否定，是在相对于"现代"带来的困惑的层面上被挖掘的，相当具体地进入"个体"身心层面。譬如，清辉想象中的蓝布衫和西装，留学归来的人也好，台北的领薪水者也好，急急忙忙穿上西装，自此包裹起了一颗"虚荣"的心。譬如，旧式教育注重对人的品格的熏陶，而现代教育却直接与功利结合。因此没有读完女学校，却跟着父亲学习汉文的姐姐节子，是幸运的，她拥有的谦和、明朗和柔韧，让自己和家人受用不尽。相对于现代的急躁、进退失据，传统是"慢"的，笃定的。留学归来的清辉抱了各种各样空茫的想象，最后还是在姐姐的引导下找到了安定身心的"农园"。

其次，传统这一概念中的时间，被空前密切地与当下的时间连接，并透露一种积极姿态：如果这传统不能够在当下迎接现代的强大潮流，去抵抗坏的、融合好的，完成一种内在的汰旧更新，那么这个传统必然会死去；反之则能成为建设一种开放、包容的台湾文化的坚固基础。

清辉回到家乡后，一方面对的是家境的衰落，"父母露出了穷相"，以及乡人的功利短视和民风的"死板枯瘦"，是为"传统"之死；一方面是到了台北，看到姐姐节子和她的夫家所代表的"传统"之生。节子没有被现代教育污染，是"性格明朗的旧式美人"。嫁到台北的中医之家，公公是传统中人，亦是开明之人——他空余教子弟汉文，又令子女在他身后把家中的药房让渡别人，不可以之为代代相传赚钱工具。嫁入这样家中的节子，能够如鱼得水，发挥其"旧式女子"的优长，开放性地应付新生物，在公公、丈夫先后过世后，成为引领家庭的中心，过得富足、笃定而有尊严。传统在此，不是抽象的理论，不是形式的祭仪，不是蒙昧的迷信，而毋宁是一种处理人情事务、面对人生变局的柔韧姿态，它有美善的原则，有"合情合理"的方式。此一传统透过姐姐节子，立足于个体，获得了面向新时代的具体内核与意义，一表现在处理家庭关系上；一表现在实业经营上。譬如为了婆婆，让唯一的儿子不读小学校，而读公学校，以便不忘台湾话而能与婆婆沟通；但又要求儿子国语（日语）也要拿到甲的成绩，"不然换成祖父对爸爸过意不去哩"。这个细节很有意味。在"台湾人是日本人"的殖民地现实面前，如何为下一代考虑？如何不泯灭自己的出处，以为面对不可抗拒的现代化的主体，如同小说开头清辉的反省，汉文化不也曾经是日本明治维新一代人的内在基础吗？这样的家庭里，即使小叔子秀谦有让人不快的所谓生意人性格和新式教育下的个人打算，却因服膺嫂子的人格，而能共同致力于家庭合伙事业。这又对应着小说开头，清辉在东京与朋友辩论，说东洋对异民族的政治道德，立足于缘而超越利。西洋的思想能治国不能平天下，云云。清辉与友人的辩论总有不踏实之感，因自己似乎缺乏"依据"。而这里，姐姐节子的以德服人，俨然就是其东洋政治价值的具体而微的实现形式。

与此相对照的，是清辉归来后的职业历程。"为了了解东洋文学才去学习西洋文学"的清辉，认为回归来处是理所当然。但是做什么才是真的"归来"呢？回家的第二天，他着手写在船上就构思的葡萄酒制造的论文。把故乡传统的竹纸制造改造为种葡萄。"土地风土是否适合"是另一回事，这是为了"拯救贫困的山地农民生活"，虽是外行人的立场，至少是有趣的读物——有关清辉的叙述，从小说一开始，就出现了张文环作品中并不多见的嘲讽雅谑，因为这是自嘲——《土地的香味》带着鲜明的夫子自道，自我"总决算"，有时却出之以嘲讽，而不是严肃剖白，却更传达着心情上的某种"明朗"性。

清辉因这篇不切实际的论文得到老友的邀约，去台北参加一个台湾文化人李与实业经营者合作的"小林三一"式的大实业计划。虽然对由投机者主导，而自身将在其中扮演"站在中间抽取利润"的阴暗角色不满，却以"跟恶打仗而推出善，才感觉妙味"说服了自己。但此后这一路实业空想，台北领薪水者"比东京的人还爱打扮"的虚荣，消磨着清辉。直到在姐姐的朋友，戏称"牛暴发户"的阿莺处得到刺激，开始与姐姐、秀谦合力在草山买地经营养鸡、种甘薯的农园，清辉才似乎找到了真正身心安顿的所在。尽管这背后仍然有一种逃避和虚荣、软弱性——清辉热爱故乡的自然风土,但如果在那里当一个农夫,有违父母送自己出洋读书的期待,会丢面子,在台北草山做个农夫就没有这个负担了。

在这篇显然带有回顾来时路意味的小说里,一方面是叙述格调上的"明朗",一方面,凡涉及政治、时局变化的地方,是简略、暧昧的。与其说暧昧,不如说用没有判断的事实陈述,刻意回避了自我立场的表白,这是"不能言"的暧昧,不是自己无话"不言"的暧昧。最有意味的是,小说的时间设定,是在两次战争之间:从中日事变到大东亚战争。

从阴暗的中国事变到明朗的大东亚战争

清辉刚回国时,清辉与友人谈论买地种姜的事业时,提及世界形势"暗云低迷"。"在大陆有冀察政权成为问题,在欧洲有希特勒和墨索里尼在活跃。然而,清辉在东京看过二二六事件,所以相信日本必会走向(?)要走的路去。"这段话真是足够阴暗,"清辉"以"生活问题"紧要无从关心政治于此戛然而止;但张文环的关心则在此暧昧地"低迷"。"支那事变"(中日事变,卢沟桥事变)发生了,日本走向了"要走的路"。对日本殖民地的台湾知识者,何况曾经以具有民族意识和反帝意识的左翼思想的"台湾艺术研究会"进入文学世界的张文环,如何不是"阴暗"的战争。小说近尾声处,则是大东亚战争的爆发。"对美英宣战的大诏核下了",一年来享受着农园的忙碌的清辉,"感到身体内一种热气沸腾","战争,这一次就是真正的战争啊……鸦片战争,黑船……长久被英美帝国主义侵略过来的东洋,这一次真的站起来了"。

中国遭遇的鸦片战争,与日本遭遇的黑船,同为英美帝国主义侵略的开端,在此世变遭际相近的意识下,日本侵略中国的事实没变,但却给被军国主义日本笼罩压迫下的一些台湾知识人以某种可以换一口气的感觉,体现着这一历史带给台湾知识人的微妙性。

1942 年 11 月,张文环和龙瑛宗作为殖民地台湾的代表,到东京参加第一届"大东亚文学者会议",会后,日本文学报国会、情报课特地组织了一场"大东亚战争和东京留学生的动向"座谈会,召集了九名东京的台湾留学生,请张文环和龙瑛宗主持。从"在东京体验大东亚战争的各位的心情"开始,学生说:

"这回内地和台湾会向同一个方向迈进,比起先前支那事变发生时，那种孤单寂寞，阴暗的感觉大不相同，虽然无法说出具体的意味。"张文环表示赞同，"确实不错。先前支那事变发生的时候，就是有那么一种茫茫然的，非常阴暗的心情，可是，大东亚战争勃发，却又近似明朗的感觉，王兄这么说实在很有意思。"

他又为学生的发言做解："（支那事变）兴起了台湾和内地的关联将要被切断的疑问，而由于这回的大东亚战争，一切的疑问都消逝无踪了。觉得日本毕竟是拥有开战的本钱的，刚刚王兄所意指的不只是在精神上和内地非常的相通，而且内地人跟我们的结合也会越来越紧密。这点，在现今的台湾的文化运动上也渐渐地显现出来了。"发表在《台湾时报》上的会议记录，便把这一段用了"阴暗的中国事变·明朗的大东亚战争"的小标题。① 但这一掩耳盗铃、转移注意力的逻辑，对作为殖民地台湾人的张文环也发生了明显作用吗？一方面好像是，写于1944年的这篇《土地的香味》，以此作为光明的尾巴。但另一方面问题又没有这么简单，要不很难解释小说为什么又多了一笔：阿莺打电话到农园，说："终于变成大东亚战争啦"，清辉回："你的牛会涨价啦。"

对照起来，《土地的香味》毋宁是想要把座谈会中不能明言的东西用小说写出来。然而这种故意失去逻辑的言语方式，在一甲子后来看，虽有了后见之明，却丢失了那言语现场漂浮的"人气"，仍然是隐晦歧义的。但至少这里展示了，无论在明或暗的脉络里，两次战争对殖民地台湾人，的确召唤起不同的感觉：1937年，日本是在侵略自己曾经孺慕的汉文化母国，心情复杂的台湾人当然纠葛有耻；大东亚战争，矛头指向"列强"英美，好像日本重新和汉文化站在了一起。因这看起来对抗方的转变，日本好像从侵略者变成反抗者。不管这个转换有多勉强，它带给殖民地台湾知识分子某种扭曲的、难言的慰安，却又似乎是真确的。

正是在这一点上，来理解张文环在《土地的香味》、《云之中》中，悄然展现的"明朗"，会清楚，他实际上是与这些战争隔膜的，因而这种"明朗"几乎带有某种自我安慰的、乌托邦的性质。也就是，他拥护的不是大东亚战争，而是无可奈何的低迷中这战争所带给他的一时的幻想空间。

---

① 原载《台湾时报》，1942年12月号。收于《张文环全集·卷7》。

二 吕赫若：以文学克服黑暗

（一）《风头水尾》：是战场，不是田园

1945年，吕赫若被派参观的地方是台中州下谢庆农场，之后他写了小说《风头水尾》，发表于《台湾时报》（1945年5月）。

"风头水尾"与"云中"，同样是增产报国的后方战场，这两个空间隐含的角色意义，却大为不同。在张文环笔下，"云中"生活虽贫苦却美好，素朴山林与新鲜空气是相对于都市的喧嚣和污浊，而非作为生产战场，感动和启悟了阿秀对未来的期待。而在吕赫若笔下，自然环境恶劣的海边，处于"风头水尾"的最差的农耕地，对山里来的农夫徐华来说，是个真正的战场。小说描写徐华走在堤防上，

> "由于正面迎接海风，他紧按住似乎要被吹走的裤子。扬起白色浪头，以堤防为目标，蜂拥而至的海浪，与青翠的耕地相形之下，更令人惊于与海作战、开垦的危险性。觉得海很恐怖，自己即将被海压倒的压迫感……"

于是小说似乎全部围绕于表现海边农夫，特别是农园的负责人洪天福，带领农人与海顽强作战的精神，徐华在此感召之下，褪去恐惧，以"喜悦"之心投入战斗……这自然是响应"决战"精神的书写，然而细品其中有些异样的东西。一是"一百多位佃农，轻易就被吸引到将近六百甲步、宽广的农园"。而且多数是山里的农夫，适应海边的劳苦和寂寞非常不易。战争生产体制带来的困苦，或是吕赫若有意不言的。二是"师傅"洪天福的形象，一方面赞美这个"每年有数十万元的生产总量，自家用轿车可以拥有两三辆的身价"的富豪，却和农夫一样穿着短裤，裸身工作——恰似皇民奉公会台中州支部事务局长远山景一在增产报国的座谈会上所讲的

> "日本第一的大地主本间先生，虽然持有几万甲的广大土地，但

是没有穿过木棉以外的衣服,且每天热心地巡视耕作地"①;

一方面,农夫们和洪天福的关系,又分明是似近实远、畏多于敬,暗示了不平等与隔膜的关系。夜里徐华(?)宴请农夫们的描写,在其乐融融之中埋藏的生硬与不安,也构成这个奉公作品的暗中自我解构。

施淑以之为左翼知识分子"透过劳动改造,在'皇民'的伪装下,努力朝向'人民'转化的心灵秘史";吕正惠《殉道者》一文,也将此文与稍早发表的《山川草木》放在一起比较,认为后者塑造的因父亲突然亡故而放弃东京学习声乐、做"台湾的崔成喜"梦想的简氏宝莲,带着年幼的弟妹到山中耕作,"在劳动和大自然中找到她可以掌握的真实的生命",其面对无法逃避的现实命运的"坚忍"精神,力量远超洪天福和徐华们。两文都指出了吕赫若在皇民文学压力下的曲折抵抗,以及"劳动"、"自然"、"农夫",对于此时期知识分子在战争压力下寻求出路/回归的意义。张文环与吕赫若都在各自的散文、日记中多次表白:自己毕竟是个乡下人。然而,宝莲的"山里"、阿秀的"云中",清辉的"农园",又分明都带有乌托邦性质,现实中不管"山里"还是"云中"其实无法逃离政治压力与生活艰困的。宝莲在山里的耕作,虽让她从娇小姐变成健康、坚忍的农夫,但她种出的是"营养不良"的粮食,若非舅舅帮助,并不够养活弟妹们;有舅舅照顾弟妹,仍不肯回东京完成艺术之梦的宝莲,对着山和树的永恒、静穆反思:在艺术和学问中打转的"我们","像患了夜游症的人"。她如此"狂妄"反思,又说真心话是"住在这儿也是很寂寞的!"换言之,田园是不得已、实际归不得之归处。做个远离违心话语与喧嚣都市的农夫,可能是张文环的梦想,却不是吕赫若的梦想,他的选择是在战场苦斗,如徐华与恐怖的海风、海浪和盐化的恶劣土壤苦斗——文学是吕赫若的战场。

(二) 从东京到台湾,寂寞与战斗

吕赫若东京时期的日记,频频"被寂寞的情绪笼罩"。理解其寂寞,应包含了许多个人生活、文学追求及思想意识的意涵。身为殖民地有觉悟

---

① 《责任生产值与增产座谈会》,原载《台湾时报》1944 年 9 月号。《张文环全集·卷七》,第 228 页。

的文学者，那些能言与不能言的，都在"寂寞"一词包蕴。

1. 吕赫若1940年才负笈东京，拖家带口，学习声乐，而东京的氛围和个体环境，已经不是1930年代张文环留学时那样，有着为思想鼓动而形成的青年团体，通过成立研究会（台湾艺术研究会）、办杂志（《福尔摩沙》）来展开一场虽在海外，却与台湾紧密相连的文化运动。吕赫若一边学习声乐，一边为生计故加入东京宝塚剧团演出，没有文学同道和思想撞击的生活，是"寂寞"的。这时期吕赫若写的小说，一般寄给张文环的《台湾文学》，来自张和台湾亲友的信，是生活中极大的慰安。"文环说，三四年内不要回台，好好用功吧。当然是那样啰。要拼命努力，要写作，好好干一番吧！……对人生总感觉有点寂寥。吾人毕竟没有艺术则活不下去。"（1942年2月8日）

2. 1930年代台湾青年在东京的文化活动与左翼思想紧密相关，内含强烈的基于反殖民的弱小民族意识，虽遭监禁整肃，"左翼"在其时的日本仍是时代强音；1940年吕赫若到东京，日本的左翼文学运动早已经历溃散、"转向"，是年成立的"大政翼赞会"，将文坛纳入军国体制。1942年，日本军队在中国大陆和南洋攻城陷地，东京街上不时就热闹起来的庆祝活动，对吕赫若意味着什么呢？出生于地主之家，青年期家庭败落，其左翼思想和殖民地民族的自觉，最初应是受堂姐夫林宝烟（日本法政大学毕业，1930年代为"台湾赤色救援会"丰原地区的委员，常在社口庙口演讲）影响；21岁发表于日本《文学评论》的成名作《牛车》（1935），即对台湾农村破败背后的社会动因和经济结构有着深刻的认识，或得益于此。在东京吕赫若日记中提及阅读的杂志，如《中央公论》、《改造》，令其同声相应的评论家如小田切秀雄，文学家如石川啄木，无不是以进步或左翼思想知名。那么"庆祝攻陷新加坡之日。全市淹没在'太阳旗'的旗海里。市街游行真是热闹！大家都满怀着战胜之喜"（1942年2月18日）。吕赫若果然是在"大家"之中同喜的吗？

一个月前的另一则日记或许更令人疑惑：

"文环来信。得知他对铳后小说（后方小说）的热情。归根结底，描写生活，朝着国家政策的方向去阐释它，乃是我们这些没有直接参与战斗者的文学方向吧。"（1942年1月16日）

有意思的是，吕赫若使用的日式日记本，一本包含三年。在1月16日这页，第一框是1942年的，第二框是1943年的——此时吕赫若已经回到台湾，投身以《台湾文学》杂志为基础的文学、演剧等运动——第二框内，如此写着：

"昨晚派出所送来传唤书，所以早上去公会堂，一看，原来是志愿兵的事。以警察力量强迫人家志愿什么的，实在是文化国家的耻辱。总之我觉得是种吊儿郎当的做法。在此终究感到文化运动的必要性了。"

吕赫若对于其文学使命与时代关系的认知，显然远非以铳后小说响应国策这么简单。这个留待下文分析其作品时再论。单看在东京，即使是要写"铳后小说"，在远离台湾的土地上，如何"描写生活"呢？

"为郁闷之感所俘虏。想写出个优秀的作品却写不出来的状态。这样的话，在东京也是寂寞。"（1942年3月8日）"今天是寂寞的一天，非常寂寞，太过寂寞而觉得悲伤了。什么事也没做。到底是怎么啦?! 究竟在东京是为了什么呢？在东京到底有什么获益呢？"（1942年3月17日）

这大约是最啮咬一个视文学为生命的写作者的寂寞。

三、东京之于一个文学者的魅力的幻灭或暗淡的寂寞。

"东京呀！你不可思议的魅力之存在于空想之中，现实却很无谓。"（1942年4月10日）

"买新创刊的杂志《演剧》，多谬论。拿自个本身的，特别是老来的心境对文化性的事物说三道四的，到底该不该？现今日本的文化不是被青年们，而是被老一辈的人把持着，实在可悲。日本文学没有指望。难道真是肺病？死非所惧，唯恐没有可以传世之作。"（1942年4月3日）

东京魅力的丧失，看来也是多方面的，基于现代都市文化，基于思想氛围，还是基于能够在此吸收世界文艺滋养的开放性，并不分明。但似乎更重要的，还伴随着一个在"舞台演出/演剧"和文学创作之间的抉择，虽然到东京来是以学习声乐的名义，并且参加着日本剧场的演出，但真正对他具有"行动"意味的，是文学。就戏剧活动而言，写剧本的热情也远大于歌唱。

他大量观赏日本的戏剧演出，购买《近代戏剧集》这样包含欧美戏剧的大部头系列书籍，动手创作剧本，好的构思一个接一个，还立志把《红楼梦》改编成戏剧。"要创作戏剧。很想为台湾的戏剧运动做些贡献。""以戏剧为专门吧！因为自己现在就在剧场工作着，格外有利。"（1942年3月28日）

> "还是非回台湾不可。身体虚弱，而且再留在东宝也是一筹莫展。舞台经验到此就可以了。最重要的是要买很多书带回去。"（1942年4月6日）
>
> "从东宝辞职。拍电报回故乡。今后专事文学、文学！"（1942年4月7日）
>
> 专事文学，怎样专事，怎样的文学呢？
>
> "读《中央公论》二月号，小田切秀雄的文艺时评《间隙的克服》一文很能与自己的创作态度起着共鸣。自己的创作态度毕竟没错。"（1942年2月8日）
>
> "——探索现实上应被否定的事物之根源，而且彻底加以描写，以资真正去克服它的这种文学里头才能感受到美。
>
> "——正因为有希望光明而厌恶黑暗的、不易止息的希求之心，所以希望文学从根底彻底描写黑暗，以达到克服黑暗。"（1942年2月28日）

东京时期的吕赫若，从日记中看，一方面像典型的文艺青年，才华，感伤，自我期许，进步理想，时时冲撞生命。一方面对文学的认知，并非高蹈华丽，而是努力要与自己的土地情感、文化血脉连接的，是真正面对艰难现实、具有战斗性的。因此，"寂寞"于他，其实包含着强烈的激情和行动意志。

1942年5月，吕赫若携妻子回到台湾。几乎是立刻就投入了以《台湾文学》杂志为核心的、包含了写作、办杂志、演剧各种形式的殖民地"文化运动"。此后的日记中也曾出现"寂寞"一词，旋之被要振奋面对的现实卷去——因为回到台湾，他是站在了以文学"克服黑暗"的一线战场。

1942—1943年之间，吕赫若写下的《财子寿》、《庙庭》、《月夜》、《风水》、《合家平安》都鲜明体现了他表现台湾人在社会变迁中的命运的自觉。1943年5月"粪现实主义"论争发生时，西川满、叶石涛直接针对张文环、吕赫若的作品，称只会写"虐待继子"、"家庭的葛藤"之类本岛陋俗，张文环写的是"回不来的世界"，吕赫若的"像乡下上演的新剧"。①

性格激烈而以文学信念和才华自负的吕赫若，在日记中称西川满是文学阴谋家。而在"世外民"和杨逵回击"粪现实主义"的文章里，都代张文环、吕赫若阐明了现实主义之于殖民地写作的意涵。"它是从对自己生活的反省以及对将来怀抱希望这一点出发的，这些作品描写了台湾家庭的葛藤，因为这些现象都是处于过渡期的当代台湾社会的最根本问题。""如果现实是臭的就除去其恶臭；是黑暗的，即使只有一丁点光，也非尽力使其放出光明不可。对于人们背脸捂鼻的粪便，也一定要看到它的价值，要看到它使稻米结实，使蔬菜肥大的效果；要对它寄予希望，珍爱它，活用它。"② 在"粪现实主义"的论战中，台湾作家一方的回应，既针对西川满以"浪漫主义"、"日本文学传统"责难台湾作家为"粪现实主义"的创作方法指控，也针对其背后"消极"、"没有皇民意识"的政治指控，其反应之犀利敏锐、论辩方式之生动机智，理解总结之扎实有力，在在令人感喟、激发的能量，或许应该感谢西川满等人的挑衅，给了台湾文学一个理论总结和升华的机会。对吕赫若作品"克服黑暗"的现实主义的理解，代表了多数台湾作家对于殖民地文学路线的共识。而这一场论争，也让在4月中还"最近感觉到大家合不来"的吕赫若，燃起台湾作家互相爱护，"要团结"的热情，"看李石樵名片印有'台阳展会会员'的头衔，他爱他的同志、爱他的团体的至诚令我感动。我们也印上

---

① 叶石涛：《给世外民的公开信》，原载《兴南新闻》1943年5月17日。由曾健民译为中文，刊于《喑哑的论争》，《人间思想与创作丛刊》1999年秋季卷，第132页。
② 伊东亮（杨逵）：《拥护"粪现实主义"》，原载《台湾文学》三卷三号，1943年7月。由曾健民译为中文，刊于《喑哑的论争》，《人间思想与创作丛刊》1999年秋季卷，第138页。

'台湾文学编辑同人'吧！——在今后的名片上。"（1942年5月14日）[①]也感念在台的日本教授、日本友人的支援，以及比以往更强烈的"要写出好的作品"、"文学总归是作品"、"要以极度的苦痛从事文学"的自我激励。

有意味的是，吕赫若《合家平安》之后发表的小说《石榴》、《玉兰花》，却果然有所转变，描写起"情感之美"。日记为证，这一转变在被西川满攻击之前就酝酿了。

> "早上校订自己的作品《合家平安》。读着读着，不觉深深讨厌起来，觉得希望更具有感情的一面……觉得自己的文章欠缺柔软性。"（1943年4月12日）

而在此之前小说脱稿时，他曾写下"自信此作是自己前所未有的、具前进性的作品"。（1943年3月10日）

吕赫若是个对文学之美，之"有为"，有着高度自觉和追求的作家，对《合家平安》的自许和"讨厌"，都是这一自觉之下的省视。《合家平安》中，地主范福星的破落，把一种深埋于民族根性里的保守、无赖写得惊心动魄。是否"欠缺柔软性"呢？这柔软性，当是指的文学的敏锐省察的根底，是爱人。

> "找陈逸松，他向我要求：希望在文学上是更具有民族爱的作品。非常赞同。"（1943年5月24日）
>
> "我并不是不会写以人的个性美为对象的小说。而是一直更想以社会为对象，描写人的命运的变迁。"（1943年6月8日）与其说是回应西川满的指控，不如说是回应东京大学的日本教授给他"多注意美"的建议，以及"工藤好美劝我研究历史哲学，必须认识政治与政策、时代与时局之间的差别。"（1943年7月1日）

[①] 因为以叛乱赤匪死于1950年代白色恐怖，吕赫若的家人心有余悸地烧毁了他的手稿和书籍，却有一本日记，因为记载了孩子们的出生年月日，留了下来。迟至2004年方整理出版的《吕赫若日记》，是1942—1944年吕赫若个人和"决战"时期台湾文学的珍贵史料。在此也为本文倚赖的文本材料。

"克服黑暗" 237

于是有了描写困苦处境下兄弟情感的《石榴》(《台湾文学》三卷三号，1943年7月）和描写"日台亲善"的《玉兰花》(《台湾文学》四卷一号，1943年12月）。前者原拟名《血》，"《血》一题在当前局势下太骇人，所以改为《流》。对时局性的处理感到为难。"（1943年6月7日）《石榴》的确会让读者陷入一种失落时空、仿佛暗沉宿命的困惑。而《玉兰花》在"时局"的处理上终于找到一种高度艺术而有力的方式——小说看起来以"日台亲善"的国策为旨，回忆孩提时代留学日本的叔父带回来一个日本客人铃木善兵卫，透过孩童的眼睛，描写一段台湾家庭与日本人相处的因缘。叔叔逃家赴日留学的故事，把一个台湾家族的兴起、人情伦理、殖民地风貌的变动娓娓带入叙述，此后小孩子的"我"对日本人铃木善兵卫从恐惧到热爱到离别的过程，写得生趣盎然，处处留"意"——日本作为殖民母国的可怕，台湾作为殖民地的悲哀的暗影，被如此巧妙地镶嵌在这段宛如错置的童话般的日台亲善因缘中。爱哭、爱撒娇、纯真热切的小孩子的无辜目光，折射的是殖民地的深切痛楚。以小孩子的视角透视殖民堂皇政策后的欺罔，在张文环的《重荷》、周金波的《尺的诞生》中都有成功的运用，而《玉兰花》以之为"克服黑暗"的方式时，把小孩子的叙述与台湾传统大家庭的风俗伦理温婉地结合，由此形成的抒情，吊诡地表现出一种极其复杂、丰厚的质地。不必嘲讽，不必正话反说，而让真相以默默流动的方式进入人心。因为是爱哭的小孩子做主角，文本中满溢眼泪，却又始终感到一种刚健。可以说，这篇小说蕴含、形成了一种新的殖民地/弱小民族的书写美学。"粪现实主义"之争在这里显示出微妙的影响是，吕赫若以创作回答了：写美的事物，应该是怎样的？

《玉兰花》发表于1943年12月的《台湾文学》，吕赫若编辑这期杂志时，已知道了这一文学阵地终不免于废刊的命运。小说结尾，猛烈的风中，院子里的玉兰花树上，爬着几个小孩子，遥望远去的他们莫名所以喜爱的铃木善兵卫，"我"因为太小爬不高，只能听着阿兄们愉快的议论，而愈发焦急。

"让我看！让我看！"我于是抱紧树干，哭了起来。

"日台亲善"与铃木善兵卫随风而逝，现实中的台湾人，似乎始终爬在这猛烈风中的、怎么也爬不上去的玉兰树上，遥望殖民地母国的美丽说辞，不知何去何从。

(三)《清秋》：本岛知识阶层的方向与批判

1944年，不只要亲善，而且更多台湾人接受征召，要加入帝国"南进"的队伍了。吕赫若写下小说《清秋》。

看起来，这篇意图"写出本岛知识阶层的方向"的小说，与张文环的《土地的香味》在动机与某些元素上颇为对照呼应，但也正是在这些对照呼应之处，显示了吕赫若与张文环的文学荆棘之道的最终分歧。

同样是留学东京十年后，学医的耀勋被祖父和父亲召回台湾，决定在家乡镇上开业行医。客观上他有两个困难：开业许可证，担心镇上已有的医师，特别是小儿科医生的江有海，出于利益竞争暗中阻挠；开业的地方，为了建医院，要将出租给一对母子开小吃店的店铺收回。这两个客观困难也造就耀勋的主观犹疑。镇上医师的状态，让他认为医学在台湾已沦落为赚钱工具，庸俗的商业，不再是为人类福祉服务的科学。自己要开业，从传统美德讲是躬行孝道，在实际层面却与镇上的庸医并无分别。而母子二人在战争管制环境下，找不到可以再开业的房屋，也让耀勋感到"自责"。

最后，因为国家的"南进"政策，这些困难意外地解决了：小吃店的黄金明去当兵，母亲依舅舅生活，开业的房子解决了；江有海则被征召去南方从事医疗服务，特地对耀勋托付"本庄人民的医疗服务"，而检讨自己之前阻挠其开业的"污秽"。

小说的结尾，耀勋宛如卸下包袱，而背负起另一个责任重担："南进"的时代剧变，让自己既达成工作岗位的职责，又尽了孝道，"不亦善哉"。

> "他不禁抚腕仰望苍穹。宛如内地的秋天、许久不曾有过这么清澄的青空是那么高耸，薄薄的绵云描绘出石阶的形状。"

论者多已意识到了这个"决战小说"的多重声音。如，所谓雄飞、南进，无论对黄金明还是江有海，都不过是迫不得已，耀勋因此解决包袱，堪为国策的讽刺。但我觉得其中更有意思，也是隐藏更深的，是吕赫若对"父亲和祖父——耀勋"所代表的台湾两代知识阶级的反省。与张文环《土地的香味》比较，吕赫若或许才是真的对本岛知识阶级来了个

"总决算"。

《清秋》中的祖父在耀勋和弟弟心中,"像神一样","文秀才"的祖父,写有《支那(中国)诗人传记》,年老而愈发有"亲近自然的风流",种植高雅的白菊为乐。与耀勋饭间闲谈,讲的是"从前,即使是政治家,也要先从文章入手。因为文章不只有助于教化世道人心,也是了解政治的最根本"。"盖文章乃经国大业不朽之盛事……"然而追述之中,祖父自身求的是科举及第,殷殷期待父亲的也不过是"飞黄腾达",到了耀勋兄弟时,"连祖父都劝他们朝医药方面发展"。叙述有意归之为"时代的影响力真令人瞠目"。但其实祖父对学问的态度是不变的:终究是功利性的个人主义。没能完成祖父"望子成龙"心愿在庄公所当会计的父亲,劳苦工作送耀勋兄弟去日本学医药。十年后父祖二人催着耀勋从东京回来在镇上开业,所求亦不过"财富"与"光宗耀祖"。小说透过耀勋的眼睛和口,极尽表达对祖父的学问、父亲的辛苦的恭敬热爱。然而在庄重到近乎矫情的叙述的内层,却又时时出现不谐和的音符。譬如小吃店的黄金明始终如一对耀勋一家人的亲切、明理、自尊,对照着父亲在听到宽限时日的恳求时的愤怒失态。黄金明说"像我这样没有积蓄的贫穷人,只要一天停止生意,立刻就会断炊"。父亲"胡乱反击"道:"那是你的事吧。忘了我们的事也是大事,可真令人伤脑筋啊!"

因此,大不同于此前在《风水》、《玉兰花》中描写乡村民俗与父祖亲情,发掘"我们自己风俗的优点",以之抵抗殖民地现代化的压力。①《清秋》中以耀勋祖父代表的传统文人,其学问文章,徒然在"时代的剧变中"成为社会价值堕落的帮凶和一种虚矫的、自我满足的门面。

回头看吕赫若对汉文化于台湾人的意义,一直有着自觉。他时常购买日文的中国古典文学书籍,日记中有如下记录:

> 晚上身体比较舒服一点,所以动手翻译自去年以来处于放弃状态的《红楼梦》。尽管费上十年功夫也行,一定要把这部杰作译出来广为流传。这是自己作为一个台湾人的义务。(1942年3月14日)
>
> 去宝塚剧场看《兰花扇》的彩排。孟姜女的戏剧化非由我们自

---

① "试着读《台湾风俗志》。我们似乎遗忘了要去认识我们自己风俗的优点了,拯救她吧!"参见《吕赫若日记》1942年3月6日。

己来做不可。看到中国的文化那样子被歪曲，实在令人难忍。（1942年5月1日）

"买了很多书，与中国有关的，我认为可以借由那些书来看台湾生活。"（1943年3月2日）

今天买了《诗经》、《楚辞》、《支那史研究》。研究中国非为学问而是我的义务，是要知道自己。想写回东洋、立足于东洋的自觉的作品。（1943年6月7日）

作为一个身为日本人的台湾人，吕赫若在"东洋"的脉络里看汉文化，自己是比日本人更懂得、更接近东洋的根底的。这毋宁是一种殖民地弱小民族的文化骄傲。同样张文环战后的回忆中，亦有此类表达：

"有一位高等刑事问我'日本有皇族、贵族、士族、平民，你们台湾人是只有平民其他都没有的，所以台湾人是日本新平民，待遇少有相差有什么不满呢？'我说'你对东洋史是外行的。日本历史一千六百年，中国历史四千年，在这四千年的历史演变中，汉民族无论哪一姓，没有做过皇帝便做过王，所以全体的汉民族不像日本有什么贵族不贵族。'他睁大眼睛说'可是可以说大部分是文盲的多呢？''不是文盲多少的问题，他们的血液中有帝王或王公的血统！'"[①]

然而在"决战下的台湾"，文学报国的巨大压力下，吕赫若不像张文环在《土地的香味》中那样，继续从旧文人"传统"中寻求连接"现代"的动力，反而转身对自己所来自的阶层做了更严厉的省视。这是为什么？

吕赫若写《清秋》的动机如是："想描写当今的气息，以明示本岛知识分子的动向。"（1943年8月7日）小说真正的重心诚然是"本岛知识分子"耀勋，祖父是作为其文化主体的一处来源（另一处是东京所受现代教育），被加以表现的。然而正是这样的血脉，让耀勋回乡准备开业时自然而然想的是："前辈的医生们在盖了医院后，立刻积下巨富，所以自己不可能办不到。不，办得到！而且会成果斐然，一定要光宗耀祖，让父

---

① 原载《台湾文艺》第9期，1965年10月。《张文环全集·卷7》，第59页。

亲安心。"① 耀勋以祖父的风流学问贬斥自己所受现代教育不过是"时事所趋的营利思想罢了",没想过祖父的文章经世、飞黄腾达不过是不同时代的功利。在这样的新旧思想孕育下的耀勋,实则是一个软弱的、犹豫的,有着虚伪的人道主义的小知识分子。去小吃店检查时,面对贫穷的老婆婆,对自己要扮演的逼对方腾出空间的"恶魔角色"感到后悔,但"立刻调整思绪,这只不过是小小的感伤,为了大事也是莫可奈何的。他故意夸大地仰首望着天花板"。老婆婆的哭泣带给他的懊恼,与其说是同情,不如说是怕被别人议论而丢面子。当耀勋勉励自己如果拘泥于同情就是"廉价的人道主义",那么此后面对黄金明找不到房子的困苦,去南方当兵为他让出房子的"人情",耀勋片刻的自责,恰恰证明其"廉价的人道主义"了。小说末尾耀勋在明朗清秋下,为"南进"给予他的忠孝两全、道德与利益两全而喜悦,而背后,是台湾人在南进政策下的生计无着。这是对决战下台湾另一面社会现实隐蔽而沉痛的揭示。

比较起张文环在《土地的香味》中作着"现代青年"的"总决算",对清辉时时语带嘲讽而实则自我包容,吕赫若的讽刺毋宁是更严厉和深刻的。如果说张文环的清辉在现代教育与传统出身之间成就一个进退失据、时时茫然的小知识分子,于是寻求"山上的农园"的桃花源,以及与旧文人这一"传统"结合的思想出路;那么吕赫若在无情揭示了这一新旧杂交小知识分子的软弱和伪善之后,连带揭示了台湾旧文人传统与新时代必然以"功利"结合,因而作为台湾出路的不可能。

这是吕赫若以文学"克服黑暗"最冷峻的一种方式,超出了他在描写农村家族败落时的冷峻。从这里,显露了吕赫若作为一个左翼知识分子的世界观与时代意识。日据时代能够受高等教育、更无论出洋留学的台湾人,多出身于地主或"实业家"家庭,因受现代教育而接触进步思想的,往往成为殖民地文化运动的推动者,是为"本岛知识阶级"。台湾文学中不乏知识阶层的自我忏悔,却几乎未见如《清秋》这般如此痛切揭示知识阶层的"软弱伪善"及其代表的时代动向的小说。左翼的影响之外,这也得自吕赫若激烈的个性和文学观念。

"买陀思妥耶夫斯基的传记。有被现实那样折磨而还是坚持到底

---

① 《清秋》,《吕赫若小说全集》,第512页。

的人？比起他，我们的困苦简直是骗小孩。然而，古往今来身为文学家的人在心情上都是相同的。自己也是。我知道自己的心情也是属于文学家的。文学终究是苦难的道路，是和梦想战斗的道路。"（1943年7月27日）。

对困苦的态度，是与之缠斗而绝不逃避的个性。对他而言，文学非但不是艺术至上者逃避现实的浪漫趣味，不是对伤痛的自我恋栈和抚摸，也决不可敷衍。在日记中，他曾对杨云萍、龙瑛宗甚至张文环，都做过毫不客气但毫无恶意的评价，从中亦可看到他的文学与现实之观念。

三人一道去外双溪拜访杨云萍。他住在半山腰，口若悬河，滔滔不休。虽感佩其风流韵味与文学欲望，终不过是个老式学究而已。我无法同意他稍显消极的文学观。（1943年1月10日）

有关龙瑛宗，则是"他胆子小，从事得起激烈的文学吗？"（1943年5月11日）

龙瑛宗在光复后曾如此论及日据末期的台湾作家处境：

> 台湾人的作家们在决战与皇民化的喧嚣声中，宛如京剧中的小丑般，鼻尖涂白、动作滑稽地手舞足蹈。实际上，其内心在暗自哭泣吧。总觉得当时先天上本来就失调的台湾文学被权力之手使劲绞杀。[①]

而吕赫若，早以其生命的消失和文学的留存，对这一哀景写下了"我无法同意"。

三 决战到光复：克服黑暗的文学之路的断裂

张文环和吕赫若在"决战"时期，在"皇民文学"的外壳下，不约而同地对台湾知识阶层进行的"总决算"和反省，其时他们大概都不会想到一年之间日本就投降了，也未必想得到日本投降之后台湾的命运是回

[①] 龙瑛宗，《〈文艺台湾〉与〈台湾文学〉》原载《台湾近代史研究》第3期，1981年1月30日，林至洁译。

归中国——他们的反省,是在殖民地政治压力最剧烈、要求文学者对自身做彻底"改造"的时刻,本能地、不得不然地要对自身的来路和去向,做出思考。在这样的文学中,也可以找到光复后两人道路抉择、命运分殊的线索。

日据时代末期,文艺家"在大东亚战争下越来越受重视",被要求"必须以文章报国"(《台湾代表作家——文艺座谈会》,《台湾艺术》三卷一号,1942年11月),在日本左翼作家的普遍"转向"对照下,殖民地台湾作家的反应毋宁是多样和晦涩的。对于直接兴起于皇民化浪潮的周金波、陈火泉等,顺应国策是其生存必要,即便如此全盘接受皇民化,在他们的小说中,仍有着想做皇民而不得的犹疑和裂隙。如杨逵这样有着国际主义色彩的左翼,始终是作为有思想问题者被特高课警察关注,从1937年后以"首阳农场"种花到"决战时期"再度写作、发表,他的抵抗意识毋宁是一以贯之的,只是写作更臻于技巧,他的决战小说《增产的背后》与吕赫若的《风头水尾》颇有神似相通之处。张文环在东京留学的1930年代,亦是在左翼思想影响下开始其文学活动,但从团体分化开始就逐步转向了一种温和与"稳健"的文化抗争路线。对大东亚战争的欺罔,不是不清楚,然而仍期待着在此特殊时局,战争带来的大开大合下,为台湾文化和民族问题都带来一种更生契机。这就是《土地的香味》和《在云中》中,对传统的新期待,对世外桃源的梦想的来源。也因此,张文环最好的作品,我认为,仍是1942年的《夜猿》与《阉鸡》。光复后,张文环曾以为"我们轻松了,多士济济,而且再也没有民族问题来打扰我们"[①]。从乡长之职,到竞选县议员,张文环在短暂的从政之路上,同他在决战时期座谈会上一样,面对高压的政权,发挥他稳健的能力,竭力争取一个"改善"与"民主进步"的可能。但即便这种议政,也很快失去其空间。他往复于银行、酒店管理等商业职务上终老。到了晚年提笔写作《滚地郎》(1974),却已经是失去其历史紧张感的怀旧言说。

吕赫若作为1942年才从东京回台湾的才华横溢的艺术家,他的创作中的战斗性格,在其时或许并没有被充分认知。而《清秋》中对知识阶层的批判,对于今日试图碰触那时代的文学者心灵的人来说,或许是一个钥匙般的秘史。打开这一秘史,就不难理解接下来的《山川草木》,我们

---

① 原载《台湾文艺》第9期,1965年10月。《张文环全集·卷7》,第59页。

看到的是曾为实业家之女而今为农妇的宝莲，虽只能种出"营养不良的稻子"，并为艺术之梦的放弃和山里的生活感到"寂寞"，却在此困苦中坚持反省空喊艺术、学问时期的虚妄；然后，是《风头水尾》中，在自然条件最恶劣的开垦地，与海天斗争的农夫徐华。再接下来，就是光复后的吕赫若自身的生命传奇。

光复初期的喜悦，学习用中文写小说，毫无遮拦地写出殖民地时代台湾人的心声——吕赫若要开展的新的文学生命，很快就被国民党统治的现实打破了。他在"二二八"前后加入地下组织工作，1951 年在鹿窟武装基地，背着沉重的发报机在山上流动发报，死于毒蛇之口。这个匪谍档案中身份为"台北歌手"的文学者，成就一个浪漫革命的传奇，或者被认为同许多台湾知识者那样，因为见识了国民党的腐败堕落，而别无选择转向共产党。但细读其战争末期的小说，特别是最后几篇在皇民文学外壳下对台湾知识者的反省，早就为其后来的道路埋下了线索。张文环对中国传统的现代适应性和再生有信心，也就是对有民族文化的空间的现代化道路有信任，而吕赫若更倾向革命所带来的更生，这个视文学为"苦难的道路，和梦想战斗的道路"的现实主义作家，能够"背叛自己的出身"，在无法拿笔的年代，拿起枪绝非冲动或狂妄。

战争末期的几年间，吕赫若为台湾新文学留下了包含了厚重历史内容和高度艺术价值的作品，也从这里，产生了他"克服黑暗"的殖民地叙事美学。无论如何，吕赫若是以文学实现他的不朽的，如同他对 26 岁就死去的社会主义文学者石川啄木的感怀：

"啄木的苦难生涯呀，是艺术家必走的命运。我们也不能不觉悟。但艺术家直到后世犹然动人心弦者还是'美'。"（1942 年 2 月 23 日）

附录 1

舞鹤创作年表

一九七四年

小说《蚀》发表于六月四日的《成大新闻》。

小说《牡丹秋》发表于《成大青年》第二十八期，获成功大学凤凰树文学奖。

其余高中、大学时期发表的多篇诗歌、散文、小说，都已散失。

一九七五年

小说《牡丹秋》发表于《中外文学》元月号。

一九七八年

小说《微细的一线香》发表于《前卫丛刊》第一辑，同时入选《六十七年度小说选》（李昂编选）、《一九七八年台湾小说选》（叶石涛、彭瑞金编选）。

一九七九年

小说《十年纪事》发表于《前卫丛刊》第三辑，后改题《往事》收入《十七岁之海》。

一九八一—一九九〇年

闭居淡水，阅读之外，也写作实验，但都没有发表。小说《逃兵二哥》写于一九八五年，《一位同性恋者的秘密手记》写于一九八六年。

一九九一年

九月，离开淡水。

十二月，小说《逃兵二哥》发表于《文学台湾》创刊号。

一九九二年

《逃兵二哥》获吴浊流文学奖。

三月，小说《调查：叙述》发表于《文学台湾》第二期，入选《八十一年度小说选》（雷骧编选）。

一九九三年

四月，小说《拾骨》发表于《文学台湾》第七期，入选《一九九三年台湾文学选》（郑清文编选）。

一九九四年

一月，小说《悲伤》发表于《文学台湾》第十期，入选《一九九四年台湾文学选》（彭瑞金编选）。

一九九五年

小说《思索阿邦·卡露斯》发表于《文学台湾》第十四期。

小说《一个政治艺术家的死》发表于《文学台湾》第十六期。

小说集《拾骨》出版（春晖出版社，包括《悲伤》、《拾骨》、《调查：叙述》、《逃兵二哥》、《微细的一线香》、《牡丹秋》、《思索阿邦·卡露斯》、《后记》）。

小说集《诗小说》出版（整理部分八〇年代的实验之作）。

《拾骨》、《诗小说》获赖和文学奖。

一九九六年

续写《思索阿邦·卡露斯》另外三章，陆续发表于《文学台湾》。

小说《一位同性恋者的秘密手记》发表于《中外文学》小说专辑。

一九九七年

长篇小说《思索阿邦·卡露斯》出版（元尊文化），获中国时报文学奖推荐奖。

小说集《十七岁之海》出版（元尊文化）。

一九九九年

小说《漂女》发表于《文学台湾》第三十二期。

二〇〇〇年

一月，长篇小说《余生》出版（麦田）。《余生》获台北文学奖、中国时报开卷十大好书奖、联合报读书人最佳书奖等。

八月，长篇小说《鬼儿与阿妖》出版（麦田）。

二〇〇一年

四月，《余生》精装珍藏纪念版出版（麦田，比二〇〇〇年版多出自序《余生在川中之岛》）。

七月，小说集《悲伤》出版（麦田，包括王德威序《原乡人里的异乡人——重读舞鹤的〈悲伤〉》、《拾骨》、《调查：叙述》、《逃兵二哥》、《微细的一线香》、《牡丹秋》、《后记》、《舞鹤创作年表》)。

二〇〇二年

一月，长篇小说《舞鹤淡水》出版（麦田）。

二月，长篇小说《思索阿邦·卡露斯》在麦田重出新版（比一九九七年元尊版增加内页照片注释、金恒镳《惊喜的报偿——〈思索阿邦·卡露斯〉读后》、奥威尼·卡露斯《我所认识的舞鹤》)。

八月，小说集《十七岁之海》在麦田重出新版（比一九九七年元尊版增加《姊妹》、《午休》、《漂女》三篇）。

二〇〇四年

长篇小说《乱迷》中的三章发表于《印刻文学生活志》创刊七号。

二〇〇七年

长篇小说《乱迷》出版（麦田）。

附录 2

莫那的疑问与感言[*]

Mona Pawan（张进昌）

舞鹤说，写《余生》时，他两度在"雾社事件"遗族被迁居之地"川中岛"——如今的南投县仁爱乡清流部落，租屋生活。然而莫那，这莫那鲁道的曾长孙，住在部落一隅美丽而失修的木屋内，用他一贯谦和又骄矜的风格，迟疑地说：我从没见过这位作家在清流——我的父母和朋友也没提起过——我不知道，他真的来过吗？

莫那诚然可以疑问。"二战"后至今，清流没有断了来寻访"雾社事件"的人，日本的、台湾的、大陆的；学者、学生、记者、作家；历史学的、人类学的、政治学的、文学的——不但"事件"是历史，对这历史的叙述已然又成一部史。或许他不平的是，又有多少人意识到，一九三〇年那场让赛德克六社几至灭族的事件，是他们至今未愈合的伤？

莫那的祖母马红，是莫那鲁道家族中唯一活下来却从此活在泪水和死的执念中的烈性女儿。舞鹤在《余生》中不但念及马红，还无中生有出一个被她抛下悬崖九死而生的儿子"达雅"，辗转流浪于拉丁美洲，到底魂兮归来，要在清流掀起一番回归祖灵之地马赫坡的"革命"——哪里有一丝影儿呢？莫那诚然可以疑问。

但是莫那，放心。并不为舞鹤那出了名的怪脾气，更不为"文

---

[*] 我的好友 Mona（张进昌），是雾社事件中的赛德克领袖莫那鲁道的曾孙，在我为《余生》的研究走进清流时，莫那以前现代的方式，带我在部落中率性地来去拜访。他曾多次表达对舞鹤和《余生》的疑问。读了我为《余生》大陆版写的序后，他写了一封感言。我想这是可贵的来自部落、我们的"研究对象"的声音。征得他的同意，收入本书。感谢莫那。

学"具有什么豁免权或（胡乱）想象的"自由"。而是，他不是一个嗜血的历史爱好者，在雾社樱台那高大的官方"纪念碑"之外，他看到了部落那方小小的、谦卑的"余生"纪念碑，他体会"余生"的伤痛和不安，并用这伤痛和不安而非"辉显和荣耀"去回望历史，检讨当下。于是他看到了非但没有结疤，且在文化政治、商业利益刺激下一再撕裂的族群之间的伤口，看到了那迄今飞旋在少数民族头上"以番制番"的法宝，看到了人内心的火焰、亘古的暴力和贪婪——而这些，不也是你，莫那，承受着家族的荣光也承受着荣光的压抑，每每在酒醉中更清醒知觉的隐痛吗？

莫那的感言

以前有爬山及潜水运动的习惯，登高观天下或潜深览龙宫，总是会因不同的季节、时间、潮汐或气候而有不同的景象，让人捉摸不定。美丑虚实善恶真伪通常是个人主观的认定，但是为了公、私各种利益的争夺，许多既得利益或有共同利益需求者，大多时候必须一齐出声，声音够大，利益才有倾向这边游移的可能和机会；而声音要大，背后的权力基础够厚实，则同一鼻孔出气者自然众多矣。

少数民族议题在台湾屡遭各层面所消费，其背景因素无非亦如上述。八十年前迄今，雾社事件及莫那鲁道（Mona Rudo）即为鲜明的例子，且现在仍在进行中。大家似乎想从其中得到普遍的认定和评价，所以努力地发表自己主观的阐述，即连已过去已成为历史的，和还在也将成为历史的，都不堪其扰、不得安宁地须被迫出来为已过去的和属于自己的来捍卫，试图大声呼喊，却始终因被刻意忽略而仅能发出极其微弱近乎听不到的声音说："我们曾受过的名利在哪里？谁曾支付过任何好处给我们？"迫迁后今日之发展，我们所能凭借的，只是 Seediq Bale（赛德克·巴莱）之傲气啊。

以前台湾有一部电影《儿子的大玩偶》，而台湾这块土地（台湾少数民族的母亲）就曾有过许多外来的儿子。台湾少数民族的历史事件及人物中，如雾社事件、莫那鲁道等材料……犹如儿子手中的大玩偶一般，为满足欲求而任其在手中把玩。至今，相同的电影或歌舞剧的续集不仍一幕幕地在上演中？

在殖民统治中，因为强权要侵占所以我们要被歼灭，其后续者因前车之鉴改手段为笼络，所以我们要被融入及同化。在失去反复操作我们的 Gaya 的场域和机会后，我们的文化产生断层，我们的主体性逐渐被削弱，我们的猎人失去猎场，我们的勇士失去出草馘首的战场，我们的妇女失去了编织衣物以为温暖家人身躯的织布机，也错过了刺织他们脸上美丽花纹的机遇，最后终至在族人意识到将寻不着回游的路，忘却了祖灵所居的彩虹桥彼端，那赛德克·巴莱回归祖灵怀抱唯一的路，所以先人选择了"认同自己"。原来"认同"是个痛苦的抉择。

我们的母体被侵入、族群被要求融入、传统主体被削弱之后，自然地或强迫地，命运又给了我们许多文明的、野蛮的、利益算计的……等等许多价值观念的灌输，终使我们退下原始的面貌而进化到会使用机械去制造计算机设计的纹面贴纸，终至最后，我们也只能在苍白及残破的记忆中又试图呐喊回到过去。

许多少数民族的文化背景本已不同，历经时代的变迁和文明的洗礼，各族群在国家论述上的立场也不尽相同，所以对未来所憧憬追求的方式和理想都难同心齐口，甚至有些族群或个人，其对危机的自我警觉能力已渐趋麻木迟缓，对独立、自治、融合、和而不同等说辞的判断能力更是阙如，所以当原体拆解成碎片后，若能随波逐流以求保全己身或已是明哲之识见。设想，雾社赛德克族若有如此的念头想法，其他十三支台湾高山族又会是如何？我们自己若这般自视，统治者将又该如何看待我们？

台湾过去受过不同的政体所统治，统治的延续或纷乱，其原因不只在统治者如何待我，更在各族群内省后对统治者的认同，而现在这个统治者历经不同党派的执政，此名之为"中华民国"的这个国家我们是否应该认同它。然尽管如此，时间从不曾停歇，人的思维观念亦常变动不羁，"中华民国"之后我们会面对的又将是什么？赛德克主体被忽略、模糊、分化后，我们失根漂泊在洪流中能抓住以苟延残喘所凭借的是什么？是，没错，"国家认同"（或说对统治者的认同）是我们当前所必须面对的。因为要生存我们必须存在其中，我们存在其中就仍有希望追求公民社会理想境界的实现，这不就是赛德克族原始传统部落生活的景象吗？

风在吹，云在飘，空气在流动，光阴的脚步未曾停歇，人的思维意识也一直在脑海中翻涌不定。它要我们融入它，但融入了之后，我们也可以改变它，我们几乎是这么认定。

现在是过去的延续，过去残留的根基是我们现在借以往前行走的着力点，这一点点的根基正在时间的洪流中不停地遭受各种现实、压力及文明产物的冲击逐渐瓦解。在回不到过去又看不到未来的处境中，我们必须要更勇敢地往前走才知道下个脚步踩在哪里，是踏实或虚无，总要自己去感受确认。失去了对过去的认同，为了未来，我们认同现在，抓住当下会不会是一条比较宽广且顺畅的路？对于未来，我似乎也在洪流中迷失了方向。

或者，人类社会从不曾逃出这枷锁或定律，"弱肉强食"的社会达尔文。

而所谓的"和解"？和解应出于仇恨之后，但仇恨该如何去消解？和解仪式只是个外在的形式，但心中的疮疤真能愈合吗？这时候"爱"在哪里？它该怎么作用？真正的和解是否会消失在时间的推移中，是否再度成为历史的内容？然后再度成为后人争论的题材。仇恨需要消解，表面的和解仪式并未能真正弭平大家心口的伤痛，所以需要足够的时间来融合，由融合来重建大家所认同的 Gaya 来产生爱，来开启新的未来。要重建 Gaya 就必须要有认同，而我们的过去，就是因为对 Gaya 的认同而导致了雾社抗日的发生，换来的却是残酷的文化断层和强迫融入。"余生"为了继续呼吸只能屈从融入，而这也是现今所有台湾少数民族所必须共同咀嚼品尝的命运，弱势族群一次又一次地往强势者融入，现实几乎让我认定这是定律。

一九三一年五月六日，"二次雾社事件"遗族由日警戒护强制从雾社地区原居地迫迁至川中岛（今之清流），莫那鲁道家族幸存的女儿马红·莫那（Mahung Mona）一行二百九十余人，形容枯槁地在滂沱大雨中跨过临时搭建的简陋竹桥，越过暴涨的北港溪，踏入了成为川中岛余生的第一步。

雾社事件发生前，莫那鲁道早已了然这是举族回归彩虹彼端祖灵之邦的抉择，在那一刻真正来临时，他要他的家人了断自己的后事。马红为让男人无后顾之忧，她让两个孩子先走，自己也投缳紧随在后，但就在那最后一口气将凝结时，她被族人松绑硬是让她与幼子及全家族天人永隔，开始了她那日日以泪洗面，行尸走肉般的余生，默默地承受了家族所有的爱恨情仇。

余生来到川中岛也仅剩些鳏寡孤独废疾者，每个人来自不同的家庭，各自哼着不同调却是同样悲哀的歌。来到川中岛，日本人对余生并未就此罢休，他让余生互相举发密告，终于，有个妈妈连自己的儿子也出卖了，一批人又被抓到埔里游街然后活埋；当然，日本人是主宰余生命运之神，他也编织着余生的未来，他让男女们"相遇"，让余生重组家庭，所以，马赫坡社（Mehebu）头目之女马红·莫那与坡亚伦社（Bowarung，现今庐山部落）头目之子 Temu Pidu（张信介）相遇了。

他们二人虽然因此相遇，却未因此再添子嗣，所以他们领养了马红姊妹淘 Bakan Walis 刚出生的女儿以继承香火，取名为 Lubi（张呈妹）。后来，招婿与 Pawan Neyung（刘忠仁）结婚，共生五名子女，长子即由马红指名为 Mona，以追思怀念其父亲。

马红对其先人的怀念从没间断过，甚至于到了精神错乱的境界。她终日背着襁褓中的 Mona，到友人家串门子，并试图在踉跄中借酒浇愁，但岁月未能抹平她余生的哀愁而愁更愁，因为她始终没找到她终生悬念的父亲莫那鲁道的遗骸，这也成为女儿及女婿毕生的责任与压力。

一九六七年秋，马红第一次也是最后一次回到故居马赫坡，长外孙 Mona 一同随行，到时天色向晚，山坳内一眼望去满山秋色，故居仅剩土覆地基和垂头的粟穗，晚风中，飘着女人的抽泣声；男声："去找他。"女声："找不到他的；岩窟，我们走不到。"是夜，投宿碧华庄，夜里传来两个女人激烈的谈话声。

一九七三年三月，马红最后终因癌症缠身而辞世，未能在世时找到父亲的遗骸成了她此生最大的憾事，却也成了女儿及女婿最大的压力，因为马红几乎是每天指着他们耳提面命，而他们也从来不曾或忘，只是自己能力有限而感叹余生存在的渺小。

所幸，同年七月，家父 Pawan Neyung 在客家籍台大法律系学生协助下，寻得马红在世时，日日夜夜所悬念的先父的遗骸，并于十月二十五日，由双亲及家人迎灵移回雾社，二十六日家父再亲赴埔里购回棺柩后于隔日下葬今址。此后每年的十月二十七日就由官方主导办理公祭，年复一年，渐渐地，清流遗族的声影也就被忽略了，余生甚至错解了吊念先人原来的意义。

"余生"们，因为出生的部落、家庭人口结构、年纪、性别、教育程度、职业的不一，对感受自己文化和历史的方法和角度也不一，所以认知的视野和深度自然有深浅的差异。对于族人若有用"利益分配所得"的概念去诠释或贩卖自己的过去、现在和未来，这是我所深感遗憾的，虽然这种价值观也是"余生"在时间推进下的产物。

值得一提的是，一九三一年，族人迁至川中岛后，日警又于十月十五日逮捕二十三名曾参加抗日之族人，这让历尽沧桑的族人长年活在恐惧之心理状态中，即便是光复之后，族老们对往事都噤若寒蝉，深怕再有类似情事发生，而实际也在心灵上烙下难以抚平的伤痕并反映在现实生活中。

台湾光复后，余生对于"统治者"依然心有余悸，这反映在支配者与被支配者的相对态度上，及至今日，许许多多的少数民族余生不禁还是会自问，我是这个国家的国民吗？这个国家有善待我如国民吗？这个问题是进行式，变动不羁是这个问题的主轴，端赖支配者让被支配的余生如何配合互动。

"中华民国"建国百年的这一年，三月二十九日这一天在台北忠烈祠，举办了向开国及抗日暨对国家有功而入祀忠烈祠诸先贤先烈，感恩致敬的春祭活动，笔者亦因莫那鲁道遗族身份受邀致辞，几经思考，我也深知它背后的意涵，最后还是决定答应出席，原因无他，就如同我附上的讲稿一样，回不到过去，就只能继续往前走。

对于《余生》一书，在你长期的观察、对史料文献广泛的搜罗、阅读及深入的研究分析和实地参访的对照，复由你客观敏锐的反思判断和犀利笔锋的铺陈阐述，立论观点，让我深为感动。对于作者，才华之外，经由你的序也让我感受到，其寓意隐伏在文后的人文关怀的胸襟和温暖，着实令人敬佩。尤其是对身历其境或灵魂仍游移在马赫坡和川中岛之间的人来说，感受应更为深刻。谢谢。

主要参考书目

一 舞鹤作品

《拾骨》,高雄:春晖出版社1995年版。
《诗小说》,台南市立文化中心1995年版。
《思索阿邦·卡露斯》,台北:元尊文化1997年版。
《十七岁之海》,台北:元尊文化1997年版。
《余生》,台北:麦田出版社2000年版。
《鬼儿与阿妖》,台北:麦田出版社2000年版。
《余生》精装珍藏纪念版,台北:麦田出版社2001年版。
《悲伤》,台北:麦田出版2001年版。
《舞鹤淡水》,台北:麦田出版2002年版。

二

米歇尔·福柯著,刘北成、杨远婴译《疯癫与文明》,三联书店2003年版。
米歇尔·福柯著,杜小真编选《福柯集》,上海远东出版社2003年版。
米歇尔·福柯著,刘北成、杨远婴译《规训与惩罚》,三联书店2003年版。
巴赫金《哲学美学》,河北教育出版社1998年版。
托多洛夫《巴赫金、对话理论及其他》,百花文艺出版社2001年版。
杰姆逊《后现代主义与文化理论》,北京大学出版社1997年版。

浦安迪《中国叙事学》，北京大学出版社1998年版。

克利福德·格尔兹著，纳日碧力戈译《文化的解释》，上海人民出版社1999年版。

利瓦伊史陀著，杨德睿译《神话与意义》，台北：麦田出版社2001年版。

列维－斯特劳斯《野性的思维》，商务印书馆1987年版。

莱维－斯特劳斯《结构人类学》，上海译文出版社1999年版。

路易·迪蒙《论个体主义——对现代意识形态的人类学观点》，上海人民出版社2003年版。

罗兰·巴特著，屠友祥译《文之悦》，上海人民出版社2002年版。

让——弗朗索瓦·利奥塔《非人——时间漫谈》，商务印书馆2001年版。

爱弥尔·涂尔干《乱伦禁忌及其起源》，上海人民出版社2003年版。

陈嘉明等著《现代性与后现代性》，人民出版社2001年版。

三

薛化元（编著）《台湾开发史》，台北：三民书局2001年版。

周婉窈《日据时代的台湾议会设置请愿运动》，台北：自立报系文化出版部1989年版。

王晓波（编）《台湾的殖民地伤痕》，台北：帕米尔书店1985年版。

黄俊杰《儒学与现代台湾》，中国社会科学出版社2001年版。

陈德仁《胡适思想与中国教育文化发展》，台北：文景出版社1990年版。

王育德著，黄国彦译《台湾——苦闷的历史》，台北：草根出版社1999年版。

黄丁盛《台湾节庆》，台北：木马文化2003年版。

吕正惠《文学经典与文化认同》，台北：九歌出版社1995年版。

尉天聪（编）《乡土文学讨论集》，台北：远景出版社1980年版。

黎湘萍《台湾的忧郁》，生活·读书·新知三联书店1994年版。

王德威《如何现代，怎样文学？——十九、二十世纪中文小说新论》，台北：麦田出版社1998版。

王德威《众声喧哗以后——点评当代中文小说》，台北：麦田出版社2001年版。

黄锦树《谎言或真理的技艺——当代中文小说论集》，台北：麦田出版社

2003 年版。

陈义芝（编）《台湾现代小说史综论》，台北：联经出版社 1998 年版。

陈昭瑛《台湾文学与本土化运动》，台北：正中书局 1998 年版。

陈昭瑛《台湾与传统文化》，台北：台湾书店 1999 年版。

赵知悌（编）《现代文学的考察》，台北：远景出版社 1976 年版。

夏志清《夏志清文学评论集》，台北：联合文学 1987 年。

陈芳明《后殖民台湾——文学史论及其周边》，台北：麦田出版社 2002 年版。

陈芳明《殖民地台湾——左翼政治运动史论》，台北：麦田出版社 1998 年版。

陈芳明《左翼台湾——殖民地文学运动史论》，台北：麦田出版社 1998 年版。

何欣《当代台湾作家论》，台北：东大图书 1983 年版。

林水福（主编）《林耀德与新世代作家文学论》，行政院文化建设委员会 1997 年版。

廖炳惠《回顾现代——后现代与后殖民论文集》，台北：麦田出版社 1994 年版。

廖炳惠（编著）《关键词 200》，台北：麦田出版社 2003 年版。

邱贵芬《后殖民及其外》，台北：麦田出版社 2003 年版。

《世界文学专刊：情欲与禁忌》，台北：麦田出版社 2002 年版。

梅家玲《性别论述与台湾小说》，台北：麦田出版社 2000 年版。

刘纪蕙《他者之域——文化身分与再现策略》，台北：麦田出版社 2001 年版。

卢建荣（主编）《文化与权力——台湾新文化史》，台北：麦田出版 2001 年版。

赵遐秋、吕正惠主编《台湾新文学思潮史纲》，台北：人间出版社 2002 年版。

周英雄、刘纪蕙（编）《书写台湾——文学史、后殖民与后现代》，台北：麦田出版社 2000 年版。

张颂圣《台湾文学场域的变迁》，台北：联合文学 2001 年版。

施懿琳等著《台湾文学百年显影》，台北：玉山社 2003 年版。

谢肇祯《群欲乱舞——舞鹤小说中的性政治》，台北，麦田出版社 2003

年版。

林文淇、沈晓茵、李振亚（编）《戏恋人生——侯孝贤电影研究》，台北：麦田出版社2000年版。

王雅各布《台湾男同志平权运动史》，台北：开心阳光出版社1999年版。

纪大伟（编）《酷儿启示录：台湾当代Queer论述读本》，台北：元尊文化1997年。

曾秀萍《孤臣·孽子·台北人——白先勇同志小说论》，台北：尔雅出版社2003年。

四

邓相扬《雾社事件》，台北，玉山社1998年版。

邓相扬《风中绯樱——雾社事件真相及花冈初子的故事》，台北：玉山社2000年版。

黄应贵（编）《台湾土著社会文化研究论文集》，台北：联经出版社1986年版。

刘其伟《台湾土著文化艺术》，台北：雄狮图书股份有限公司1983年版。

陈国强《百越族与台湾少数民族》，台北：幼狮文化1999年版。

高宗熹《客家人—东方的犹太人》，台北：武陵出版社1992年版。

李亦园《台湾土著民族的社会与文化》，台北：联经出版1982年版。

李壬癸《台湾平埔族的历史与互动》，台北：常民文化2000年版。

张旭宜《台湾少数民族出草惯习与总督府的理番政策》，国立台湾大学历史学研究所硕士论文，1995年。

孙大川（编）《台湾少数民族汉语文学选集》（评论上下卷、诗歌上下卷、小说上下卷，散文卷），台北：印刻出版社2003年版。

孙大川《久久酒一次》，台北：张老师文化1991年版。

奥威尼·卡露斯《云豹的传人》，台中：晨星出版社1996年版。

奥威尼·卡露斯《野百合之歌》，台中：晨星出版社2001年版。

田雅各布《情人与妓女》，台中：晨星出版社1992年版。

田雅各布《最后的猎人》，台中：晨星出版社1998年版。

莫那能《美丽的稻穗》，台中：晨星出版社1989年版。

夏曼·蓝波安《八代湾的神话——来自飞鱼故乡的神话故事》，台中：晨星出版社 1992 年版。

夏本奇伯爱雅《钓到雨鞋的雅美人》，台中：晨星出版社 1992 年版。

瓦历斯·诺干《番刀出鞘》，台北：稻乡出版社 1992 年版。

林道生（编）《台湾少数民族口传文学选集》，花莲：花莲县立文化中心 1996 年版。

林建成《头目出巡——台湾少数民族采风录》，台中：晨星出版社 2000 年版。

吴锦发（编）《悲情的山林——台湾山地小说选》，台中：晨星出版社 1989 年版。

吴锦发（编）《愿嫁山地郎——台湾山地散文选》，台中：晨星出版社 1989 年版。

古蒙仁《黑色的部落》，台北：时报出版社 1985 年版。

心岱《矮灵的传说》，台北：时报出版 1995 年版。

五

韦名编《台湾的二二八事件》，香港：七十年代杂志社 1975 年版。

风云出版社编辑委员会（编）《二二八事件真相》，台北：风云出版社 1987 年版。

许俊雅《无语的春天——二二八小说选》，台北：玉山社 2003 年版。

林双不（编）《台湾二二八小说选》，台北：自立晚报文化出版部 1989 年版。

王晓波编《二二八真相》，台北：海峡学术出版社 2003 年版。

王晓波编《陈仪与二二八事件》，台北：海峡学术出版社 2004 年版。

六

吴念真、朱天文《悲情城市》，台北：三三书坊 1989 年版。

郭松棻《双月记》，台北：草根出版 2001 年版。

郭松棻《奔跑的母亲》，台北：麦田出版社 2002 年版。

李昂《北港香炉人人插》，台北：麦田出版 1997 年版。

宋泽莱《打牛湳村系列》，台北：前卫出版社 1994 年版。

吕赫若《吕赫若小说全集》，台北：联经出版社1995年版。
加缪著，郭宏安译《局外人》，译林出版社1998年版。
米兰·昆德拉著，余中先译《被背叛的遗嘱》，上海译文出版社2003年版。

索 引

B

白色恐怖　14,23,26,31,45－47,65－67,73,179,180,182,186,188,189,235

白先勇　23,25,27,179,180,192,193,203－205,210－218,257,261,264

悲情　5,15,27,44,46,47,53,54,62－64,67,68,71,73,150,189,258

本土　3－5,18－20,24,27,28,43,58,60,62－64,68,71,73,74,88,91,97－99,101,102,132,139,140,149,156－161,169,175,177,184,188,190,201,215,218,256,261,265

C

陈映真　6,19,33,46,60,66,73,177－191,261

出草　131－133,135－142,147,250,257

D

淡水　3－5,29,40,90,91,99－101,103－106,110－128,138,152,153,155,158,245,247,254,261

E

二二八　12,26,31,44－48,50,53－73,155,181,184,188,189,244,258

F

反体制　5,37,41,101,261

G

郭松棻　65,66,71－73,183,192－194,196－199,201,258,261,264

J

解严　5,26,27,31,45,46,56,62,65,67,68,70,73,97,156,158,186

戒严　6,13,17,18,23,29,33,43,45－47,56,66,73,156,179,186,188

L

另类　36,38,43,72,123,156,157,159 - 161,199,212,218,265
吕赫若　57,58,63,81,89 - 91,181,219, 220,223,224,226,229 - 244,259, 261,264

M

马华文学　165,166,168,169,171

Q

情欲书写　88,123,128

S

伤痕书写　26,45 - 47
拾骨　5,47,74 - 83,85 - 97,103,118, 124,127,128,153,155,158,159, 246,247,254
庶民信仰　75 - 77,84,85,88 - 91

W

文化政治　55,56,72,171,249,261
舞鹤创作　1,7,117,124,151,157,245, 247,261,264

X

现代台湾　1,5,42,151,161,255, 261,265
现代主义　4,5,7,15,18,20 - 25,27,31, 41,52,73,74,82,83,85,86,88,90, 91,114,151,153,156,157,159,161, 176,179,180,193,213 - 215, 254,265
乡土文学　3,5,6,15,17 - 20,22,23,27, 79,85,88,90,91,159,177,185, 186,255
小说田野　261

Y

余生　5,9,25,29,47,48,50,51,53,63, 85,91,113,118,128 - 150,155 - 158,181,246,248,249,251 - 254

Z

张文环　89,219 - 232,235,237,238, 240 - 244,261
殖民现代性　140,163,261
自由意识　29,43
族群　8,26,27,31,54,62 - 64,66 - 69, 98,130,131,133,134,136,138 - 142,144,148 - 150,155,163,166, 168,169,175,181,188,190,249 - 251,261,264
祖灵　5,68,69,129,131,139,141,142, 144,146,147,149,150,248,250, 251,265

后　记

　　在这个 不规范的"后记"中，先做一个题解。这本书的第一部分在我的博士论文《舞鹤创作与现代台湾》的基础上修改而成。舞鹤喜欢用"小说田野"这个词，指称自己在淡水小镇和深山部落"浪荡"以写作的方式，这与我们讲的"体验生活"，似乎有着"洋"与"土"的韵味的差异，"为何、为谁而写"的认识的差异，以及战后两岸文学的历史内涵的差异。但这不妨碍我们跟着舞鹤，将其"田野"的脚步踩得更深一些，进入社会生活的现场，爬梳更多的文献，辨识喧哗多变的当代历史叙述，以透过舞鹤的创作，逼近台湾文学与台湾现代性问题的曲折之处，或也可能成为我们理解自身现代性问题的重要参照。

　　身为"战后婴儿潮世代"，追寻"主体"、"自由"的舞鹤，是一个将"现代台湾"内化于身心，却又孜孜不倦于质疑和抵抗的写作者。所谓"抖落执迷"的过程，却也是对台湾现代性问题的不舍追问，包括了反体制思潮、本土文化政治、城市化、族群与多元文化等丰富的面相。本书的第二部分《细读六家》，松散地论及旅台马华小说，陈映真、郭松棻、白先勇的昆曲改编，以及日据末期张文环、吕赫若对殖民地知识分子的反省，但同样关涉台湾现代性问题的讨论，延及身份政治、战后左翼、文化更新以及殖民现代性等层面。是以，本书定名《小说·田野：舞鹤创作与台湾现代性的曲折》。

　　以下，先附上当年博士论文的后记，及毕业后第一次赴台参加学术会议时，因《文讯》杂志之约"为何研究台湾文学"的一篇小文。当年的大话仍是今日的警示：不要让它们成为"嘲讽的纪念"吧。

一

舞鹤是我追踪的文学者,是风景,也是"导览",这个旅行告一段落时,我心怀忐忑。"诗人有翅膀,能飞翔,能突然消失在幽暗中,这是诗人与众不同的地方,这是好的,这是应该的。可是诗人必须再现。他走了,他必须回来。"[①] 一个以研究为名的文学的旅行者也必须"再现",诗人再现他的飞翔、他所消失于其中的"幽暗",而研究者再现诗人的再现——我忐忑的是我做得不够好。

但这过程使我产生对未来的向往。论文"完成"了,且不说它实际并未完成,充满缺漏和遗憾,我的安慰是:这只是一个开端。

有朋友说,看博士论文时,最喜欢翻"后记"。饭桌上刚刚送审论文的人们各怀鬼胎地笑了。一种生活形态的即将结束,苦乐自知,或许不足为外人道。而我心里最先涌起的,是惭愧。当我发愤图强时,竟然被朋友们说:"奇怪!从前你——现在你——"所以,我更要深深感谢我的恩师陈思和老师。包容这个他以为"只会贪玩"的学生,给她激励,等她反省。当她有点进步时,他是如此高兴——老师是一座宝山,懵懂的入山者终不成才,却也一点一点被熏染。我始终记得第一次听老师讲"把文本分析出灿烂的花朵"时的震动。

感谢我的硕士导师乔以钢老师,至今仍不时对我扬起"小鞭子"。感谢贾植芳先生,他常常顺手拈来,以顽童般的慧黠出之的笑话和掌故,却启蒙了我的历史感。谢谢复旦三年求学中给我许多帮助的杨明、郜元宝、谢天振、王光东、张新颖等各位老师。感谢刘登翰、黎湘萍、刘俊等台湾文学研究的前辈老师,让我领会我与研究领域的因缘。

谢谢润华、建军、师弟师妹,写论文期间,相濡以沫,在任何不可能的时段来召唤喝酒畅谈的我的同窗兄弟姊妹们(也感谢那个在任何不可能的时段都热情相迎的川菜馆)。

最后,还要对台湾的师友们遥致特别谢意。谢谢梅家玲、林瑞明、黄锦树、王德威、孙大川、游胜冠、吕正惠等老师,无论在课堂上还是游走台湾的路上,给我意外多的帮助和启发。感谢《印刻》杂志的陈文芬小

[①] 卡尔维诺《给下一轮太平盛世的备忘录》,台北:时报出版社1996年版。

姐、麦田出版的林秀梅小姐以及《联合报》的张耀仁先生,提供我许多线索资料。感谢那些陪我东游西走的可爱小朋友们:静娴、佳娴、义明、子霈、政怡、启纶、东晟、罡茂和敏如。感谢舞鹤,这个"擅权"的小说家,自顾自地在他的天空飞翔。却让我明白了研究的写作更要老老实实的。每当我面临妄下定论的危险,都会感觉到他的有点讥嘲而温和地笑:你了解了?

　　谢谢你们让我意识到:我和台湾文学的关系,是活生生的,未完成的——而未完成,是幸福的。

二〇〇四年五月八日

二

　　作为一个"研究台湾文学的"人,我对自己所属的学科"边缘"地位一度很懵懂,说不清它在大陆学科体系中的位置,只知道,它仍算"新兴",早期研究者多是现当代学科的人"顺带做做"或转行而来,且有额外多的非学术因素的影响,遂有了一个似乎不为称道的地位。

　　但时至今日,越来越多大陆知识者意识到"台湾文学研究"的意义与内在活力。在两岸关系亟待更深入、更贴近社会肌理的时代,建构于特定政治时期的大陆的"台湾"影像,正在被重新探访和理解,文学可谓一个更体贴的桥梁;在东亚历史与现实问题的相关性日益凸显之时,台湾作为曾经的殖民地,其文学内涵复杂的历史、文化密码,也正待开掘。对文学史的重写而言,"台湾文学"不是一块补丁,而是一个被重新打开的视界,刺激、丰富着人们对诸多近代中国文学、历史问题的思考。

　　二〇〇五年八月底,在北京召开了"东亚现代文学中的战争与历史记忆"国际研讨会,这个以"东亚现代文学"为对象、汇聚大陆、台湾、日本、韩国多方学者的研讨会,期求着地区界限、学科界限的跨越。台湾作为东亚诸多议题的交集地,在在证明了:台湾文学研究并非封闭一隅,而是一个可联结各方时空的、有充沛活力的地带。

　　在这样一个时期踏入台湾文学研究领域,或许是我对"边缘"没有特别感触的原因?幸运还在于,一些前辈学者以令人尊敬的反省精神回顾草创时期的得失经验,并为后来者打开新的视野和空间。

舞鹤的小说《悲伤》，是我个人走入台湾文学研究的契机。在语言、文体的晦涩难懂之外，作者迂曲的精神空间，以及由我仍陌生的岛屿的历史、现实情境氤氲而出的"悲伤"——种种"障碍"，招引穿透的欲望。这样的体验，也形成我"写"舞鹤的思路与方式。即，以文本细读为基础，同时将舞鹤创作予以历史化。

在中国社科院这个治学的"烤箱"，被一些师友反复问：为什么研究台湾文学？既然选择了学术为生活形式，你的对象与你有着什么样的生命关联？相似的问题，在台湾也被多次问及，只是潜在含义不同：为什么研究台湾文学？毕竟这样一种生命经验是你所不曾有的，你怎能比身在其中的人有更深的认知？

我想，关于动机，却往往是一个后知后觉的问题，在过程中慢慢体悟、躬身自问。舞鹤的晦涩激发我的好奇、好胜之心，但后来的几年，往返台湾，在或许不过是蜻蜓点水式的上山下海或"田野调查"之后，似乎感受到了，在喧腾的生活场景背后，静默无言、等待探触的东西。那或许是一个个生命累积的历史创痛，流衍成现实的焦虑。它是这个岛屿的精神密码，相关着现实不同族群、不同地域（对我而言，尤其是两岸）的往来生息。

当我试图理解杨逵、王昶雄、吕赫若这些日据时期知识分子的理想冲突、犹豫彷徨，当我透过郭松棻、李渝、刘大任那精致而"烫手"的文字，触摸他们曾经的"理想旺盛的岁月"，当我聆听"不信青史尽成灰"的"青春之歌"，当我在只有老人的高山部落里读一本不无稚拙的以汉语书写的有关族群生命礼仪的记录，当我为昆曲青春版《牡丹亭》的唯美沉迷，看到这背后白先勇和他的艺术伙伴们的甘苦与"悲愿"——这些不同时代的理想主义者，让我心动。我也以此理解舞鹤，无论出之以怎样怪异的文字，那背后有一个相当传统的知识分子意识，有着或许狂妄或许造作却不少理想热忱的人间关怀。

可能至此才稍稍明白，我以台湾文学为名贸然闯入的"学术之路"于我的意义。"生命经验的欠缺"已不是问题，问题是这样的立志（假如可以这样大言不惭）后，是否能不懈怠地努力。

一位朋友曾写给我一段话：

吾侪所学关天意。天听自我民听，天视自我民视。天意即民意。

民意是什么？过好生活，过好的生活，好好过生活之谓也。然而学者终究与其他生活形式中的人民有别。从孔夫子到苏格拉底，无非要做理智的人，观察自身和一切生活形式，努力不为任何既定的成见所囿。

做一个这样的学者，"台湾文学"便不是一个划定的、自我限制的专业学术领域，它是一个求道之路，也是一个极有可能将自我与世界、理想与实践相结合的"岗位"。做一个这样的学者，至少是我的向往。将来若不幸食言，就让这篇文章，作为一个嘲讽的纪念吧。

二〇〇五年十二月

三

光复后的儒家教化、反共教育，以及深入日常生活与文学艺术的"美援"文化，催生了一种保守的现代化意识形态，这是舞鹤成长的环境，也是他不断叛逆、逃离的对象。移民传统、乡土社会中未被收编的率性、真气乃至"邪魔"之力，乃至不接受主流美学、政治、思潮收编的永恒另类立场，则是他在现代台湾的困局中左冲右突的依靠。但他追寻的"绝对自由"和"乱迷"美学，并不能打破这一"现代台湾"对人的深刻限定，更难以开展切实的社会进步的想象。小说中的舞鹤与泰雅姑娘溯溪而上，对人与人、人与自然的美善的呼唤，停留于（最本土的）祖灵乌托邦。或可以说，以个体反抗为旨归的"舞鹤台湾"，在文学美学上独树一帜；在社会历史的思考上，提供了一个激进版的虚无文本，也透露了个人自由主义的困境。"最具诺贝尔奖之姿"的舞鹤，是台湾作家融汇"本土经验"和"现代主义"所臻致的高度和难度的象征。

这是这本书在台湾麦田出版时，我应编辑秀梅要求写的内容简介（谢谢好友玲玲，帮我细心打磨语句，纵容我在工作收尾时出现的怠惰），但秀梅最终没有用它做封底。我理解她的不用，或是因为，"激进版的虚无"也好，"融汇'本土经验'和'现代主义'所臻致的高度和难度的象征"的"难度"也好，在这个书稿里我并没有具体展开论述，只是把这个当下的重省认知，放在这里而已。多年后的修订难脱原来框架的限制。从舞鹤出发，进入部落的经验给了我许多个人如何介入共同体重建、知识工作如何介入现实的启发；再从这里返身近代两岸历史台湾左翼运动与文学艺术的实战，深深感谢舞鹤，他开启了理解的门。从写作之初，他就是带着台湾南部乡土气息的温暖——而不是他的作品常常予人的"恶魔"酷感，帮我踏访、理解和书写台湾。

以上交代，也是因为台湾版中梅家玲、许俊雅和柳书琴几位师友的不吝推介，让我惭愧。台湾版经过了书琴细致的阅读，除了错字、措辞，还有对日据时代文学论述一些非常精确的纠正。她和秀梅一起呵护了这本小书的出生。

十年，这本小书承载了远超出其分量的、来自各方师友的教益。再次感谢引领我入门的导师乔以钢、陈思和，感谢赵园、靳大成、孙歌、贺照田、吕微、陆建德、赵稀方等文学所的师长。从他们身上我真实感受到学术作为安身立命之所在的意义。感谢原住民族部落工作队的朋友，杰哥、亚山、美珠、俊宪、宝哥、陈明仁、淑美姐姐，还有海边山上的族人，他们给了我极其珍贵的甚至颠覆了我的小脑袋的现实教育。谢谢吕正惠、陈明忠、蓝博洲、关晓荣、钟乔、孙大川、陈光兴、赵刚、陈信行等师友，在我无知者无畏的跨专业过程中，他们给了我许多关键的指点。还有这十年来彼此鼓励、一起成长的伙伴们：何浩、李晨、重岗、何吉贤、程凯、莫艾、王蓓、玲玲、钰凌、琪椿、秀慧、明伟、敏逸、文倩、美霞、红英、孟舜。

最后，特别感谢把我带到社科院这个"大烤箱"来的黎湘萍老师。他的序言，我一边看一边冒汗。我没想到黎老师这样用心理解、包容我这十年其实常常陷入茫然、也没少给他添乱的折腾。我还冒汗的是："用田野调查或社会实践的方法来校订、修正既成理论的方法，这也是由'文本'细读出发，又经由田调得来的经验来诠释'文本'并突破'文本'疆域的方法"，和"更有人间气的、实践性的、为庶民服务的文学研究"——这些，不是我已经达到的，我理解，这也是黎老师对文学研究的一种大期待。我在努力。

二〇一五年六月十六日